Liefdeslevens

Josie Lloyd & Emlyn Rees

Liefdeslevens

Vertaald door Esther Ottens

Amsterdam · Antwerpen

Eerste druk februari 2003
Tweede druk februari 2003

Archipel is een onderdeel van bv Uitgeverij De Arbeiderspers

Copyright © 2003 Josie Lloyd & Emlyn Rees
Copyright Nederlandse vertaling © 2003 Esther Ottens/
Uitgeverij Archipel, Amsterdam
Oorspronkelijke titel: *Lovelives*
Uitgave: William Heinemann, Londen

Omslag: Ron van Roon
Foto auteurs: Anouk Schneider/Archipel

ISBN 90 6305 062 3 / NUR 302
www.boekboek.nl

1

Jimmy deed de deur van Rachels slaapkamer zo zachtjes mogelijk open en tuurde naar binnen. Daar lag de vriendin van zijn vader, half onder het tweepersoonsdekbed, alleen in het tweepersoonsbed. In het halfduister van de nieuwe dag lag haar dikke zwarte haar verward op de lichtgele kussenslopen; het deed Jimmy denken aan de strengen zeewier die 's winters bij storm het strand op spoelden.

Rachel had de kamer een halfjaar geleden opnieuw behangen. Oma's oude rozenbehang was haar te zoet geweest. Net alsof je in een doos chocolaatjes sliep, had ze geklaagd. Dus nu waren de muren neutraal roomkleurig en waren oma's poppen met de hoepelrokken van de kaptafel verhuisd naar een kartonnen doos achter in de witte multiplex kast.

Het stemde Jimmy verdrietig dat het verleden van zijn oma zo achteloos opzijgeschoven was, maar tegelijkertijd was hij blij dat Rachel de kamer ingericht had zoals zij het mooi vond. Dit was nu net zo goed haar huis als het zijne en hij wist dat zijn oma nooit meer terugkwam.

Kalm, dacht Jimmy, zo voelde de kamer nu aan. Er hing een frisse, zoete geur, een combinatie van schone was en aromatherapiekaarsen, die in de rest van het huis ver te zoeken was. Jimmy's eigen kamer, van boven tot onder met posters beplakt, rook naar deodorant en sigaretten. De kamer van zijn halfbroertje Kieran, een warboel van speelgoed en kleren, rook naar luierzakken, hoestdrank en melk. Beide hadden iets druks over zich, waardoor het, behalve als je sliep, bijna onmogelijk was je er te ontspannen. Maar deze kamer, neutraal als de wachtkamer van een arts, straalde niets anders uit dan rust.

En rust was wat Jimmy op het moment hard nodig had. Daarom bleef hij in de deuropening staan, in de vage hoop dat de geest van de kamer op een of andere manier in hem door zou sijpelen en de octopus van zenuwen zou ontwarren die al vanaf het moment dat hij wakker werd in hem aan het krioelen was.

De oorzaak van zijn zenuwen was simpel. Jimmy was verliefd. Jimmy was verliefd op Verity Driver. Jimmy was verliefd op Verity Driver, hoewel Verity Driver nauwelijks wist wie Jimmy was, maar dat kon Jimmy niet schelen. Jimmy was verliefd op Verity Driver, hoewel Verity Driver nauwelijks wist wie Jimmy was, maar dat kon Jimmy niet schelen, want Jimmy ging zijn slag slaan.

En hij ging het vandaag nog doen ook. Echt waar.

Alleen was hij op hetzelfde moment alweer bang dat hij het niet zou doen. Want soms dácht Jimmy alleen maar dat hij verliefd was op Verity Driver. Soms dacht Jimmy alleen maar dat hij verliefd was op Verity Driver omdat hij *op iemand verliefd wilde zijn*. Soms dacht Jimmy dat als hij *alleen maar dacht* dat hij verliefd was op Verity Driver, hij beter niets tegen haar kon zeggen tot hij het zeker wist.

Het was een ingewikkelde toestand, daarvan was hij zich bewust.

Alleen werd het soms nog veel ingewikkelder. Soms vroeg Jimmy zich af of hij eigenlijk wel wist wat liefde was. Hij bedoelde niet de liefde die hij voor Kieran voelde, of de liefde die hij voor Rachel voelde, of zelfs de liefde die hij soms – zelden – voor zijn vader voelde. Daar wist hij alles van. Die liefde was er gewoon, op de achtergrond, als de stenen in een muur. Dat was niet iets waar Jimmy vaak over nadacht. Het was niet iets wat kon vliegen als een vogel of vallen als een steen. Het was geen gevoel dat eindeloos op de proef gesteld kon worden zonder dat het echt veranderde. Het was, met andere woorden, niet het soort gevoel dat Jimmy overspoelde wanneer hij aan Verity Driver dacht – het soort gevoel dat hij nooit eerder gehad had, dat hem in verwarring bracht en tegelijk dolgelukkig en doodsbang maakte.

Was dat liefde? Jimmy had geen flauw benul, maar hij stond op het punt het te ontdekken. Was het echt? Ook daar zou hij snel achterkomen. En áls het echt was, kon het Verity dan iets schelen? Nou, daar draaide het voor Jimmy vandaag allemaal om: zekerheid. Vanavond zou het allemaal duidelijk zijn.

Maar zover was het nog niet. Voorlopig zou hij gewoon doen

wat hij altijd deed. Hij zou zich gedragen alsof er niets bijzonders aan de hand was. Hij zou Verity Driver en elke gedachte aan de liefde naar zijn achterhoofd verbannen. Hij wilde het nieuw houden voor als het er echt op aankwam.

Jimmy liep door de kamer en zette de dampende mok op Rachels nachtkastje. Slappe witte oploskoffie klotste over de rand van de mok en liep langs de zijkant. Hij zag hoe de koffie zich over het geborduurde kleedje verspreidde, als een moddervlek in de sneeuw. En hoewel het bij hem opkwam dat dit misschien een slecht teken was, verwierp hij de gedachte meteen weer.

Op de vensterbank sloeg het boogje van rode lampjes op de babyfoon uit, ten teken dat baby Kieran in de kamer ernaast in zijn slaap begon te hoesten.

Rachel reageerde met een diepe zucht. Op haar voorhoofd verscheen een frons die er de rest van de dag zou blijven zitten. Haar mammafrons, noemde ze die als ze zichzelf op foto's zag, en ze zwoer dat hij er vóór ze ontdekte dat ze Kieran verwachtte niet geweest was. 'Alles goed, lieverd?' vroeg ze toen ze Jimmy zag staan. Ze draaide zich op haar zij, zodat het dekbed om haar heen opbolde. Ze had een zangerig Welsh accent, hoewel ze al in geen tien jaar meer in haar oude woonplaats Fishguard geweest was. Jimmy had altijd gevonden dat Kieran een geluksvogel was, met een moeder zoals zij, die hem elke avond in slaap zong. Jimmy's moeder was er niet geweest om hem in slaap te zingen. Dat was de taak van zijn oma geweest; zij had hem grootgebracht omdat zijn vader al Jimmy's hele leven de hort op was.

'Ik heb koffie voor je,' zei Jimmy. Hij knikte naar de mok en zag dat de turquoise cijfers op de prehistorische Sony-klokradio 8.05 aangaven.

Rachel wreef de slaap uit haar diepbruine ogen en bekeek hem van top tot teen. Ze trok de mouwen van haar witte katoenen pyjama over haar ontblote bovenarmen. 'Heb je een feestje?' vroeg ze. 'Dat t-shirt,' verduidelijkte ze toen hij haar niet-begrijpend aankeek.

Jimmy keek naar het oude Iggy Popshirt dat hij van zijn vader geleend had. ('Gaaf familiestuk,' had zijn vriendin Tara destijds gegromd. 'Het enige popsouvenir dat mijn ouders hebben is een

7

foto van Michael Jackson met een of andere chimpansee.') 'Wat is daarmee?' vroeg Jimmy.

Rachel glimlachte. 'Je hebt het zo goed gestreken, dat het lijkt of die arme ouwe Iggy een facelift gehad heeft.' Haar blik gleed een stukje naar beneden en bleef rusten op Jimmy's gloednieuwe, blauw-zwarte camouflagebroek. 'En je hebt ook al een nieuwe broek?' vervolgde ze.

Dat was een strikvraag. Jimmy kocht bijna nooit nieuwe kleren. Het beetje geld dat hij uitgaf ging op aan sociale verplichtingen, zoals bezoekjes aan de Sapphire met Tara & Co, of bel- en sms-tegoed. Wat hij overhield, ging meteen op zijn spaarrekening, veilig voor later. Zo had zijn oma hem opgevoed – ze had hem vooral verantwoordelijkheid bij willen brengen – en Rachel wist dat.

'Niet zo heel erg nieuw,' antwoordde Jimmy vaag. Hij besloot maar niet te vertellen dat hij hem voor weinig geld van Tara gekocht had nadat zij gisteren bij Denny Shapland op Tudor Square de verkeerde maat gestolen had.

'En, hoe heet ze?' vroeg Rachel, terwijl ze haar koffie pakte.

'Hè?'

'Dat meisje op wie je indruk wilt maken.'

Rachels rake woorden verrasten Jimmy, en voor hij er erg in had tintelde er een blos op zijn wangen.

'Ik moet ervandoor,' zei hij verontschuldigend. Hij dook naar voren en gaf haar een zoen op haar voorhoofd, waarbij hij een vleugje van de zoete parfum opving die hij vorige week dinsdag voor haar zesendertigste verjaardag gekocht had.

Buiten op de overloop kwam er een herinnering bij hem boven aan zijn vader, die een jaar eerder opeens bruinverbrand, kortgeknipt en stralend op de stoep had gestaan. Hij had een halfege fles tequila in de ene arm en een acht maanden zwangere Rachel in de andere. 'Dit is de nieuwe liefde van mijn leven, knul,' had hij verklaard, en zijn blauwe ogen glinsterden. 'Wen maar aan haar, want ze blijft wel een tijdje.'

Jimmy wou dat zijn vader beter voor haar zorgde. Een paar maanden na de geboorte van Kieran was zijn ouwe heer ervandoor gegaan, naar Portugal, waar hij in de horeca en in de bouw werk kon krijgen. Hij had beloofd Rachel en Kieran zo snel mogelijk over te laten komen, maar afgezien van een weekendje Lissabon was daar nog niets van terechtgekomen.

In de gang stond hij stil om in de manshoge spiegel naar zichzelf te kijken. De gestolen camouflagebroek hing wijd om zijn smalle heupen en was veel te lang voor hem, zodat aan zijn voeten niet meer dan halve Nike-logo's te zien waren.

Hij speelde even met het idee om zichzelf breder te maken met de grijze wollen trui die hij altijd aanhad als hij met Arnie op zijn boot ging vissen, maar zag er toch van af. Als hij die trui aantrok, moest hij het zwarte leren retrojack dat Ryans zus hem na de begrafenis gegeven had, thuislaten.

Hij bewoog zijn schouders in het zware zwarte kledingstuk, die hij als een tweede huid bijna elke dag aanhad. Anachronistisch, noemde Tara het. Hij viel ermee op als een aria op een hiphopplaat, vond ze, tussen al die anderen met hun Hilfiger-, Reebok- en Nike-spullen.

Maar Jimmy vond het juist prettig om er anders uit te zien, om de anderen te laten zien dat hij niet zo was zoals zij. Dat had hem ook altijd aangetrokken in Ryan: die had zich anders gekleed en ook anders gedacht.

Hij streek zijn donkere, onverzorgde haar uit zijn ogen en probeerde een lachje uit, maar hield er snel weer mee op. Het gaf hem iets angstigs, zoals bij die Jehova's getuigen die af en toe voor de deur stonden. En hij kon heel goed zonder dat soort negativiteit, vooral vandaag.

Hij liet een hand over zijn kaak glijden. Geen slechte oogst voor een week, dacht hij. De stoppels – een pluizig puberbaardje, dat zag hij best – maakten hem toch een beetje ouder en wijzer, alsof hij net iets meer geleefd had dan eigenlijk het geval was. Misschien moest hij het nog een paar weken volhouden, overwoog hij, en een minisikje laten groeien, of zelfs voor het ultieme Che Guevaraeffect gaan.

Jimmy's gezicht vertrok van verdriet bij de herinnering aan Ryan en de gigantische rood-zwarte poster van de zoon van Cuba die hij begin vorig jaar in het Krot opgehangen had. Ryan was stoned en had zes of zeven pogingen nodig om hem recht te krijgen, maar uiteindelijk was het gelukt. 'Zo,' zei hij toen hij zich weer op het oude matras liet vallen en het resultaat bekeek, 'de heidense drie-eenheid.'

Met zijn zeventien jaar was Ryan een beetje te oud voor posters, maar posters waren er, op alle muren van het Krot. Zo noemden ze de leegstaande en dichtgetimmerde kapel hoog op de rotsen, waar ze al jaren in rondhingen. 'Een bittere noodzaak,' noemde Ryan die posters, 'een onmisbare bondgenoot in de strijd tegen het vocht dat alles op alles zet om ons zondige onderkomen te koloniseren.'

Naast Che Guevara hing een van Ryans helden, de beruchte Welshe drugssmokkelaar Howard Marks. En onder hem hing het portret van een onschuldig lachende Britney, uit een of ander tienerblad gescheurd. Op haar voorhoofd had Ryan zorgvuldig een paar grove, schunnige tekeningetjes gemaakt.

'Er is niemand om achteraan te lopen, Jimmo,' verklaarde Ryan met een zucht, starend naar Che, 'want er is niets om voor te vechten – uiteindelijk niet.' Hij draaide zich om naar Jimmy, die onderuitgezakt in de kapotte, kastanjebruine leren leunstoel hing die ze van het groot vuil gered hadden. 'De meest charismatische revolutionair van zijn tijd en moet je zien waar hij terechtgekomen is,' besloot Ryan, 'tussen een bajesklant uit Wales en een Amerikaanse popprinses.'

Toen knipoogde Ryan naar Jimmy, zoals hij altijd naar mensen knipoogde. Ryan deed altijd alsof hij slimmer was dan de mensen met wie hij omging. Zijn bijna zwarte ogen, die hij nooit voor iemand neersloeg, wekten altijd de indruk dat hij dwars door je heen keek. Mensen die tweemaal zo oud waren als hij – leraren, winkeliers, noem maar op – legde hij het zwijgen op zonder zijn mond open te doen.

Jimmy had zo tegen Ryan opgekeken dat hij zich aangewend had om nooit aan zijn uitspraken te twijfelen. Het zelfvertrouwen van zijn vriend was als een vuur waaraan Jimmy zich warmde, en het laatste wat hij wilde was dat vuur in twijfel smoren. En dus knikte hij die keer, net als altijd, lachend met zijn hoofd.

Dit tot volle tevredenheid van Ryan, die vervolgens een joint draaide. In die tijd was hij aan het eind van zijn Jim Morrisonperiode. Zijn haar, van nature net zo donker als dat van Jimmy, maar dun en steil, hing tot op de schouders van het jack dat Jimmy nu aanhad. Jimmy glimlachte toen hem te binnen schoot dat Ryan twee weken later zijn haar afknipte en met de tondeuse stekeltjes van zijn haar maakte en de grote ronde oorbel inruilde voor een piercing in zijn onderlip.

Jezelf steeds opnieuw uitvinden, daar draaide het leven voor Ryan om; in de korte tijd die je had op zo veel mogelijk verschillende manieren je leven leiden. Daarom was Jimmy zo dol op hem geweest, omdat hij hem leerde dat je niet je hele leven passagier hoefde te zijn, hem liet zien dat je wanneer je maar wilde het stuur kon pakken en je eigen weg kon kiezen. Hoewel Ryan maar een jaar ouder geweest was, was hij toch een mentor voor hem geweest, belangrijker dan wie dan ook in zijn leven, en zeker belangrijker dan zijn vader.

Jimmy keerde zijn spiegelbeeld de rug toe en liep door de gang naar de keuken. Hij nam een laatste slok thee, spoelde de mok af onder de hete kraan en liet hem uitlekken op de roestvrijstalen afdruipplaat, naast de borden en het bestek van gisteravond en de altijd aanwezige rij plastic flessen en spenen en andere babyspullen.

Iets trok zijn aandacht en hij keek uit het raam en zag een zeemeeuw op de wind zweven, nog geen twee meter bij hem vandaan. Maar hij had het beest nog niet gezien of het was alweer weg, plotseling opstijgend, niets anders achterlatend dan wervelende wolken. Jimmy nam zijn fotografie heel serieus en wou dat hij zijn camera had gehad om het tafereel vast te leggen, maar nu was het te laat.

De versleten bruine vloerbedekking in de woonkamer was bezaaid met de hardnekkige vlekken van een heel jaar van omgestoten flesjes en weggegooide kommetjes, allemaal dankzij baby Kieran en zijn steeds destructievere neigingen. Op weg naar zijn kamer moest Jimmy zich een weg banen door een mijnenveld van tweedehands Fisher Price-speelgoed en andere babyrommel.

Op de omgekeerde theekist naast Jimmy's bed stond een lavalamp in de vorm van een ruimteraket, een gebarsten spiegel met reclame voor Jack Daniels erop en een ingelijste foto van Tara,

Ryan en Jimmy, genomen op de dag dat Ryan op de parkeerplaats van de Royal Inn een Alfa Romeo jatte en er à la Schumacher langs de kust helemaal mee naar Lyme Regis reed.

Een nihilist. Een slim joch, maar evengoed een hopeloos geval. Een galbak, een nietsnut, een rotte appel. Een knul die zo veel drugs gebruikte dat hij zichzelf kwijtgeraakt was. Zo dachten de mensen in Shoresby nu over Ryan. Een jonge man wiens leven op een drama uitgelopen was, tot zelfmoord gedreven door een leven waarvan hij niet los kon komen. Dat was de conclusie van de lijkschouwer geweest. Maar Jimmy wist wel beter. Ryan was zijn beste vriend geweest en Jimmy wist beter dan wie dan ook hoe het echt zat.

T-shirts en sokken puilden uit de rieten mand naast Jimmy's bed. Pringle-kokers, chocoladewikkels en geplette Tango- en colablikjes lagen over de vloer verspreid, samen met nummers van *NME, Uncut, The Face* en een verzameling schoolboeken en tweedehands, vooral Amerikaanse, vooral moderne paperbacks. Jimmy las en leerde graag, net zoals hij op school graag oplette. Maar dat waren dingen die hij alleen aan zijn beste vrienden durfde te bekennen, anders vonden ze hem nog een watje.

De planken aan de muur boven Jimmy's bed gaven de kamer iets ordelijks, volgestapeld als ze waren met Jimmy's geliefde filmtijdschriften, keurig op chronologische volgorde.

Ernaast stonden, al even netjes, de videodagboeken die Jimmy gemaakt had met de camcorder die hij mocht lenen van Clive van het jongerencentrum. Op de dozen zaten plakkertjes met de titels, sommige nogal dom, zoals *Life's a Beach* en *Stoned* en *Stoned 2: het avontuur gaat verder*, maar sommige ook heel serieus, zoals *Een wisselvallig seizoen* en *Vissersverdriet*. Die laatste – 'een korte film over het eind van een traditionele manier van leven' – had hij vorige maand samen met de aanmeldingsformulieren naar de filmacademie gestuurd. Hij was ambitieus. Hij wilde iets van zijn leven maken. Hij wilde hier over tien jaar terugkomen en al die mensen die hem nu al afgeschreven hadden, zien kijken en wijzen en fluisteren.

Met drie stappen liep hij de kamer door. Hij pakte zijn Marlboro's en de Zippo-aansteker die hij achter het gordijn op de vensterbank gelegd had, uit het zicht van een afkeurende Rachel. Hij boog zich over het vierkante houten bureautje met zijn gammele schrijfmachine erop. De machine snorde geïrriteerd toen hij de laatste bladzijde van zijn *Macbeth*-essay eruit trok. Jimmy hield van dat geluid, want het betekende dat iets af was, en dat hij met iets nieuws kon beginnen.

Het was koud als in een vrieskist op de gietijzeren galerij van Jimmy's flat. Gisteravond had het zwaar gestormd en er stond nog steeds een stevige wind. Hij kwam aangerold vanuit de weidse, grijze zee in het oosten en suisde in Jimmy's oren, sloeg als iets tastbaars in zijn gezicht toen hij knielde om zijn gebutste BMX van de met roestplekjes bespikkelde reling los te maken. Hij haalde zijn baseballpet uit zijn zak en trok hem diep over zijn ogen.

Vanaf de negende verdieping van Carlton Court – een betonnen bakbeest uit de jaren zestig dat Jimmy met zijn zeventien jaar al bijna zijn hele leven als thuis beschouwde – kon hij de witblonde halvemaan van North Beach zien liggen, met daarachter de haven en het stadje Shoresby zelf.

Behalve de zeemeeuwen en de golven en een eenzame wandelaar op North Beach in de diepte bewoog er weinig in het stadje. De ramen van de pastelkleurige huizen, hotels en pensions waren grijs en onverlicht, alsof iemand vergeten was ze in te kleuren. Dat zou natuurlijk al snel veranderen, als de mensen eenmaal wakker werden. Maar nu wezen alleen de winkels in High Street – waar de gestreepte luifels boven de felverlichte deuren klapperden op de wind – erop dat het stadje bewoond was.

Jimmy nam zijn fiets mee de lift in en loodste hem door de met inferieur materiaal afgewerkte hal. En toen reed hij weg over de Croft, de weg die vijftien meter hoger de bocht van North Beach volgde en uiteindelijk bij High Street uitkwam.

Zo snel als hij kon trappen, met de wind in zijn gezicht, fietste hij langs de heen en weer zwaaiende hangende plantenmanden en de bordjes met KAMERS VRIJ van de pensions, langs de gesloten fastfoodtenten en de Mr Whippy Head-ijssalon, voor hij de verlaten parkeerplaats van Pay & Display overstak, waar hij afge-

13

lopen zomer bijna al zijn avonden doorgebracht had met skate-boarden, totdat hij genoeg had van dat stomme gedoe en zijn board met Tristan geruild had voor een stapeltje cd's en de bronzen Zippo die nu in zijn zak zat.

Pas in High Street stapte hij af. Hij zette zijn fiets tegen een van de negentiende-eeuwse straatlantaarns, liep de kiosk van Wilson binnen en haalde het laatste nummer van *Total Film* uit het rek en een flesje cola-light uit de koelkast.

'Hoe is het met je oma?' informeerde Bob Wilson terwijl hij Jimmy's boodschappen afrekende. 'Ga je nog weleens bij haar langs?'

'Elke woensdag en vrijdag,' antwoordde Jimmy.

Bob knikte meelevend. Vijf jaar geleden had hij zijn vrouw Elaine aan kanker verloren, zoals Jimmy toen hij nog geen jaar oud was zijn moeder aan kanker verloren had.

'Wil je dit voor me aan haar geven?' vroeg Bob. Zonder te kijken pakte hij een doos chocolaatjes van de plank achter hem. Hij stopte hem in een bruine papieren zak en gaf hem aan Jimmy. 'Maar niet aan de zusters laten zien, hoor,' waarschuwde hij, 'anders krijg ik moeilijkheden.'

Jimmy kon het niet over zijn hart verkrijgen om meneer Wilson te vertellen dat zijn oma al te ver heen was om chocolaatjes te snoepen. 'Dank u wel,' zei hij, en hij stak de doos in zijn zwart-witte Adidas-sporttas.

Weer buiten fietste Jimmy nog een meter of twintig door, voor hij bij een groen bankje stopte, dat in een uitsparing van de zwarte reling over zee uitkeek. Hij zette zijn fiets tegen de houten latten aan en keek achter zich de straat in.

Daar, naast WHSmith, stond het Grand Hotel met zijn brede witte gevel. Hij slikte; al zijn gedachten over kalm blijven waren verdwenen. Verity Driver woonde in het Grand en kon elk moment naar buiten komen om naar school te gaan, waar ze om halftien dezelfde Engelse les zou hebben als hij, hetzelfde boek op dezelfde bladzij zou openslaan en zou praten over hetzelfde gedicht van W. B. Yeats – terwijl hij het in het weekend gelezen had, had hij zich voorgesteld dat zij het ook zat te lezen.

Jimmy en Verity zaten al vanaf hun vijfde op dezelfde school.

Hij kende haar al bijna zijn hele leven. Of liever, hij wist dat ze bestond. Hij was nooit met haar omgegaan, was nooit uitgenodigd voor haar verjaardag en had nooit naast haar gezeten in de bus.

Maar hij wist een heleboel van haar. Hij wist dat ze graag roze droeg, maar dat rood haar beter stond. Hij wist dat ze haar haar meestal los had, maar heel mooi was als ze het opgestoken had. Hij wist dat haar groene ogen hem van honderd meter ver lokten. Hij wist dat ze altijd haar eigen eten mee naar school nam en nooit de korsten van haar brood opat. Hij wist dat ze in de loop van de jaren een paar knappe vriendjes gehad had, maar dat de laatste, Tim, sinds kort na school niet meer met haar mee naar huis liep, wat waarschijnlijk – hopelijk – betekende dat het uit was.

Maar dit waren dingen die iedereen die in de buurt van Verity Driver opgegroeid was kon weten. Jimmy wilde meer. Maar waarom was hij dan niet eerder op haar afgestapt? Was hij misschien verlegen? Soms dacht hij dat dat het was. Soms voelde hij zich inderdaad niet op zijn gemak bij meisjes die hij aantrekkelijk vond. Maar hij had al vaker een vriendinnetje gehad. Hij was zelfs geen maagd meer. Dus dat kon het eigenlijk niet zijn.

Was het dan misschien dat Ryan verliefd zijn altijd dom vond, en dat hij gezegd had dat hij en Jimmy te jong waren om zich aan één meisje te binden? Was dat misschien de reden dat Jimmy zijn gevoelens voor Verity al die jaren verborgen gehouden had, omdat hij niet de indruk wilde wekken dat hij niet cool was? Of was het dat Jimmy na Ryans dood – nu bijna een jaar geleden – zo kapot geweest was dat hij het niet aangedurfd had om zich weer aan iemand te geven?

Dat kon het zijn. Al die dingen konden het zijn. Maar Jimmy was niet van plan zich nog langer tegen te laten houden.

Door de dikke stof van zijn sporttas voelde hij tevergeefs naar het cd-hoesje. Hij had een cd voor haar gebrand, met behulp van de computers op school. De muziek die erop stond (hoofdzakelijk hitlijstvriendelijke garage-rock en R&B) was niets voor hem. Maar alle meisjes die hij kende (met uitzondering van Tara en

Steph) vonden het prachtig, dus de kans was groot dat Verity er ook van hield.

Opeens werd hij door twijfel overvallen. Was een cd niet een beetje overdreven? Legde hij zijn kaarten zo niet te snel op tafel? Waar bleef het raadsel, het geheim, vroeg hij zich bezorgd af, als hij zo'n duidelijk gebaar maakte? Misschien moest hij dat idee voorlopig maar vergeten. Hij wilde tenslotte niet wanhopig overkomen. Aan de andere kant, hij moest toch zien op te vallen, en een cd liet wel zien dat hij erover nadacht, toch? Dat hij moeite deed? Ja, hij zou hem aan haar geven, maar met een ongedwongen praatje erbij zodat het niet zo afgezaagd overkwam. Iets als: *Hé, Verity. Hoe gaat-ie?*

Best, Jimmy. Met jou?

Ja hoor, prima. Ik heb in het weekend een compilatietje gemaakt en... luister er maar eens naar... hier, weet je wat, je mag het wel even lenen.

Bedankt, Jimmy. Dat is lief van je.

En dan kon hij haar mee uit vragen. Zaterdagavond – en wie weet zaten ze dan na het café wel hier op dit bankje, hij met zijn arm om haar schouders, zij kijkend in zijn ogen, terwijl hij zijn gezicht naar het hare bracht, het gevoel kreeg dat hij in haar wegzonk en haar zo teder kuste dat hij dacht dat hij in de hemel beland was.

Toen werd hij vervuld van een grote zekerheid: het ging niet gebeuren. Het trof hem als een kogel in zijn buik. Verity Driver liep als een mannequin, was de beste van haar klas, kon zingen en dansen en had altijd alleen maar langs hem heen gekeken, nooit náár hem. En ook al was ze soms stil, ook al maakte ze soms een nerveuze indruk of leek ze – net als Jimmy – soms slecht op haar gemak, alsof ze eigenlijk niet in Shoresby thuishoorde... wat had hij haar te bieden? Wat kon hij haar laten zien wat ze niet al lang gezien had?

Om zijn zenuwen tot bedaren te brengen stak Jimmy een sigaret op. Hij haalde zijn telefoon uit zijn zak en keek of hij berichten had. Er was er eentje van Tara, een paar minuten oud; ze vroeg of hij voor een kop voorschoolse koffie naar het Jackpot Café kwam, maar hij besloot dat hij beter niet kon antwoorden.

Dan wilde ze alleen maar weten waar hij uithing, en als ze dat eenmaal wist had ze meteen door wat hij hier deed. En dan stond ze binnen de kortste keren voor zijn neus om hem op andere gedachten te brengen. Want Tara mocht Verity niet. Want Tara vond Verity arrogant en gemaakt.

Het grommen van een automotor steeg boven het lawaai van de wind uit. Zo'n twintig meter verderop zag Jimmy een hemelsblauwe Land Rover Discovery met ongeveer een kilometer per uur door High Street zijn kant op komen. Toeristen, dacht Jimmy automatisch, niet alleen vanwege de opzichtige auto, maar ook omdat hij een kaart uitgevouwen tegen het dashboard zag staan, vastgehouden door degene die naast de chauffeur zat.

Toen de auto naast hem stopte, gebeurde het onvermijdelijke: het raampje aan de passagierskant zoefde naar beneden en de passagier – een vrouw van in de dertig met blond haar en het soort kapsel dat Tara 'nieuwslezeres' zou noemen, maar Jimmy alleen maar stijf vond – stak haar hoofd naar buiten. Ze glimlachte naar Jimmy zoals Marianna Andrews, zijn bazin bij de videotheek aan South Parade waar hij parttime werkte, ook altijd deed als ze op het punt stond hem te vragen of hij langer wilde blijven of in de regen een boodschap voor haar wilde doen.

Jimmy sprak als eerste: 'Wat zoek je?'

'Valt het zo op?' De vrouw glimlachte weer, maar nu anders: met haar hele gezicht in plaats van alleen haar mond.

'Die kaart heeft je verraden,' zei hij, al een beetje milder gestemd.

Ze klapte een elektronische agenda in een titanium houder open en las hardop: 'Harbour Cottage, Quayside Row, nummer vier. Weet je waar dat is?'

Arnold, de grote vriend van Jimmy's oma, woonde twee deuren verderop. Het adres verbaasde Jimmy wel. Afgaande op haar auto en haar kleren zou hij zeggen dat de prijzige appartementen in de oude stadsmuren meer iets voor haar waren. Hij keek langs haar heen en zag een gedrongen, wat jongere man, die met zijn vingers op het bruin leren stuur zat te tikken.

'Nou?' vroeg ze.

Even speelde Jimmy met het idee haar de verkeerde kant op te sturen, gewoon voor de lol. Ryan en hij hadden dat als kinderen vaak gedaan; kijken wie de toeristen het verst bij hun bestemming vandaan wist te krijgen. Maar hij was geen kind meer en de vrouw zag eruit alsof ze al een lange dag achter de rug had. Hij keek op zijn horloge. Welja, dacht hij. Waarom niet? Het zat er dik in dat hij hier nog zeker een halfuur stond te wachten voor Verity naar buiten kwam. Hij kon het er best op wagen. En misschien – wie zou het zeggen? – had het een gunstige uitwerking op zijn 'karma', iets waar Tara heilig in geloofde. Hij trapte zijn sigaret uit en stapte op zijn BMX. 'Rij maar achter me aan,' zei hij.

Hij fietste een meter of tien verder door High Street, waarna hij links afsloeg en zonder te trappen over de keitjes van de steile Crackwell Street naar beneden suisde. Onderaan wierp hij een blik over zijn schouder om te zien of de Land Rover er nog was, waarna hij linksaf de parkeerplaats aan de haven opreed. Nog tien meter en hij kwam slippend tot stilstand bij het begin van het pad dat naar Quayside Row, de werven en de haven zelf leidde.

De Land Rover stopte achter hem. De man stapte uit en stond een moment lang met zijn handen in zijn zij over zee uit te kijken. Hij was een centimeter of vijf kleiner dan Jimmy en droeg een versleten spijkerbroek en een dik, rood-zwart geblokt houthakkershemd met de kraag omhoog. Turend over het water grijnsde hij zomaar wat voor zich uit, blijkbaar blij dat hij hier was.

Jimmy draaide zich om naar de auto en zag de vrouw resoluut zijn kant op lopen, terwijl de wind als een onzichtbare hand door het bont van haar jas woelde.

'Nummer vier is het huis met de verroeste weerhaan,' zei Jimmy tegen haar, wijzend naar de rij pastelkleurige huisjes aan het eind van het pad, 'en de lichtblauwe vensterbanken.'

'Dank je,' zei ze, maar ze klonk een beetje onzeker. Ze keek van de auto naar het huisje alsof ze de afstand probeerde te schatten. 'Kunnen we niet dichterbij komen?'

'Nee,' antwoordde Jimmy.

Haar blik dwaalde verder, gleed langs Jimmy en bleef rusten op het kantoor van de havenmeester bij de ingang van de parkeerplaats. Naast het lage gebouwtje van rode baksteen stond een gesloten hek en daarachter waren op de kade duidelijk geparkeerde auto's te zien. 'En die dan?' vroeg ze.

'Die zijn van de vissers,' verklaarde Jimmy. 'En de lui van de zeilschool. Maar toeristen mogen er niet komen. Daar is niet genoeg ruimte voor.'

De kleine man zei met een Australisch accent: 'Maak je niet druk, Ellen. Het is maar een klein stukje lopen.' Hij wendde zich tot Jimmy. 'We hebben hier een paar zware tassen,' zei hij. 'Kun je ons misschien een handje helpen?'

Denkend aan zijn uitkijkpost tegenover het Grand keek Jimmy op zijn horloge – het kon nog wel, schatte hij. 'Als we maar snel zijn,' zei hij, terwijl hij achter de man aan om de auto heen liep.

Vijf minuten later stonden ze met zijn drieën op de bemoste keien voor het huisje, met de zwaarste tassen van het stel aan hun voeten.

'Bedankt,' zei de man, en hij stak zijn hand naar Jimmy uit. 'Ik ben overigens Scott.'

'Jimmy,' mompelde Jimmy, Scotts hand schuddend. Het waaide hier harder en Jimmy trok zijn pet nog verder over zijn ogen. 'Niet echt mooi vakantieweer,' stelde hij vast.

Scott haalde zijn schouders op. 'We zijn niet op vakantie.'

'Nee?'

'Nee. We maken een documentaire.'

Jimmy staarde hen aan. Hij merkte dat hij plotseling trilde van opwinding. Film... tv... net wat hij wilde. Netwerken, had zijn leraar communicatie gezegd, daar kwam het op aan. En precies dat kreeg Jimmy maar niet voor elkaar. En hier waren ze dan, met zijn tweeën, zomaar zijn leven binnen gewandeld. Razendsnel probeerde hij te bedenken hoe hij deze toevallige ontmoeting kon gebruiken – misschien moest hij ze schaduwen? – om zijn kans om op de filmacademie toegelaten te worden te vergroten. 'O ja?' vroeg hij uiteindelijk zo achteloos mogelijk, zodat ze niet zouden denken dat hij, als een echte provinciaal, geïmponeerd was. 'Waarover?'

De vrouw – Scott had haar Ellen genoemd – stond naar de voordeur te kijken. 'Lost Soul's Point,' zei ze zonder zich om te draaien.

Jimmy's hart sloeg een slag over. Hij kreeg kippenvel, en hij wist dat alle kleur uit zijn gezicht wegtrok. Lost Soul's Point was de toeristische naam voor de onheilsplek op de rotsen boven North Beach en het stadje.

'Weleens van gehoord?' vroeg Scott.

Jimmy knikte onwillig. Wie had er in dit stadje niet van gehoord? Als je daar bij eb naar beneden sprong, viel je bijna zestig meter diep op de rotsen. En bij hoogwater was een sprong in zee net zo dodelijk. Sinds Jimmy geboren was, hadden wel tien mensen er zelfmoord gepleegd. De meesten waren mannen en vrouwen van buiten, mensen die hun auto boven op de rots hadden laten staan. De meesten, maar niet allemaal.

'Dan ken je het verhaal erachter vast ook,' zei Ellen.

Weer knikte Jimmy. Alle kinderen in het stadje kregen de legende op het schoolplein van oudere kinderen te horen: iets over een gestoord rijk meisje dat honderd jaar of langer geleden naar beneden gesprongen was; iets over verdriet omdat een of andere knul haar gedumpt had; iets over zijn geest die 's nachts over de rotsen dwaalde, voor eeuwig verdoemd om wat hij haar aangedaan had. Met andere woorden, iets wat klonk als een onwaarschijnlijke hoop geouwehoer.

Maar de legende kon Jimmy nu even gestolen worden. Hij wilde alleen maar zeker weten dat hun belangstelling voor Lost Soul's Point niet verderging dan dat.

'We willen de geschiedenis ervan vertellen,' vervolgde Ellen, aangemoedigd door zijn afwachtende zwijgen. 'We willen de legende behandelen en daarna ook naar de slachtoffers van nu kijken, ons verdiepen in het leven van de mensen die hier in de afgelopen jaren zelfmoord gepleegd hebben en onderzoeken waarom ze het deden, en waarom ze het juist hier deden...'

Met elk woord dat Ellen sprak, doofde het vuur van de opwinding in Jimmy's binnenste verder uit. *Slachtoffers...* het woord galmde na in zijn hoofd. *Slachtoffers...* zoals Ryan... Deze mensen kwamen Ryans dood onderzoeken. Ze waren gekomen om uit te zoeken waarom hij gedaan had wat hij gedaan had.

Ellen merkte zijn veranderde stemming onmiddellijk op. 'Wat is er?' vroeg ze.

In Jimmy's binnenste groeide de paniek. Waarom praatte hij eigenlijk nog met deze mensen? Hoe was het mogelijk dat hij híérover met hen stond te praten, het enige waar hij nooit meer met iemand over wilde praten?

'Gaat het wel goed met je, knul?' vroeg Scott.

'Ik...' Maar Jimmy kon geen woord uitbrengen. Hij keek van Scott naar Ellen. Hun ogen waren net zoeklichten op zijn gezicht. Hij had niets te zeggen. Niet tegen hen. Niet over Ryan. Hij was duizelig, hij hijgde alsof alle lucht uit zijn longen gezogen was. 'Ik moet weg.' Hij draaide zich om en ging er haastig vandoor.

Met zijn rug naar hen toe kon Jimmy zich er met moeite van weerhouden het op een lopen te zetten.

2

'Kwam het door mij? Heb ik iets verkeerd gezegd?' vroeg Ellen aan Scott toen ze de jongen weg zagen fietsen. Hij was zo behulpzaam geweest, waarom was hij opeens zo stil geworden?

'Dat was dan de verbroedering met de plaatselijke bevolking,' reageerde Scott.

Ellen wierp een blik op de jonge Australiër naast haar en moest opeens denken aan al die positieve dingen die ze tijdens de lange rit vanuit Londen gezegd had.

'Bedankt!' riep Ellen de jongen na. Maar het was al te laat en haar stem vervloog op de wind. Scott slaagde er niet in een geamuseerde grijns te onderdrukken, zag ze.

'O, aan het werk!' riep Ellen uit terwijl ze de Australiër speels in de richting van de auto duwde.

Naast de verveloze voordeur van het huisje graaide Ellen in de houten brievenbus op zoek naar de sleutel. Jammer, geen vriendelijk welkomstbriefje, dacht ze, toen ze de ouderwetse ijzeren sleutel in het slot stak. Maar de deur was uitgezet van het vocht en ze kreeg er geen beweging in.

Grommend van frustratie keek ze naar de auto, maar ze nam zich vast voor niet weer Scotts hulp in te roepen. Ze mocht dan tien jaar ouder zijn dan hij, maar met haar vierendertig jaar stond ze echt nog wel haar mannetje. Hoog opgericht in haar nepbontjas draaide ze de koperen deurknop om en zette haar schouder tegen de deur. Na nog een paar keer flink duwen vloog de deur plotseling open. Ze struikelde het trapje af de woonkamer in en verstuikte haar enkel.

Vanbinnen was het huisje zo scheef dat ze ook wel was gaan hinken als ze niet gevallen was. Het lage gepleisterde plafond liep in een scherpe hoek af en de trap zag eruit alsof hij dronken tegen de muur aan gezakt was, zodat je alleen bovenkwam als je zijdelings de treden op schuifelde.

'Jezus. Het is piepklein,' zei Scott, die met een van de camerakoffers naar binnen kwam en de bovenmaatse chintz leunstoel aan de kant schoof om plaats te maken.

Zo met zijn tweeën in de deuropening voelde het huisje al afschuwelijk benauwd aan.

'Het is... eh... knus,' zei Ellen, zoekend naar het juiste woord. Ze bekeek het stoffige bosje droogbloemen in de open haard en het dressoir met de menigte zuur kijkende porseleinen figuurtjes. 'We zullen het ermee moeten doen.'

Ze hinkte over het tot op de draad versleten vloerkleed naar de andere kant van de kamer, schoof het kralengordijn opzij en wierp een blik in het kleine vierkante keukentje. Onder het oeroude gasstelletje was om het recht te houden een telefoonboek geschoven en de kraan drupte tegen een achtergrond van groene kalkaanslag in de wasbak. 'Ah!' zei ze veelbetekenend. Ze draaide zich om naar Scott en blies het haar uit haar gezicht – een gewoonte die ze nog niet afgeleerd had, hoewel ze haar blonde haar pas in een sluik, kort kapsel had laten knippen. 'Oké. We halen de rest van de spullen,' zei ze zo stoer als ze maar kon, 'dan zetten we thee en bedenken we wat we gaan doen.'

'Jij bent de baas.'

Toen ze eindelijk alle spullen naar binnen gesjouwd hadden, begon Ellen zwetend haar tas de trap op te zeulen. Boven schoof ze de klink van de gewelfde houten deur, boog het hoofd en bleef staan op de drempel van de eerste slaapkamer. Haar neusgaten vulden zich met de scherpe geur van vocht. En dat was het moment waarop haar positieve instelling er de brui aan gaf en in haar hoofd het beeld van landelijke charme als een spiegel in stukken viel.

In plaats van het zonnige toevluchtsoord uit haar fantasie, compleet met een gigantisch ijzeren bed, dikke handgemaakte quilts en smaakvolle zachte stoelen, zag ze een kamer voor zich die meer weg had van de cel van een non. De witte wanden waren verkleurd tot een mat grijs, en behalve een blikken crucifix dat eruitzag als een vreemdsoortige bakvorm hing er niets aan.

Moedeloos gooide Ellen haar Burberry-reistas op het hoge eenpersoonsbed, maar hij stuiterde er meteen weer vanaf, alsof de bobbels onder de nylon beddensprei hem boos terug gestompt hadden. Toen de tas met een bons op zijn kant viel, hoorde ze iets breken – vast de fles badolie in haar toilettas, of erger, haar parfum.

Zichzelf dwingend kalm te blijven stapte ze over de tas heen naar het schuifraam, waar een vitrage wapperde op de koude tocht. Ze wurmde zich langs de toilettafel, waarop een troosteloos kanten kleedje vastgeniet zat, rukte het gordijn opzij en maakte het koperen haakje los, waarna ze net zo lang met haar handen tegen het schilferende raamkozijn beukte tot het raam omhoogvloog. Toen stak ze haar hoofd door het raam en haalde leunend op de brede vensterbank eens diep adem.

Onder haar lag een smal keienstraatje voor de dikke havenmuur, maar vanuit het slaapkamerraam was het net alsof ze op de rand stond, met de haven zelf een duizelingwekkende vijftien meter in de diepte. Daar sloeg het koude water tegen de vissersboten, waarvan de kettingen uit de modder tevoorschijn kwamen alsof ze ergens in een duistere onderwereld vastzaten.

Verderop, waar de modder overging in een halvemaanvormig strand, zag ze een met netten bezaaide betonnen helling, die naar een wirwar van masten en machines in de scheepswerf leidde. Aan het pad stond een verlaten frietkraam die een wiel miste en een piepklein stenen kapelletje dat volledig overschaduwd werd door de hoog oprijzende, met beton verstevigde rots erachter.

Achter het decoratieve parkje en de sierrreling bovenaan onderscheidde ze een rij opzichtige negentiende-eeuwse huizen, de ramen levenloos achter de gietijzeren balustrades. Ernaast stond een vervallen art-decogebouw dat waarschijnlijk een bioscoop of een feestzaal geweest was maar nu dichtgespijkerd zat, en verderop een lelijk flatgebouw uit de jaren zestig, met een waterlijn van viezigheid halverwege de bleke betonnen muur. Achter het stadje liep het land omhoog, de modderige voren, waar een eenzaam paard stond te grazen, bezet met pollen gras.

Zuchtend zoog Ellen haar longen nog eens vol met de zilte lucht. Met een steek van heimwee dacht ze aan Jason. Die was nu op het vliegveld, onderweg naar Zuid-Amerika voor zijn nieuwste avontuurlijke filmexpeditie. Zoek de verschillen, dacht ze somber terwijl ze de verlaten, herfstachtige badplaats in zich opnam.

Ze gunde Jason de opwinding en de bevrediging die hij uit zijn regenwoudserie haalde van harte, maar of ze het nu wilde of niet, het irriteerde Ellen dat hij er helemaal geen moeite mee leek te hebben om niet bij haar te zijn. En om heel eerlijk te zijn was ze ook jaloers.

'Maar je gaat zelf ook weg,' had Jason gisteravond tegengeworpen, in de slaapkamer van hun appartement in Clerkenwell.

'Dat is heel anders,' antwoordde Ellen, terwijl ze nachtcrème op haar gezicht smeerde en via de grote spiegel op de kast naar Jason keek. Hij kwam net uit de douche, een geelbruine sarong losjes om zijn slanke taille gewikkeld. Hij stond naast hun handgemaakte hardhouten bed en speelde met het ebbenhouten hangertje dat hij altijd aan een leren koordje om zijn nek had. Zelfs zonder kleren aan zag hij er cool uit, op die excentrieke manier die helemaal van hem alleen was. Hij had iets heel aantrekkelijks, iets onaanraakbaar mannelijks dat Ellen altijd onweerstaanbaar gevonden had. Hij was net zo oud als zij, maar Ellen had altijd het gevoel gehad dat Jason nooit ouder werd. Hij had er altijd al hetzelfde uitgezien, alsof hij zich door en door op zijn gemak voelde in zijn olijfbruine huid, met zijn lachende grijsgroene ogen achter de lange, gekrulde wimpers. Maar het opvallendst aan hem waren zijn woeste kastanjebruine krullen, die hij zojuist met een elastiekje bijeengebonden had.

Het gladde linnen dekbedovertrek voor hem ging schuil onder stapeltjes keurig gestreken bloesjes en broeken van Ellen en een slordige hoop korte broeken en T-shirts van hem, die hij net wilde gaan inpakken.

'O, Jason, wacht nou even.' Ze draaide zich om en liep naar zijn kant van het bed. 'Laat me je spullen nou even strijken.'

Jason grinnikte om haar bezorgdheid. 'Geloof me, waar ik heen ga is het helemaal niet nodig dat je kleren droog zijn, laat staan gestreken.'

Ellen zag hoe hij de kleren in zijn stokoude rugzak propte en voelde kinderlijke tranen opwellen. Ze had de hele week al een vervelend gevoel over Jasons reis en nu de avond voor hun beider vertrek was aangebroken, verlangde ze er wanhopig naar hem bij zich te houden. Tot nu toe was zij altijd gewoon thuisgebleven als Jason ging filmen, maar nu ze allebei weggingen werd de afstand tussen hen groter dan ooit.

'Kijk niet zo,' zei Jason zachtjes, en hij trok haar naar zich toe. 'Die maand vliegt voorbij.'

'Zie je nou! Je mist me straks niet eens,' flapte Ellen er op beschuldigende toon uit.

Ze keek naar Jasons gezicht. Normaal had hij een stoppelbaardje en keek hij moe uit zijn ogen, maar nu was hij keurig gekamd en gladgeschoren. Hij zag eruit als de man op wie ze meer dan tien jaar geleden verliefd geworden was, toen zij in opleiding was bij de BBC en hij op een dag met een cameraploeg voor haar neus had gestaan.

'Zullen we wedden?' zei hij zo teder dat haar nukkige bui als sneeuw voor de zon verdween. 'Ik mis je de hele tijd. Vooral dit stukje hier,' zei hij, en hij schoof de kraag van haar dikke witte badjas opzij en kuste haar in haar hals. 'Alhoewel, dit stukje mis ik misschien nog meer,' vervolgde hij. Hij trok een spoor van kussen over haar sleutelbeen en Ellen begon te lachen.

Toen haakte hij een voet achter haar enkel en lichtte zonder moeite haar voet op, zodat ze zachtjes op het bed neerkwam. Hij landde voorzichtig boven op haar en trok haar badjas open, waarna hij zijn afdaling voortzette. Ellen keek op naar de poeltjes van zacht licht die uit de designerspots kwamen. Ze genoot van elke kus en deed haar best om niet aan haar nette stapeltjes kleren te denken die ze straks weer moest opvouwen. Hier moet ik het een hele tijd mee doen, dacht ze.

Nu, voor het raam in Shoresby, sloot Ellen eventjes haar ogen en ademde ze de zeelucht in, genietend van de herinnering aan gisteravond. 'Het komt wel goed,' zei ze hardop. 'Kalm blijven. Je kunt het. Je kunt...'

Maar verder kwam ze niet, want haar oren vulden zich met een ijselijk gekrijs. Een enorme zeemeeuw dook met glinsterende kraaloogjes en zijn gele snavel open op haar af en miste haar op een haar na. Verstijfd van schrik zag Ellen het dier wegzweven en weer terugkomen, blijkbaar vastbesloten nog zo'n gemene uitval te doen.

'Shit!' Ellen vloog achteruit de kamer in en stootte haar hoofd tegen het raamkozijn, net op het moment dat de zeemeeuw langs haar schoot. Ze sloeg het raam dicht en sprong weg. Met haar handen om haar hoofd geslagen draaide ze zich om. Scott stond in de deuropening.

'Het is net zo'n verrekte Hitchcockfilm!' zei ze, terwijl de zeemeeuw aan de andere kant van het raam triomfantelijk krijste.

Scott haalde ongeduldig zijn schouders op. 'Ik heb een stapelbed,' zei hij met een hoofdknik in de richting van zijn kamer. 'En er is geen telefoonaansluiting, wat betekent dat we e-mail en fax wel kunnen vergeten.'

'Godsamme. Dit is een ramp,' zei Ellen. Ze zette haar reistas weer op het bed. 'Het spijt me vreselijk. Ik had Joy ook niet moeten vertrouwen.'

Ellen had kunnen weten dat Joy – de minst behulpzame productiesecretaresse ter wereld, de vrouw die als enige doel in haar leven had Ellen te zien afgaan – het kleinste, meest ongastvrije hok van Shoresby zou huren, alleen maar om haar op stang te jagen. Nu was ze boos op zichzelf, omdat ze niet wat meer aandacht aan dergelijke details geschonken had.

Ze had bedacht dat een huisje wel zo handig zou zijn, aangezien ze tussen Shoresby en Londen heen en weer zou reizen, om afwisselend een paar dagen per week in de montageruimte in Soho andere programma's af te maken en in Shoresby aan de nieuwe film te werken. En omdat Scott als freelancer op het moment weinig werk had, had Ellen voorgesteld dat hij er de hele tijd zou wonen, als een soort betaalde vakantie. Bij Joy had comfort echter duidelijk niet vooropgestaan.

Ellen vond zichzelf vrij gemakkelijk in de omgang, en het was dan ook een hele schok geweest dat Joy haar meteen toen ze een paar maanden geleden bij APWW, een kleine onafhankelijke productiemaatschappij, kwam werken niet bleek te mogen. Joy had er geen geheim van gemaakt dat ze vond dat Ellen te weinig ervaring had om Amanda's taak over te nemen, alsof haar vorige baan bij de BBC er niet toe deed. Omdat ze meer redactie- dan regiewerk gedaan had, wist Ellen dat er wel een kern van waarheid in Joy's woorden school, en dat was de reden dat ze vastbesloten was om deze reis tot een goed einde te brengen – al had ze nu wel het gevoel dat ze in het diepe gegooid was.

'Moet je horen, ik kijk wel of ik iets anders kan regelen,' zei Ellen, terwijl ze achter een teleurgestelde Scott aan de trap af liep. Ze zocht in het telefoonboek van haar mobiel naar het nummer van kantoor en drukte op de ok-toets.

Maar ze had geen bereik. Geen bereik op haar supermoderne mobieltje, dat ze speciaal voor deze reis aangeschaft had.

Het was lang geleden dat Ellen voor het laatst in een telefooncel gestaan had. De exemplaren in de buurt van haar huis in Londen (in een deel van Clerkenwell dat nog aan zijn opkomst moest beginnen) zaten onder de graffiti en de telefoons waren meestal weg. Een ouderwetse openbare telefoon die het deed was dus iets heel nieuws voor haar. Net als zakendoen in een kantoor van een vierkante meter.

Met haar laars tegen de ruit gedrukt en de telefoon tegen haar schouder geklemd trok ze met haar tanden het dopje van de pen. Toen sloeg ze de plastic map open en probeerde haar aantekeningen in evenwicht te houden op haar dij. Ze gooide een paar muntjes in de gleuf en draaide het nummer van kantoor.

Ze zag Joy voor zich in het keukenblokje in het piepkleine kantoor in West End, waar ze met een boze blik op de telefoon uitgebreid haar theezakje uitkneep boven haar kop. Uiteindelijk nam ze op. Na de kortst mogelijke uitwisseling van beleefdheden kwam Ellen terzake. 'Er zijn een paar dingen. We moeten toestemming hebben van de Amerikaanse eigenaar van Appleforth House om daar en op het terrein bij Lost Soul's Point te filmen. Maar er zit geen verklaring van hem tussen Amanda's aantekeningen.'

Joy snoof afkeurend. 'Je hebt alles wat er is,' zei ze. 'Als er iets ontbreekt is dat niet mijn schuld.'

'Dat zeg ik ook niet, maar kun je erachteraan gaan... als je tij...?'

'Dan zul je me een faxnummer moeten geven.'

'Ik maak er meteen werk van en bel het nummer straks aan je door,' zei Ellen, opgelucht dat ze een belofte aan Joy had ontfutseld. 'En... eh... nog iets?'

'Ja?' vroeg Joy met een stem die droop van ergernis.

'Heb je toevallig een lijst met pensions en hotels hier? Het huisje is namelijk een beetje aan de kleine kant voor Scott en mij samen...'

De woorden waren haar mond nog niet uit of Joy viel haar verontwaardigd in de rede. 'Ik heb je het goedkoopste adres bezorgd dat ik kon vinden. Jíj zei dat jíj wilde besparen op het budget, zodat je daar extra kon filmen...'

'Oké, oké. Begrepen.'

Het was waar dat Ellen het idee van het verhaal over de zelfmoorden van Lost Soul's Point doorgedrukt had, als onderdeel van een serie documentaires over de legendes achter bekende plekken in Groot-Brittannië. Amanda, de producer van de serie die Ellen de leiding gegeven had, had al een aantal programma's gemaakt en Ellen alleen gevraagd om op Lost Soul's Point een paar opnamen te maken, met een kleine voice-over. De rest van het programma zou dan gevuld worden met interviews met mensen uit Shoresby. Maar Ellen had betoogd dat een uitgebreide reportage over het negentiende-eeuwse meisje dat zich met een gebroken hart van de rots gegooid had het programma veel beter zou maken. En met een reconstructie van het drama zou het pas echt tot leven komen.

Maar nu werd ze zich bewust van de kloof die gaapte tussen de gesprekken die ze op kantoor gevoerd had en de realiteit van haar aanwezigheid hier. Ze was zo op het succes van haar project gebrand dat ze alle aangeboden hulp luchthartig had afgeslagen en Amanda's bedenkingen tegen filmen in de herfst, wanneer het licht vreselijk was, had weggewuifd. En nu was ze nog geen uur in het mistroostige Shoresby of er leken al een miljoen problemen te zijn.

Ellen drukte de hoorn tegen haar voorhoofd. Het groeide haar volkomen boven het hoofd. Ze wist dat ze Amanda niet zou moeten bellen, maar zij was hier als enige al eens eerder geweest, toen ze een halfjaar geleden de serie aan het voorbereiden was. Ze kon wel een paar opbeurende woorden gebruiken. Ellen haalde diep adem en draaide het nummer. 'Amanda,' begon ze, 'sorry dat ik je thuis bel, maar...'

Ellen hield abrupt haar mond. Aan de andere kant van de lijn slaakte Amanda een diepe zucht.

'O God!' riep Ellen uit. Haar aantekeningen gleden van haar knie en dwarrelden als sneeuw naar de vloer van de telefooncel. 'Je bent toch niet...'

'Nee. Gewoon Braxton Hicks.'

'Wie is dat?'

'Allemachtig... harde buik...' pufte Amanda. 'Hartstikke pijnlijk. Wat is er?'

'Niets. Niets bijzonders. Helemaal niets. Ga maar gauw... alles gaat...' Snel legde Ellen de hoorn op de haak.

'Prima,' besloot ze hardop, terwijl het geld rinkelend in de telefoon viel. Bijtend op haar lip luisterde ze naar de wind die tegen de telefooncel beukte.

Waarom wilde ze eigenlijk zo nodig Amanda bellen? De bedoeling van leidinggeven was toch juist dat je leidinggaf, ook al voelde je je griezelig alleen? Geërgerd omdat ze zich als een slapjanus gedroeg, graaide ze haar aantekeningen bij elkaar en stopte ze terug in de map. Hoe moeilijk kon dit nu helemaal zijn?

Een vettige chipszak wervelde op de wind langs haar voeten toen Ellen zich de telefooncel uithaastte, op zoek naar het hotel waar ze onderweg naar het huisje langsgereden waren. Ze bleef staan, niet zeker of ze de keienstraat in moest of de weg links van haar. Uiteindelijk koos ze voor het asfalt links, boog haar hoofd en begon te lopen.

Maar toen bleek dat de weg heuvelopwaarts van de haven wegvoerde raakte ze alle gevoel voor richting kwijt. Bij een makelaar bleef ze staan om naar de foto's van verwaarloosde bungalows en caravans te kijken. Wat leken al die optimistische dingen die ze tegen haar vriendinnen gezegd had – over de helende kracht van de zeelucht waarin ze zich zou koesteren – nu dom en naïef.

Toen ze in een warreling van dansende bladeren de weg overstak, werd ze bijna omvergereden door een Land Rover met een rammelende bootoplegger erachter, gevolgd door een busje van de posterijen. Verderop, voorbij een geopend luik in de stoep, waar een caféhouder vaten bier naar binnen rolde, verbreedde de weg zich tot een plein, waaraan de winkels nu een voor een opengingen.

Instinctief greep ze naar de leren portemonnee in haar zak en terwijl ze door het centrum van het stadje liep tikte ze tegen de rand van haar creditcard. Maar het zag ernaar uit dat het nog moeite zou kosten om iets te vinden wat ze wilde kopen. Oké, er was zo'n surfwinkel, de Wave Cave geheten, die je in elke bad-plaats zag, maar verder leek stijl hier een onbekend begrip te zijn.

Nou, het is in ieder geval een hele uitdaging, dacht Ellen, zich een weg banend langs een paar oude dametjes met wollen mut-sen op die voor het postkantoor stonden te kletsen. Naast Wool-worth liep een aardig straatje, zag ze. Met wat zon en een handig camerastandpunt achter de hulst op het kerkhof kon ze deze plaats misschien nog een beetje behoorlijk in beeld brengen.

Bij de kerk met de heksenhoedachtige toren aangekomen zag ze dat het keienstraatje hier begon en dat ze een zinloze rond-wandeling gemaakt had. Maar ze wist tenminste weer waar ze was en herkende nu ook de straat waar ze eerder die ochtend met de auto voor WHSmith gestopt waren. Verderop zag ze het bord van het Grand Hotel heen en weer gaan op de wind.

Er zat niets anders op, besloot ze, terwijl ze langs een Chinees afhaalrestaurant en een met half opgeblazen strandspeelgoed vol-gepropte winkel rende, dan dit professioneel aan te pakken. Ze zou filmen en zo snel mogelijk weer weg zijn. Zodra ze een fax-nummer had ging ze Lost Soul's Point bekijken en een filmsche-ma maken.

Haar gedachten werden afgeleid door de aanblik van de jongen die ze eerder ontmoet had. Hij stond naast een bankje, vlak bij een smeedijzeren paviljoen, diep weggedoken in zijn leren jack tegen zijn fiets aan steels een sigaret te roken. Ellen kon hem van-af de andere kant van de straat duidelijk zien, maar hij schoof met de punt van zijn schoen over de stoep en was zo in gedach-ten verzonken dat hij haar niet zag. Het kon ook zijn dat hij haar gewoon negeerde. Ellen wilde hem al roepen, maar bedacht zich. Ze wendde haar blik af en liep door.

Het leek Ellen zo lang geleden dat ze zelf een puber was dat ze geen idee had hoe het moest zijn om in zo'n plaats te wonen. Die

jongen zag haar misschien wel als een of ander opdringerig stads-
mens.

Nou, dat was Ellen dus niet en dat zou ze bewijzen ook. Ze
was gekomen om haar medeleven over de zelfmoorden te tonen
en om de legende van Lost Soul's Point voor iedereen weer interessant te maken, ook voor de plaatselijke bevolking. En dat was
precies wat ze ging doen: de romantiek van het stadje vastleggen
en de geschiedenis tot leven brengen.

Bij de aanblik van de indrukwekkende achttiende-eeuwse gevel
van het Grand Hotel had Ellen bedacht dat ze alle zuinigheid
overboord zou gooien en met haar eigen creditcard een kamer
zou reserveren. Maar nu ze er binnenliep begon ze alweer te twijfelen. Ze vroeg zich af of ze het huisje, ondanks Scotts bedenkingen, niet wat gezelliger kon maken.

Binnen had het hotel namelijk niets van de grandeur die de
naam beloofde. Bij de deur stond een hoge, roodbruine planten-
bak, maar in plaats van een weelderige aspidistra stond er een
met vies bruin water gevulde ijsemmer in die onder het lekkende
dak van de veranda de druppels opving.

Toen ze verder liep naar de lobby zag Ellen op een bewerkte
houten lessenaar een gastenboek liggen, opengeslagen op twee
onheilspellend lege bladzijden. Ze rook vaag de lucht van sigaretten, vermengd met de misselijkmakende dennengeur van
luchtverfrisser. Haar voetstappen weergalmden op de tegels. Ze
bleef staan bij de balie en keek naar de gelambriseerde trap en de
lounge daarachter. Het enige teken van leven was de vleugel in de
enorme erker; hij lag vol met opengeslagen muziekboeken en
onder het pianolampje lichtten de glimmende witte toetsen op
als de grijns van een tekenfilmfiguurtje.

Ellen drukte schuchter op de koperen halfronde bel op de balie; het klingelen galmde luid door de lobby. Toen er niets gebeurde, keek ze achter zich naar de foto's aan de muur naast de
trap. Op een aantal sepiakleurige reproducties stonden mollige
vrouwen in strandstoelen aan zee. Op een andere reden karren
met paarden ervoor over de drukke markt en wandelden deftige
heren met hoge hoeden op met dames in mooie jurken. Ellen be-

keek de foto's van Shoreby in zijn negentiende-eeuwse hoogtij-
dagen eens wat beter. Misschien moest ze hiervan ook een paar
shots maken, dacht ze, om te laten zien hoe het stadje eruitzag
toen het nog goed ging met Appleforth House.

Ze was zo in de beelden verdiept dat ze een sprongetje maakte
toen ze de deur achter de receptie open hoorde vliegen. Ze keek
om en zag een meisje op zich afkomen.

Het meisje had een geroosterde boterham in haar hand; toen
ze Ellen zag sloeg ze een hand voor haar mond en probeerde ze
sneller te kauwen. Het meisje was opvallend lang en had mooie,
grote groene ogen. Alles aan haar, van haar make-upvrije huid
tot de dikke vlecht van kastanjebruin haar die op haar rug hing,
zag er keurig verzorgd uit. Maar toen het meisje haar handen op
de rand van de balie legde, zag Ellen dat haar nagels helemaal
afgekloven waren.

'Kan ik u helpen?' vroeg ze met welluidende, heldere stem, en
ze keek Ellen met een ontwapenende terughoudendheid aan.

'Ik werk voor een televisiebedrijf. Ik kom een documentaire
maken over Lost Soul's Point...' begon Ellen, ietwat van haar stuk
door de manier van doen van het meisje.

'Zoekt u een kamer?'

'Nou, ik vroeg me eigenlijk af of ik jullie fax mocht gebruiken.
Als jullie er eentje hebben?'

'Natuurlijk.' Het meisje knikte en deed een paar stappen achteruit om de deur op een kier te zetten. 'Mam!' riep ze. 'Is het
goed als...'

Ze werd onderbroken door een kleine, rondborstige vrouw die
kordaat de receptie in beende, terwijl ze de gesteven witte boord
onder haar plompe ruitjesblazer gladstreek. De vrouw had dezelfde groene ogen als het meisje, maar niets van haar katachtige gra-
tie. Op haar sproetige wangen lag een blos en in haar voorhoofd
stonden drie evenwijdige rimpels. 'Niet zo gillen, Verity,' siste ze
afkeurend, waarna ze het meisje opzij duwde en zich tot Ellen
wendde. 'Welkom in het Grand Hotel, Shoresby,' zei ze. Ze likte
aan haar vingers en bladerde energiek in een bovenmaats schrift
aan haar kant van de balie. 'Wat kan ik voor u doen?'

'Ze wil de fax gebruiken,' mompelde Verity, die in het bijzijn van haar moeder niets hooghartigs meer had. 'Dat heeft ze al gezegd. Ze is van de tv.'

Verity's moeder keek op van het schrift, haar wenkbrauwen nieuwsgierig gefronst. Toen stak ze glimlachend een hand over de balie, alsof Ellen een verloren gewaand familielid was, of een beroemde gast.

Ellen glimlachte terug zonder de vrouw aan te kijken, afgeleid als ze was door een ouder stel dat gearmd de trap af kwam. Ze knikten goedemorgen, maar de vrouw, nog steeds met Ellens hand in de hare, sloeg geen acht op ze.

Ellen was eraan gewend dat mensen onder de indruk waren van haar beroep. Als ze erachter kwamen dat ze regisseur was, dachten ze dat zij er zo even voor kon zorgen dat ze op televisie kwamen. Ze vond dit altijd een beetje gênant en had onmiddellijk een praatje klaar om het idee dat zij een of andere flitsende baan had de kop in te drukken. Op dit moment voelde ze zich verre van flitsend.

'Ik ben de hotelmanager, Cheryl Driver,' zei Verity's moeder met een tevreden knik toen ze eindelijk Ellens hand losliet. 'Cheryl met sj, hoewel ik helemaal niet zo stil ben,' voegde ze er met een gemaakt lachje aan toe.

'Ellen Morris.'

'Mam,' zei Verity geforceerd geduldig. Ellen kon de gefrustreerde gêne in haar stem horen.

'Moet jij niet naar school?' zei Cheryl, zonder zich om te draaien.

Ellen keek toe hoe Verity zich van de muur losmaakte en naar de deur liep. Heel even kruiste haar blik die van Ellen, en Verity glimlachte verlegen.

'Dat is mijn dochter, Verity,' zei Cheryl op samenzweerderige toon, waarbij haar haviksogen heen en weer schoten tussen Ellen en de deur waardoor Verity verdwenen was. 'Ze lijkt misschien een beetje kribbig, maar dat is gewoon haar temperament. O ja,' vervolgde ze zelfingenomen, 'mijn Verity is me er eentje.'

Ellen knikte terwijl Cheryl de klep van de balie optilde en op haar afliep. 'Mag ik u een ontbijt aanbieden?' vroeg ze.

Op dat moment besefte Ellen niet alleen dat ze razende honger had, maar ook dat Cheryls vriendelijke aanbod het eerste prettige was wat haar die dag overkwam. 'Heel graag,' zei ze dankbaar. 'Dat zou heerlijk zijn. Ik ben net aangekomen, ziet u.'

'Dan bent u hier aan het goede adres,' verzekerde Cheryl haar. 'Maar laat me eerst eens iets over het Grand vertellen.'

3

Aan de andere kant van de deur liet Verity haar hoofd tegen het hout rusten en sloot haar ogen. Vorige week was haar beugel eruit gegaan en ze kon maar niet wennen aan het gevoel dat het gaf wanneer ze met haar bevrijde tanden op haar onderlip beet.

Waarom deed haar moeder dit toch áltijd weer? dacht ze. Ze kon Cheryl door de deur heen horen. Het was erg genoeg dat ze zich ermee was komen bemoeien toen Verity die tv-vrouw – Ellen – aan het helpen was, nog veel erger was die irritante manier van doen van haar moeder.

Nu probeerde Cheryl Ellen de voordelen van een verblijf in het Grand te verkopen door woordelijk de punten uit haar laatste amateuristisch gemaakte folder op te dreunen.

'En natuurlijk hebben we ook een salon,' hoorde ze haar moeder zeggen.

'Wie speelt er piano?' vroeg Ellen Morris.

'O... Verity. Dat is altijd een buitengewoon getalenteerd kind geweest.'

Kind? Verity knarsetandde. Ze was geen kínd. Ze was net zeventien geworden.

'En ze zingt. Iedereen hier in Shoresby zou u onmiddellijk vertellen dat ze een stem heeft als een engel.'

Hou nou eens op de cd-hoesjes van anderen te citeren, smeekte Verity in stilte, maar haar moeder raakte nu echt op dreef.

'Ik bedoel, er zijn tegenwoordig zo veel talentenshows op televisie, mensen weten niet hoe snel ze zich op moeten geven om ook popster te worden. Ik weet zeker dat Verity ze allemaal met haar handen op haar rug zou winnen, maar ze wil niet meedoen. Ziet u, opera is eigenlijk haar sterkste kant, en de piano natuurlijk. Ik zeg altijd tegen haar dat je een talent als het hare niet mag verspillen. Het is zo frustrerend, maar ik probeer haar aan te moedigen en niet te pushen...'

Verity's maag kromp ineen. Starend naar de ongebruikte fax

op de plank in het kantoor bedacht ze hoe haar moeder moest overkomen bij iemand die zo wereldwijs en verfijnd was als Ellen. Verity hoopte dat zij zelf op een dag ook zo zou zijn. Ellen had een zelfvertrouwen en een leeftijdloze stijl die in Shoresby geen mens had. Zelfs haar make-up straalde verfijning uit, en hoewel Ellen duidelijk veel ouder was dan zij, bedacht Verity mismoedig dat het haar waarschijnlijk nooit zou lukken om er zo uit te zien.

Door het simpele feit dat ze familie van elkaar waren, was Verity onvermijdelijk besmet met hetzelfde provinciale snobisme dat haar moeder bijna tot kunst verheven had. Nou, één ding was zeker, dacht ze terwijl ze via het kantoortje naar de eetzaal holde: ze was niet van plan om vandaag nog zo'n gênante ontmoeting te hebben.

Stilletjes tussen de tafels door lopend – nog maar een halfuur geleden had zij die zelf met papieren kleden gedekt – stelde ze vast dat het ontbijtbuffet vrijwel onaangeroerd bleef, al zaten de gekke professor en zijn vrouw als spreeuwen aan hun cornflakes te knabbelen. Verity wierp een blik in hun richting. Ze zaten in de verste hoek aan hun gewone tafeltje bij het raam, vlak bij de dikke zussen die in afwachting van hun dagelijkse warme ontbijt hun reisgidsen zaten te lezen. Hoewel er nog meer gasten in de zaal zaten – een paar oudere mannen die de krant lazen en een droevige dame met een boek van Agatha Christie – hoorde je alleen nu en dan het tikken van bestek op goedkope borden.

Sinds haar ouders zes jaar geleden het hotel overgenomen hadden en Verity *The Shining* gezien had, kon ze het griezelige gevoel dat de gasten haar gaven niet van zich afschudden, vooral niet buiten het seizoen, als er alleen maar mafkezen en bejaarden kwamen.

Waarom mensen eigenlijk naar een desolaat oord als Shoresby kwamen, was Verity een raadsel. Als de scholen eenmaal weer begonnen en de toeristen vertrokken waren, was het het saaiste gat dat je je kon voorstellen en Verity kon niet wachten tot ze zelf ook kon vertrekken. Het maakte niet uit waarheen, als ze maar niet meer tussen vreemden hoefde te wonen.

Verity liep snel door en deed haar best de minachting die ze

37

voor de gasten voelde niet te tonen. Op sommige dagen lukte het haar ze te negeren, ze te behandelen als bewegend behang in haar huis. Op andere dagen kon ze wel gillen als ze het beleefde, gelijkmatige gefluister in de eetzaal hoorde. *Praat met elkaar*, wilde ze schreeuwen. *Maak lawaai. Leef!*

Maar Verity hield haar mond. Ze had lang geleden al geleerd dat het beter was om haar mening voor zich te houden. Zo irriteerde ze haar moeder het meest.

In een paar seconden was ze bij de keuken, waarvan de deur langs de met vilt beklede post zwiepte. Ze legde haar handen ertegenaan om hem tegen te houden.

Voor haar lag – ver verwijderd van de roze gestoffeerde keurigheid van het restaurant – de grote, rommelige keuken. Boven haar hoofd hingen rijen enorme pannen aan de wirwar van tikkende waterleidingbuizen aan het plafond. Een paar stoffige, gebutste roestvrijstalen apparaten stonden ongebruikt aan één kant van de ruimte. Aan de andere kant stonden lange houten kasten met scheve deurtjes tegen de muren, tot waar de diepe gootstenen begonnen. Tegen de achtermuur, onder de van condens druipnatte ramen, gedijden rijen tomatenplanten, hoewel het helemaal niet de tijd van het jaar was. Boven de geiser danste een veer op de luchtstroom.

Yanos, de keukenhulp annex ober, veegde het vet van de rand van twee enorme borden, waarop de worstjes, eieren en gebakken aardappels voor de dikke zussen hoog opgestapeld op een bed van witte bonen lagen.

Achter hem stond Russell, Verity's vader, achter een gigantisch gasfornuis als een bouwvakker mee te fluiten met Tom Jones' *Delilah* op de radio, ondertussen plakken spetterend ontbijtspek omdraaiend in de pan. Buiten het seizoen maakte hij het ontbijt voor de gasten het liefst zelf – anders moest hij geld uitgeven aan de kok, Rudi, die 's morgens nooit op zijn best was. Russell noemde zichzelf graag de Ontbijtkoning van Shoresby. Zoals het gezicht van zijn vrouw de stress van hun zelfgekozen leven verraadde, zo kon Russells rimpelloze huid de jongen binnen in hem niet verhullen. Nooit nam hij iets al te serieus en altijd was hij in voor een geintje.

'Wacht even, Prinses,' zei hij tegen Verity, die op weg was naar de trap in de hoek. 'Het ontbijt komt eraan.'

'Ik heb al een boterham gegeten, pap.'

Russell Driver was achter in de veertig. Hij was al bijna kaal, maar wat er nog van zijn haar over was zat in een rebelse krulstaart in zijn nek. Vroeger had hij karateles gegeven, maar hoewel hij net zo lang en lichtgebouwd was als zijn dochter, had zijn stofwisseling hem nu toch ingehaald en puilde er boven de band van zijn laagzittende spijkerbroek een dikke buik uit. 'Ik hoorde je spelen,' zei hij toen Verity onder aan de trap bleef staan. 'Je was vroeg op, hè?'

'Ik heb binnenkort examen. Weet je nog?'

Verity wilde hem eraan herinneren dat ze niet in alle vroegte opstond omdat ze dat zo leuk vond. Het was gewoon de enige tijd dat ze rustig kon oefenen, als de gasten nog sliepen en ze tenminste nog een beetje privacy had.

'Wat willen ze nu weer van je horen?' vroeg haar vader. Hij stak zijn hand in de broodzak en haalde er twee sneetjes witbrood uit. 'Volgens mij klonk het prima.'

Verity glimlachte lusteloos naar haar vader. Al zetten ze hem een pistool tegen zijn slaap, hij hoorde geen verschil tussen Beethoven en Brahms. Hij toonde zijn liefde voor de muziek door luchtgitaar te spelen op Dire Straits of, gênanter nog, door in een gesprek quasi-diepzinnige Pink Floyd-teksten te laten vallen. Vaak had ze het gevoel dat ze net zo goed met een houten hamer op de pianotoetsen kon gaan zitten rammen – haar vader zou blind voorgaan in een hartstochtelijk applaus.

'Het klinkt helemaal niet prima,' zei ze. 'Als het zo doorgaat, haal ik het niet eens.'

Russell snoof en lachte luid, alsof ze een grapje maakte.

'Ik moet gaan, pap,' zei Verity. 'Treza komt zo.'

Op dat moment begon een van de oude belletjes in de keuken te rinkelen. Verity en haar vader keken naar de stokoude, negentiende-eeuwse installatie boven de deur, en toen naar elkaar. Zelfs Yanos keek geschrokken op.

De belletjes werden bijna nooit gebruikt, maar Verity wist dat het maar één ding kon betekenen: Cheryl probeerde indruk te maken op Ellen en wilde niet gewoon naar de keuken komen. Ze blies van de allerhoogste Grand Hotel-toren.

Het belletje rinkelde weer, ongeduldiger nu, maar Verity stond al op de trap, die helemaal tot boven in het hotel doorliep.

'Maar je bammetje dan?' riep haar vader met het broodje ontbijtspek in zijn handen.

'Neem jij maar. Dat wil je best,' plaagde ze, terwijl ze boven aan de trap haar hoofd nog even naar binnen stak om te zien hoe haar vader zogenaamd gefrustreerd met zijn ogen draaide. Hij wilde net een hap nemen toen Verity's moeder de keuken in zwierde.

'Nee, nee,' sprak ze berispend, en ze beende op haar man af om hem het bord uit handen te grissen. 'Dat is precies goed voor onze nieuwe gast, mevrouw Morris. Het arme mens is helemaal uitgehongerd. Ik belde voor Verity. Volgens mij zou het heel nuttig zijn als ze eens met elkaar kletsten. Ze is televisieregisseur, Russell. Ze maakt zo'n professionele en toch aardige indruk. Daaraan herken je het ware succes...'

Verity bleef niet luisteren. Met twee treden tegelijk liep ze de met vloerbedekking beklede trap op, langs de kamermeisjes Eva en Katia naar haar eigen kamer.

Iedereen in het stadje bewonderde de voorkant van het hotel en het ongehinderde uitzicht op North Beach, maar Verity's kamer lag aan de andere kant. Vanuit de oude suite op de zesde verdieping, waar ze op haar zestiende verjaardag naartoe had mogen verhuizen, keek ze uit over de glanzende, geribbelde ventilatiebuizen die als slangen over de verschillende verdiepingen van het hoteldak kropen. Beneden, voorbij het met zeemeeuwenpoep bespikkelde asfalt, zag ze de op de gietijzeren brandgang achtergelaten stoelen, die in stukken op elkaar lagen alsof ze gevochten hadden. Daaronder lag de parkeerplaats van het hotel, waar tussen de vuilnisbakken een familie zwerfkatten woonde.

Verderop, achter de oude stadsmuren, waar de dronkelappen hof hielden voor de deur van de speelhal, zag ze de gewelfde daken van de groene bussen op het busstation en, daar voorbij, de brede driehoek van niemandsland tussen de treinsporen, waar elke zomer een groep vakantiegangers kampeerde.

Verity wist dat mensen op school vonden dat ze verwend was omdat ze in een hotelsuite woonde, maar behalve Treza hadden ze geen van allen gezien hoe het werkelijk was: de kamer, met zijn verkleurde bloemetjesbehang uit het begin van de jaren tachtig, was zo groot en kil dat ze in de winter haar adem kon zien en de condens op de ramen 's nachts bevroor.

Maar Verity vond het niet erg. Ze zat zo ver mogelijk bij haar ouders en hun benauwde appartement naast de ketelruimte vandaan. Haar moeder dreigde regelmatig dat ze binnenkort terug moest naar de gevangenis beneden, omdat Russell haar kamer in een bruidssuite ging omtoveren. Maar Verity wist dat ze geen gevaar liep. In de eerste plaats was het hotel een financiële ramp; haar ouders konden het zich absoluut niet veroorloven om de kamer te renoveren en de schade te repareren die een paar winters eerder door gebarsten pijpen ontstaan was. En ten tweede kwamen er nooit pasgetrouwde stellen naar Shoresby – wel kwamen er nu en dan groepjes voor een vrijgezellenfeest, maar die wilde Verity's moeder pertinent niet in haar hotel hebben.

Ondanks alle ruimte in haar kamer zat Verity meestal in de badkamer, waar een stel verrassend goede speakers boven het bad aangesloten was op de supergrote televisie in haar kamer, waarop ze MTV kon ontvangen. Alleen daar, met de deur dicht, had ze het gevoel dat ze alleen was en alle vreemde mensen kon vergeten die in de kamers onder haar de vreemde dingen deden die mensen in hotels doen.

Het badkamerraam was voorzien van een brede vensterbank, waarin ze van kussens en dekens een soort zitje gemaakt had. Hier zat Verity 's avonds graag over de daken uit te kijken; in de verte kon ze de rotsen voorbij North Beach zien liggen. Hier schreef ze in haar dagboek en maakte ze haar gedichten – niet dat ze die ooit aan iemand zou laten lezen. En nu vond Verity hier haar mobiele telefoon, die op het kussen lag.

Ze raapte hem op en keek of er nog berichten waren, maar er was niets nieuws gekomen. Teleurgesteld trok ze haar neus op. Ze had gehoopt dat Treza haar ge-sms't had hoe laat ze van huis weggegaan was. Tot voor kort waren ze altijd samen naar de bushalte gelopen. Maar sinds Treza Will had waren ze steeds minder vaak samen naar school gegaan, tot ze er twee weken geleden bijna helemaal mee gestopt waren.

Verity pakte haar dagboek en liep de slaapkamer in. Naast de stapel schoolboeken naast haar tv en video knielde ze neer om Treza's nummer te draaien. Ze trok het klittenband van haar tas los, sloeg de flap open en keek naar de foto's van haar en Treza in het doorzichtige hoesje. Haar vinger gleed over de foto's waarop ze samen in het hokje in het warenhuis gepropt zaten.

Zelfs met hun hoofden dicht tegen elkaar aan en hun tong naar de camera uitgestoken zag je zo dat ze heel verschillend waren. Waar Verity een dikke vracht kastanjebruin haar had, had Treza met haar korte, pikzwarte krulletjes het Maltese uiterlijk van haar moeder geërfd. Verity was slungelig en had platte borsten en lange benen en smalle heupen; Treza was klein en had ronde vormen en zou nooit een wonderbra nodig hebben.

Maar nu stond er meer tussen hen in dan fysieke verschillen.

Verity wendde haar blik van de foto's af. Ze waren afgelopen zomer pas gemaakt, maar het leek al jaren geleden. Ze kon niet precies zeggen wanneer het precies veranderd was, maar een paar maanden geleden hoefde ze Treza nooit te bellen – toen wist ze van minuut tot minuut wat ze uitspookte. Nu wist Will Mcdonald dat waarschijnlijk.

'Hé, hoi,' zei Treza opgewekt.

Zelfs haar stem klonk anders tegenwoordig, dacht Verity bitter. Natuurlijk waren zij en Treza allebei weleens eerder met iemand uit geweest. Maar de jongens met wie ze afspraakjes gemaakt hadden waren niet meer geweest dan dat: jongens. Het was nooit serieus geweest. Niet zoals nu tussen Treza en Will. Om te beginnen was Will al van school en had hij een baan, wat betekende dat hij een auto had en geld om van uit te gaan. En verder was Treza – nog maar een paar weken geleden had ze het aan Verity toevertrouwd – met hem naar béd geweest. Met alles erop en eraan.

Verity was nog niet verder gekomen dan wat voelen met Tim, haar laatste vriendje, met wie ze het twee maanden geleden uitgemaakt had. Het was niets geworden, want Tim kon helemaal niet zoenen en Verity had geweigerd met hem naar bed te gaan. Ze was zuinig op zichzelf en ging ervan uit dat Treza er hetzelfde over dacht. Maar nu had Treza blijkbaar degene gevonden voor wie ze zuinig op zichzelf geweest was.

Verity was zich scherp bewust van deze verse kloof tussen haar en Treza, en daardoor voelde ze zich dom en onvolwassen, alsof ze op een of andere manier in de steek gelaten was. En ze wilde niet in de steek gelaten worden. Niet door haar beste vriendin.

'Ha. Hoe gaat-ie?' vroeg Verity zo gewoon mogelijk. 'Kom je nog?'

'Nou, nee...' zei Treza. Aan de aarzeling in haar stem hoorde Verity dat Treza al een excuus klaar had. 'Ja, zie je, Will wil een van de auto's inrijden...'

Verity leunde achterover en luisterde met haar armen om haar knieën geslagen naar Treza's enthousiaste verhalen over de two-seater die hij in de oldtimergarage waar hij werkte aan het restaureren was. Afwezig staarde ze naar de waterkoker en de broodrooster, die in een hoek van de kamer op een bijzettafeltje stonden. Ze moest het er voorlopig mee doen, maar op een dag zou ze een eigen flatje hebben. Wat zou dat zalig zijn, dacht ze.

'Verity?' Treza klonk bezorgd. Verity besefte dat ze gestopt was met luisteren en als een kind op het uiteinde van haar vlecht zat te kauwen, wat de doffe pijn aan haar tot voor kort ingesnoerde tanden enigszins verlichtte.

'Dan zie ik je daar wel,' zei Verity, maar onmiddellijk had ze spijt van haar stijve toon.

'Je vindt het dus wel erg. Ik wist het wel,' zei Treza verdrietig.

Verity rechtte haar schouders. Ze wilde geen medelijden van Treza. 'Niets aan de hand, hoor.'

'Nee, nee, het maakt niets uit,' haastte Treza zich te zeggen. 'Ik vraag Will wel of hij me gewoon weer bij jou afzet. Ik zie je zo...'

'Nee!' viel Verity haar in de rede. Ze draaide zich met een ruk om, zodat haar vlecht over haar schouder wipte. 'Doe niet zo raar, Treze, ga gewoon met hem mee. Maak je maar niet druk om mij.'

Treza bromde besluiteloos.

'Echt hoor,' zei Verity gemeend.

43

'Weet je het zeker? Zeker zeker zeker zeker?'

'Je bent mijn beste vriendin. Hup, weg weg weg weg. Veel plezier!'

Verity hing op en keek met een teleurgestelde zucht naar de telefoon; haar quasi-vrolijke stemming was alweer verdwenen. De opmerking dat Treza haar beste vriendin was klonk haar hol in de oren en ze vond het stom dat ze het gezegd had.

Het zou er allemaal niet toe doen als ze zelf een oudere, wereldse vriend had, dacht ze mistroostig. Maar hoe groot was die kans? Ze was lang niet zo zelfverzekerd als Treza, of zo knap.

Traag stopte Verity haar boeken in haar tas. Het had geen zin om het onmogelijke te willen.

Onderweg naar de bushalte was Verity's stemming niet opgeknapt. Ze was nog steeds bezig zichzelf ervan te overtuigen dat het helemaal niet zo erg was om alleen naar school te gaan toen ze Jimmy Jones van de andere kant van de straat naar zich zag zwaaien en de moed haar helemaal in de schoenen zonk. Ze boog haar hoofd alsof ze hem niet gezien had en liep snel door.

Ze had geen zin om met Jimmy te praten – niet dat ze hem ooit echt gesproken had. Hij had samen met haar Engels en was altijd vrij stil, maar dat was waarschijnlijk omdat hij de helft van de tijd knetterstoned was. Hij ging om met Tara en die andere stuffkikkers, en hoewel hij haar nooit op wat voor manier dan ook gepest had, wist ze dat Tara haar achter haar rug uitlachte. Afgelopen zomer, toen ze een keer langs de Sapphire kwam, had ze gezien dat Tara heel belachelijk stond te doen, alsof ze de aria uit de opera van Puccini zong waarmee Verity op school een prijs gewonnen had.

Jimmy's fiets had een slag in het wiel, zag ze toen hij haar inhaalde.

'Hoi.' Hij sprong van zijn fiets en kwam naast haar lopen. 'Verity. Eh... hoe gaat het met je?'

Hij grijnsde op een heel vreemde manier naar haar. Ze was er zo aan gewend dat hij verveeld keek dat ze er versteld van stond. Hij had hetzelfde armoedige leren jack aan als altijd en zijn roze wangen gingen schuil onder een groezelig stoppelbaardje. Hij zag eruit alsof hij een avondje uitging in plaats van naar school. Misschien wilde hij gaan spijbelen en hoopte hij haar zover te krijgen dat ze een smoes voor hem verzon. Misschien deed hij daarom zo overdreven aardig tegen haar. Hij dacht vast dat de leraren haar blind vertrouwden.

'Prima,' zei ze, terwijl ze snel verder liep.

'Op weg naar school?' vroeg hij. Bijna onmiddellijk liep hij weer naast haar.

Verity wierp hem een sceptische blik toe. Natuurlijk was ze op weg naar school. Wat wílde hij nou van haar? 'Waar lijkt het op?'

'Misschien kan ik met je meelopen,' zei hij.

'Maar jij hebt een fiets,' merkte ze op, 'en ik neem de bus.'

'Dan loop ik met je naar de bushalte. Loop je altijd zo?'

Waarom deed hij nou zo ráár? 'Ja, Jimmy. Voorzover ik weet is dit de weg naar school. Ik loop door High Street naar de bushalte. Zo doen mensen dat als ze de bus moeten hebben.'

Ze liepen een tijdje in stilte door, tot ze bij het kerkhof de hoek om sloegen.

'Je was goed in dat toneelstuk,' zei Jimmy uiteindelijk, alsof ze de hele tijd hadden lopen kletsen.

Verity bleef staan en draaide zich naar hem om. 'Dat was vorig jaar.'

Jimmy haalde zijn schouders op. 'Weet ik, maar ik heb geen kans gehad om eerder iets te zeggen. Ik zie je nooit,' zei hij, en hij vervolgde hakkelend: 'Ik bedoel... ik zie je nooit alleen.'

Verity had Jimmy sinds het toneelstuk bijna elke dag gezien, dus waarom had hij gewacht tot ze alleen waren? Ze waren nooit eerder alleen geweest. Niet dat ze zich kon herinneren in ieder geval.

Jimmy glimlachte en haalde nogmaals zijn schouders op. Hoewel hij zijn ogen half dichtkneep tegen het licht, zag Verity nu hoe blauw ze waren. Als hij lachte, zag hij er veel minder verlopen uit.

'Ik had niet gedacht dat jij van dat soort dingen hield,' zei ze. Het speet haar alweer dat ze net zo sarcastisch had gedaan.

'Ik vind toneel leuk. Maar ik zou nooit kunnen acteren. Ik ben niet zo zelfverzekerd... niet zoals jij.'

'Ik ben niet zelfverzekerd. Ik ben het gewoon gewend. Als je woorden zegt die je uit je hoofd geleerd hebt, is het net alsof je een masker draagt,' antwoordde Verity. 'Je kunt je erachter verschuilen.'

'Nou, zo komt het anders niet over.'

'Dank je.' Ze bedacht dat dit het begin was van het eerste echte gesprek dat ze met Jimmy had. Misschien zat er meer in hem dan ze dacht.

Opeens begon hij te grinniken, alsof hij ergens aan dacht. 'Ik dacht dat je dit misschien wel leuk vond,' zei hij, met een hand in zijn tas rommelend. Hij wiebelde verlegen met zijn hoofd terwijl hij iets uit het zijvakje probeerde te krijgen. Uiteindelijk haalde hij een klein plastic tasje tevoorschijn en gaf het aan haar.

'Wat is dat?' Verity deed een stap naar achteren. Was dit een grap of zo? Zat er soms iets afzichtelijks in die tas?

'Niets bijzonders,' zei hij, net zo lang met het platte pakje schuddend tot ze het aannam.

Verity wist niet wat ze moest zeggen. Ze wilde het net openmaken toen er een luid geknetter klonk en Denny Shapland op zijn crossmotor langs hen scheurde en met veel vertoon tot stilstand kwam voor zijn surfwinkel, de Wave Cave. Zonder nog aan het pakje te denken tuurde Verity reikhalzend de straat in om Denny beter te zien.

Hoewel ze hem onderweg naar school vaak tegenkwam wekte Denny, die zonder enige twijfel de knapste jongen van Shoresby was, altijd haar belangstelling. Hij had geld en hij had stijl – al was het dan van het trendy surferssoort. Maar hij was tenminste modebewust en hij zorgde goed voor zichzelf.

Dat was pas een oudere en wereldwijze man, dacht Verity. Ze keek toe hoe hij zijn been over de motor heen zwaaide en zijn helm afzette. Ondanks de tijd van het jaar was zijn huid bruinverbrand en zijn golvende bruine haar gebleekt door de zon. Hij haalde even een hand door zijn haar en draaide toen de deur van zijn winkel van het slot. Alles aan hem was gewoon zo... zo cool, dacht ze, teleurgesteld dat hij uit beeld verdwenen was.

Toen ze zich realiseerde dat ze helemaal verdiept was geweest in alle details van Denny's aankomst, richtte ze haar aandacht met moeite weer op Jimmy; ze merkte dat ze het pakje nog steeds in haar hand had. Maar Jimmy was weg. Verity keek verbaasd om zich heen, maar hij was nergens meer te bekennen. Wat gek dat hij zomaar verdwenen was, zonder dat ze het gemerkt had.

Ze propte het pakje ongeopend in haar schooltas en liep naar Denny's winkel. Ze had net een idee gekregen en dat was veel belangrijker dan Jimmy Jones en zijn bizarre cadeautjes.

Naderhand kwam Verity tot de conclusie dat de wegen van het lot ondoorgrondelijk zijn. Terwijl zij druk bezig geweest was Will te vervloeken omdat hij Treza met een sportwagen naar school bracht, had hij haar de hele tijd een fantastisch excuus gegeven om in haar eentje langs Denny's winkel te slenteren – en nog wel op het moment dat Denny het *Open/Gesloten*-bordje omdraaide en haar door het glas in de deur toevallig recht aankeek.

Op dat moment veranderde alles voor Verity. Het was alsof er in dat intieme ogenblik, toen zijn blik de hare ontmoette, een heel nieuwe wereld openging. En natuurlijk was er die alles-of-nietslach die ze hem schonk. Die hielp uiteraard ook.

'Hoi,' zei Denny, die met een nieuwsgierige grijns op zijn gezicht tegen de deurpost geleund stond.

Verity knikte. Het zelfvertrouwen dat haar naar zijn deur geleid had, liet haar alweer in de steek. Maar Denny leek het niet op te merken. Hij maakte een snelle hoofdbeweging in de richting van het donkere interieur. 'Waarom kom je niet even binnen, Verity? Ik wil je iets laten zien,' zei hij, waarna hij zich omdraaide en wegliep. Hoewel hij er blijkbaar het volste vertrouwen in had dat ze achter hem aan zou komen, bleef Verity als aan de grond genageld staan. *Hij wist hoe ze heette.*

Verity was nog niet zo vaak in Denny's winkel geweest. Ze kon zich zelfs maar een of twee keer herinneren, toen Treza haar aangemoedigd had om zich een weg te banen door de menigte vrouwelijke fans die op zaterdag voor de deur rondhingen en de rekken met kleding bekeken.

Bij die gelegenheden had Verity, benieuwd waar al die drukte om ging, steelse blikken op Denny geworpen, maar ze had hem nooit echt gesproken. Ze was niet zoals de meisjes op haar school, die opgewonden de kwaliteiten van geïmporteerde Australische sweaters bespraken en elkaar probeerden te overtroeven door zo veel mogelijk korting van Denny los te krijgen. En ze wilde niets te maken hebben met de jongens die enthousiast de laatste surfvideo's becommentarieerden en met zijn allen tevreden rilden bij de indrukwekkende wipe-outs.

Verity keek zenuwachtig de straat in. Ze kon niet wegrennen, nu niet meer. Niet nu hij haar uitgenodigd had. Heel even wou ze dat Treza hier was om het woord te voeren, maar toen bedacht ze waar Treza was en liep naar binnen.

Denny had de winkel ingericht als de binnenkant van een grot en de muren waren bedekt met een spul dat op natuursteen leek. Aan het plafond hingen twee grote televisies die er duur uitzagen en met zorg aangebrachte spotjes verlichtten de ronde kledingrekken eronder. Maar vanochtend stonden de televisies uit en zweeg de dreunende muziek waar de winkel berucht om was.

'Doe de deur even dicht, wil je?' zei Denny handenwrijvend. 'Het is stervenskoud buiten.'

Verity glimlachte zwakjes en wees halfslachtig naar de straat. 'Mijn bus komt...' Haar woorden stierven weg toen Denny's blik de hare ontmoette.

Hij was waarschijnlijk halverwege de twintig; nog wel jong om zo succesvol en rijk te zijn. Zoals hij daar stond, met zijn armen voor zijn gespierde borst tegen de glazen toonbank aan geleund, zag hij eruit als de juiste man op de juiste plaats. Zijn Police-zonnebril stond boven op zijn hoofd en zijn wangen waren rood van het motorrijden. Ondanks de tijd van het jaar droeg hij een middellange surfbroek. Hij had zijn stevige, gebruinde benen gekruist alsof hij achteloos tegen een Caribische strandbar geleund stond. MTV, was het enige wat Verity kon denken: hij zag eruit als een MTV-model.

Waar was ze mee bezig? Dit was gekkenwerk, dacht ze paniekerig toen ze weer bij zinnen kwam. Denny was geen partij voor haar. Ze was niet goed bij haar hoofd.

Maar het was nu te laat om er nog vandoor te gaan.

Verity dwong zichzelf stoer te zijn en trok snel aan de deur, zodat die met een klik uit de pal schoot. Met een samenzweerderige zucht viel de deur achter haar in het slot, haar insluitend in Denny's wereld.

In de stilte die volgde, nam Denny haar uitgebreid op. Verity keek naar de vloer.

'Ik ga een nieuwe collectie bestellen,' zei hij plotseling. Met een energiek gebaar haalde hij een paar glanzende catalogussen van een stapel naast de kassa en legde ze open op de toonbank. 'Ik ben benieuwd wat jij ervan vindt.'

Wauw! wilde Verity uitroepen, maar ze wist dat dit zielig en kinderachtig zou overkomen, en dus vroeg ze gespeeld verbaasd: 'Waarom ik?'

'Gewoon, je bent een meisje en je hebt een goede smaak,' zei Denny, terwijl hij een paar bladzijden omsloeg.

Ze verwachtte dat Denny zich zou omdraaien om te zeggen dat het maar een grapje was, maar dat deed hij niet. Verity voelde de adrenaline door haar lichaam suizen, net als wanneer ze voor publiek stond te zingen. Toen ze op Denny afliep was het net alsof ze zichzelf vanuit een hoekje van de winkel in slowmotion zag bewegen. Van zo dichtbij kon ze zijn muskusachtige aftershave ruiken. Ze bekeek zijn gezicht van opzij, volgde met haar blik de lijn van zijn onberispelijk geknipte sikje en vroeg zich dromerig af hoe het zou zijn om hem te kussen.

'Ik moet mijn bestellingen voor de zomer doen. Ik was met de strandmode bezig,' zei Denny, en hij schoof de catalogus naar haar toe. 'Wat vind je ervan?'

Verity wist dat haar hele gezicht rood kleurde, maar Denny leek het niet op te merken. In tegendeel – hij maakte een volkomen serieuze indruk. Verity, die besefte dat hij op antwoord wachtte, deed nog een stap naar de toonbank toe en staarde naar de catalogus. 'Mooi,' mompelde ze met een blik op de foto's van zongebruinde blondines die in hoogopgesneden bikini's over surfplanken gedrapeerd lagen.

'Zie je... je hebt me een fantastisch idee bezorgd. Als ik nu alvast een paar bikini's had, zou jij ze dan voor me willen showen?' vroeg Denny.

Verity verstijfde.

'Ik bedoel, niets raars of zo... gewoon heel smaakvol. Het zou mooi zijn als ik een paar echte foto's voor mijn website had...' Hij zweeg toen hij zag hoe ongemakkelijk ze keek. Hij klakte met zijn tong. 'Dat betekent zeker nee?' vroeg hij toen ze een stap opzij deed. 'Zouden je ouders er niet blij mee zijn?'

'Nee, nee, dat is het niet,' zei Verity snel, hoewel dat inderdaad een belangrijke reden was. Ze kon zich niet voorstellen wat haar moeder zou zeggen als ze wist dat Verity bikini's showde. Maar ze kon zich al evenmin voorstellen dat ze zich zo bloot aan iemand zou vertonen, laat staan aan Denny.

Er viel een stilte en Verity tuurde naar haar handen. Ze had vanaf het begin geweten dat ze zich op glad ijs begaf, en nu voelde ze zich alleen maar belachelijk. Haar verstand zei dat ze weg moest rennen, maar haar benen gehoorzaamden niet.

'Het spijt me.' Uiteindelijk brak Denny de spanning. 'Echt waar. Ik bedoel, we kennen elkaar nauwelijks en ik haal je naar binnen en vraag je model te worden...' Denny lachte gegeneerd en hield voor zijn mond zijn vingertoppen tegen elkaar. 'Wat moet je wel niet denken? Vergeet het maar, oké? Ik heb het niet gevraagd. Afgesproken?' Hij bukte zich een beetje om haar in de ogen te kijken.

Verity knikte. Ze kon hem niet aan blijven kijken. Hij had natuurlijk best door dat ze een en al nep was. Waarom zou ze in Denny's ogen ooit iets anders zijn dan hopeloos naïef?

Denny sloeg de catalogus dicht en liet zijn hand op het omslag rusten. Een hele tijd bleef het stil.

Verity hield haar adem in.

'Weet je, Verity,' zei hij. 'Je moet niet geloven wat ze allemaal over me zeggen.'

Op dat moment begon de waterval die Denny achter in de winkel had aangelegd gorgelend over de surfplanken tegen de achterwand te stromen. Verity maakte een sprongetje van schrik en Denny begon te lachen. Verlegen hing ze de riem van haar tas recht.

'De mensen hier stoppen je zo graag in een hokje, snap je?' vervolgde Denny.

Ze wist dat hij erom bekendstond dat hij 's zomers vaak bij

meisjes rondhing die hier vakantie kwamen vieren en iedereen wist dat hij op de surfplank een echte uitslover was. Het stond vast dat hij al een heleboel vriendinnen gehad had, maar op dit moment, nu ze samen in de winkel stonden, leek het er allemaal niets toe te doen. 'Ik luister nooit zo naar wat mensen zeggen, Denny,' zei ze toen ze haar stem weer terugvond.

'Mooi,' zei hij, alsof hij zichzelf dwong tot vrolijkheid, zijn persoonlijke bekentenis verbergend achter een opgewekte glimlach.

Verity lachte terug.

'Weet je, volgens mij lijken wij op elkaar,' zei hij. 'De mensen kijken naar jou en zien een succesvol meisje met veel talent en toch weten ze niet wat voor persoon daarachter zit. Ze gaan ervan uit dat je altijd maar een...' – Denny wreef zijn duim en wijsvinger over elkaar – '... ster bent. In de winkel is het mijn taak om goed naar mensen te kijken,' ging hij verder, en hij tikte tegen zijn slaap. 'Ik moet weten hoe ze zullen reageren... wat ze zullen kopen, waarnaar ze op zoek zijn.'

'Zo had ik het nog niet bekeken,' zei ze.

'Ik kijk goed naar mensen. En soms kijk ik goed naar jou als je hier langskomt met dat meisje...'

'Treza.'

'Maakt niet uit. En dan zie ik dat je zoveel meer stijl hebt dan de andere meisjes hier. Het is je manier van lopen. Je houding, je lengte. Ik bedoel, je bent een schoonheid en ik wil wedden dat je dat zelf niet eens weet.'

'Hou op,' zei Verity blozend.

Denny wuifde haar woorden weg. Hij lachte haar geruststellend toe, waarna hij aandachtig de catalogussen begon op te stapelen. Het respect dat uit dat kleine gebaar sprak, maakte Verity licht in haar hoofd en onwillekeurig lachte ze terug. Het bleef even stil.

'Ik moet maar eens...' Verity wees naar de deur en begon erheen te lopen. Ze voelde dat hij naar haar keek. Toen ze al bijna bij de deur was, hoorde ze hem lachen. Ze draaide zich om. 'Wat is er?'

Hij keek hoofdschuddend naar zijn handen. 'Ik weet dat ik

weinig kans maak,' zei hij, 'maar... wil je een keer met me uit? Alleen jij en ik?'

Verity was zo geschokt dat ze zichzelf eindelijk vergat en hem schaamteloos aangaapte.

'Niets bijzonders,' ging hij verder. 'Ik bedoel... je hebt vast al een vriend en ik wil niemand voor het hoofd stoten...'

'Nee, nee,' flapte Verity eruit. 'Ik heb geen vriendje... op het moment.'

Denny grijnsde naar haar en zelfs zijn ogen leken te lachen. 'Juist.' Hij aaide over zijn baard. 'Juist. Nou, ehm... wat zeg je van zaterdag?'

Verity grijnsde terug en haalde haar schouders op. 'Oké. Zaterdag is prima.'

Met het gevoel alsof ze zojuist uit een virtual-realityshow gestapt was, stond Verity op de stoep voor Denny's winkel. 'Wauw!' durfde ze eindelijk hardop te zeggen. Ze zwaaide haar tas over haar schouder en begon te rennen.

Toen ze eindelijk bij de bushalte kwam – net op tijd om de achterkant van de bus in de verte te zien verdwijnen – barstte haar hoofd bijna uit elkaar van alle gedachten over haar ontmoeting met Denny. Het kon haar niet schelen of Treza wel of niet met Will ging, ze moest haar vertellen wat er gebeurd was.

Ze bukte zich en maakte haar tas open om haar mobiel eruit te halen. Pas toen zag ze het plastic tasje dat Jimmy haar gegeven had. Ze maakte het open en vond een zelfgebrande cd, die ze om en om draaide in haar handen. Waarom zou Jimmy haar dit in vredesnaam geven? vroeg ze zich af, terwijl ze de namen van de R&B-bands las. Ze kon zich niet voorstellen dat hij deze muziek goed vond.

Ze pakte haar telefoon. Nu ze er nog eens over nadacht besloot ze Treza toch maar niet te bellen. Ze was veel te opgewonden en Treza zou vast een domper op haar blijdschap zetten. Treza had Denny immers niet gesproken. Zij wist niet hoe anders hij was, hoe aardig en begripvol. Nee, dacht Verity, terwijl ze naar school begon te lopen, voorlopig hield ze Denny Shapland voor zichzelf.

Toen ze twintig minuten later tussen de huizen door de heuvel opliep, was de grijns nog niet van haar gezicht verdwenen. Zelfs toen er achter een raam een gestoord uitziende hond woest naar haar begon te blaffen liep ze onverstoorbaar grijnzend door. Wie zei dat dromen nooit uitkwamen?

4

Ned Spencer werd wakker van het woedende geblaf van zijn half-
gekke, eenogige collie. Grommend zag hij voor zich hoe het
moorddadige dier beneden tegen het raam van de erker aan
sprong, vastbesloten een of andere argeloze passant de stuipen
op het lijf te jagen. 'Kop dicht!'

Het was bedoeld als schreeuw, maar omdat zijn gezicht nog in
het kussen gedrukt lag, kwam het er gedempt uit. Niet dat het
iets uitmaakte: het was toch meer een smeekbede dan een bevel.
Ned kende zijn beperkingen als het om de hond ging. Hij wist
dat hij toch genegeerd werd, ook al schreeuwde hij zo hard hij
maar kon. Want behalve aan één oog blind was de hond vanaf
zijn geboorte aan beide oren Oost-Indisch doof.

Mops – van 'er zijn meer hondjes die Mops heten' (een idee
van Neds dochter) – was twee jaar oud. Uitgaande van de verhouding zeven staat tot een had Ned berekend dat hij in honden-
jaren een puber was, wat de huidige antiautoritaire inslag van het
beest verklaarde. Mops ging door een fase heen, was Neds overtuiging. Het blaffen, het springen, het kwijlen en het incidentele
beenrijden waren allemaal symptomen die zouden verdwijnen
zodra hij zijn hondentienerjaren achter zich liet en een volwassen
en verantwoordelijk lid van de samenleving werd. Waarmee Ned
het probleem voorlopig voor zich uit schoof.

Naarmate het blaffen langer duurde en de mist van zijn kater
verder optrok, begon Ned te denken aan de dag die voor hem
lag. Hij moest naar Appleforth House, waar om elf uur een la-
ding tuintegels en de bijbehorende zwarte leisteen voegen afgeleverd zouden worden (de leverancier had al een keer de verkeerde maat geleverd). Maar hij kon geen dwingende reden bedenken
waarom hij vroeger op de bouwplaats zou zijn. En mocht hij
toch nog een reden over het hoofd zien, dan was Dan, zijn voorman en rechterhand, prima in staat de zaak over te nemen, zoals
hij ook heel goed in staat was Neds kleine legertje stucadoors,

loodgieters en elektriciens bezig te houden.

Wat betekende dat Ned tijd had om zich te scheren, te douchen en een hapje te eten. Wat betekende dat hij met een helder hoofd aan zijn werkdag kon beginnen. Wat zijn schuldgevoel over de whisky en de sigaretten waarmee hij zichzelf gisteravond in slaap gesust had enigszins verlichtte.

Hij liet het kussen dat hij de hele nacht vastgehouden had los, draaide zich op zijn zij en richtte zich op één elleboog op. Hij knipperde met zijn ogen en wreef ze uit, maar de kamer bleef wazig zolang hij zijn bril niet op had. Toen knipperde hij nog een keer, nadrukkelijker dit keer, want hij merkte dat hij niet alleen was.

Aan het voeteneinde van het gietijzeren bed stond een wezen naar hem te kijken – door hem héén te kijken, leek het meer. Zijn ogen waren duistere, onpeilbaar diepe poelen. Zijn voorhoofd en kaken waren besmeurd met lugubere vegen geronnen bloed dat voor Neds ogen naar beneden leek te glijden en rond de kin een smerig en macaber kwijl vormde. De jukbeenderen waren bedekt met gele wratten en stengels rabarber staken uit de warrige bos blond haar.

'Rabarber?' mompelde Ned hardop.

Hij graaide naar het ronde brilletje met het ijzeren montuur, dat hij gisteravond aan het hoofdeinde van zijn bed gehaakt had. Toen hij het opzette werd de kamer zo plotseling scherp dat het pijn deed aan zijn donkerbruine ogen.

Nog één, twee keer knipperend boog hij zich naar voren over het rommelige dekbed en bekeek het wezen eens goed. Maar hij had zich de eerste keer niet vergist: de rode uitsteeksels – vier, om precies te zijn – waren heel zeker planten die je eerder gekookt in een kommetje zou verwachten dan als hoorn op een duivelse schedel. En kijk, leken die wratten niet griezelig veel op Rice Crispies? En was dat bloed niet net zo dik als Heinz-tomatenketchup, en hadden die bruine wallen onder de ogen niet precies dezelfde substantie als Marmite?

'Boe!' krijste het wezen, waarna het dubbel van het lachen uit beeld verdween.

Ned ging weer liggen en tuurde naar het dakraampje in het

witte plafond. Hij glimlachte. Hij hield zielsveel van zijn dochter. Zelfs nu, nu hij uit de aard der zaak als een beer met koppijn zou moeten lopen mopperen, verwarmde Clara's aanwezigheid hem als helder zonlicht op een koude winterdag.

'Help!' riep hij schor, zijn stem galmend in zijn hoofd. 'De boeman komt me halen!'

'Niet de boeman, dommie,' zei Clara streng, terwijl ze aan Neds kant van het bed opdook. 'Het monster Meesoeder,' legde ze uit. Ze knikte met haar hoofd, zodat de rabarberstelen heen en weer zwaaiden en de berg plakband waarmee ze vastzaten begon te kraken.

'Aha,' zei Ned, die nu eindelijk begreep waar die dingen voor dienden.

Gisteravond had hij zijn vijfjarige dochter in een boek over Griekse mythologie een plaatje van Medusa laten zien, de vrouw met het slangenhaar die door Perseus gedood werd. Als hij kon, las Ned Clara 's avonds altijd voor. Dan lag hij naast haar op het bed, keek naar de plaatjes en sloeg langzaam de bladzijden om, terwijl zij zich overgaf aan die andere wereld, aan het heldere onderscheid tussen goed en kwaad van sprookjes, en aan de onvermijdelijkheid van een goede afloop. Hij zag het gebeuren en hij was jaloers op haar, maar hij voelde het zelf nooit zo als zij.

'Waar is Deb?' vroeg Ned.

'Beneden,' antwoordde Clara. 'Ze zei dat ik naar jou toe moest gaan. Omdat ik in de keuken zo'n troep gemaakt heb, zegt ze. En omdat ze in bad gaat.'

'Ik snap het,' zei Ned. Hij snapte ook dat hij deze verantwoordelijkheid niet kon afschuiven.

Hij schikte zijn kussen achter zijn rug, leunde tegen het hoofdeinde en pakte het glas water van het nachtkastje. Hij merkte dat Clara naar hem keek terwijl hij dronk, waarbij ze haar hoofd onbewust steeds schuiner hield, alsof ze meeging met de beweging van het glas.

'Je ziet er ziekjes uit,' verklaarde ze plotseling, en ze keek aandachtig naar hem op.

Zo voel ik me ook, dacht hij, maar hij zei: 'En jij ruikt naar Marmite. En dat...' voegde hij er nadat hij het glas teruggezet had aan toe, 'is heel goed nieuws, want ik zal je moeten opeten.'

Clara's mond viel open van verbazing. 'Opeten?' vroeg ze voor de zekerheid.

'Opeten,' bevestigde Ned.

Ze kneep haar ogen tot spleetjes. 'Waarom dan?'

'Omdat ik een vader ben en alle monsters die ik tegenkom op-eet. Anders,' legde hij uit, 'maken ze mijn dochter misschien bang. En dat wil ik niet hebben.'

'Maar ik bén je dochter,' verklaarde ze.

Ned haalde een hand door zijn korte blonde haar. 'Nee,' zei hij, 'jij kunt mijn dochter Clara echt niet zijn.'

'Waarom niet?'

'Omdat ze heel erg mooi is. Maar jij, jij zit helemaal onder de prut en de derrie.'

'Maar, papa!' jammerde Clara. Toen kreeg ze een idee. 'Wat als ik het eraf ga wassen?' vroeg ze.

'Hoe bedoel je?' controleerde hij. 'Alles?'

Ze knikte verwoed van ja. 'Alles.'

Ned aaide over zijn kin. 'Nou,' overwoog hij hardop, 'als je dat doet dan kan ik in plaats van Meesoeder... eh, even denken, een boterham of zo als ontbijt nemen.'

'Joepie!' riep Clara uit. Ze gaf haar vader een dikke zoen op zijn wang om de overeenkomst te bezegelen, waarna ze zich op haar hakken omdraaide en naar de deur rende.

Ned keek haar na en liet zijn adem ontsnappen; hij voelde zich net een onervaren acteur die zich met moeite door een lastige auditie geslagen had. Zuchtend voelde hij aan het kleverige restje ketchup op zijn wang.

Zoals het met Mops ging, zo ging het ook met Clara: opvoeden was niet zijn sterkste kant. Hij vond zichzelf beter geschikt voor de gezellige kanten van het leven met zijn dochter: zakgeld geven, zandkastelen bouwen op het strand, onderweg van school naar huis patat en ijs kopen – kortom, de 'leuke dingen', zoals Deb altijd zei.

De andere dingen – politieagentje spelen, zoals hij het ondanks zijn zesendertig jaar nog steeds zag – liet hij bij voorkeur aan Deb over. Hieronder viel alles wat op een confrontatie zou kunnen uitlopen: het bijbrengen en/of in de hand houden van tafelmanieren, televisiekijkgedrag, bedtijd, badtijd, etenstijd, driftbuien en gemok. Om maar wat te noemen.

Ned was vastbesloten Clara's vriend te zijn, en niet haar vijand. Hij wilde er haar hele verdere leven voor haar zijn, altijd beschikbaar en altijd toegankelijk. Hij wilde niet dat ze ooit het gevoel zou hebben dat ze niet met hem kon praten of dat hij niet luisterde als ze dat wel deed. In zijn ogen was het leven te kort en te belangrijk om het op een andere manier te doen.

Ned stapte uit bed, over het afgebeten hoofd van een knuffelkonijntje, dat Mops in een plasje hondenkwijl voor de kast gedeponeerd had. Hij liep naar het raam en staarde lui naar buiten, waar de leigrijze wolken langs de hemel joegen. Voor zijn geestesoog zag hij zijn knusse huis in Cheltenham, en alle mensen die hij daar kende.

Hij dacht vluchtig aan de spullen die hij vorig jaar opgeslagen had toen hij het huis in Cheltenham verhuurd had en naar Shoresby verhuisd was: zijn cd's en dvd's, zijn boeken, zijn foto's, zijn schilderijen en zijn geliefde bouwkundige tekeningen. Hij had niet gedacht dat het Appleforth House-project zo veel tijd in beslag zou nemen (nu al ruim een jaar), maar hoe langer het duurde, hoe minder Ned zijn spullen miste en hoe minder hij zijn vrienden miste.

Maar over twee maanden, drie op zijn hoogst, zat zijn werk aan Appleforth House erop. Dan liep de huur van dit huisje af en moest Clara van haar tijdelijke school af. Ze zouden naar Cheltenham teruggaan en alles zou weer permanent worden, onontkoombaar en benauwend. Hij zou weer in beslag genomen worden door zijn oude leven, overspoeld door alle herinneringen aan een verleden dat hij zonder spijt achter zich gelaten had.

Ned draaide zich om en keek de kamer in. Paracetamol, dat was wat hij nodig had. Paracetamol, een koude douche en iets te eten. En dan kon hij aan de rest van de dag beginnen.

Drie kwartier later – nadat hij Clara naar school en Deb naar de winkels gebracht had – stapte Ned in de winderige High Street de warmte van het Jackpot Café in.

Ned had op genoeg plaatsen in het land gewerkt om te weten dat de Jackpot niets bijzonders was. Het café had overal kunnen staan, in elke straat in elk stadje in Engeland, Ierland, Schotland of Wales. Het bord met het menu boven de bar was overal hetzelfde, met dezelfde dagschotels voor dezelfde lage prijzen. De thee was altijd slap en de koffie altijd bitter, de radio stond te hard en de bar voelde vettig. Maar het maakte Ned niets uit. Je werd er snel geholpen, het eten werd vers bereid en hij was sowieso niet van plan het hier op te eten.

'Hoi, Ned,' zei de roodharige twintiger achter de bar toen hij op haar afliep. Met haar ellebogen op het roddelblad dat ze had staan lezen legde ze haar bleke, sproetige gezicht in haar handen en schonk hem een stralende glimlach.

'Hoi...' Lucy? Katie? Emma? In zijn hoofd liep Ned de mogelijkheden na. Ze had hem een paar weken geleden nog verteld hoe ze heette, op die ochtend dat ze hem gevraagd had wat zijn sterrenbeeld was en na lezing van zijn horoscoop verklaard had dat zij en hij in astrologisch opzicht voor elkaar geschapen waren. Emma, hij dacht dat het Emma was, maar hij wist het niet zeker. 'Hoe gaat het met je?' vroeg hij dus maar.

'Ik lijd pijn,' zei ze, terwijl ze de mouw van haar grijze wollen truitje oprolde en haar gebruinde onderarm liet zien. 'Yoga,' verklaarde ze. 'En met jou?' vroeg ze. 'Schiet het al op met dat oude huis?'

'Ja, hoor.' Het verbaasde Ned niet dat ze wist waar hij werkte, al had hij het haar niet zelf verteld. Een heleboel mensen in Shoresby, en vooral de winkeliers, hadden grote belangstelling voor het werk aan Appleforth House, want de geschiedenis van het huis was de motor van de toeristenindustrie en veel van de arbeiders die Ned aangenomen had kwamen in het stadje geld uitgeven.

'Laat me raden,' zei Lucy-Katie-Emma. 'Een broodje ei en ontbijtspek en een kop thee, met melk zonder suiker...' Weer schonk ze hem die lach. 'Want je bent al zoet genoeg van jezelf...'

Ned knikte, verlegen onder al die aandacht. Hij wist dat ze hem leuk vond, net zoals hij wist dat zij knap was. Maar meer dan dat was het niet: kennis, feiten. Verder dan dat leek hij niet te kunnen komen. Hij kon zich zelfs niet herinneren wanneer hij voor het laatst iemand tegengekomen was bij wie hij ook maar iets had gevoeld wat op verlangen leek. Hij glimlachte kort naar het meisje, waarna hij zijn blik afwendde en door het half beslagen raam naar de uitgestorven straat keek. Hij ving een glimp op van haar weerspiegeling in de ruit – ze sloeg eieren stuk boven een kom en klopte ze los met een vork – maar draaide zich niet om.

Zijn telefoon piepte en hij bekeek zijn berichten. Er waren een paar sms'jes die over werk gingen; die konden wel even wachten. En er was er een van zijn moeder, die vroeg of hij zin had om over twee weken een weekend bij haar en zijn vader in hun vakantiehuisje in Wales door te brengen. Hij sms'te terug dat hij het te druk had – gedeeltelijk omdat het waar was en gedeeltelijk omdat hij zijn ouders een maand geleden nog gezien had. Hij had ook al beloofd met kerst te zullen komen (vorig jaar waren zijn schoonouders aan de beurt geweest), dus het was niet zo dat ze Clara nooit te zien kregen. En hoewel hij best wist dat ze hém ook graag wilden zien, hield hij graag zo veel mogelijk afstand.

Het was niet dat hij niet van ze hield; dat deed hij wel. Het was alleen dat hij hun voortdurende bezorgdheid over hem, Clara en Deb ondermijnend vond. Hij was geen jongen meer. Hij had lang geleden al afscheid genomen van dat teerbeminde enige kind. Het enige wat hij wilde was zijn eigen beslissingen over zijn eigen leven nemen.

Een paar minuten later stond hij tegen de rode bakstenen muur van de Jackpot aan geleund zijn broodje te eten en uit een warme plastic beker zijn thee te drinken. Als het weer niet al te slecht was, at hij het eten dat hij bij het café haalde het liefst buiten op. Het had iets vreemd onverzettelijks dat hem wel aansprak, alsof hij zomaar iemand was, een reiziger die toevallig langskwam, zonder doel en zonder verantwoordelijkheden.

In werkelijkheid was niets minder waar, want Ned was in Shoresby voor de grootste opdracht die hij en zijn bedrijf ooit gekregen hadden.

s.t.a.r. (Spence & Thomas Architectuur & Renovatie) bestond al bijna tien jaar en renoveerde en restaureerde architectonische curiositeiten, van Martello-torens tot Regency-tuinhuisjes, maar ontwierp ook nieuwe interieurs voor oude woonhuizen.

Maar geen van deze projecten kwam qua omvang, moeilijkheidsgraad of verdienste ook maar in de buurt van de restauratie van Appleforth House, waaraan Ned op het moment werkte.

De eigenaar van landgoed Appleforth, en de man die Ned twee jaar geleden in Salem, Massachusetts opgezocht had, was een zekere Jonathan Arthur. Hij was een fastfoodmagnaat van tegen de zeventig, die belangstelling opgevat had voor zijn voorouderlijk huis en het terrein en het omringende land beetje bij beetje teruggekocht had, met de bedoeling het landhuis en de bijgebouwen te laten herbouwen en restaureren op een manier die recht deed aan de geschiedenis. Jonathan Arthur wilde zijn oude dag doorbrengen in Engeland, het land waarin hij nooit geleefd had maar beslist wilde sterven – en Ned Spencer moest het mogelijk maken.

Ned begreep niets van Jonathan Arthurs verlangen om op deze manier te verkassen. Hij vond het sentimenteel, bespottelijk zelfs. Maar naarmate meneer Arthur dieper ingegaan was op de problemen die moesten worden opgelost voor hij kon verhuizen, had het plan Ned, vanuit bouwkundig oogpunt dan, steeds meer gegrepen. En al snel had Ned begrepen dat dit project weleens de grootste uitdaging van zijn carrière kon worden.

Appleforth House, had meneer Arthur uitgelegd, was in 1871 in brand gestoken door zijn oudoom, de rijke theehandelaar Alexander Walpole, die zichzelf met opzet mee had laten verbranden.

Jonathan Arthur weet deze rampzalige gebeurtenis aan een ondraaglijk verdriet: eerder dat jaar had Walpoles dochter Caroline zich aan de rand van het landgoed van een rots gegooid.

Het huis was dus al een eeuw lang aan het verval overgeleverd, zoals Ned een paar weken later bij zijn eerste bezoek ontdekte. Wat er na de brand nog van het huis restte was dichtgespijkerd en aan de natuur overgelaten. Klimop had zich door het metselwerk gewurmd en de ramen en deuren gekoloniseerd. Het interieur was verworden tot een bedompte, doolhofachtige tuin van ingestorte trappen en verrotte balken, en de echte tuin was weer wildernis geworden. Hele stukken van de muren waren door plaatselijke boeren gebruikt voor hun stallen en schuren, en de tuinhuisjes – goed gedocumenteerd in de papieren die Jonathan Arthur aan Ned gegeven had – waren gewoon verdwenen.

Ned was niet onder de indruk van het Walpoleverhaal; het menselijke drama dat ten grondslag lag aan het verval van Appleforth House liet hem koud. Volgens hem was de kans bovendien groot dat het een verzinsel van het bureau voor toerisme was, of in het beste geval een overdrijving van een veel minder romantische en intrigerende waarheid. Maar hij was op het eerste gezicht verliefd geworden op de resten van het achttiende-eeuwse gebouw.

Gewapend met het oorspronkelijke ontwerp voor het huis, en een aantal door Jonathan Arthur verzamelde schetsen van kunstenaars, had Ned zich Appleforth House voorgesteld zoals het zou kunnen zijn, niet zoals het geworden was. Hij had de Ionische zuilen voor zich gezien, teruggebracht in hun oude, luisterrijke staat; de façade weer in zijn witte, neoklassieke pracht. Hij had zich voorgesteld dat de zuilengang er weer trots bij lag, dat er nieuwe dakpannen op het dak lagen en de gietijzeren veranda weer glanzend in de lak zat.

Dit en nog veel meer had hij voor zich gezien en hij had ter plekke besloten zijn visioen werkelijkheid te laten worden. Hij zou er zijn hele ziel en zaligheid in leggen en met zijn werk zijn sporen onuitwisbaar in het landschap achterlaten. Met alle liefde, vakkundigheid en vastberadenheid die hij in zich had, zou hij Appleforth House weer tot leven wekken.

En dat was precies wat hij nu deed. De afgelopen anderhalf jaar was hij bezig geweest met reconstrueren, restaureren en herbouwen. Hij had zich ingegraven in het verleden, had vakmensen en ambachtslieden bij elkaar gezocht, was op de sloop op jacht gegaan naar de juiste materialen en had reproducties laten maken als de originelen niet te vinden waren. Hij had van elke seconde genoten.

En nu hij met succes het geraamte van het gebouw gereconstrueerd had, was hij begonnen met de wederopbouw van het binnenste, zodat het huis een geschikt tehuis werd voor de absurd rijke klant die er zijn oude dag wilde slijten.

Likkend aan zijn lippen gooide Ned de theebeker en het papieren servetje in de prullenbak en zette de kraag van zijn bruine corduroy jasje op – het kledingstuk, met leren stukken op de ellebogen, dat Deb altijd zijn 'lerarenjasje' noemde en dat in de ogen van Mops een levenloze maar bijzonder aantrekkelijke soortgenoot was.

De hond zat aan Neds voeten aan een lantaarnpaal gebonden en hield zijn kop demonstratief schuin in de richting van de trap die aan de andere kant van de straat naar het strand leidde. Hij zwiepte met zijn staart over Neds werkschoenen, Dr. Martens met stalen neuzen.

'Ga een uurtje zo door,' zei Ned tegen de hond, 'en ze gaan misschien nog glimmen ook.'

Van al die aandacht begon Mops verwachtingsvol te janken. Zijn blik schoot naar het strand en terug, voor het geval Ned het nu nog niet begrepen had.

'Oké, oké,' zei Ned.

Ned wachtte tot er een auto voorbij was voor hij zich door Mops de straat over liet sleuren. De hond wist net zo goed als Ned waar ze heen gingen. Bij de trap naar het strand bukte Ned zich om zijn riem los te maken. 'Wegwezen, jij,' zei hij.

Maar in plaats van naar de trap te rennen zoals hij elke ochtend deed, zette Mops één stap en bleef toen grommend staan.

'Wat is er?' vroeg Ned. Bij wijze van antwoord begon Mops nog lager en dreigender te grommen.

Zoekend naar een verklaring volgde Ned met zijn blik de denkbeeldige lijn tussen Mops' trillende staart en zijn vooruitgestoken snuit in oostelijke richting verder door High Street. Maar hij zag niemand.

Of, wacht even – Ned tuurde met half dichtgeknepen ogen door zijn bril – nee, hij zag wél iemand, iemand die misschien veertig meter bij hen vandaan het Grand Hotel uit kwam. En er was geen twijfel mogelijk: dit was beslist de persoon die Mops met zijn ene goede oog in het vizier gekregen had.

Ned begreep er niets van. Goed, Mops blafte graag naar mensen. Hij vond het leuk om achter auto's aan te rennen. Maar in zijn hart was hij een lafaard. Hij blafte altijd alleen maar als hij veilig achter een raam zat. Hij rende alleen maar achter auto's aan die bij hem vandaan reden. Ondanks zijn pathologische neiging om de donzige ingewanden uit knuffeldieren te trekken was hij ongeveer net zo gevaarlijk als een woestijnratje.

Terwijl hij voorzichtig op de hond afliep, met de bedoeling hem de riem weer om te doen, zag Ned de figuur in High Street dichterbij komen. Met elke stap zag hij de figuur scherper. Het was een man, besloot Ned. Nee, verbeterde hij zichzelf, het was een vrouw... een lange vrouw... met kort blond haar... een lange vrouw met kort blond haar... gekleed in een... 'O, shit.' Ned slikte.

Maar ook al wist hij een onderdeel van een seconde voordat Mops het deed al wat Mops ging doen, hij had niet genoeg tijd om te voorkomen dát hij het deed.

Neds hand greep in het niets, en Mops stormde de straat over, op een haar na gemist door een motorrijder.

'Kom terug!' schreeuwde Ned, die de achtervolging inzette. 'Nu!'

Maar het had geen enkele zin. Mops had het op de vrouw gemunt. Of om precies te zijn: op de bontjas van de vrouw. Ned twijfelde er geen moment aan dat de hond dáár op af ging. Bont... of het nu onderdeel was van een knuffelkonijn of een kledingstuk, het maakte Mops niets uit. Bont was maar voor één ding goed en dat was om op te kauwen. En niets, zo leek het, zou Mops van zijn missie afhouden. Het lieve huisdier van zo-even was verdwenen. Hij was veranderd in een jager-verzamelaaar van de onbarmhartigste soort.

Met een mengeling van afgrijzen en de trots van de hondenbezitter zag Ned hoe de collie met de snelheid van een bekroonde jachthond op de vrouw afschoot, zich met een laatste oerblaf op haar wierp en haar met een dreun tegen de geldautomaat van Lloyd's Bank smeet.

Tegen de tijd dat Ned bij ze was, had Mops zijn tanden al in de zoom van de jas gezet en stond hij op zijn achterpoten heen en weer te zwiepen als een grote behaarde vis aan de haak.

Ned had geen tijd om het gezicht van de vrouw in zich op te

nemen. Een flits van witte tanden, een glimp van blond haar, en toen was zijn aandacht weer bij de hond. 'Laat los!' commandeerde Ned. Hij liet zich voor de voeten van de vrouw op zijn knieën zakken en deed een wanhopige uitval naar Mops' riem.

'Haal hem weg!' gilde de vrouw.

Maar Mops luisterde niet naar zijn baasje, en ook niet naar haar. Mops was een hond met een obsessie, die, uit volle borst grauwend, maar met één ding bezig was: die bontjas tussen zijn kaken geklemd houden.

'Haal dat beest onmiddellijk weg!' gilde de vrouw tegen Ned. 'Of ik...'

Maar Ned kreeg niet de kans te horen wat het dreigement was, want de vrouw besloot het maar meteen uit te voeren. Ze greep zich ter ondersteuning aan Neds haar vast en haalde met haar voet uit naar de hond... en schopte mis, waardoor ze haar evenwicht verloor en Ned en Mops boven op haar vielen.

Mops was de eerste die zich uit de krabbende, grommende, vloekende wirwar van ledematen losmaakte – waarschijnlijk, dacht Ned, omdat hij meer poten had om mee te ontsnappen. Met een grom en een laatste ruk verliet hij het strijdtoneel.

En dat was het moment waarop Ned als betoverd in de glanzende, hazelnootbruine ogen van de vrouw keek. Het was net een droom, zo kalm. Ned had het gevoel dat zijn hart stilstond, alsof het moment – zolang hij zich niet bewoog en niet ademhaalde – eeuwig kon en zou duren.

Toen knipperde de vrouw heel even met haar ogen, en hij deed hetzelfde en nam haar hele gezicht in zich op: haar kleine wipneusje, met de wijd opengesperde neusgaten omdat ze nog zo buiten adem was; haar gladde huid, gloeiend van inspanning; en haar lippen, ietsje van elkaar...

'Het spijt me vr...' begon Ned, maar zelfs door de kleinste beweging van zijn mond raakten ze elkaar aan, kwam zijn neus tegen de hare.

'Het spijt je?' viel ze uit. 'Mooi. En wil je nu misschien als de sodemieter van me af gaan?'

Hij staarde haar verward aan.

'Schiet op!' snauwde ze.

Toen pas werd Ned zich bewust van haar lichaam onder het zijne en besefte hij dat ze op de grond lagen. Hij krabbelde gehaast overeind.

'Hier,' zei hij, en hij stak een hand naar haar uit. 'Ik help je wel.'

Ze sloeg geen acht op hem. Langzaam – en gezien de omstandigheden heel elegant, vond Ned – kwam ze overeind. Toen wierp ze een kwade blik op Mops, die voor Postcards from the Edge opgetogen en triomfantelijk met een stuk bontjas aan het spelen was.

'Zo doet hij anders nooit,' verklaarde Ned, die zag dat de vrouw net zo lang was als hij en dat haar korte kapsel haar gezicht iets strengs gaf dat er even geleden niet was geweest.

'Dat beest moet een muilkorf om,' zei ze.

'Hij wilde alleen maar spelen,' zei Ned verontschuldigend.

De vrouw staarde hem sprakeloos aan. 'Hij heeft me bijna levend gevild.'

'Ach, welnee. Hij heeft je toch niet gebeten of zo?'

'Nee?' Ze rukte aan haar jas en hield hem de gescheurde rand voor, als het bewijs in een moordzaak. 'Wat is dit dan?'

'Het is maar een jas,' protesteerde Ned op vriendelijke toon. 'Dat ben jij toch niet. Dat is echt niet hetzelfde. Luister, waarom gaan we niet...' Hij had willen voorstellen om koffie te gaan drinken en er als verstandige mensen over te praten, want om de een of andere reden leek koffiedrinken met haar nu heel erg noodzakelijk.

Maar de vrouw dacht er anders over. 'Máár een jas.' Ze herhaalde zijn woorden langzaam, alsof ze hem de kans wilde geven ze terug te nemen of haar in de rede te vallen als ze hem verkeerd citeerde. 'Dit is niet máár een jas, achterlijke gek,' vervolgde ze. 'Dit is verdomme een Donna Karan. Die me toevallig wel een maandsalaris gekost heeft. Een bedrag waarvoor ik jou overigens geheel en al aansprakelijk stel!'

Ned kon er slecht tegen als er tegen hem geschreeuwd werd. Net als zijn dochter en zijn hond had hij het moeilijk met autoriteit. Maar nog veel erger vond hij het als er in het openbaar tegen hem geschreeuwd werd.

Hij keek de vrouw woedend aan. Waar zat zijn verstand, dat hij haar bijna op koffie getrakteerd had? Wat voor een tijdelijke gekte had hem in zijn greep gehad? Oké, ze zag er goed uit... nou en? Ze had hem betoverd? Omdat ze een heks was zeker! 'De enige reden,' sprak hij, 'dat je verdomde Donna Karan gescheurd is, is dat je verdomme omviel toen je mijn hond verdomme een schop gaf.'

'Probeer nu niet mij de schuld te geven,' waarschuwde ze. 'Jouw hond heeft het gedaan en het is jouw schuld.'

'Ja, wat wil je anders?' snauwde hij terug. 'Als je rondloopt in het vel van een of ander dood beest? Als je je als Cruella De Vil gedraagt word je ook als Cruella De Vil behandeld.'

'Het is nep,' merkte ze op, waarna ze een blocnote en een pen uit haar zak haalde. 'Naam?' vroeg ze zakelijk.

'Wat?' deed hij smalend. 'Zodat je me bij de politie kunt aangeven en Mops kunt laten afmaken? Vergeet het maar.'

Ze knipperde niet eens met haar ogen. 'Je bent me het geld voor deze jas schuldig,' zei ze.

'Daag me maar voor het gerecht,' antwoordde hij, en hij keerde haar de rug toe en beende weg.

Ze riep hem iets na, maar wat het ook was, de wind waaide de betekenis weg. Doe je best maar, dacht Ned toen hij Mops weer de riem omdeed. Hij rukte het stuk nepbont uit de bek van de hond en stopte het in zijn jaszak. Ze kon tegen hem schreeuwen zoveel als ze wilde, want wat hem betreft had ze níéts te zeggen wat hij wilde horen.

5

Het William Bentleyverzorgingstehuis waar Jimmy's oma aan het doodgaan was, lag aan de andere kant van Shoresby. Op woensdagmiddag reed Jimmy er na geschiedenis direct heen.

Het was een lelijke granieten kolos van een gebouw, overwoekerd door klimop. Het keek uit over North Beach en leek nog het meest op een mausoleum, wat het in feite ook was: een plek waar mensen heen gingen als de levenden ze niet meer nodig hadden.

Aan weerszijden ervan strekten zich op de kruin van de heuvel rij na rij bejaardenhuisjes uit. Op een avond waren Jimmy en Ryan hier stoned geworden en hadden ze in het donker de lage, rechthoekige gebouwtjes geteld. Jimmy herinnerde zich hoe verdrietig het hem gemaakt had dat in al die huisjes het spookachtige blauwe geflikker van een tv te zien geweest was. Deprimerend, zo was het op hem overgekomen, al die mensen die ervoor kozen om 's avonds in hun eentje binnen te zitten, omgeven door buren die hetzelfde deden, allemaal zonder de lust om te praten.

Maar Ryan had het wel logisch gevonden om alle opgebrande mensen naast het verzorgingstehuis, waar ze waarschijnlijk toch wel terecht zouden komen, in een huisje te stoppen. 'Dat spaart benzine voor de ambulance, toch?' had hij opgemerkt.

Jimmy zette zijn fiets op het parkeerterrein, naast de met rijp bespikkelde bloembedden. Hij nam niet de moeite hem op slot te zetten, want dit was geen Cuckoo's Nest en er zou geen gestoorde Jack Nicholson uitbreken en een fiets stelen om mee te ontsnappen. Hier bestond geen hoop. Je kwam binnen in een rolstoel en ging naar buiten in een kist.

Jimmy liep naar binnen, meldde zich bij de receptie en kletste wat met de dienstdoende zuster voor hij op de automatische piloot door de vertrouwde doolhof van Spartaanse gangen en glanzend gewreven trappen naar de kamer van zijn oma liep.

Kanker, dacht Jimmy al lopend, altijd maar kanker. Het zat in de familie, in Shoresby. Soms vroeg hij zich af of er soms iets in het water zat, een of ander zwaar metaal dat uit de kerncentrale verderop aan de kust gelekt was. In 1986 was het zijn moeder, aan wie hij geen enkele herinnering had. Hij had alleen een paar foto's en de brief die ze hem in de week voor haar dood geschreven had, waarin ze zei dat ze altijd van hem zou houden en altijd over hem zou waken. Als een engel, zo stond het er.

Daarna kwam zijn oma. Jimmy was erbij geweest toen dokter Kennedy haar vertelde dat ze leukemie had. Toen woonde ze nog in de flat, op bekend terrein, maar dit nieuwe, deze ziekte die haar bloed binnengedrongen was had haar alleen maar in de war gemaakt. Ze kon het niet eens uitspreken, laat staan begrijpen.

Jimmy liep zonder te kloppen naar binnen. Zijn oma – gevangen in een boze droom – lag zwaar te hijgen en klonk alsof ze rende voor haar leven. Zo herinnerde hij zich haar: altijd in beweging, nooit zat ze stil. Totdat ze ziek werd was er geen dag geweest dat ze langer dan tot zeven uur geslapen had, geen avond waarop ze voor de tv had zitten vegeteren.

De onverzorgde plukken wit haar op haar schedel zagen er nog net zo uit als bij zijn laatste bezoek, alsof ze al die tijd niet bewogen had. Alleen de bloemen op haar nachtkastje waren anders: chrysanten, dotten geel en paars op een verder hagelwit doek. Rachel had ze de dag ervoor bij een garage gekocht, maar ze wisten de scherpe geur van chemicaliën niet te verdrijven.

Jimmy gaf zijn oma een zoen op haar wang, waarna hij op de stoel naast het bed ging zitten en haar hand in de zijne nam. Ze schokte in haar slaap bij de aanraking en sloeg heel even haar ontstoken ogen op, langs Jimmy heen naar het plafond starend, voor ze terugkeerde naar haar dromen. Haar ademhaling werd rustiger en Jimmy hoopte dat ze hem gezien had, dat een beeld van hem nu door de mist in haar hoofd zweefde en haar troost bracht.

Haar huid zat nu strak over haar jukbeenderen gespannen en de gezonde blos was van haar vroeger goedgevulde wangen verdwenen. Haar ogen lagen diep in hun kassen en stonden dof. Maar al deze veranderingen verhulden niet het wezenlijk zachtaardige van haar trekken.

Jimmy vond het helemaal niet moeilijk om door degene die

voor hem lag heen te kijken en de persoon te zien die ze altijd geweest was. Er kwam een zomerse middag in hem op, toen Jimmy acht was en zijn oma net zeventig. Ze hadden de hele middag samen langs North Beach gelopen, op zoek naar mooie schelpen om in de glazen potten op het plankje in haar badkamer te stoppen. Aan het eind hadden ze hun schoenen uitgeschopt en in het ondiepe water steentjes over het water laten scheren.

Haar kleren waren altijd schoon en netjes geweest. Die middag had ze een blauw bloesje met korte mouwen en een lila pantalon aan. In haar haar zaten toen nog plukjes zwart tussen het grijs en ze droeg het kortgeknipt. Ze stonden naast elkaar en gooiden de ene steen na de andere, zij met haar broekspijpen opgerold en hij in een korte broek, met haar sandalen en zijn sportschoenen achter hen in het zand.

'Lekker gevoel, hè?' zei ze, neerkijkend op het schitterende water. Een golf spoelde over haar voeten terug naar zee en zoog het zand onder haar wriemelende tenen uit. 'Alsof je echt deel uitmaakt van de aarde.'

Hij zette zijn voeten verder uit elkaar, bukte zich diep en liet een gladde, ronde kiezelsteen over het kalme water dansen.

'Zeven,' zei zijn oma, die geteld had hoe vaak de steen op het water stuiterde. 'Niet slecht.'

Nu bukte zij zich om haar eigen steen te gooien.

Jimmy was aan de beurt om te tellen. 'Vijf,' zei hij. Het was de eerste keer dat ze verloor.

'Ik word oud,' zei ze, 'óf jij wordt steeds beter.'

'Allebei, denk ik, oma,' antwoordde hij.

Zijn antwoord amuseerde haar en ze draaide zich lachend naar hem om. 'Je kon best eens gelijk hebben.'

Hij zag dat ze haar lichtgrijze ogen over zijn gezicht liet dwalen, alsof ze elke millimeter huid aandachtig inspecteerde.

'Niet doen, oma,' zei hij.

'Wat niet?'

Hij haalde ongemakkelijk zijn schouders op. 'Dat. Kijken... je weet wel.'

Ze lachte. 'En waarom dan wel niet?' vroeg ze. 'Je bent een mooie jongen en je bent nog veel te jong om onzeker te zijn.'

'Wat is onzeker?'

Ze kneep haar ogen nadenkend tot spleetjes. 'Dat betekent dat je je druk maakt om oude vrouwen die naar je kijken.'

Nu keek hij aandachtig naar haar. 'Jij bent niet oud, oma,' besloot hij uiteindelijk. 'Ik bedoel, je bent wel oud, maar je bent niet oud, als je begrijpt wat ik bedoel.'

Ze lachte, een luchtige en lichte lach, die al snel verloren ging in de wind. 'Ik weet niet of ik het wel begrijp,' zei ze.

'Nou...' – hij zocht naar woorden om het uit te leggen – 'je ziet er ouder uit dan de moeders van mijn vrienden, maar zo gedraag je je niet. Zij komen hier echt geen steentjes gooien, daar zijn ze veel te saai voor.'

'Misschien houden ze gewoon niet van steentjes gooien,' overwoog zijn oma hardop voor ze als op een teken weer een steentje gooide.

'Negen,' telde Jimmy.

'Of misschien kunnen ze het gewoon niet zo goed als ik,' voegde ze eraan toe.

Hij wierp een steelse blik op haar en zag dat ze lachte. 'Waarom kijk je eigenlijk soms zo naar me, oma?' vroeg hij.

Ze trok een gek gezicht. 'Zo, bedoel je?'

Hij gaf haar speels een duwtje. 'Nee, zoals je daarnet deed. Alsof je kijkt of ik er wel echt ben...'

Ze knikte, als tegen zichzelf. 'Omdat, Jimmy Jones, je sneller verandert dan je ooit zult weten. En soms denk ik dat ik heel goed op je moet letten, omdat je anders op een dag opeens groot bent zonder dat ik me kan herinneren hoe dat gebeurd is en hoe je vroeger was.'

'Dat kun je je heus wel herinneren, oma. Net zoals je je verhalen herinnert.'

Zijn oma had een fenomenaal geheugen. Ze kende zo'n vijftig verhaaltjes-voor-het-slapengaan woord voor woord uit haar hoofd. Zij en haar vriend Arnie wonnen altijd de algemene-kennisquiz in de Lewis Arms, en alles wat Arnie ooit hoefde te doen was rondjes halen terwijl zijn oma de vragen beantwoordde.

'Weet ik wel,' zei ze, 'maar voor het geval dat.'

Hier dacht hij een paar seconden over na. 'Dan is het goed,' zei hij.

'Wat?' vroeg ze.

'Dat je naar me kijkt. Als je wilt mag het wel. Ik vind het niet erg.'

Ze maakte een buiging. 'Dank je.'

'Weet je, al die moeders over wie ik het had...' zei Jimmy toen.

'Wat is daarmee?'

'Die kunnen niets zo goed als jij, ook geen steentjes gooien.'

Zijn oma had een arm om hem heengeslagen en hem dicht tegen zich aan gedrukt. 'Kom mee,' zei ze, terwijl ze zich omdraaiden en naar het strand keken, waar nog maar een paar vakantiegangers over waren. 'Laten we naar huis gaan, want ik denk niet dat vandaag nóg beter kan worden.'

Nu zat Jimmy in de kamer van het verzorgingstehuis naar zijn slapende oma te kijken en hoopte dat ze het zich allemaal nog herinnerde. Hij zou er alles voor overhebben als hij haar beter kon maken.

Hij begon haar over zijn dag te vertellen, over de tien die hij voor zijn *Macbeth*-opstel gekregen had en de magere zeven voor zijn geschiedenisproefwerk. Hij vertelde dat Rachel gisteravond dronken geweest was en gehuild had omdat ze Jimmy's vader zo miste. Maar dit was eigenlijk helemaal niet wat hij zijn oma wilde vertellen.

'Er is een meisje,' bekende hij uiteindelijk, toen de duisternis als een mantel om het raam heen viel. 'Ze is een stuk. Mooi, bedoel ik,' corrigeerde hij zichzelf snel. 'Haar haar is...'

Maar de kleur van haar haar, haar lengte en alle andere fysieke kenmerken van Verity Driver verklaarden niet wat Jimmy in zijn hart voor haar voelde. Want in Jimmy's ogen stond Verity voor verandering. Ze stond voor dromen en onbegrensde mogelijkheden. Ze stond voor een toekomst zonder beperkingen, net zo uitgestrekt en onvoorspelbaar als de zee. Ze was alles wat zijn aardse hier en nu niet was.

Hij besloot zijn oma dan maar liever te vertellen over zijn mislukte poging van eergisteren om Verity mee uit te vragen. 'Ik heb mezelf echt goed voor lul gezet,' biechtte hij op, niet omdat hij wist dat ze toch niet echt luisterde, maar omdat zijn oma zelf ook nooit vies was geweest van grove uitdrukkingen.

Oma zou Verity vast mogen, ging hij verder. Ze zou het leuk vinden zoals Verity in de klas soms met een schok wakker werd uit haar dagdromen en dan om zich heen keek alsof ze niet kon geloven dat het klaslokaal echt was, of alsof ze op een andere planeet ontwaakt was. 'Net als jij hier de hele tijd doet, oma,' zei hij. 'Achter die oogleden ligt een verborgen wereld die je gewoon wel móét onderzoeken.'

En oma zou dol zijn op Verity's stem, de manier waarop mensen luisterden als ze in de klas of in de aula voorlas, en de manier waarop iedereen stil werd als ze zong. 'Ze heeft zo'n lieve stem, oma,' vertelde hij. 'Ik zou er de hele dag naar kunnen luisteren zonder me te vervelen.' Jimmy kneep een beetje harder in de hand van zijn oma. 'En toen verknalde ik het,' besloot hij. 'Toen het erop aankwam, kreeg ik de bibbers.'

Maar er kwam geen antwoord. Hij hoorde alleen zijn oma's moeizame ademhaling.

Toen hij terugliep naar zijn fiets begon binnen in hem de woede te borrelen. Wat mankeerde deze wereld toch? wilde hij schreeuwen. Er gebeurden zo veel nare dingen met de verkeerde mensen. En nu was het met zijn oma gebeurd. Alsof het nog niet genoeg was dat ze ze niet meer allemaal op een rijtje had, de twee jaar voordat ze in het verzorgingstehuis opgenomen werd. Alsof het niet voldoende was dat ze niet meer wist wie ze was en dat ze voortdurend haar verleden in en uit zweefde en hele dagen kwijtraakte aan de vreemdste demente wanen.

'God zegene je, oma.' Dat had hij gezegd toen hij haar zojuist ten afscheid gekust had.

'Welke God?' galmde Ryans stem toen hij naar buiten stapte en tegen de ondergaande zon in naar de silhouetten van het stadje keek. 'De God die je moeder bij je weghaalde? De God die je oma's geest afpakte en nu ook haar lichaam wil hebben? Doe niet zo achterlijk, Jimmy. Jij gelooft net zomin in God als ik. Alleen wij, Jimmy. Meer is er niet. Meer hebben we niet nodig. Alleen jij en ik, jongen, en het leven dat we zelf kiezen. Wij gaan nooit dood.'

Jimmy stapte op zijn fiets en reed door de hekken van het verzorgingstehuis in de richting van de huizen.

'Nooit!'

Dat had Ryan geschreeuwd op de avond dat Jimmy's hele wereld uit elkaar spatte.

Hoe kon je je zo vergissen, Ryan? dacht Jimmy nu, terwijl er een traan over zijn wang rolde, alsof de wind hem uit zijn oog trok. *Hoe kon je? Jij, die verstandiger was dan alle andere mensen die ik kende?*

'Nooit!' Jimmy herinnerde zich Ryans gezicht toen hij dat woord schreeuwde, de manier waarop hij zijn hoofd in zijn nek gelegd had alsof hij de hemel probeerde uit te dagen. Het was bijna een jaar geleden en Ryan had voor de George Inn gestaan, heen en weer zwaaiend alsof er een harde wind stond, hoewel het water in de haven zo glad en bewegingloos was als de daguerreotypes van het oude Shoresby in de vitrine bij het stadhuis.

'Nooit!' had Ryan naar de lucht gebulderd. 'Ik ga nooit dood!'

En drie uur later was hij dood.

'De balans opmaken' was een code, alleen niet het soort code dat iemand ooit verzonnen en op papier vastgelegd had. Het was de term die Marianna Andrews, de eigenaar van Video-2-Go, altijd gebruikte als excuus om de winkel vóór de grote drukte begon een halfuurtje dicht te doen, zodat zij en Jimmy even alleen konden zijn.

Het magazijn van Video-2-Go, dat zwaar naar boenwas rook, was omwille van de verzekering door een veiligheidsdeur van de eigenlijke winkel gescheiden en werd verlicht door een tl-buis die zoemde als een ijskast en flikkerde als een kaars, waardoor schaduwen over de planken met videobanden, games en dvd's dansten.

Marianna Andrews was een obsessief magere, popperige, geblondeerde vrouw van achtendertig jaar, met een dikke zwarte bos schaamhaar en een rafelig litteken op haar rechterbil van toen ze bij een Miss Wet t-shirtverkiezing in een Spaans café van een tafel gegleden was. Dat was in 1985, het jaar waarin Jimmy geboren werd en het jaar waarin zij haar man ontmoette en trouwde.

Nu, op zijn rug op de ongeverfde houten tafel in het midden van de ruimte, met Marianna bokkend en grommend als een rodeokoningin boven op hem, dacht Jimmy aan de eerste keer dat ze seks hadden. Dat was begin vorig jaar geweest, een paar weken nadat Jimmy voor haar was komen werken.

Het ene moment had hij haar geholpen wat dozen van de ene plank naar de andere te verhuizen, het volgende moment merkte ze dat hij naar haar benen keek terwijl ze zich bukte om een gevallen dvdhoesje van de grond op te rapen.

Ze was overeind gekomen en had hem aangestaard, en hij was rood geworden. Maar ze was niet boos geweest. Integendeel, ze had gezegd dat hij zulke mooie ogen had, en toen had ze haar slag geslagen. Er was weinig romantiek bij komen kijken. Er was niet meer bij komen kijken dan een simpele vraag en een verklaring van haar kant ('Wil je met me vrijen, Jimmy? Ik wil graag met jou vrijen.') en een verbluft zwijgen van zijn kant.

De rest was geschiedenis: sindsdien werkte Jimmy onder haar. Voordat Marianna haar gemanicuurde klauwen in hem sloeg was hij maagd geweest, en zonder haar zou hij dat waarschijnlijk nog steeds zijn. Maar nu? Tja, nu was hij er niet zo zeker van dat dit wel was wat hij wilde. Zeker, hij genoot nog steeds van de fysieke kant, maar dat was het hem nu juist: de fysieke kant was ook de enige kant.

Jimmy wendde zijn blik af van haar manisch schitterende ogen, niet in staat haar recht aan te kijken. Binnen tien minuten zouden ze allebei weer achter de toonbank staan, wist hij. Dan had Marianna haar zwart kanten slip weer in haar onopvallende spijkerbroek opgeborgen en haar harde tepels onder haar kuise lamswollen trui gestopt. En dan was er behalve een enkele steelse blik niets seksueels meer tussen hen.

Marianna zei tijdens de daad zelf nooit iets en sprak er niet over als het voorbij was – een beetje alsof het nooit gebeurd was, alsof ze haar man Bill helemaal niet bedroog.

Maar waar, vroeg Jimmy zich af, sta ik dan? Was hij een uitgebuit lid van de werkende klasse? Of alleen maar de passieve begunstigde van de seksuele frustratie van een niet onaantrekkelijke Mrs. Robinson? *Ik bedoel*, dacht hij, terwijl Marianna haar nagels in zijn borst zette, *er moet toch meer zijn? Een relatie moet toch meer zijn dan dit?*

En natuurlijk wist hij best dat er meer was. Want Jimmy's verhouding met Marianna had niets met gelijkwaardigheid te maken, daarvan was hij zich maar al te zeer bewust. Wat begonnen was als de natte droom van elke puber – eentje waarop zelfs Ryan jaloers geweest was – was een gewoonte geworden, niet veel meer dan een vanzelfsprekende, zij het aangename, bijkomstigheid van zijn werk.

Hij voelde niets meer voor Marianna, niet nu hij zichzelf toegestaan had zoveel voor Verity Driver te voelen. Hij besefte dat hij voor Marianna niets meer gevoeld had dan lust, terwijl zijn gevoelens voor Verity Driver oneindig veel complexer waren. Als hij Verity Driver mee uit gevraagd had en zij ja gezegd had, wist hij, was hij nu niet hier. Dan had hij iets gehad om van de daken te schreeuwen, en hoefde hij zich niet in een raamloos hok te verschuilen.

Jimmy gaf zichzelf een time-out. Al dat denken leidde nergens toe. Want het punt was dat hij Verity niet mee uit gevraagd had. En daarom, wist hij, moest er een einde komen aan die obsessie met haar. Wat er ook tussen hem en Verity had kunnen zijn, het zou er nooit meer van komen. Het werd hoog tijd dat hij dat accepteerde en ophield zichzelf wijs te maken dat het anders was.

En dat was precies wat hij deed. Terwijl Marianna Andrews in haar borsten klauwde en zichzelf sidderend naar haar hoogtepunt werkte, besloot Jimmy Jones niet meer aan Verity Driver te denken en door te gaan met zijn leven.

Vier uur later zat Jimmy's dienst er bijna op. Hij was aan het opruimen en overhandigde Michael Francis, de met kettingen behangen, bebaarde eigenaar van de ongeneeslijk onmodieuze newagewinkel in Southcliffe Street, de band van *Lord of the Rings*.

Achteloos over de toonbank hangend – zoals hij er graag bij hing voor het geval zijn vrienden langskwamen of binnenliepen – zag Jimmy hoe Michael hinkend de donkere straat inliep. Hij wierp een blik op Marianna, die naast hem op een barkruk met

Melissa, haar beste vriendin, zat te kletsen over de skivakantie die ze voor de jaarwisseling geboekt hadden. Zelfs de blos op haar wangen was weggetrokken.

Jimmy's telefoon piepte. Er was een sms'je van Tara: 'Bier w8, tz.'

Ze zat vast al bij de Sapphire, en over twintig minuten zat hij daar ook. Woensdagavond naar het café was een traditie sinds Ryan ergens vorig jaar verklaard had dat woensdag de nieuwe vrijdag was, met als argument dat de kans dat de politie hen oppakte omdat ze nog te jong waren om te drinken dan minder groot was en het gemakkelijker was om een zitplaats en een vrije pooltafel te vinden.

Jimmy tilde een stapel lege uitstaldozen op en wilde ze net op de rekken terugzetten toen de deurbel rinkelde en hij die film-vent zag binnenkomen – Scott, de man die hij een paar dagen geleden geholpen had bij dat huisje aan Quayside Row.

Jimmy voelde zich beroerd. Hij staarde naar zijn handen. Hij had geen idee waar hij ze moest laten. Hij voelde zich net een dief die met zijn vingers in de kassa betrapt werd. Een van de dozen gleed uit zijn handen en viel kletterend op de grond.

Scott glimlachte naar hem, maar Jimmy reageerde er niet op. In plaats daarvan tuurde hij naar de breedbeeldtelevisie aan de muur, alsof hij echt geïnteresseerd was in wat de supergebruinde vj van MTV te zeggen had. Maar hij zag de vj helemaal niet, hij zag alleen maar Scott voor zich, en hij wenste vurig dat hij wegging.

Ga weg, herhaalde Jimmy keer op keer in zijn hoofd, als een mantra. Kon hij maar verdwijnen. Toen zei hij bij zichzelf, *denk aan wat je van plan was.* Want hij had wel degelijk een plan gemaakt voor het geval dit zou gebeuren. Hij had zich voorgesteld dat hij Ellen en Scott weer tegen zou komen. Dat moest ook wel, in zo'n klein stadje. Het was onvermijdelijk en hij had besloten ze te negeren en te mijden, niet omdat hij dat zo graag wilde, maar omdat het veiliger was. Jimmy wist dingen over Lost Soul's Point – geheimen die geheimen moesten blijven. Hij voelde er niets voor om te praten met mensen die vastbesloten waren het verleden op te rakelen.

'Hoi, Jimmy,' zei Scott, terwijl hij een dvd over de toonbank schoof.

Jimmy hield zijn blik op de tv gericht.

'Best...' vervolgde Scott. 'Misschien heb je dan een inschrijfformulier voor me?'

'We zijn gesloten,' verklaarde Jimmy met overslaande stem. Hij was het niet gewend zo agressief te zijn.

Na een korte stilte zei Scott: 'Op de deur staat tien uur.'

'Ook goed,' antwoordde Jimmy. Hij trok zonder te kijken een la open en legde met een klap een inschrijfformulier op de toonbank. 'Je hebt een identiteitsbewijs nodig en...'

'Heb ik allemaal bij me,' zei Scott, en hij legde zijn papieren naast de dvd.

Zich scherp bewust van Marianna's nabijheid dwong Jimmy zichzelf uiteindelijk om Scott aan te kijken, en meteen voelde hij zijn vastberadenheid verslappen. Het was Scotts lach die het hem deed: open en zorgeloos. Het was onmogelijk een hekel te hebben aan een man die geen greintje slechtheid in zich leek te hebben. Met tegenzin bekeek Jimmy de papieren, terwijl Scott het formulier invulde.

Jimmy stond even naar hem te kijken voordat hij een blik wierp op de dvd die Scott uitgekozen had. Het was *Charade*, een film van Stanley Donen, met Cary Grant, Audrey Hepburn en Walter Matthau. Jimmy was er trots op dat hij alle films in het bescheiden archief van Video-2-Go gezien had. Sinds hij hier werkte was Scott de eerste die deze film uit het rek met klassiekers haalde.

'Nep-Hitchcock.' Het was eruit voor Jimmy er erg in had.

'Pardon?'

Jimmy was razend op zichzelf. Het laatste wat hij wilde was een gesprek, maar hij kon er niet meer omheen, niet nu hij zelf begonnen was. '*Charade*,' zei hij half mompelend. 'Het is jatwerk. Het heeft alle kenmerken van een Hitchcock, maar het is niet van Hitchcock zelf.'

Scott overhandigde hem het ingevulde formulier. 'En wat is daar mis mee?'

Jimmy keerde zich naar de computer en begon de gegevens op

het formulier in te voeren. 'Niets. Als je het maar weet. Anders voel je je zo genomen als je erachter komt. Net als bij muziek die je helemaal te gek vindt, en die eigenlijk alleen maar uit samples van andere, betere platen bestaat.'

In het beeldscherm van de computer zag hij Scott met de dvd in zijn hand bedachtzaam knikken.

'Je weet blijkbaar veel van films?' vroeg Scott. 'Genoeg. Het hoort erbij, hè, als je hier werkt.' Jimmy pakte een lidmaatschapskaart en gebaarde naar Scott dat hij moest tekenen.

Plotseling stond Marianna naast Jimmy. 'Hij is veel te bescheiden,' zei ze tegen de Australiër. 'Hij gaat volgend jaar naar de filmacademie, nietwaar, Jimmy?'

'Ik hoop het,' gaf Jimmy toe.

Scott fronste zijn voorhoofd. Heel even dacht Jimmy dat hij er verder op in zou gaan, maar toen schoof hij de kaart in zijn zwarte canvas portefeuille en zei alleen maar: 'Veel geluk.'

'En de film?' vroeg Jimmy.

'Daar heb ik niet meer zo'n zin in.' Scott schoof de dvd van zich af. 'Misschien kun je me iets orig\inelers aanraden. Iets wat ik nog niet gezien heb dus, hè?' Daar was die zorgeloze lach weer. 'Dat kon weleens lastiger zijn dan je denkt.'

Jimmy aarzelde even. Misschien moest hij gewoon nee tegen Scott zeggen. Maar het was al te laat. Hij had zich niet aan zijn negeerplan gehouden, en als hij dat nu weer oppikte zou zijn gedrag wel een heel rare indruk maken.

En eigenlijk werd zijn tegenzin om Scott terug te zien met de seconde minder. Hij was veel te wantrouwig geweest, besloot hij. Scott had het niet eens over de documentaire gehad. Nee, zolang ze een beetje over films kletsten had Jimmy geen enkele reden om bang te zijn voor Scott. En trouwens, Scott en Ellen zouden niets over Lost Soul's Point ontdekken wat niet al lang algemeen bekend was.

Jij bent de baas, hield Jimmy zichzelf voor. *Niemand kan in je hoofd kijken. Niemand kan je dwingen te praten over de dingen die je gezien hebt of te vertellen wat je gedaan hebt.*

En het was waar. Het was waar. Alles was nog steeds in orde. En het zou in orde blijven. Er viel een last van zijn schouders.

'Dat zullen we nog weleens zien,' zei Jimmy tegen Scott, in de veilige wetenschap dat dit een uitdaging was die hij wel aankon – wat Scott ook dacht.

Een halfuur later zat Jimmy in het warme café. Hij was in een goed humeur. Hij had zijn belofte aan Scott gehouden en was op de proppen gekomen met *Election*, een onderschatte moderne klassieker, vond hij, die het gehypte *American Beauty* (dat in hetzelfde jaar uitkwam) ver achter zich liet. Bovendien had hij net betaald gekregen, dus hij had geld om uit te geven en geld om morgen naar de bank te brengen. Na een halve joint (met dank aan Tara en het tochtige damestoilet) en met een glas Stella in zijn hand voelde hij zich relaxter dan hij de hele week geweest was.

De Sapphire was maar klein, net als de andere eeuwenoude gebouwen hier in het centrum van Shoresby. Polaroids van nieuwjaarsfeesten hingen aan de zwarte eikenhouten balken in het lage plafond, dat doorzakte alsof er boven een overstroming was en het water elk moment naar beneden kon komen. De ramen, die uitkeken op White Lion Street, waren vettig van de rookaanslag en het rode linoleum op de vloer was versleten en gebarsten.

Bij Jimmy aan het tafeltje zaten Mark, Charlie, Toni en Danny, allemaal zeventien jaar oud en verwikkeld in een of ander vertrouwelijk gesprek waarvan Jimmy het begin gemist had en dat Tara toen hij binnenkwam niet leek te interesseren. Skateboards stonden tegen de muur, en Ru en Tim waren aan het poolen, allebei met hetzelfde gemillimeterde haar, dezelfde soepele bewegingen en dezelfde keiharde stoot. Ze kenden elkaar allemaal al vanaf de lagere school, net als Tara, die links van Jimmy aan een sigaret zat te lurken en grijnsde om wat hij haar net opgebiecht had.

Tara was klein en mager en haar haar, dat deze week rood geverfd was, zat zo rond haar gezicht gekamd dat je haar puntige feeënoren en het kleine getatoeëerde slangetje in haar hals niet zag. Ze had een oversized So Solid Crew-t-shirt aan en haar oogleden lichtten zilver op als ze met haar ogen knipperde, wat ze nu al secondenlang niet gedaan had. 'Maar hoe,' vroeg ze uiteindelijk, 'kan iets voorbij zijn als het nooit begonnen is?'

'Gewoon...' begon Jimmy. Verder kwam hij niet, want hij wist dat Tara gelijk had: alleen in zijn hoofd was er ooit iets tussen hem en Verity geweest was.

'Persoonlijk snap ik niet wat je in haar ziet,' mijmerde Tara. 'Ik had vorig jaar Frans met haar en ze heeft nooit ook maar één woord tegen me gezegd. Dus óf ze is een snob, óf ze heeft gewoon niets te zeggen. Waarschijnlijk allebei.'

Jimmy staarde dof voor zich uit. Hij had er alweer spijt van dat hij Tara verteld had wat er maandagochtend gebeurd was, en hij gaf de hasj er de schuld van dat hij uit de school geklapt had. 'Voor iemand die haar helemaal niet kent heb je haar wel goed door.'

Maar Tara was nog niet uitgepraat. 'En trouwens,' ging ze verder, 'als je besloten hebt niet meer aan haar te denken, hoe komt het dan dat je de hele tijd maar over haar door ouwehoert?'

Jimmy zei niets. Dat hij zich nu al niet aan zijn voornemen hield, was ook de schuld van de hasj.

'Oké, oké,' antwoordde ze in zijn plaats. 'Je bent een man en je hersens zitten tussen je benen, en Verity Driver is een stoot, dat geef ik toe. Maar ware schoonheid zit vanbinnen, weet je nog?'

Jimmy kreunde. 'Hou op met die clichés, ja?'

'Je moet het gewoon praktisch bekijken,' vervolgde Tara. 'De boel in perspectief zien. Denk niet alleen aan haar, denk ook aan jezelf. Je bent slim en best leuk, lijkt me. Je vindt wel weer een ander meisje. Over een jaar ga je hier weg, naar de filmacademie, en word je een belangrijk iemand in de grote wijde wereld. Geloof me nou maar, dan vergeet je haar wel.'

Jimmy maakte zijn sigaret uit. 'Laten we het over iets anders hebben,' zei hij.

'O, toe nou, Jim,' zei ze, terwijl ze een arm om zijn nek sloeg en hem naar zich toe trok, 'doe nou niet zo. Ik wil je alleen maar helpen.'

'Nou, dat lukt je anders niet.'

'Oké,' zei ze, en ze liet hem los, 'dan zit er maar één ding op.'

'Vertel.'

'Vraag haar gewoon mee uit. Niet achterlijk doen met cd's en dat soort gemier. Stap op haar af en zeg wat je bedoelt: Ga. Je. Met. Me. Uit?'

'Net zo makkelijk, hè?'

'Maar dan weet je het tenminste.'

'Ja, en dan?'

'Ze zegt dat je op moet rotten en je leven kan weer uit de pauzestand.'

'Bedankt.'

'Of...' Tara stond op en wurmde zich achter hem langs, haar wijde zwarte jurk sleepte over zijn dijen. 'Of ze zegt ja.' Ze keek langs haar met drie knopjes bezette neus op hem neer. 'En dan kom je erachter dat het een saaie troel is en dump je haar en kan je leven weer uit de pauzestand.' Haar ogen schitterden. 'Hoe dan ook, Jimmy, we krijgen de echte jij terug.'

'Daarom hou ik nou zo van je, Tara,' riep Jimmy haar na toen ze naar de damestoiletten liep, 'je bent een geboren optimist.'

Jimmy nam een flinke slok bier. Ze had natuurlijk gelijk, over Verity mee uit vragen. En deze keer echt, niet weer zo'n slappe poging zoals maandag.

Ga. Je. Met. Me. Uit?

Hoe moeilijk kon het zijn? Zijn bloed begon sneller te stromen bij de gedachte. Hoe hij ook zijn best deed om gewoon ontspannen op Tara te wachten, steeds haalde hij zich Verity's gezicht voor de geest, in de seconden die volgden op zijn vraag, en deze keer vormde haar mond het woord 'ja'.

Op dat moment, met zijn glas op weg naar zijn mond, verstijfde hij. Want daar, aan het tafeltje rechts van hem, waar hij Denny Shapland had zien zitten, noemde iemand Verity's naam.

Traag bracht hij het glas naar zijn mond en dronk. Hij keek naar Denny en de man – gedrongen, met een pak aan – met wie hij sprak. Jimmy proefde het bier niet eens, want hij kon alleen nog maar luisteren.

'Welke is dat dan?' vroeg de vent in het pak aan Denny. 'Hoort ze bij dat Searchlight-stelletje?'

De Searchlight was een van de twee clubs in Shoresby. Het was een soort minderjarigentent, druk bezocht door de ouder uitziende jeugd en dus de bron van de meeste roddels en schandalen in Shoresby.

'Nee, je kent haar niet,' antwoordde Denny, vrij zeker van zijn zaak. 'Clubs zijn niet echt iets voor haar. Ze is van het stille soort. Verlegen, weet je? Maar wel heet,' voegde hij er wellustig aan toe. 'Lang haar, lange benen. Ik bedoel, als ze ooit wel naar de Searchlight gaat, krijgt ze ze daar allemaal achter zich aan.'

'Waar ken je haar van?' vroeg zijn vriend, die nog een sigaret opstak.

'Ze kwam laatst opeens mijn winkel in en begon een praatje.'

'Jezus, waarom heb ik dat niet?'

'Ik ben gewoon zo knap en zo aardig, dat is het,' grijnsde Denny. 'Maar even serieus,' vervolgde hij, 'ik kijk al het hele jaar naar haar, elke keer dat ik haar zie, in de hoop dat ze het vat.'

Alsjeblieft, dacht Jimmy. Alsjeblieft, laat me de naam verkeerd verstaan hebben. Jimmy mocht Denny Shapland niet. Hij mocht hem niet vanwege zijn geld en de manier waarop hij ermee te koop liep, en hij mocht hem niet omdat meisjes van Jimmy's leeftijd jongens als Denny altijd leuker vonden dan jongens als Jimmy.

Maar hij had de naam niet verkeerd verstaan. Hij had het heel goed gehoord.

'En nu is het geregeld,' zei Denny, terwijl hij zich tevreden uitrekte. 'Zaterdagavond gaat het eindelijk gebeuren met die kleine Verity. En zal ik je eens iets zeggen? Ik kan verdomme niet wachten. Ik denk echt dat dit iets kan worden, echt waar.'

Jimmy had genoeg gehoord. Hij zette zijn glas neer, trok zijn leren jack aan en stond op.

'Zo te zien verlaat Elvis het gebouw,' zei Denny met een afkeurende blik op Jimmy's jack.

'Maar wel een mooie camouflagebroek, hè?' antwoordde Jimmy, Denny rustig de tijd gunnend om te bedenken uit welke winkel die gejat zou kunnen zijn.

Onderweg naar buiten stond Jimmy alleen even stil om een aankondiging van de deur af te rukken. Benefietconcert, stond er bovenaan in een viezig printergroen. Maar dat was niet de reden dat Jimmy het papier verkreukelde en diep in zijn zak stak voor hij de avond in stapte. Het was wat er in kleine lettertjes onder stond: Ryans naam en zijn sterfdatum.

'Klootzakken!' schreeuwde Jimmy.

Op de top van de rots, bijna honderd meter ten zuiden van Lost Soul's Point, met in de diepte de schitterende lichtjes van Shoresby, staarde Jimmy woedend naar het verkreukelde papier in zijn linkerhand. In zijn rechterhand hield hij de touwen van een fluorescerend groene vlieger, die tien meter boven zijn hoofd traag heen en weer bewoog op de luchtstromen die van de vochtige aarde oprezen.

Jimmy keek omhoog: de lucht was bezaaid met sterren, als de screensaver op de pc bij Video-2-Go. Hij draaide zich om. Daar, twintig meter achter hem, zag hij vaag het silhouet van het Krot, de kapel van Appleforth House die voor hem en Ryan hun hele jeugd lang een soort tweede thuis geweest was.

Het van enorme blokken steen opgetrokken en door klimop in bezit genomen gebouw stond aan de rand van het landgoed. Welke metselaar het ook gebouwd had, in de latei boven de deur had hij het jaartal gebeiteld: 1804. Behalve dat wist Jimmy er weinig van. Maar één ding was zeker, en dat was dat verder niemand er iets om gaf – zelfs de bouwvakkers niet die het afgelopen jaar aan het grote huis gewerkt hadden. Tot Ryan, Tara en hij in 1998 de deur opengetrapt hadden en het verroeste slot vervangen hadden door een nieuw, had er in geen jaren een mens een voet over de drempel gezet.

In de winter was het ijskoud in de kapel, en zo donker als in een mijnschacht. Er was niet voldoende ventilatie om een vuur te stoken, want ze hadden de halve centimeter brede kieren bij de ramen dichtgestopt met oude lappen om de wind buiten te houden. Op de avonden die ze hier doorbrachten hadden ze in het begin licht gehad van zaklantaarns en stormlampen, en later van een systeem dat Ryan van een oude scheepsaccu gemaakt had. Maar de privacy had veel goedgemaakt, en 's zomers kon Jimmy zich geen betere plek op aarde voorstellen.

De spullen die de meeste jongeren in hun slaapkamer bewaren, hadden Ryan, Jimmy en Tara hier bewaard: muziek, drank, dope, boeken en tijdschriften. Toen ze nog te jong waren om naar de Sapphire te gaan om te drinken, waren ze hier bijna elke dag na school met zijn drieën naartoe gekomen, soms met anderen erbij.

Nog maar een paar minuten geleden was Jimmy binnen geweest. Zonder een lucifer af te strijken had hij op de tast en op zijn geheugen in de vertrouwde ruimte zijn weg gezocht en de vlieger tevoorschijn gehaald.

Hij was niet iemand die gemakkelijk huilde, maar nu huilde hij wel. Hij kon het niet helpen dat de tranen over zijn wangen stroomden, en hij kon niet ophouden met snikken terwijl hij dacht aan zijn beste vriend, die doodging op de rotsen die daar beneden uit zee staken.

Het was bijna een jaar geleden dat Ryan doodging, maar zoals Jimmy zich nu voelde – zoals hij zich door die aankondiging voelde – had het ook vanavond kunnen zijn.

'Klootzakken,' schold Jimmy nog een keer.

Een samenzang om Ryans heengaan te herdenken. *Heengaan?* Wat betekende dat, verdomme? Ryan was nergens *heengegaan.* Hij was doodgegaan, te pletter geslagen tussen krijsend metaal en de giftige benzinedampen van een gestolen convertible.

Dus wat had dit te betekenen? Dit concert om de gemeenschap samen te brengen? Dit benefietconcert om geld in te zamelen voor een gloednieuw jongerencentrum? Dit plan om een plek in het leven te roepen waar de jeugdige bewoners van Shoresby samen konden komen en vriendschap en steun konden zoeken als ze dat nodig hadden? Dit centrum waarin mensen hun energie op een positieve en creatieve manier konden aanwenden?

Het was gelul, dat was het. Het had helemaal niets met Ryan te maken.

Jimmy rilde. Hij voelde dat Ryan er was, zwevend op de wind als de vlieger die ze altijd samen opgelaten hadden als ze te kapot waren om te praten. Wat zou Ryan hiervan zeggen? vroeg Jimmy zich af.

Het deed er niet toe. Hij was er niet meer.

Jimmy spoog. Hij wilde dit gat haten. Hij wilde de mensen die er woonden haten, de onbenullige hemelbestormers die dit concert organiseerden. Met al dat geouwehoer kwam Ryan echt niet terug. Hij wilde die achterlijke legende over Lost Soul's Point en de toeristenindustrie die erop dreef haten. En Verity wilde hij ook haten, omdat ze zo oppervlakkig was dat ze ja gezegd had tegen een afspraakje met die eikel Denny Shapland.

Hij wilde ze allemaal haten, maar hij kon het niet. Ook al stond hij nu nog zo tegen hen te razen, een deel van hem weigerde zijn razernij te laten winnen, want net zoals er een deel van Ryan achterbleef, zo zou een deel van Jimmy altijd bij dit stadje horen. En daar kon hij helemaal niets aan doen.

Het leven was zo godsgruwelijk kostbaar. Dat was alles wat Jimmy echt zeker wist. En dat was waarom Ryans dood nog steeds zo'n pijn deed.

'Ik mis je, man,' zei Jimmy. 'Ik mis je zo vreselijk.'

Jimmy haalde de vlieger neer en legde hem op de grond rechts van hem. Daarna scheurde hij de aankondiging van het concert in twaalf kleine stukjes en klemde die in zijn hand. Hij liep verder naar het punt waar het land plaatsmaakte voor lucht en ontspande langzaam zijn vingers. De wind greep de twaalf stukjes papier en blies ze over zijn geopende hand naar zee als een zwerm minuscule vogeltjes.

6

Een zwerm duiven vloog op van het groen uitgeslagen standbeeld van Alexander Walpole toen Ellen zich de hal in haastte, waar de kooplieden de donderdagse boerenmarkt aan het opbreken waren. Met een blik op haar horloge zette ze koers naar Little's Stomerij en Reparaties, een van de winkeltjes rond het overdekte marktplein.

'Ik ben bang dat er niets aan te doen is,' zei de jonge vrouw een paar minuten later, terwijl ze Ellens Donna Karan-jas zorgvuldig tussen hen in op de formica toonbank uitspreidde. 'We hebben er allemaal naar gekeken. We kunnen hem opsturen, maar...' Ze keek Ellen verontschuldigend aan, waarna ze de gescheurde zoom tussen haar vingers nam en met een spijtig 'tsss' de schade opnam. 'Wat zonde,' zei ze, bijna tegen zichzelf.

'Wilt u dan zo vriendelijk zijn een briefje te schrijven waarop staat dat het niet te herstellen is?' vroeg Ellen, te laat beseffend dat ze vreselijk kribbig klonk.

'Tja... ik...' begon de vrouw aarzelend. Haar hand vloog zenuwachtig naar de kraag van haar witte overall.

'Dat zou echt heel veel uitmaken,' zei Ellen, die nu weer wist dat ze niet bij de stomerij op Oxford Circus was en een vriendelijker toon moest aanslaan. 'Ziet u, het was een verjaardagscadeau van mijn vriend,' vervolgde ze. Een beetje sentimenteel doen, kon geen kwaad. Als ze tijd had zou ze proberen de jas van de verzekering terug te krijgen, maar inmiddels had ze bij die veel te dure Wave Cave al een waterdichte Berghaus-jas gekocht, die natuurlijk veel praktischer was. 'Ik zeg wel wat u moet schrijven, als u wilt,' zei Ellen vriendelijk. 'Met een officieel briefje krijg ik misschien nog mijn geld terug.' *Van hem*, dacht ze, en ze voelde weer die staalharde knoop van woede in haar borst. Die arrogante, hatelijke, afschuwelijke... In één tel was Ellen terug bij Appleforth House op maandagmiddag.

Ondanks haar rampzalige ochtend was ze vol verwachting naar boven gegaan voor een eerste blik op het landgoed. Ze had lippenstift opgedaan in de hoop dat dat geluk zou brengen en de Land Rover naast de andere auto's en busjes geparkeerd. Buiten in de wind had ze even naar het indrukwekkende achttiende-eeuwse landhuis staan staren.

Ze volgde het bordje naar het kantoor van de bouwplaats en liep tussen kruiwagens, cementmolens en ladders door om een van de vleugels heen. Voorzichtig balanceerde ze over een paar planken naar een deur van spaanplaat en klopte luid aan. Wachtend draaide ze zich om naar de kust, waarop ze hier een ongelooflijk uitzicht had. Ze haalde diep adem en overzag de wilde jacht van witte paarden die in de verte van over de uitgestrekte zee op het stadje af daverde.

Toen even later de deur openging, draaide ze zich met haar stralendste lach om. Boven haar op het trapje stond een man met een gele helm op en een dampende kop thee in zijn hand. Hij lachte, als om een mop, zijn gezicht naar de mannen in het kantoor achter hem gekeerd, en heel even, kijkend naar zijn profiel, dacht ze aan wat Beth, haar oudste vriendin, zou zeggen: 'Arbeider! Woef!' – met een goedkeurend fluitje vanwege zijn ruige uiterlijk.

Maar toen de man zich naar haar omdraaide wist Ellen dat ze zich vreselijk vergist had. Dit was helemaal geen aantrekkelijke man. Dit was de man met de gestoorde hond.

'Jij!' riepen ze in koor uit, en de lach verdween gelijktijdig van hun gezicht.

Ellen staarde met open mond naar de man die voor haar stond; ze kon niet geloven wat een domme pech ze had.

'Wat doe jij hier in godsnaam?' zei hij, terwijl hij haar van top tot teen opnam.

Ellen drukte haar map tegen haar borst. 'Ik zoek de voorman, of wie hier ook de baas is,' zei ze. 'Niet dat het je iets aangaat.' Ze keek hem minachtend aan voor ze langs hem heen een blik in het kantoor probeerde te werpen.

'Dat heb je dan mooi mis,' antwoordde de hondenman, die demonstratief in haar beeld ging staan. 'Ik ben Ned Spencer en ík ben hier de baas.'

Tot haar ontzetting voelde Ellen dat haar wangen rood werden; de moed zonk haar in de schoenen. Uit Amanda's aantekeningen had ze begrepen dat Ned Spencer degene was met wie ze op goede voet moest zien te komen wilde ze de documentaire kunnen maken.

'O, ik snap het al,' vervolgde hij voor ze de kans kreeg iets terug te zeggen. 'Je komt zeker klagen over die jas van je. Heb je niets beters te doen dan mij lastig te vallen?'

Ellen kneep haar ogen tot spleetjes bij het horen van deze arrogante sneer, vastbesloten zich niet tot zijn niveau te verlagen. 'Mijn jas heeft hier niets mee te maken. Ik ben hier omdat ik een documentaire over Lost Soul's Point ga maken. We willen direct beginnen, dus als je me even laat rondkijken en bedenkt waar we ons kunnen inrichten...'

Ned Spencer barstte in lachen uit en schoof zijn ouderwetse ronde brilletje verder op zijn neus. Zijn gezicht had iets jongensachtigs, als van een overjarige Harry Potter.

'Ahum... alsof dát gaat gebeuren,' zei hij. Hij nam een slok van zijn thee en keek haar ondertussen met van pret schitterende ogen over de rand van de kop heen aan.

'Maar mijn collega, Amanda Pearson, heeft het daar een paar maanden geleden toch wel met je over gehad?'

'Nee.'

'Nou, we hebben toestemming van de Amerikaanse eigenaar, die alles van het project af weet, als je het soms wilt nakijken...' zei Ellen al een beetje wanhopiger, bladerend door de papieren in haar map. 'Hier.' Triomfantelijk haalde ze Amanda's brief tevoorschijn. 'Hij is gericht aan een zekere Jonathan Arthur in Salem, Massachusetts... Je baas, neem ik aan?'

Ned Spencer nam de brief van haar aan, bekeek hem vluchtig en gaf hem weer terug. 'Daar staat alleen dat je om toestemming vraagt.'

'Maar er is telefonisch contact geweest. Mijn productieassistente...'

'Je verdoet mijn tijd,' viel hij haar in de rede. 'Alles wat hier gebeurt, loopt via mij. Totdat ik de juiste brieven te zien krijg en het project officieel heb goedgekeurd film je helemaal niets.'

'Maar je begrijpt het niet...' protesteerde Ellen, al begreep hij het overduidelijk heel goed – sterker nog, hij had er plezier in.

'Nee. Jij begrijpt het niet. Je bent op verboden terrein. Ik raad je aan te vertrekken.' En met een zelfingenomen grijns hief hij zijn vinger tegen haar op, met alle plezier van een ingehuurde kerstman die een wel heel erg vervelend kind wegstuurt. Daarna ging hij weer naar binnen en schopte hij met de hak van zijn smerige laars de deur achter zich dicht.

Dat was vier dagen geleden gebeurd en dankzij Ned 'de eikel' Spencer, zoals ze hem nu noemde, was Ellen nog niet eens met het Lost Soul's Point-programma begonnen.

Maandag had ze dus helemaal niets voor elkaar gekregen en dinsdag en woensdag had ze vervolgens in Londen doorgebracht. Daar was Joy nog minder behulpzaam geweest dan anders. Er waren problemen met een van de andere programma's en Shoresby stond duidelijk helemaal onder aan haar prioriteitenlijstje. Ellen had op het punt gestaan zelf achter Jonathan Arthur aan te gaan, maar Joy had al contact met hem opgenomen en Ellen een strenge preek gegeven over professionele grenzen en op andermans tenen staan.

Ellen had zich vast een stuk minder hulpeloos en gefrustreerd gevoeld zonder die eindeloze sessies in de armoedige montageka-mer in Soho, waar ze een poging gedaan had het materiaal over de Muur van Hadrianus te redden. Op de tweede dag was ze te-gen de muren op gevlogen en wilde ze niets liever dan terug naar Shoresby. Ze had geen zin om het werk van anderen te verbete-ren. Ze wilde haar eigen programma maken. Pas toen ze gister-avond terug was in het huisje had ze weer een beetje het gevoel gekregen dat ze de zaak in de hand had.

Nu ze de vrouw in de stomerij zorgvuldig het briefje zag schrijven dat ze binnenkort aan Ned 'de eikel' Spencer zou over-handigen, beleefde ze een klein moment van triomf in haar ver-der zo mistroostige week.

Haar voorstelling van het moment waarop ze Ned 'de eikel' Spencer eens goed de waarheid vertelde werd verstoord toen ach-ter haar de deur openging en er met een vlaag koude lucht een jonge jongen binnenkwam. Hij droeg een sweater met een capuchon en daaroverheen een parka, maar zelfs al waren zijn wangen half bedekt, Ellen zag dat ze rood waren van de wind.

'Hallo, Toby, alles goed?' zei de vrouw van de stomerij tegen de jongen, en ze schonk hem een warme glimlach. 'Wat ben je aan het doen?'

'Ik breng flyers rond voor Clive. Wil je er een paar voor het raam hangen?' vroeg de jongen. Hij tastte diep in zijn zak en haalde er een paar velletjes groen papier uit.

'Natuurlijk doe ik dat,' zei ze toen ze ze aangenomen had.

'Bedankt, Beverly. Zie je,' zei hij, en hij haastte zich de winkel uit.

Beverly keek de jongen na. 'Een vriend van mijn jongste,' zei ze ter verklaring.

De vrouw – Beverly – leek niet oud genoeg om kinderen te hebben, laat staan een 'jongste' die ten minste tien was. Nu zat het Ellen dwars dat ze inwendig neerbuigend over de vrouw gedaan had omdat ze zo langzaam schreef. Het was vast niet gemakkelijk om de hele dag te werken en ook nog voor kinderen te zorgen.

Ze glimlachte en Beverly draaide de flyer om zodat Ellen hem ook kon zien. 'Ze houden een herdenkingsconcert voor die jongen, Ryan.'

'O?' zei Ellen, plotseling nieuwsgierig.

'Hij was nog maar een tiener,' zei Beverly, terwijl Ellen de informatie over de audities voor het geplande concert las. 'Z'n ouders zijn er kapot van, de arme mensen.'

'Wat is er dan gebeurd?'

'Hij heeft zichzelf vorig jaar met een gestolen auto van Lost Soul's Point gereden. Ze zeggen dat-ie aan de drugs was...'

Toen Ellen terugkwam in High Street was het al donker. De implicaties van een recente zelfmoord bij Lost Soul's Point spookten door haar hoofd. Hoe meer ze over Lost Soul's Point wist, hoe meer er te ontdekken viel, zo leek het. In Amanda's aantekeningen stond niets over de zelfmoord van deze jongen. Alle slachtoffers die Amanda had weten te achterhalen waren van buiten Shoresby gekomen. Maar dit verhaal gaf een veel coherenter en aangrijpender beeld, dacht Ellen. Als ze met de zelfmoord van die Ryan begon en dan misschien het herdenkingsconcert filmde...

Ze vloekte toen haar telefoon ging. Waarom werd ze toch altijd gestoord? Ze graaide onder in haar tas naar haar mobiel en hoopte vurig dat het Joy niet was. Maar toen zag ze het internationale nummer op het display. Ze hield opgewonden haar adem in en ging half in een portiek staan, uit de wind. Dat moest Jason zijn.

'Waar zat je?' vroeg ze. Ze wist niet of ze boos op hem moest zijn of opgelucht omdat hij eindelijk belde.

'Ik zei toch dat bellen lastig zou zijn. Niet boos zijn, schat. Ik moet het kort houden.'

'Waar ben je?' vroeg Ellen, met een vinger in haar andere oor om hem beter te kunnen horen. Maar door de echo op de lijn hoorde zij zijn vraag eerder dan hij de hare.

'Hoe gaat het in Shoreton?'

'Shoresby,' verbeterde ze.

'Ik zit in Bogotá,' zei Jason, in antwoord op haar vraag. 'Wacht even...'

Er klonk gedempt gerommel op de lijn en Ellen ging op haar hurken in de portiek zitten, in een wanhopige poging beter te horen. Bijna een minuut lang gebeurde er niets. Net toen Ellen het wilde opgeven was Jason plotseling terug. Zijn stem klonk duidelijk en de echo was verdwenen.

'Wat zei je nou net?' vroeg Jason.

'Niets,' zei Ellen met een lach, blij dat ze zijn stem weer hoorde. 'Vertel eens iets over je reis. Hoe gaat het? Ben je al aan het draaien?'

'Was het maar waar,' kreunde Jason. 'We zitten hier al een hele week op een of andere vergunning te wachten.'

'Dat is ook toevallig! Die vent van Appleforth House met wie ik te maken heb, je gelooft je oren niet, Jase. Je zou zo de pest aan hem hebben. Ik heb al zo veel tijd verspild door die vent.'

En terwijl Ellen al haar woede en frustratie over Joy, Appleforth House en Ned 'de eikel' Spencer spuide begon ze zich steeds beter te voelen.

'Zal ik eens van man tot man met hem praten?' bood Jason aan, op het moment dat de lijn weer begon te kraken.

Ellen lachte bij het idee. 'Ik kan hem wel aan, denk ik.'

'O, shit! Ik geloof dat ik moet ophangen,' zei Jason. Op de achtergrond hoorde Ellen een motor starten.

'Nee!' riep ze uit, ontzet omdat ze dit kostbare telefoongesprek verspild had aan die verdomde hondenman. 'Niet ophangen. Je hebt me nog niets verteld...'

'Ik bel je weer zodra ik kan. Hou van je,' zei Jason, en voor ze iets terug kon zeggen was de verbinding verbroken.

Ellen zette haar telefoon uit, balend van deze al te vertrouwde gevoelens. Ze had zich er zo op verheugd om Jason te spreken, maar nu het gebeurd was voelde ze zich ontevredener dan ooit. Het beeld dat ze in haar hoofd had – Jason lachend en swingend op de achterbank van een open jeep, zo zorgeloos als maar kon op weg naar de jungle – kon ze maar niet van zich af zetten.

Het was niet eerlijk, dacht ze. Hij had vast helemaal niet hetzelfde gevoel als zij. En al kon ze hem vertellen hoe jaloers en teleurgesteld ze was, dan nog zou hij het niet begrijpen. Ze zag de ruzie die ze dan kregen al voor zich. Hij had toch gebeld zodra hij kon? En hij had gezegd dat hij van haar hield. Wat wilde ze nou nog meer, in vredesnaam? Zij had het hele gesprek lang over haar problemen gepraat. Zij was degene die alleen maar aan zichzelf dacht, niet hij. Dan zou er onvermijdelijk een zielig verhaal volgen over Ellen die maar niet begreep hoe belangrijk zijn carrière was. Hij wilde zijn droom waarmaken enzovoort, enzovoort. En hij had gelijk. Natuurlijk had hij gelijk. En ze hield van hem.

Ze smeet haar telefoon in haar tas en liep de portiek uit. Jason was duizenden kilometers ver weg. Ze moest zich nu niet druk maken om internationale gesprekken, die, zoals ze uit ervaring wist, altijd een ramp waren. Ze moest zich op belangrijkere dingen richten. Ze had zelf tenslotte ook nog een carrière.

'Kom op, meid,' zei ze hardop tegen zichzelf. 'Laten we nu eindelijk eens beginnen.'

Michael Francis was een voormalig hoogleraar die een boekje geschreven had dat *De legendes van Shoresby* heette; Ellen had het in de bibliotheek gevonden. Hoewel de auteur duidelijk een hang naar het bovennatuurlijke had, was het heel goed geschreven en Ellen wilde de tekst over de zelfmoorden van Alexander en Caroline Walpole gebruiken als materiaal voor de voice-over die ze voor de documentaire in haar hoofd had. Ze hoefde alleen maar de authenticiteit van Francis' beweringen na te gaan en, uiteraard, toestemming te vragen om hem te citeren.

In een gesprek met Cheryl van het Grand Hotel, die zich in hoog tempo tot Ellens persoonlijke orakel aan het ontwikkelen was, was ze erachter gekomen dat Michael Francis in Southcliffe Street een winkel runde die Equinox heette. Daar was ze nu op weg naartoe.

Op Jason na was Ellen zelf de minst bijgelovige mens die ze kende. Ze gaf toe dat ze zich niet op hetzelfde niveau bevond als Jason, die van horoscopen tot hypnose alles smalend van de hand wees en meer in de wetten van dieren en natuurlijke selectie geloofde. Maar na al die jaren samen had ze zijn scepsis voor een groot deel overgenomen. Nu ze alleen voor Equinox in de bundel geel licht onder de piepende stormlamp stond, terwijl de wind door de donkere, met kinderkopjes geplaveide steeg langs haar heen floot en de grijsbruine wolken als in fastmotion langs de zwarte lucht joegen, begon ze onwillekeurig te huiveren – en niet alleen van de kou.

De etalage voor haar stond barstensvol met allerlei occulte en bovennatuurlijke attributen. Voodoomaskers, ouijaborden en een opblaasbare, fluorescerende alien streden om de ruimte naast een grote toverketel versierd met tarotkaarten. Ellen hield zichzelf voor dat het allemaal klinkklare hocus-pocus was en duwde de deur open. Onder luid gerammel van bamboe windorgels stapte ze naar binnen.

Ze werd verwelkomd door zachte sfeermuziek en de overweldigende geur van patchouli, vermengd met de kringelende rookpluimpjes van twee romantische kaarsen die grillige schaduwen op de met boeken bedekte wanden wierpen. Ellen liet haar blik over de met de lettertang gelabelde planken glijden; naast *De Ce-*

lestijnse belofte en *X-files*-boeken stonden hele rijen esoterische teksten over graancirkels en hekserij. Het lage plafond ging schuil onder een gedetailleerd schilderij van een Amazone die met blote borsten op de nek van een vuurspuwende draak reed.

Achter in de winkel, pal onder de gespleten tong van het reusachtige beest zat Michael Francis, gekleed in een groene trui met een sjaaltje met paisleymotief, op een hoge kruk achter een bureau. Hij was rond de vijftig en tuurde ingespannen door het halve brilletje op het puntje van zijn neus, terwijl hij in het licht van een bureaulamp een klein Dungeons and Dragons-beeldje beschilderde.

'Ik kom zo bij u,' zei hij. Zonder op te kijken zette hij met de punt van zijn penseel zijn precieze werkje voort.

Ellen stond naast de kachel, met haar hand in de hitte van het feloranje rooster, en bekeek de grote Arthurkaart aan de muur.

Met een tevreden zucht zette Michael Francis het beeldje naast een leger kobolden op het met kranten bedekte bureau en keek Ellen aan. 'U komt voor *De legendes van Shoresby*,' zei hij, krabbend in zijn krullende grijze baard.

'Vertel me nou niet dat u helderziend bent,' zei Ellen met een ongelovig lachje.

Michael Francis veegde glimlachend zijn handen af aan een lap stof. 'Mijn vrouw Mary werkt in de bibliotheek en vertelt me altijd wanneer iemand een van mijn boekjes geleend heeft. Zo vaak komt het niet voor.'

'Dat is heel jammer,' antwoordde Ellen, ook met een glimlach. 'Ik vond het erg goed. Heel boeiend zelfs.'

'Shoresby is een boeiende plaats. Wist u dat deze winkel een kruispunt van ley-lijnen markeert? U staat erop.'

Ellen keek verbaasd naar de vloer en zag dat ze midden in een minutieus geschilderd pentagram stond. 'Wat gebeurt er nu? Ga ik straks in rook op of zo?' vroeg ze.

'Dat betwijfel ik. Maar er kan altijd iets onverwachts gebeuren. Er gebeuren hier vreemde dingen met mensen.'

'O ja?' vroeg Ellen. 'Wat is er dan met u gebeurd?'

'Tja, hoelang hebt u?'

Uiteindelijk deed Michael Francis er vijfenveertig minuten

over om Ellen over zijn achtergrond en zijn belangstelling voor Shoresby te vertellen. Terwijl ze, nippend van een glas eigengemaakt gemberbier, naar hem luisterde, merkte ze dat ze hem steeds aardiger begon te vinden, vooral toen ze erachter kwam dat hij zijn kennis van Caroline Walpoles zelfmoord bij Lost Soul's Point en de daaropvolgende brand op Appleforth House van een betrouwbare bron had.

Op de avond dat Alexander Walpole, Carolines vader, Appleforth House en zichzelf in brand stak, had hij al het personeel naar huis gestuurd. Een oudoom van Michael Francis was als jongen op Appleforth House keukenhulp geweest.

Dit is geweldig, dacht Ellen. Haar bronnenmateriaal klopte en al dat lezen in de trein naar Londen en terug was niet voor niets geweest.

Michael lachte vriendelijk naar haar. 'Als u nog meer vragen hebt, kunt u altijd langskomen.'

'Nou, eerlijk gezegd,' begon Ellen. 'Eigenlijk vraag ik me nog iets af...'

Ellen bedacht hoe ze haar vraag het beste kon formuleren. Natuurlijk wilde ze informatie, maar nu ze hier was om ernaar te vragen realiseerde ze zich dat wat haar het meeste intrigeerde aan Carolines verhaal niet de tragedie rond haar dood was, maar de gedoemde romance met Leon Jacobson, haar vaders joodse secretaris, die eraan voorafging. Het had iets onweerstaanbaar shakespeariaans – een mooi en intelligent jong meisje dat midden in de nacht haar minnaar ontmoet om samen met hem weg te lopen, in de wetenschap dat ze alles, ook haar familie, opgaf voor de liefde. Het was deze zekerheid, dit alles-of-niets dat Ellen zo boeide aan Caroline's verhaal. Haar liefde voor Leon was zo puur en zo intens dat ze er haar leven voor wilde geven.

Ellen wist dat het romantisch van haar was, maar de heftigheid van die emotie fascineerde haar. Hoe groot was tenslotte de kans dat iemand die zij kende ooit zo'n hartstocht gevoeld had, zelfs als tiener? Zijzelf kende het in ieder geval niet.

Ze hield weliswaar van Jason, maar ze wist best dat het een heel ander soort liefde was dan Carolines heroïsche liefde. Het was het soort liefde dat paste in een wereld van deadlines, verplichtingen en compromissen. Het was liefde in het grijze gebied, terwijl Carolines liefde onwrikbaar zwart-wit was en Ellen kon niet anders dan zich afvragen hoe dat voelde. 'En hoe ging het verder met Carolines minnaar, Leon Jacobson?' vroeg Ellen, nadat ze haar gedachten uitgesproken had.

'Niemand die het weet. Alexander Walpole kocht hem af net voor hij er met Caroline vandoor zou gaan. Toen is hij met de noorderzon vertrokken en niemand heeft ooit nog iets van hem gehoord. Ik weet niet of hij zelfs maar wist dat het arme kind een eind aan haar leven gemaakt had toen ze erachter kwam dat hij haar verlaten had.'

'Wat tragisch,' zuchtte Ellen. 'Het is zo triest. Hoe kon ze zich zo vergissen? Voor zo'n hartstochtelijke liefde zijn toch twee mensen nodig? Het is zo onlogisch.'

'Liefde is wel vaker onlogisch,' zei Michael wijs en Ellen glimlachte naar hem.

Ze kletsten nog even door, terwijl Ellen haar gemberbier opdronk. Nadat hij haar toestemming gegeven had zijn materiaal te gebruiken hielp hij haar in haar jas. 'Pas wel op je tellen daarboven,' zei hij. 'Ik heb de geest van Leon Jacobson er met eigen ogen gezien, en dat is nog niet alles...'

'O?'

'Er zijn UFO's. Lichtgevend groene. 's Avonds, in de lucht.'

Toen hij de kranten verfrommelde, stelde Ellen met een glimlach vast dat onder het glazen deksel van het bureau een verzameling hasjpijpjes lag. 'Ik zal erop letten,' zei ze.

Hoewel er de volgende ochtend een onheilspellend pak loodgrijze donderwolken boven de landtong hing, voelde Ellen zich beter dan ze zich de hele week gevoeld had. Omdat ze van thuis een tweepersoonsluchtbed en een dekbed voor hem meegebracht had stond ze weer in een goed blaadje bij Scott, die op zijn beurt het huisje van boven tot onder schoongeboend had. Met een behaaglijk gevoel lag ze in bed naar het klepperen van de touwen tegen de bootmasten te luisteren.

Toen ze beneden kwam lag Scott onder het dekbed op de bank, verdiept in een dvd op zijn laptop. 'Dit is een geweldige film,' zei hij, terwijl hij hem stilzette en een van zijn oordopjes uitdeed. 'Jimmy, die jongen die we tegenkwamen, werkt in de videotheek en raadde hem aan. Hij is een echte filmfreak volgens mij. En slim ook. Ik zat zo te denken... als we niet het budget hebben voor een echte crew, kunnen we het onszelf een stuk gemakkelijker maken als we die knul een kans geven.'

'Dat is nog niet zo'n slecht idee. Die Jimmy van jou kan ons misschien helpen. Heb je die aankondiging van dat herdenkingsconcert gezien?' Ellen gaf hem een van de groene papiertjes die ze van Beverly gekregen had.

'Waar gaat dat over?' vroeg Scott al lezend.

'Die Ryan was een jongen van hier. Vorig jaar pleegde hij bij Lost Soul's Point zelfmoord. Hij moet van Jimmy's leeftijd geweest zijn...'

Ze werd onderbroken door een klop op de deur, en ze schuifelde langs Scott heen om open te doen.

Voor de deur stond Cheryl Driver, worstelend met een door de wind binnenstebuiten gekeerde paraplu. Vanuit de opening van de strak aangetrokken capuchon van haar rode regenjas lachte ze Ellen toe. 'Ik heb die fax voor je!' schreeuwde ze triomfantelijk, en ze begon een lange lap papier uit haar zak te trekken.

'Fantastisch! Kom binnen! Kom binnen!' drong Ellen aan. Ze pakte Cheryl bij de arm en trok haar naar binnen.

Scott trok het dekbed dichter om zich heen, ontstemd over de vlaag koude lucht die naar binnen kwam.

'Drink een kopje thee,' stelde Ellen vrolijk voor. Ze nam de fax van Cheryl aan, die haar capuchon al stond los te peuteren. Ellen duwde de deur dicht en liep de kamer in, terwijl ze de fax alvast zo ver afrolde dat hij bijna de grond raakte.

'O, Scott, kijk. Hier is onze toestemming. Ik neem alles terug over Joy. Ze heeft alle correspondentie erbij gedaan. Geweldig!'

'Zal ik... um...' begon Cheryl, met een onzekere blik op Ellen en Scott. Ellen keek op, besefte hoe onbeleefd ze was en sloeg zich voor het hoofd. 'Cheryl. Sorry. De ketel staat...' Maar de fax leidde haar zo af dat ze wel door moest lezen.

'Geeft niet,' zei Cheryl op vertrouwelijke toon. 'Ga maar door. Ik doe het wel.'

Scott kroop in een hoekje van de bank toen Cheryl langs hem heen naar de keuken liep alsof ze er al honderd keer eerder geweest was.

Ellen hield de lange sleep faxpapier omhoog en grijnsde naar Scott. 'Nu heb ik hem!' verklaarde ze. 'Ned "de eikel" Spencer heeft geen poot om op te staan.'

'Zal ik de gewone thee maar nemen?' informeerde Cheryl vanuit de keuken.

Scott keek Ellen kwaad aan. Hij was duidelijk niet zo blij met Cheryls opdringerige aanwezigheid, maar Ellen beschouwde haar als een medestander en wuifde Scotts bezwaren weg. 'Gewoon is prima,' schreeuwde Ellen terug.

'Het is wel een beetje rommelig hier, als ik het zeggen mag,' zei Cheryl, die haar hoofd door het kralengordijn stak.

Ellen haalde haar schouders op. 'Geloof het of niet, maar iets anders kunnen we ons niet veroorloven. We zijn niet van plan zo lang te blijven.'

'Het is goedkoop, maar wel ijskoud,' mompelde Scott. 'Het zou niet zo erg zijn als de open haard het deed, maar die rookt ons uit.'

'Had dat maar eerder gezegd,' zei Cheryl. 'Ik zal vanmiddag Russell even langs sturen. Die verricht wonderen met schoorstenen.'

'Dat hoeft echt niet, je hebt al zoveel gedaan,' zei Ellen, en ze keek Scott met opgetrokken wenkbrauwen aan.

'Het komt voor elkaar.' Cheryl verdween weer in de keuken en Scott stak van onder het dekbed zijn duim op.

'We kunnen meteen beginnen,' zei Ellen tegen Scott. Ze ging op de armleuning bij zijn voeten zitten. 'En ik meende het echt. Ik denk echt dat dat Ryanverhaal de moderne invalshoek kan zijn die ik zo graag naast de legende wilde zetten. Praat eens met je vriend Jimmy, oké? Kijk maar wat je te weten kunt komen.'

'Ik weet niet,' zei Scott. 'Het is nog maar kort geleden. Misschien waren ze wel vrienden.'

'Des te beter,' zei Ellen.

'Ik heb een plan,' zei Scott, en hij keek haar ernstig aan. 'Als jij ermee akkoord gaat om een beetje van ons zielige budget aan hem uit te geven zal ik met hem praten. Hij werkervaring, wij een verhaal. Zo wordt iedereen er beter van.'

'Je wilt dat joch wel heel graag helpen, hè? Je kent hem amper.'

Scott haalde zijn schouders op. 'Ik weet hoe het is om in zo'n arm schijtstadje op te groeien en een beter leven te willen.'

Ellen glimlachte naar Scott. Waarom waren er niet meer goeie kerels zoals hij?

'Veel kunnen we hem niet betalen,' waarschuwde ze.

'Als hij interesse heeft, gaat het hem toch niet om het geld.'

'Goed. Maar hij is jouw verantwoordelijkheid.'

Ellen stond op, net op het moment dat het keukengordijn bewoog en Cheryl met drie mokken thee in haar handen de kralen opzij duwde.

'Dat benefietconcert moeten we zeker filmen,' zei Ellen, die de beelden al voor zich zag. 'Daar kunnen we de film mee beginnen en eindigen, als een soort optimistisch slot.'

'Gaat u het concert filmen, mevrouw Morris?' mengde Cheryl zich in het gesprek. Ze zette de mokken op het tafeltje voor Scott.

'Zeg alsjeblieft Ellen tegen me,' zei Ellen voor de zoveelste keer. 'Het is maar een idee.'

'Ik ken de mensen die het organiseren,' zei Cheryl. 'Ik kan weleens met ze praten. Je moet in ieder geval morgenavond naar de audities gaan. Clive, van het buurthuis, is er ook. Dat is een heel benaderbare man.'

'Hé, dat is een idee, Scott,' zei Ellen. 'Bij die audities kunnen we misschien mensen vinden voor onze reconstructies. Hoeven we ze zelf niet te houden.'

'Weet je zeker dat je dit allemaal nu al wilt doen?' vroeg Scott, die zich naar voren boog om een mok thee te pakken.

'Gebruik je fantasie, Scott. Nu we dit hebben,' zei Ellen, zwaaiend met de fax, 'kunnen we doen waar we zin in hebben. Nou, schiet eens op, ik wil naar boven om alvast wat opnamen te maken.'

'In dit weer? Je ben niet goed bij je hoofd, mens.'

'Die man gaat me niet nog meer tijd kosten,' verklaarde Ellen.

'Dan moest ik maar weer eens gaan,' zei Cheryl. Haastig zette ze haar mok neer.

'Wacht even, Cheryl, wij drinken dit gewoon op terwijl Scott zich aankleedt. Dan vindt hij het vast niet erg om je even een lift terug naar het hotel te geven,' zei Ellen, met een brede grijns naar Scott.

'Maar ik ben bezig,' protesteerde Scott.

Ellen tilde de laptop van zijn schoot, waardoor de koptelefoon uit zijn oor schoot. 'Dat is het mooie van techniek. Het kan wachten. Hier word je voor betaald, weet je nog?'

Tegen de tijd dat Ellen en Scott door het hek het landgoed opreden was de storm losgebarsten. Regen striemde tegen de voorruit toen ze op de parkeerplaats stopten. Ellen zette de motor uit, maar liet de ruitenwissers heen en weer zwiepen. Ook al stonden ze op de hoogste stand, er viel weinig meer te onderscheiden dan de omtrek van het huis voor hen en een paar busjes van de werklui.

'Ellen, dit slaat nergens op,' zei Scott op smekende toon. 'Moet je nou zien. Zo kunnen we toch niets doen?'

'Als we gaan wachten tot het ophoudt met regenen, zitten we hier volgend jaar nog. Blijf maar zitten als je wilt, maar ik ga. Het is maar regen,' zei Ellen. Ze zette haar capuchon op en ritste haar jack tot onder haar kin dicht.

Voorovergebogen liep ze tegen de wind in naar het huis. Ze was blij dat Ned 'de eikel' Spencer nergens te bekennen was, en ook al zag hij haar, ze was nu gewapend met de fax.

Ellen liep vol zelfvertrouwen om het huis heen en nam zijn strenge schoonheid aandachtig in zich op. Het was in ieder geval een dramatische locatie. Ellen begon te bedenken waar de camera moest komen voor het beste shot.

In gedachten het huis filmend liep ze achteruit, totdat ze merkte dat ze in de tuin beland was. De tuin was zo mooi en wild dat ze besloot verder te lopen. Ze zocht haar weg over de overwoekerde paden, die ooit deel waren geweest van een formeel ontwerp, en keek achter met klimop begroeide muren, tot ze even later in de buurt van de hoog uit zee oprijzende rotsen kwam.

Met haar arm voor haar gezicht tegen de striemende regen liep ze verder over het pad naar de rand, om te zien of ze van een afstand goed zicht op het huis kon krijgen.

Rechts hoorde Ellen de golven tegen de rotsen in de diepte beuken, en ze keek goed waar ze haar voeten neerzette. Het duurde niet lang voor het pad een bocht maakte en Ellen de wind, die haar capuchon afrukte, recht in het gezicht kreeg. Ze snakte naar adem toen ze de regen als een emmer water over zich uitgestort kreeg.

Op dat moment hoorde ze iets.

Hoofdschuddend keek ze om zich heen, de geest van Appleforth House spookte door haar gedachten. Toen hoorde ze het geluid weer: een zielig gehuil, stijgend en dalend op de wind.

Ze bleef staan en luisterde ingespannen, maar toen het geluid opnieuw begon haastte ze zich verder. Een paar meter verderop zag ze waar het vandaan kwam.

Daar, op de grond, zat een klein meisje ineengedoken hard te huilen; ze had haar armen om haar knieën geslagen en bibberde onbeheerst. Haar natte honingblonde haar zat tegen haar schedel geplakt en ze droeg roze glitterlaarzen, een blauwe rok en een roze trui, maar geen jas. Ellen rende zonder aarzelen op haar af en knielde naast haar neer.

'Stil maar, stil maar,' zei ze, terwijl ze haar jack openritste en om het meisje heen sloeg. 'Alles komt goed. Hou mij maar vast.'

Het meisje liet zich door Ellen optillen.

'Je moet hier niet komen,' zei Ellen. 'Het is hier zo gevaarlijk.'

Nu ze het meisje in haar armen had, zag ze hoe steil de rotsen hier afliepen.

'Hoe heet je, lieverd?' vroeg ze aan het meisje. Intussen ging ze zo snel mogelijk bij de rand van de rots vandaan.

'Clara.'

'Waar is je mama, Clara? Is ze hier?'

Clara schudde haar hoofd en veegde haar neus af aan de mouw van Ellens jack. Ellen voelde de ijskoude regen door haar trui heen, maar het kon haar niet schelen.

'En je papa?' vroeg ze zo kalm mogelijk, hoewel ze een beetje in paniek begon te raken van deze totaal onverwachte ontdekking.

Clara wees naar het huis.

'Is hij daar?' vroeg Ellen, maar ze rende al in de richting van Clara's uitgestoken arm.

Toen ze bij het huis aankwamen, was Ellen buiten adem en was Clara te zwaar geworden om nog langer te dragen. Ellen liet haar voorzichtig op de grond zakken. De zoom van haar nieuwe jack hing in een modderpoel aan de voeten van het bibberende meisje, maar het maakte Ellen niet uit. Clara keek klappertandend en met grote ogen onder de doorweekte capuchon uit. Ellens hart smolt; wat zag ze er snoezig uit. 'Clara, waar is je papa?' vroeg Ellen vriendelijk. 'Is hij in het grote huis?'

'Nee. Hij is daar,' zei Clara met een klein stemmetje. Ellen keek waarnaar ze wees.

Nu zag Ellen aan de andere kant van een aantal bijgebouwen een bouwkeet staan.

'Oké.' Ellen tilde het meisje op en rende ernaartoe.

Voor de derde keer die week stond Ellen tegenover Ned. Toen hij de deur opendeed keken ze elkaar even geschokt zwijgend aan, maar toen schoot hij op haar af om te helpen.

'Papa!' piepte Clara, die zich met een ruk van Ellen losmaakte en zich in haar vaders armen wierp.

Ellen deed een stap achteruit, probeerde te begrijpen wat ze zag, maar Ned gebaarde naar haar dat ze binnen moest komen. Ze ging de keet in en deed de deur achter zich dicht. Rillend in het warme kantoortje wreef ze haar handen, terwijl Ned haar jas van Clara afpelde en over een stoel bij het bureau gooide en Clara haar laarzen uitschopte.

'Liefje, liefje,' mompelde hij. Hij kuste zijn dochter en streelde haar haar.

Ellen keek naar haar moddervoeten en sloeg haar armen over elkaar. Toen Clara haar hoofd tegen Neds schouders legde en haar benen om zijn middel sloeg, keek Ned eindelijk naar Ellen.

In alle scenario's die Ellen zich voorgesteld had, was ze bij het weerzien met Ned óf boos en verontwaardigd óf koel en onverschillig, maar nu ze eindelijk tegenover hem stond kon ze nergens meer woede vandaan halen. Ze voelde zich eerder een beetje gegeneerd, alsof ze een indringer was in dit intieme tafereel. Ze was volkomen van haar stuk gebracht door het feit dat hij Clara's vader was, en de tedere manier waarop hij met Clara omging bracht haar nog meer in verwarring.

'Ik vond haar op de rots,' zei Ellen, terwijl ze de druppels van haar gezicht veegde.

Ned maakte zich half van Clara los en nam haar kin tussen duim en wijsvinger, zodat ze haar vader wel aan moest kijken.

'Is dat waar? Ik dacht dat je achterin zat te lezen?' Hij wierp een blik op een gesloten deur, die naar een ander deel van de keet leidde.

'Ik verveelde me,' zei Clara. 'Ik ben door het hondenluik gekropen. Maar het regende en toen ben ik verdwaald.'

'Je kunt niet zomaar naar buiten gaan als je daar zin in hebt. Dat heb ik al zo vaak gezegd. Het is buiten gevaarlijk. Vooral met dit weer.'

Ned bukte zich om Clara neer te zetten, waarna hij van een haakje naast de kachel een handdoek pakte. Hij legde de handdoek op Clara's hoofd en wreef haar haar droog, maar Clara verzette zich onmiddellijk. Ned liet haar los en keek toe hoe ze de handdoek om haar hoofd sloeg en onder haar kin dichthield voor ze hem en Ellen met een scheve glimlach aankeek.

'Het geeft toch niet, papa,' zei ze. 'Die aardige mevrouw heeft me gevonden.'

Ned sloeg op zijn knieën. 'Ja, nou, die aardige mevrouw had daar ook helemaal niet mogen komen,' zei hij, en hij kwam overeind.

De lach om het compliment van Clara bevroor op Ellens gezicht toen ze Neds toon hoorde en de ijzige uitdrukking op zijn gezicht zag.

'Maar,' zuchtte hij toen, alsof hij ertoe gedwongen werd, 'toch bedankt. Ik ben je heel erg dankbaar.'

Clara rende naar het bureau, sprong op Neds draaistoel en begon zachtjes rondjes te draaien.

Ellen klemde haar lippen op elkaar en probeerde niet om Clara's brutaliteit te lachen. Ned keek naar zijn dochter en draaide zich toen weer naar Ellen om.

'Hoor eens, meneer Spencer,' zei ze voor ze tijd had om na te denken over wat ze zou gaan zeggen. 'Ik weet dat we helemaal verkeerd begonnen zijn, maar misschien kunnen we opnieuw beginnen?' Het was bespottelijk, maar waarom was ze nu zo zenuwachtig? Ze had het volste recht om hier te zijn en Ned zou juist aardig tegen háár moeten zijn nu zij zijn dochter gered had.

Ned ademde uit en glimlachte vriendelijk, waarbij in zijn ooghoeken kleine rimpeltjes verschenen. 'Ja, ja, je hebt gelijk,' zei hij. 'Laten we opnieuw beginnen.'

'Ik ben Ellen,' zei ze. 'Ellen Morris.'

Ze stak haar hand uit. Toen ze besefte hoe vreemd dit formele gebaar overkwam lachte ze en wilde ze hem alweer laten zakken, maar Ned pakte haar hand nog net op tijd vast. Zijn hand voelde warm aan en hij kneep zachtjes in de hare.

'Zo, Ellen Morris, je bent helemaal verkleumd,' zei hij. 'Jij moet eerst maar weer eens warm worden.'

Vijf minuten later had Ellen haar haar in een handdoek gewikkeld en haar sweater geruild voor een wijde wollen trui van Ned. Terwijl ze bij de kachel de mouwen oprolde, schonk Ned twee bekers koffie in. Hij leek zich in zijn provisorische kantoor op zijn gemak te voelen en ze moest toegeven dat het inderdaad iets gezelligs had, ook al was het er een vreselijke troep.

Het enorme bureau lag vol met bouwtekeningen en naast een nieuwe Mac-laptop stond een overvolle asbak en een halflege fles Tallisker-whisky. Het koffiezetapparaat stond boven op een boekenkast vol veelgebruikte boeken over binnenhuisarchitectuur en slordige stapels vloerbedekking- en behangmonsters. Erachter was de muur bedekt met een chaotische verzameling foto's waarop de voortgang van de restauratie van Appleforth House te zien was, en een paar schilderijen van Clara. Ellen stelde opgelucht vast dat de hondenmand in de hoek leeg was.

Ned gaf Ellen een kop koffie aan, die ze dankbaar aannam voor ze de handdoek van haar hoofd haalde.

'Dus,' zei Ned, die op een hoek van zijn bureau was gaan zitten, 'je wilt hier filmen?'

Hij maakte zo'n deskundige en zelfverzekerde indruk dat Ellen zin kreeg hem alles over het programma te vertellen. 'Ik heb de fax van Jonathan Arthur.' Ze boog zich voorover en viste de doorweekte papieren uit haar jaszak. 'De juiste brief,' zei ze vrolijk, om Ned aan zijn eigen woorden van maandag te herinneren. Met een halfslachtige glimlach nam hij de fax van haar aan.

Ellen haalde haar vingers door haar haar, terwijl Ned de fax bekeek. Na een paar seconden legde hij hem op het bureau en glimlachte hij voluit tegen haar. 'Wat ben je van plan?'

'Ik wil de legende van Lost Soul's Point navertellen. Het is een geweldig verhaal,' begon ze, waarna ze uiteenzette wat ze tot nu toe via Michael Francis aan de weet gekomen was. 'Ik wilde het huis gebruiken als decor voor een reconstructie van het drama, als je het goed vindt. Gewoon... je weet wel... wat scherpe zwart-witbeelden onder een voice-over. Met het huis weer in de oorspronkelijke staat gaat dat er fantastisch uitzien.'

'Ik heb een stapeltje papieren die Jonathan opgestuurd heeft. Er zijn brieven bij enzo. Je mag ze weleens inkijken als je wilt,' zei hij.

Ellen knikte enthousiast. 'Graag. Zulke dingen kunnen heel goed van pas komen. Natuurlijk willen we ook een koppeling maken naar de moderne slachtoffers.'

'Hoe bedoel je?' vroeg Ned met een frons.

'Nou, we gaan kijken hoe de legende voortleeft, zoiets. Het oorspronkelijke verhaal in verbinding brengen met de moderne zelfmoorden. Vorig jaar was er nog eentje. We wilden beginnen met het herdenkingsconcert...'

'Ho, even,' onderbrak Ned. Hij stond op en zette zijn koffiekop neer. 'Je bent toch niet echt van plan dat te gaan filmen, hè?'

'Waarom niet?' vroeg Ellen.

'Omdat een programma over zelfmoorden dat op televisie komt terwijl de mensen nog rouwen... nou, dat lijkt me fout...'

'Het gaat niet om goed of fout,' legde Ellen uit, terwijl ze het haar achter haar oor platstreek. 'Het gaat erom dat we het vastleggen. We doen niet meer dan vertellen wat er gebeurd is.'

'En dat is amusement?'

Ellen keek naar Ned en verstijfde onder zijn ontstelde blik. Waar was het misgegaan? Net konden ze het nog zo goed met elkaar vinden. Voorzichtig zette ze haar koffiekop op tafel. 'Het is geen amusement. Ik doe mijn best om een waardevol programma te maken,' zei ze zo rustig mogelijk. 'Het wordt een meelevend, relevant...'

Ned stond hoofdschuddend naar zijn schoenen te kijken. Even zei hij niets. Toen keek hij haar fel aan. 'Wat jij doet heeft niets met waarde of medeleven te maken. Je komt munt slaan uit de ellende van anderen. Het is onverantwoordelijk en oppervlakkig en als je ook maar iets over dood en het verdriet van nabestaanden wist, dan wist je ook dat ik gelijk heb.'

Ellen stond op en griste de fax van het bureau. Iets in Neds manier van praten kwetste haar diep, en ze voelde de woede alweer door zich heen razen. 'En wie ben jij dat je mij een preek geeft over de gevoelens van anderen? Met welk recht ben jij de hoeder van de moraal? Ik doe gewoon mijn werk, meneer Spencer.'

Ned schudde zijn hoofd. 'Ik walg van mensen zoals jij.'

'Papa!' jengelde Clara, die van de stoel sprong.

'Jij walgt van mij!' brieste Ellen, verbijsterd over zo veel arrogantie. 'Jij durft! Kijk eens naar jezelf. Jij raakt in dit weer je dochter kwijt. Dát is pas onverantwoordelijk!'

'Ned?'

Ellen draaide zich om naar de deur en zag een lange, mooie jonge vrouw met een jas over haar hoofd haastig de keet binnenkomen. De hond die Ellens jas verscheurd had rende langs haar heen en schudde zijn natte vacht uit tegen Ellens benen.

'Alles goed?' vroeg de vrouw met een blik op Ellen, terwijl ze haar jas ophing. Zelfs met die frons in haar voorhoofd bezat ze een aards soort schoonheid. Ze ging naast Ned staan en Clara rende meteen naar haar toe en sloeg haar armen om haar benen.

Ellen staarde naar het gezinnetje voor haar, drie paar ogen die vijandig naar haar keken, met op de achtergrond het lage gegrom van de hond. Ellen greep haar jack, haalde het briefje van de stomerij uit haar zak en legde het met een klap op het bureau. 'Ik krijg nog geld van je,' zei ze. Toen stormde ze de keet uit. Ze sloeg de deur zo hard achter zich dicht dat hij vanzelf weer wijdopen vloog.

Een paar minuten later rukte Ellen het portier van de Land Rover open en smeet haar jack op de achterbank. 'We gaan,' schreeuwde ze tegen Scott, terwijl ze achter het stuur ging zitten.

Ze draaide het contactsleuteltje om en gaf hard gas.

'Wat is er aan de hand?' vroeg Scott, en hij draaide de muziek zachter. De Land Rover spoot weg.

'Wat een waardeloze, achterlijke...' begon Ellen, met haar handen stevig om het stuur geklemd. 'Ik heb er gewoon geen... agh!'

'Rustig nou,' zei Scott. 'Je bent kleddernat. Begin bij het begin. Wat is er gebeurd?'

'Ik zag dat meisje zitten,' kaatste Ellen terug, helemaal niet rustig. 'En die arrogante klootzak...'

'Wie?'

'Ned "de eikel" Spencer! Wie anders?'

'Jullie hebben het nog steeds niet bijgelegd?'

'Er valt niet met die man te praten,' tierde Ellen. 'Niet te geloven! De bekrompen...'

'Ellen, waar ga je heen?' Scott greep zich aan het dashboard vast, maar Ellen lette niet op hem.

'Hij zei dat ik onverantwoordelijk was. Ik! Hij heeft zijn oordeel duidelijk al helemaal klaar. Hij gaf me niet eens de kans om uit te leggen waar de documentaire over gaat maar viel me al aan...'

'Ellen,' waarschuwde Scott nogmaals, terwijl hij zich opzij liet vallen en het stuur pakte, zodat ze op een haar na een paaltje misten.

'Waar is het hek?' gilde Ellen.

'Daar.' Scott wees door de voorruit.

'En dat... dat kindbruidje van hem!' ging Ellen verder. Ze gooide het stuur om in de richting van het hek. 'Wat is hij voor een pervers persoon met zo'n jonge vrouw! Het is bijna pedofilie!'

Ze scheurde op het hek af.

'O!' schreeuwde Ellen, want net op dat moment kwam Ned in een stokoude kever ook op het hek af gereden. Toen ze dichterbij kwam, zag ze dat de vrouw naast hem zat.

'Het kindbruidje?' informeerde Scott, door de voorruit turend. 'Dat is toch geen kind meer? Maar ze is wel beeldschoon.'

Ze drukte het gaspedaal in om als eerste bij het hek te zijn, maar Ned gaf ook gas. Net voor ze op elkaar zouden knallen, stonden Ned en Ellen allebei op de rem. Toen de auto's stilstonden – maar een paar centimeter bij elkaar vandaan – drukte Ellen op het knopje van het raam; ze zag dat Ned zijn raampje ook opendraaide. Heel even keek ze woedend op hem neer. 'Hypocriet!' schreeuwde ze zo hard als ze kon voor ze woest het stuur omdraaide en rond Neds kever reed om als eerste bij het hek te zijn. Met een tevreden grom zag ze in het achteruitkijkspiegeltje dat Neds auto nog steeds stilstond, de voorruit helemaal onder de modder.

'Dat is voor jou, eikeltje Spencer!' gilde ze.

7

Te verbaasd om iets te zeggen staarde Ned naar de voorruit van de kever. Niet erdoor, merkte hij op, want dat ging niet meer. Hij zag alleen maar modder, druipende, bruine modder. Het was alsof er een reusachtige koe op het raam gescheten had. En ergens, bedacht Ned, was dat ook zo. En die koe had nog een naam ook. En die naam luidde Ellen Morris.

Ned merkte dat hij het contactsleuteltje nog steeds omklemd hield. De huid van zijn knokkels was spierwit en hij dwong zichzelf zijn vingers te ontspannen zodat het bloed er weer doorheen kon stromen. 'Is alles goed?' vroeg hij uiteindelijk.

Clara knikte tegen hem via het achteruitkijkspiegeltje, Mops zat nog steeds onverstoorbaar aan de klink van het portier te likken en Deb – naast Ned voor in de auto – knikte ook, aandachtig turend naar haar zwartleren knielaarzen.

'Mooi,' zei Ned. 'Zag je...' begon hij vervolgens, maar hij zweeg meteen weer.

Plotseling werd hij zich ervan bewust dat zijn raampje nog openstond. Hij draaide het omhoog en wendde zich tot Deb, die nog steeds van hem wegkeek, naar de modderige plek waar de vrachtwagens keerden als ze materiaal afgeleverd hadden.

In de verte lag de westvleugel van Appleforth House er in de regen spookachtig bij, somber als een gevangenis. Dichterbij zat een buizerd stoïcijns op een paal, als een voorbode van onheil. Nu alleen Magere Hein zelf nog, dacht Ned – Magere Hein die met een zwiep van zijn zeis uit de grond oprees om Ned te laten weten dat zijn tijd erop zat en het niet erger meer kon worden.

'Zag je wat dat mens deed?' wist hij eindelijk uit te brengen.

Debs schouders trilden. Vast de schok, besloot Ned, die nu zelf ook begon te beven. Met de adrenaline sloeg er een nieuwe golf verontwaardiging door hem heen.

Hoe dúrfde Ellen Morris hem zo te behandelen?

Hoe dúrfde ze hun leven in gevaar te brengen? Hoe dúrfde ze

zo hard op hem af te rijden? Als hij niet zo snel gereageerd had, waren ze misschien...

Hij moest er niet aan denken wat er gebeurd kon zijn als hij niet op tijd gestopt was.

'Ze stak haar middelvinger tegen me op,' zei Ned. 'Tegen mij,' vervolgde hij ongelovig. 'Op mijn eigen terrein. Waar een kind bij is. Waar – mijn hemel – mijn eigen dochter bij is!'

Debs schouders schudden nu nog heftiger dan eerst, zag Ned. Haar lange kastanjebruine haar viel ruisend over haar blauwe ski-jack toen ze zich voorover boog. Ze legde haar hoofd in haar handen.

'Is alles goed met je?' vroeg Ned. Hij legde geruststellend een hand op haar arm, opeens bang dat ze misschien een whiplash had.

'Mmm,' piepte ze voor ze zich eindelijk, met haar handen voor haar neus en mond geslagen, naar hem omdraaide.

Op dat moment drong het tot Ned door. 'Dat is toch niet te geloven,' zei hij.

Maar hij moest het wel geloven. Haar hoge, geprononceer-de jukbeenderen gloeiden net zo weldadig rood als wanneer ze 's avonds na het rennen thuiskwam. De hoeken van haar breed lachende mond waren duidelijk zichtbaar boven haar keurig gemanicuurde duim en wijsvinger. Haar kleine neusje krulde omhoog en haar neusgaten sperden zich open.

Ned sprak langzaam, zodat er geen misverstand mogelijk was: 'Vind – jij – dit – nog – leuk – ook?'

Deb schudde verwoed haar hoofd, haar steile pony zwiepte heen en weer over haar brede voorhoofd voor ze zich weer voorover boog.

'Nnnnn...' hoorde hij haar zeggen.

'Mooi,' snauwde hij, 'want als het wel zo was had ik geen andere keus dan...'

Maar de rest van zijn dreigement ging ten onder in de lachbui die nu uit Debs neus en mond losbarstte. 'Het spijt me!' gierde ze hulpeloos. De kracht van haar woorden versterkte haar normaal nauwelijks hoorbare Edinburghse accent. Ze wreef in haar betraande ogen, waardoor haar mascara uitliep en ze eruitzag alsof ze een week lang gefeest had. 'Het spijt me zo,' ging ze verder. 'Het is alleen...' Ze hijgde tussen de woorden door. '... je gezicht...'

'Mijn... gezicht?'

Deb schoot naar achteren, gegrepen door een nieuwe en onbeheerste aanval van vrolijkheid. Ze wees naar hem alsof hij haar eigen, persoonlijke circusclown was die net vijf keer achter elkaar over een bananenschil uitgegleden was. Naar adem snakkend schoof ze heen en weer in haar stoel.

Met een wild gebaar draaide Ned de achteruitkijkspiegel naar zich toe, zodat hij zijn gezicht kon bekijken. 'O ja, om te gillen,' gromde hij, zonder de modderspatten weg te vegen. 'Wat is me dat lachen, zeg.'

'Nee!' hijgde Deb weer. 'Niet de modder... Je... Wat je zei... Je keek zo... zo...'

'Zo?' drong Ned aan.

Hij probeerde haar met een boze blik tot de orde te roepen; het lukte niet.

'Opgeblazen!' gooide ze eruit, waarna ze zich oprolde in haar stoel, niet in staat nog langer naar hem te kijken.

Clara wurmde zich tussen de twee voorstoelen door.

'Wat is een hypocriet, papa?'

Deb lag slap van het lachen. Ned probeerde nogmaals te starten. De motor sputterde een, twee keer en sloeg toen af.

Deb schraapte haar keel en zuchtte diep. 'Dat is een woord dat grote mensen weleens gebruiken als ze boos op elkaar zijn,' antwoordde ze namens Ned.

'Net zoiets als stommerd?' vroeg Clara.

'Ja,' legde Deb uit, terwijl ze haar tranen afveegde. 'Maar dan nog onaardiger.'

'Rotjoch? Oen? Of oetlul?'

'Oetlul?' vroeg Deb. 'Waar heb je dat vandaan?'

'Dat zei Tommy Carey tegen me toen ik vrijdag bij het overblijven zout in zijn yoghurt deed,' verklaarde Clara, 'maar alleen omdat hij expres op mijn potlood was gaan staan om het kapot te maken,' voegde ze eraan toe. 'Hij dacht dat ik niet keek, alleen keek ik wel,' besloot ze.

'Oké, oké.' Deb trok een Kleenex uit de doos op het dashboard en draaide zich om om Clara's neus af te vegen. 'We snappen het al: Tommy Carey vroeg erom.'

Ned keek boos naar de voorruit. Ellen Morris had hem een hypocriet genoemd. Een hypocriet... Hem. Hoe kon ze? Hij was een van de minst hypocriete mensen die hij kende. Goed, misschien had hij in de keet niet zo tegen haar tekeer moeten gaan. Dat was misschien wel een beetje hypocriet-achtig geweest. En, oké, hij had het in ieder geval niet moeten doen waar Clara bij was. Maar hij had het niet expres gedaan, het was meer dat... nou ja, het was meer dat het gewoon gebeurd was. Wat Ellen Morris zei, dat had... dat had hem gewoon razend gemaakt. En toen was er binnen in hem iets geknapt.

Maar wat ze nu net teruggedaan had... nou, vergeleken daarbij was zijn eigen gedrag nog heel mild geweest.

'De enige hypocriet hier is Ellen Morris zelf,' verklaarde hij hardop.

'Ned!' zei Deb.

'Papa!' zei Clara ademloos.

'Het is toch zo,' vervolgde Ned. 'En ik zou naar de politie moeten gaan om aangifte te doen.'

Hij zag Ellen Morris' gezicht al voor zich als ze gearresteerd werd: de razende blik, en dan de poging om haar psychotische rijstijl te rechtvaardigen. Maar de politie zou niet luisteren. Handboeien om en het busje in – dát zouden ze met haar doen. O ja, dat was een beeld dat Ned graag aan zijn muur zou hangen; nooit zou hij er genoeg van krijgen.

'Maar ze heeft niets strafbaars gedaan,' zei Deb.

'Ik vind haar aardig,' zei Clara. 'Ik had het koud en ik was nat en ze gaf me haar jas.'

'Ze was alleen maar als eerste bij het hek,' merkte Deb op.

'Het gaat er niet om wat er gebeurd ís,' zei Ned, 'maar om wat had kúnnen gebeuren.'

Deb klakte afkeurend met haar tong. Clara liet een verwijtend 'tsss' horen en Mops, die genoeg had van de deurknop, begon te janken en rolde met zijn goede oog, terwijl zijn blinde levenloos en ondoorgrondelijk als een knikker op Ned gericht was.

Grommend van frustratie probeerde Ned nog een keer te starten. Deze keer sloeg de motor aan en bleef hij ook draaien. Ned zette de ruitenwisser aan, die niet meer dan een millimeter verschoof voor hij piepend en trillend tot stilstand kwam. Ned zette de motor af. 'Ongelooflijk,' zei hij, maar het kwam eruit als een verwensing.

Hij stapte uit en boog zich in de stromende regen over de bolle kap heen om met zijn blote handen de modder van de voorruit te scheppen.

Door de ruit heen zag hij hoe Deb en Clara zaten te praten en Mops een nieuw plekje zocht en op zijn poot begon te kauwen. De woede die hem in zijn greep hield, begon langzaam te zakken. Misschien was het de frisse lucht of de regen in zijn nek die hem afkoelde, of misschien kwam het gewoon doordat hij zich, als buitenstaander kijkend naar dit tafereel, opeens een ongelooflijke geluksvogel voelde.

Ned draaide zich om naar het hek waardoor Ellen Morris nog geen vijf minuten geleden triomfantelijk was weggespoten. De sporen van haar autobanden stonden al vol regenwater en zouden spoedig al niet meer te zien zijn. Maar iets anders van haar bleef, iets wat hij niet kon zien, maar wel voelen. Levenskracht – dat was het enige woord dat hij ervoor wist. Het was alsof ze met al haar energie een stempel op deze plek, en zelfs op hem, gedrukt had. 'Ongelooflijk,' zei hij nogmaals, maar deze keer was het helemaal geen verwensing.

Terug in de auto keek hij Deb en Clara aan.

'Nieuw plan,' zei hij. 'Het ziet er niet uit alsof het buiten gaat opklaren, dus we gaan niet naar het strand.'

'O!' kreunde Clara.

'Maar maak je geen zorgen,' vervolgde Ned, nadat hij de motor gestart had en de auto met een ruime bocht in de richting van Appleforth House gekeerd had, 'ik heb een veel beter idee.'

De serre was een recente toevoeging aan het huis, bedacht door Jonathan Arthur en na eindeloze correspondentie door Ned door de bouwvergunningencommissie geloodst.

Aanvankelijk had Ned zich tegen het plan verzet, omdat hij

vond dat het niet in de geest van zijn opdracht was, namelijk Appleforth House in oorspronkelijke staat terugbrengen. Maar nu hij op de glanzende hardhouten vloer zat, terwijl de regen op het opvallende patroon van glazen platen van MapleLeaf Kassen tikte, was hij trots op het resultaat. Dankzij het helderwitte schilderwerk aan het houten geraamte was de serre licht en ruim geworden, en over een tijdje, zo hoopte hij, zouden mensen en planten hier in harmonie samenleven.

De serre was op het moment nog niet gemeubileerd, maar dat zou niet lang meer duren. Plantenpotten en een gietijzeren tafel en stoelen waren al besteld, evenals een zeldzame en fraai bewerkte tuinstoel van Thomas Chippendale, die Ned via Sotheby's op de kop getikt had en nu in Park Royal in opslag lag.

Het gebrek aan meubels beviel Ned echter prima, want wat hem en Clara en Deb betrof was dit helemaal geen serre, maar een strand. En het regende ook niet; het was een zwoele zomerse middag.

Aan de andere kant van het geruite picknickkleed dat Ned uit de auto gehaald had zat Deb, met haar laarzen uit, haar broek tot aan haar knieën opgerold en haar zonnebril zwierig boven op haar hoofd.

Haar teennagels waren zojuist door Clara zuurstokroze gelakt en glansden in het felle licht van het kale peertje dat Greg, de hoofdelektricien, staand op een aluminium ladder voor hen opgehangen had. Deb pakte een appel uit de rieten picknickmand naast haar, nam er luid knerpend een hap van en begon in haar literaire tijdschrift te lezen.

Clara zat naast Ned, wriemelend met haar tenen in de warme lucht van de ventilatorkachel. Ze hield een hand boven haar ogen en tuurde eronderdoor als Robinson Crusoe die over zee uitkeek. Boven het gebrom van de kachel hoorden ze af en toe gebonk en geschreeuw van de mensen die in het huis aan het werk waren.

'Wacht eens! Wat zie ik daar?' riep Ned uit, in een zielige poging een piratenaccent na te doen. Hij wees naar de openslaande deuren aan de voorkant van de serre, waarachter onder blauw dekzeil stapels hout lagen. 'Zeilen, bij god! De koningin heeft een reddingsvloot gestuurd om ons te zoeken! We zijn gered!'

'Pas op!' schreeuwde Clara terug. Ze wees naar links, naar een beukenlaan die eindigde bij een met glanzende laurierstruiken overwoekerde singel. 'Daar komt een gigantische golf aan en die gooit alle boten om! Woesj!' schreeuwde ze, gillend van de lach. 'Alle boten zinken!'

Net op dat moment verscheen eerst het hoofd en toen de schouders en de rest van voorman Dan, die de trap naar het terras voor de serre op rende.

'Maar kijk!' riep Ned terug, vastbesloten om het verhaal een goede afloop te geven, hoe graag Clara het ook op een scheepsramp liet uitdraaien. 'Een van de zeelieden is helemaal naar de kust gezwommen!'

Dan, die hen plotseling zag zitten, rende naar de serre toe en drukte zijn verweerde, hoekige gezicht tegen het raam aan. Hij begon kwaadaardig te brullen en bezorgde Clara de slappe lach voor hij weer uit het zicht verdween.

'Het was een geest!' krijste Clara, die dus toch haar zin kreeg.

Terwijl Clara weer in lachen uitbarstte keek Deb boven haar tijdschrift uit naar Ned en rolde met haar ogen. Ned lachte terug. Hij zag dat Clara genoeg kreeg van hun schipbreukelingenspel; ze rolde zich op haar buik en begon van het restje aardappelsalade op haar bord te snoepen.

Ned zuchtte, plotseling overmand door een gevoel van verlangen. Het was soms zo gemakkelijk om zichzelf wijs te maken dat ze een leuk gezinnetje waren. Het was soms zo gemakkelijk om te vergeten dat ze helemaal geen gezinnetje waren.

'Alles goed?' vroeg Deb.

'Yep,' knikte Ned, denkend aan de eerste keer dat hij Deb gesproken had. Drie jaar geleden had zijn moeder – zonder dat hij het wist – een advertentie in *The Lady* gezet, waain ze vroeg om *'een kundige en ervaren nanny, die bereid is om voor twee slordige kinderen te zorgen: Clara, twee jaar oud, en Ned, drieëndertig'*.

Ned staarde naar de delta van water die zich op een van de glazen platen gevormd had. Mary, zes jaar lang Neds vrouw en Clara's moeder, was een jaar voor Deb bij hem kwam gestorven, net na Clara's eerste verjaardag.

Dat jaar waarin hij het alleen had moeten doen was voor Ned

net een versneld afgedraaide film. Hij zag zichzelf luiers verscho-
nen, achter nieuwe klanten aangaan, kinderwagens duwen, eten
koken, om zes uur opstaan en midden in de nacht omvallen van
vermoeidheid – en dat allemaal met een onmogelijke, onbevatte-
lijke snelheid. Het was in een roes gebeurd en hij had niets echt
goed gedaan. En intussen had hij ook nog de onmogelijke opdracht gehad om Mary's dood te verwerken.

Debs komst had hem en Clara gered. Dat wist hij nu wel zeker
en hij kon zich geen leven meer zonder haar voorstellen. Ze was
een moeder voor Clara en een goede vriendin voor hem. Ook al
was het geen echt gezin, voor Clara kwam het wel zo dicht mogelijk in de buurt.

'Is het hier 's avonds griezelig?' vroeg Clara plotseling, terwijl
ze een soepstengel uit de doos peuterde en er een stukje afbeet.

'Nee, lieverd,' antwoordde Ned. 'Waarom vraag je dat?'

'Tommy Carey van school zei dat hier geesten wonen.'

'O, ja?' Ned kende de verhalen die beneden in het stadje de
ronde deden. Het was ook niet zo gek, met al die mensen die hier
zelfmoord gepleegd hadden. 'Je moet niet alles geloven wat Tommy Carey zegt,' zei hij tegen zijn dochter.

'Doe ik ook niet. Het is een liegbeest, dat weet iedereen.' Met
haar soepstengel maakte Clara een slang in de kaas-met-bieslook-
dip. 'Wat is een geest?' vroeg ze zonder op te kijken. 'Ik bedoel,
behalve dat-ie griezelig is.'

'Ik weet het niet precies,' zei Ned aarzelend. 'Ik weet niet eens
of ik wel in geesten geloof. Misschien worden sommige mensen
een geest als ze doodgaan.'

'Wat voor mensen?'

'Nou, mensen die toen ze nog leefden ongelukkig waren.'

Clara dacht hier even over na en tekende nog een nieuw
bochtje aan de slang. 'Waar wonen geesten?' vroeg ze uiteindelijk.

Ned wierp een blik op Deb, maar die haalde haar schouders op
en hield haar tijdschrift nog wat hoger voor haar gezicht. Hij
keek weer naar Clara, die haar soepstengel nu stilhield en op antwoord wachtte. 'Als ik er ooit een tegenkom, zal ik het je vertellen,' zei hij.

Clara begon te neuriën. Het was de herkenningsmelodie van een kinderprogramma op tv, maar Ned kon zich niet herinneren van welk. Het neuriën stopte.

'En mama?' vroeg Clara, nog steeds zonder op te kijken. 'Waar woont zij?'

Ned had deze vraag al duizend keer eerder beantwoord. 'Mama woont in de hemel,' zei hij. 'Dat weet je toch.'

Maar terwijl hij het zei wist hij dat het niet waar was. Mary woonde nergens meer; ze was dood.

'Is ze een geest?'

'Nee, lieverd. Mama is een engel.'

'Is dat omdat mama gelukkig was toen ze nog leefde?'

'Ja, lieverd. Zo is dat.'

'En jij dan? Word jij een geest als je doodgaat?' Voor het eerst in het gesprek keek ze hem aan. 'Want jij bent soms wel ongelukkig, toch?'

Ned wist niet wat hij moest zeggen. Hierop had hij geen antwoord.

'Clara,' zei Deb, die haar tijdschrift liet zakken, 'we moesten maar eens gaan opruimen.'

Clara deed alsof ze haar niet hoorde en kroop dicht tegen Ned aan. Met haar armen zo ver ze maar kon om hem heen legde ze haar hoofd op zijn borst. 'Vertel eens over mama,' zei ze, zoals ze al duizend keer eerder gedaan had. 'Vertel eens van toen mama en jij elkaar ontmoetten en mij kregen.'

En dat deed hij. Terwijl Deb het overgebleven eten opruimde en de borden en het bestek in de mand stopte, vertelde Ned Clara over Mary.

Het was een verhaal vol waarheden, een verhaal dat bedoeld was om geen vragen op te werpen, een verhaal dat zonder meer geloofd kon – en, naar Ned hoopte, zou – worden.

Mary Thomas was een mooi meisje geweest, net zoals Clara nu. Mary was een uitmuntend landschapsarchitect geweest. Ned was meteen de eerste keer dat hij haar zag verliefd op haar geworden, nog voordat hij haar gesproken had. Ned zag haar op het kerkhof achter haar schildersezel staan toen hij als student aan een kerktoren werkte. Mary en Ned gingen samen naar films, restaurants en cafés. Mary en Ned begonnen zielsveel van elkaar te houden. Mary en Ned begonnen samen een bedrijf. Mary en Ned trouwden. Mary schonk het leven aan een meisje, en Ned werd papa en Mary mama. En het kindje van mama en papa was het mooiste kindje dat ze ooit gezien hadden en daarom noemden ze haar Clara, want dat vonden ze de mooiste naam die ze ooit gehoord hadden. En mama en papa hielden zielsveel van Clara.

'Maar toen, toen jij nog maar een baby was,' hoorde Ned zichzelf tot besluit zeggen, terwijl hij met zijn vingers door Clara's haar ging, 'werd mama heel erg ziek... er was iets mis met haar hoofd... het was een vreselijke ziekte en niemand kon haar beter maken, ook de dokters niet.'

'En toen ging ze dood,' zei Clara.

'Ja.' Ned vroeg zich af wat haar moeders dood voor Clara betekende. Zoals zij het zei klonk het zo eenvoudig, als zo'n natuurlijk deel van het leven.

'En ze ging naar de hemel,' besloot Clara.

Maar Ned geloofde niet in een leven na de dood; hij geloofde alleen in het leven dat Mary achtergelaten had. 'Ja,' zei hij tegen Clara.

'En daar zit ze nu naar ons te kijken.'

'Elke dag,' verzekerde hij zijn dochter.

'Als een engel.'

'Ja.' Maar Ned geloofde ook niet in engelen.

'En op een dag zien we haar weer terug.'

'Ja,' zei Ned, nog steeds haar haar strelend, 'op een dag.'

Ned keek van haar weg naar het gazon. En nu lag er iets hards in zijn ogen dat niets met verlangen te maken had.

8

Jimmy's gezicht stond nors, een uitdrukking die hij nog nooit in de spiegel gezien had en die hem schrik zou aanjagen als hij hem kon zien. Hij liep door de haven met twee plastic emmers met daarin vier levende kreeften, en hij dacht aan zijn vader.

Jimmy's vader, Ben Jones, had gisteravond niet gebeld, waarmee hij een belofte gebroken had die hij twee weken geleden gedaan had, toen Rachel en hij voor het laatst van hem hoorden. Jimmy haatte het om aan zijn vader te denken. Hij zag zichzelf liever als een sterk iemand, en dat beeld klopte niet met hoe erg hij zijn vader nu miste.

Onafhankelijkheid: zo stelde Jimmy het zich altijd voor. Hij was onafhankelijk van zijn vader. Zo was hij uit pure noodzaak geworden. Hij had zichzelf aangeleerd om de andere kant op te kijken zodra de vage schim van zijn vaders gezicht, met alle beloften en dromen die erbij hoorden, voor zijn geestesoog opdoemde.

Maar vandaag was zo'n dag waarop hij zijn vader maar niet van zich af kon schudden. Vader. Jezus, alleen dat woord al klonk als een of andere wrede grap. Het gevoel van onheil en onrechtvaardigheid dat hem eergisteravond op de rots gekweld had plaagde hem nog steeds, en de norse blik bleef toen hij de pas geverfde zwarte schuif van het hek tussen de haven en Quayside Row losmaakte.

Het was niet moeilijk voor Jimmy om een excuus te verzinnen voor dit verslappen van zijn gewone onafhankelijke houding. Er was de bittere smaak van zout op zijn lippen. Er was de jeuk en het trekkende gevoel aan zijn handen doordat de schubben van de makreel die hij schoongemaakt had in de wind begonnen op te drogen; straks zouden ze als dode huid afschilferen. En er was het zeewater in zijn haar, van toen Arnold Peterson een halfuur geleden met zijn boot, *The Lucky Susan*, zo hard mogelijk op de haveningang afging en het zeewater over de boeg spatte. En er was het zingen van het touwwerk van de boten en het klotsen van de emmers toen hij zich omdraaide en het hek sloot.

Al deze sensaties stonden in Jimmy's geheugen gegrift. Van jaren geleden, toen hij samen met zijn vader op de kromgetrokken planken van de kade zat, korte en lange benen bungelend onder hen, terwijl ze met stukjes lunchworst aan hun hengels op krab en kleine vissen gevist hadden.

Hij herinnerde zich dat zijn vader gezegd had dat ze op een dag, als Jimmy groter en sterker was, samen de zee zouden oversteken om rijk te worden. Net als Frances Drake, had Jimmy's vader verklaard. Ze zouden een galjoen vorderen en koers zetten naar Zuid-Amerika. Met scheepsladingen goud zouden ze terugkeren om door de koningin tot ridder geslagen te worden. En daarna zouden ze nog lang en gelukkig leven, als koningen.

Jimmy keek over het ruwe water uit naar de *Susan*. Arnie had de motorboot tien jaar geleden gekocht, nadat het Europese visquotasysteem zijn eigenlijke handel de das om gedaan had. Arnie stond aan dek de twee koolstofhengels op te ruimen waarmee hij en Jimmy de afgelopen twee uur, tussen het ophalen van Arnies vallen door, in de baai op makreel gevist hadden.

De *Susan* was kanariegeel, net zoals de vanillevla die Jimmy's oma sinds het jaar nul elke vrijdagavond gemaakt had, en Arnies kale, bruine schedel was zo dof als uitgedroogde terracotta. Hij zwaaide grijnzend naar Jimmy en schreeuwde iets wat in de wind verloren ging.

Jimmy wilde terug lachen, maar kon het niet. En toen hij de zee de rug toekeerde en door Quayside Row in de richting van het stadje liep werd zijn blik alleen maar norser.

Er waren geen galjoenen meer die gevorderd moesten worden. Er waren geen scheepsladingen goud die aan de andere kant van de zee lagen te wachten. Er was alleen zijn vader die uit zijn nek kletste. En voor Jimmy was er alleen nog dit stadje met zijn bootjes. En hoewel hij nu groter en sterker was, zat hij er nog steeds gevangen.

Nooit zou hij het zijn vader vergeven dat hij al die leugens verteld had, dat hij gedaan had alsof hij iemand anders was.

Jimmy hoorde Scott voor hij hem zag. Bij het geluid van knokkels die op glas roffelden, hield Jimmy geschrokken zijn pas in. Water klotste over de rand van de emmer over zijn spijkerbroek. Achter het raam van het huisje naast dat van Arnie zag hij in een flits een gezicht, en toen zwaaide de deur open en kwam de Australiër naar buiten. 'Hé, hallo, Jimmy,' zei Scott, die snel een stap naar voren deed en Jimmy zo de pas afsneed. Scott droeg een katoenen overhemd dat wapperde en golfde op de wind alsof er een levend iets over zijn borst kroop.

'Hoi,' zei Jimmy. De emmers hingen nu zwaar aan zijn armen.

'Ik zocht je al,' zei Scott, met een steelse blik op de inhoud van de emmers. 'Ik bracht vanmorgen die videoband terug, maar je was er niet.'

'Ik werk daar maar parttime.'

'Ik vond hem trouwens heel goed, die film,' verklaarde Scott. 'Goeie tip.' Nu kreeg zijn nieuwsgierigheid de overhand en hij boog zich over de emmers heen. Voorzichtig raakte hij de met elastiek aan elkaar gebonden scharen van een van de kreeften aan. 'Lekker,' zei hij met een quasi-plat accent, maar hij meende wat hij zei, alsof hij de smaak van het schaaldier met zijn vingertop geproefd had. 'Al zijn het maar kleintjes vergeleken met die van thuis,' mijmerde hij. 'Zijn ze te koop?'

'Mevrouw Driver van het Grand heeft ze al gereserveerd.'

'Aha,' zei Scott, terwijl hij overeind kwam, 'de vermaarde Cheryl.'

Verity's gezicht dook als een sluipmoordenaar in Jimmy's geest op. Morgen ging ze met Denny Shapland uit.

Jimmy huiverde toen een vlaag koude wind zijn natte spijkerbroek tegen zijn dijen plakte. Hij keek op naar High Street, waar de gevel van het Grand hoog tegen de voortjagende wolken afstak.

Hij had helemaal geen zin de kreeften daar af te leveren, want misschien liep hij Verity tegen het lijf. Dat kon hij niet aan, nog niet. Het was al moeilijk genoeg geweest om gisteren en vanmorgen samen met haar in de klas te zitten. Ze had hem geen blik waardig gekeurd, laat staan hem voor de cd bedankt. Hij voelde zich al waardeloos genoeg zonder dat zij de stank van makreelingewanden rook die aan zijn schoenen kleefde.

Jimmy schraapte zijn keel. 'Ken je haar?' vroeg hij. 'Mevrouw Driver?'

'Geen dame die je snel vergeet,' zei Scott met een sluw lachje. Jimmy begreep niet helemaal wat hij bedoelde. 'Al die baantjes van jou,' vervolgde Scott, 'de videotheek en de vissersboot... je bent duidelijk een heel druk baasje, jammer...'

'Hoezo?'

'Tja, ik zocht je eigenlijk omdat ik je werk wilde aanbieden...'

Jimmy's hart begon sneller te kloppen. 'Wat voor werk?' vroeg hij.

'Toen ik laatst met je gepraat had, weet je nog, en die vrouw van de videotheek het had over je plannen om naar de filmacademie te gaan... dacht ik dat je misschien zin had om Ellen en mij een beetje te helpen zolang we hier zijn.'

Alle opwinding die Jimmy eventueel bij dit aanbod voelde, werd overheerst door de angst voor de mogelijke gevolgen. Het was alsof Scott op een knopje gedrukt had en er een stalen wand tussen hen in omlaag gezoefd was.

'Ik denk niet...' begon Jimmy.

Maar Scott was alweer aan het woord en zei, krabbend aan zijn neus: 'Ik begrijp het best als je vindt dat je al genoeg te doen hebt, of dat je het te veel verantwoordelijkheid vindt voor iemand die nog op school zit, of wat dan ook...'

Zodra hij uitgesproken was schitterde er een fel licht in Scotts ogen, alsof hij Jimmy uitdaagde. Het deed Jimmy aan Ryan denken, aan hoe die altijd keek als hij een plan had waarvan hij wist dat Jimmy er een kick van zou krijgen, als hij zichzelf maar de kans gaf. Zijn Butch en Sundanceblik noemde Jimmy het, naar de blik die Redford en Newman in de film wisselden voordat ze hun paarden over het ravijn joegen.

Scott stond te vissen. Dat had Jimmy heel goed door. Net zoals Arnie met zijn kreeftenvallen, had Scott zijn aas uitgegooid en wachtte hij nu tot Jimmy toe zou happen.

'Aan de andere kant,' ging Scott verder, 'is het misschien juist wel iets voor jou. Ik bedoel, de voordelen zijn duidelijk. Je leert hoe een documentaire gemaakt wordt. Je kunt iets tastbaars mee naar de filmacademie nemen, misschien helpt het zelfs om toegelaten te worden en, ja, wie weet waar het allemaal toe kan leiden, toch?'

Jimmy wist dat hij gewoon nee tegen de Australiër moest zeggen. Ongeacht zijn toekomstplannen. Die wogen niet op tegen de geheimen die in zijn verleden begraven lagen. Het naakte feit dat Scott en Ellen hier waren om onderzoek te doen naar Lost Soul's Point zou hem alle lust moeten ontnemen.

Maar tegelijkertijd wilde Jimmy dit maar al te graag. Hij wilde het omdat het de kans was waarvan hij al jaren droomde, op zijn bed in Carlton Court, met zijn filmtijdschriften en stukgelezen delen van *Halliwell's* voor zijn neus. Hij wilde het omdat hij dan iemand was. En hij wilde het omdat het hem de kans gaf te bewijzen wat hij zo wanhopig graag wilde geloven: dat niets onmogelijk was, zelfs niet voor hem.

Jij bent de baas, hield Jimmy zichzelf voor de tweede keer voor. *Niemand kan in je hoofd kijken. Niemand kan je dwingen te praten over de dingen die je gezien hebt of te vertellen wat je gedaan hebt.*

In zijn hoofd kwam de stalen wand langzaam weer omhoog. *Denk niet aan papa. Denk niet aan mislukkingen. Denk niet aan het verleden.*

'Wat is precies de bedoeling?' vroeg hij, en hij zette eindelijk de emmers neer.

'Een beetje van dit, een beetje van dat. Weet je wat,' stelde Scott voor, 'ik pak even een jas en dan loop ik met je mee naar het hotel. Ik moet in het centrum toch nog een paar dingen doen.'

'Waarom niet?' Jimmy haakte zijn duimen in zijn broekzakken.

Scott verdween in het huisje en Jimmy bleef staan waar hij stond, nieuwsgierig door de open deur turend. Jimmy was er weleens binnen geweest, nu meer dan tien jaar geleden. Zijn oma had vroeger schoongemaakt voor het verhuurbedrijf dat ook dit huisje verhuurde en in de vakanties, als er niemand anders was om voor hem te zorgen, was Jimmy vaak met haar meegegaan.

Wat kon hij zich herinneren? Al die oude jazzdeuntjes die ze zo graag neuriede? Liedjes over Dinah uit Carolina en Honeysuckle Rose? Hoe ze de lakens van het bed trok alsof ze een geniale goochelaar was die voor de ogen van een ongelovig publiek een olifant tevoorschijn toverde? Of hoe ze de keukenvloer boende, terwijl hij – hoe oud? Vier of vijf jaar? – om haar heen drentelde of haar voor de voeten liep, in de huiskamer hutten bouwde van tegen elkaar aan geschoven stoelen die hij met lakens en handdoeken bedekte?

De indringende herinneringen en het besef dat die momenten nooit meer terug zouden komen maakten hem van streek. Hij draaide zich om. Honderd meter voor de kust zag hij de reddingsboot weer op zijn plaats liggen, schommelend op de deinende golven.

Hij had de afgelopen nachten niet al te best geslapen: nachtmerries over Ryan hadden hem wakker doen schrikken en zo bang gemaakt dat hij het licht niet meer uit durfde te doen om weer te gaan slapen. Rond vier uur vannacht – bliksemschichten schoten als barsten voor de ramen langs – had hij in de woonkamer toegekeken hoe de rode bakboordlichten en de groene stuurboordlichten van de reddingsboot door de stormachtige zee ploegden.

Hij glimlachte, blij dat het nu licht was en de nacht voorbij was en de boot veilig in de haven lag.

Nadat Scott de deur van het huisje op slot gedraaid had voegde hij zich bij Jimmy en tilde een van de emmers op. Hij wachtte tot Jimmy de andere gepakt had, waarna ze samen het pad af begonnen te lopen.

'Oké,' begon Scott, 'ik zal je zeggen wat we aan het doen zijn. Het is een deel van een serie over beroemde plekken die Ellens bedrijf aan het maken is.' Hij legde het idee achter de serie uit en vertelde wat hij en Ellen bij Lost Soul's Point kwamen doen.

Jimmy luisterde zonder Scott in de rede te vallen. Zo hoorde dat toch bij een sollicitatiegesprek? En je hoorde ook zelfvertrouwen uit te stralen... zo was het toch?

'We gaan met de mensen in Shoresby praten...' zei Scott een paar minuten later, toen ze even uitpuften en Crackwell Street in keken, 'en opnamen van de omgeving maken die we dan met Ellens commentaar kunnen laten zien. Verder maken we een korte reconstructie van de legende. Laaghartige minnaar verdwijnt in de nacht, ontroostbaar meisje springt van de rots: en hopla – ziedaar een legende. Ik denk wel dat je het snapt.'

'Gaan jullie daar acteurs voor gebruiken?' vroeg Jimmy, die de emmer met twee handen vasthield nu ze over de steile weg naar High Street liepen. 'Voor die reconstructie...'

Het was de eerste keer dat Jimmy iets zei sinds Scott aan zijn verhaal begonnen was. Zijn stem klonk zo gewoon in deze vreemde situatie dat Jimmy de moed kreeg om verder te gaan. Hij besloot zelfs een grapje te wagen. 'Laat me raden,' zei hij, 'Kate en Leonardo zijn al onderweg.'

'Leuk,' lachte Scott. 'Nee, Jimmy, jongen, we gaan het talent een stuk dichter bij huis zoeken. Je weet dat ze een herdenkings- concert geven om geld in te zamelen?'

Jimmy's maag kromp samen, maar het lukte hem om zijn stem neutraal te laten klinken. 'Ik heb een aankondiging gezien, ja,' zei hij alleen maar.

'Yep. Nou, wij zijn van plan om daar zelf ook een beetje te gaan casten. Allemaal rollen zonder tekst, natuurlijk, anders krij- gen we gelazer met de vakbond.' Scott grinnikte zachtjes voor zich uit.

'Hè?' vroeg Jimmy.

'O, niets,' zei Scott met een zucht, 'alleen schijnt Cheryl Driver een zingende en dansende dochter te hebben, en Cheryl denkt dat die geknipt voor ons is. Voor de rol van dat meisje dat dood- ging. Ik wil haar nou weleens ontmoeten. Waarschijnlijk precies haar moeder.'

Jimmy tuurde naar zijn schoenen. De mogelijkheden drongen zich aan hem op. Hij zag Scott, Ellen en zichzelf op de set, en naast hem stond Verity... Maar toen dacht hij aan Verity's af- spraak met Denny; zou ze morgen eigenlijk wel bij de audities zijn?

'Maar goed, terzake,' ging Scott snel verder. 'Het punt is, Jim- my, we hebben een budget van niks. Geen fulltime geluidsman... helemaal geen productieassistent. Zelfs Ellen en ik werken hier maar parttime. We gaan in een tandem werken, als een nieuws- team, snap je?' Scott keek Jimmy van opzij aan.

'Absoluut,' blufte Jimmy, die het helemaal niet snapte.

'En wat we nodig hebben is iemand die op ad-hocbasis kan inspringen, als je begrijpt wat ik bedoel, om de tijdcodes bij te houden, dat soort dingen.' Naarmate ze dichter bij het eind van de straat kwamen, begon Scott steeds harder te hijgen. 'Wat technische dingen dus, maar je krijgt het snel genoeg te pakken, geen zorgen. En verder is er het algemene knechtjeswerk: Ellen en ik schreeuwen om iets en jij gaat het halen.'

'En dat is alles?' vroeg Jimmy toen ze eindelijk High Street bereikten.

Scott lachte. 'Als je dat alles noemt, heb je echt nog een boel te leren voor je naar de filmacademie kan.'

Scott zette zijn emmer op straat en draaide zich naar Jimmy om. Hij schraapte zijn keel. 'Ik moest je van Ellen iets vragen,' zei hij, met zijn handen in zijn zij. 'Maar je moet wel weten dat het niets met mijn aanbod te maken heeft. Want geloof me, dat staat er los van.'

'Wat dan?' vroeg Jimmy.

'Die knul voor wie dat benefietconcert is, die aan de drugs was en in een gestolen auto zelfmoord pleegde,' begon Scott.

'Ryan,' zei Jimmy.

De naam klonk als een klok in Jimmy's hoofd. Hij kon zich niet herinneren wanneer hij die voor het laatst hardop gezegd had. Jimmy's vrienden hadden het nooit meer over Ryan. En Jimmy wist dat hij geen haar beter was. Sinds de begrafenis was hij niet eens meer bij Ryans ouders langs geweest, ondanks de belofte die hij Ryans moeder en zus gedaan had, en ondanks het feit dat ze vlakbij woonden. Maar hij had niet geweten wat hij tegen ze moest zeggen. Wat zei je tegen mensen als hun zoon dood was?

'Ryan,' herhaalde Jimmy, bijna als boetedoening. 'Hij heette Ryan.'

'Was hij een vriend van je?'

Jimmy was er een keer langsgelopen, langs het smalle rijtjeshuis van Ryans ouders, een maand na de begrafenis. Maar hij was niet naar binnen gegaan. Hij had alleen maar voor zich gezien hoe ze er die dag in het Stanfield-crematorium bij gestaan hadden. Jimmy zou nooit het onbegrip in hun ogen vergeten, of hun lege blik toen ze door het gangpad naar hun stoelen op de voorste rij liepen – zweefden, zo had het geleken. Slaapwandelaars, had Jimmy gedacht, alsof dit allemaal niet echt gebeurd was; voor geen van hen.

'Hij was mijn beste vriend,' zei Jimmy tegen Scott.

Na de begrafenis, in het zaaltje van de kerk in St. Mary's Street, waar Ryans vrienden en familie koekjes en uitgedroogde broodjes aten en slappe thee dronken, was Jimmy getuige geweest van de verandering bij Ryans vader. En dat – het vuur in zijn betraande ogen – was hem het meeste bijgebleven. Want Jimmy had met absolute zekerheid geweten wat het betekende. Het was geen woede. Geen verdriet. Ryans vader begon van schaamte te huilen en van schaamte kon hij niet meer ophouden met huilen. Hij schaamde zich voor wat zijn zoon gedaan had en hij schaamde zich omdat hij niet had weten te voorkomen dat hij het deed.

Dat was het moment geweest waarop Jimmy opstond en naar buiten glipte. Toen was hij begonnen te rennen. En hij was pas gestopt met rennen toen hij bij het Krot was, waar hij met een deken om zijn schokkende schouders in een hoek kroop.

Maar het was vooral het moment geweest waarop hij niet gebleven was om Ryans vader te troosten, ook al wist hij iets wat misschien verschil gemaakt had, iets wat hij toen niet had durven zeggen; iets wat hij nu nog steeds niet durfde te zeggen.

'Ik vind het heel erg,' hoorde hij Scott zeggen. 'Wat er met hem gebeurd is. Niets is erger dan een vriend kwijtraken. Ik weet het, het klinkt afgezaagd, maar ik meen het echt.'

Jimmy voelde zijn gezicht verstrakken, als een masker dat hij al te lang op had en dat nu begon te barsten. Hij kon zich er niet toe zetten iets te zeggen. De schaamte van Ryans vader drukte ook op hem. Hij had Ryan kunnen tegenhouden. Dat wist hij zeker. Als hij zich anders had gedragen tegenover hem... als hij maar tegen hem ingegaan was en hem tegen zichzelf beschermd had... dan leefde Ryan nu misschien nog.

'De reden dat ik erover begin. Ryan,' Scott corrigeerde zichzelf snel. 'De reden dat ik over Ryan begin is dat Ellen wilde dat ik je naar hem vroeg. Jullie zijn van dezelfde leeftijd en ze dacht – terecht, blijkt dus – dat je hem misschien gekend hebt en weet waarom hij het gedaan heeft.'

'Een sappig verhaal voor je film,' zei Jimmy met bitterheid in zijn stem.

'Nee, Jimmy. Niet daarom. Ellen wil dat het klopt wat we hier doen. Want we gaan hier rondvragen naar mensen die daarboven zelfmoord gepleegd hebben en we willen geen dingen over ze beweren die niet waar zijn.'

Jimmy sloeg een hand voor zijn ogen toen er een beeld in zijn geest verscheen: de nachtelijke zee gezien vanaf Lost Soul's Point, begerig glibberend over de rotsen beneden, zwart en stroperig als olie. Het was hetzelfde beeld dat zijn nachtmerries opvulde: de grote zwarte muil van de zee die zich opensperde om hem te ver-zwelgen, de golven die als koude natte vingers en tongen naar hem uithaalden, zich naar hem uitstrekten om hem de diepte in te sleuren. Hij haalde gejaagd adem.

'Gaat het wel goed met je?' hoorde hij Scott vragen.

Jimmy knipperde snel met zijn ogen en toen hij ze weer open-deed had het beeld zich teruggetrokken.

'Ze hebben het mis,' zei hij eenvoudig; het was eruit voor hij er erg in had. 'Over wat er met Ryan gebeurd is...'

'Wat hebben ze mis?' vroeg Scott. 'Dat hij verslaafd was?'

Jimmy hield zijn blik op de goot gericht. 'Hij was niet depres-sief,' zei hij. 'Hij was niet depressief omdat hij drugs gebruikte. Daarom is hij niet doodgegaan.'

'Waarom heeft hij het dan gedaan?' vroeg Scott.

'Ik weet het niet. Niemand weet het. Daarom is het ook zo'n gelul wat iedereen over hem zegt.'

Jimmy bukte zich en pakte de emmer die Scott gedragen had. Hij wist dat er verder niets te zeggen viel en dat het sollicitatiege-sprek ten einde was. Hij had het grondig verpest. Hij had Scott niets nuttigs verteld en de Australiër wilde vast zo snel mogelijk van hem af, zoals hij zich net over Ryan aangesteld had. Maar goed, dacht hij, hij hoefde het in ieder geval niet nog een keer met Ellen of Scott over Ryan te hebben.

Maar Scott was nog niet uitgepraat. 'In dat geval,' zei hij, 'is er geen reden om het er verder nog over te hebben, hè? Ik zal Ellen zeggen wat je tegen mij gezegd hebt. En zo zullen we het ook brengen: het is een raadsel waarom Ryan het gedaan heeft; we weten alleen dát hij het gedaan heeft.'

Jimmy schudde zijn hoofd. 'Ik moet ervandoor,' zei hij en hij deed een stap naar voren.

'En het werk?' vroeg Scott.

Jimmy bleef staan. 'Wat is daarmee?'

'Zie je het nog zitten?'

Jimmy probeerde aan Scotts gezicht af te lezen of hij een grapje maakte. 'Wil je me dan nog?' vroeg hij uiteindelijk.

'Als jij het wilt,' antwoordde Scott.

Daar was het weer: die Butch en Sundanceblik, die overeenkomst tussen Scott en Ryan.

'En het zou goed zijn als je snel een beslissing nam, want dan kan je morgen meteen bij de audities zijn en krijg je een idee wat de bedoeling is.'

Jimmy staarde naar de kreeften in de emmers, wetend dat hij de beslissing eigenlijk al genomen had.

9

'Wat een schoonheid!' riep Russell Driver uit. Hij hield een van de kreeften die Jimmy zojuist afgeleverd had omhoog, terwijl Verity beladen met plastic tassen door de achterdeur naar binnen kwam.

Verity's vrijdagse middagje winkelen met Treza was uitgedraaid op het plunderen van haar spaarrekening, want ze wilde zeker weten dat haar kleren morgen indruk zouden maken op Denny. Dankzij Treza had ze nu tassen vol, waarvan de hengsels diep in haar vingers sneden.

'Zo te zien heeft er iemand een belangrijke afspraak,' merkte haar vader op, rommelend met de kreeft in een smakeloze poging tot buikspreken. Rudi, de chefkok, en Goran, de andere keukenhulp, die beiden geen woord Engels spraken, grinnikten luid.

'Hou op, Russell!' beval Cheryl met een boze blik op haar man, alsof het wreed was om Verity te plagen.

Verity zette haar tassen neer en keek met een opkomend gevoel van gêne naar haar ouders. Hoe moest ze Denny ooit aan haar ouders voorstellen? Hij zou ze vreselijk vinden. En dat waren ze ook.

Sinds ze hem eergisteren gesproken had, hielden gedachten als deze haar 's nachts uit haar slaap. Stel dat ze niet goed genoeg was voor Denny? Stel dat ze niet aan zijn verwachtingen voldeed? Het leek allemaal zo snel te gaan.

Woensdagmiddag had ze op weg naar het huis van haar pianoleraar voor de drogisterij gestaan toen Denny op zijn motor langs scheurde. Ze had gezwaaid en zijn naam geroepen, maar toen hij onmiddellijk omkeerde en naast haar stopte en zijn helm afzette had ze het nauwelijks kunnen geloven.

Zonder te groeten had hij een arm uitgestoken en haar naar zich toe getrokken. 'Ik kom je zaterdag om zeven uur halen,' zei hij met omfloerste stem, waarna hij haar een zoen gaf alsof ze al jaren met elkaar gingen. 'Maak je maar mooi, als je wilt. Ik heb iets heel bijzonders in gedachten.'

Ze was zo geschrokken dat ze alleen maar kon knikken. Ze raakte de plek aan waar hij haar gezoend had. 'Ik kan niet wachten,' wist ze uiteindelijk uit te brengen.

'Ik ook niet.' Hij knipoogde lachend naar haar en ze voelde zich alsof er vanbinnen een lichtje aanging. 'Ik zie je, schoonheid,' zei hij.

Toen had hij zijn helm weer opgezet en was hij weggereden, met één hand in de lucht bij wijze van afscheid. Verity had om zich heen gekeken, verbaasd dat iedereen gewoon zijn gang ging, alsof er niet net iets wonderbaarlijks gebeurd was.

En op dat moment was ze gaan geloven wat haar hart alleen maar had durven hopen: dat Denny Shapland haar eerste grote liefde zou worden.

Nu keek ze in wanhoop naar haar ouders, terwijl haar vader nog steeds deed alsof de kreeft kon praten en haar moeder ongemakkelijk bij het aanrecht stond, waar ze gehaast en ongewoon luidruchtig een bord pasta en salade naar binnen werkte.

Verity had nog niets over Denny gezegd, maar nu besloot ze dat ze het nieuws net zo goed meteen kon vertellen. 'Ik heb een afspraak, ja,' zei ze.

Russell keek geïmponeerd naar Cheryl, die met een servetje haar mondhoeken afveegde.

'Morgenavond. Dan weten jullie dat.'

Zonder op een reactie te wachten pakte ze haar tassen en liep ze naar de trap.

'Wacht eens even,' zei Cheryl. Verity verstijfde en haar nekharen gingen rechtovereind staan. Deze afkeurende toon kende ze maar al te goed van haar moeder. Wat stond haar nu weer te wachten. Een eerstegraads verhoor over het karakter van haar vriendje? Dat had ze ook gekregen toen ze op haar zestiende voor het eerst met Stephen Blacks uitging.

Niet tevreden met Verity's antwoorden, had Cheryl een bombardement van vragen op haar eerste vriendje afgevuurd. Als gevolg daarvan was Verity gedumpt en had Stephen op school rondgebazuind dat Verity's moeder nog erger was dan de Gestapo en dat geen enkele jongen die goed bij zijn hoofd was met Verity uit moest gaan.

Dat zou dus nooit meer gebeuren. Zeker niet met Denny.

Langzaam draaide Verity zich om.

'Je kunt niet uit.' Cheryl vouwde haar servet op en streek hem met een afgemeten gebaar glad. 'Je gaat naar de audities voor het benefietconcert.'

'Wat?'

Cheryl haakte een vinger in haar mond en peuterde een restje eten achter een kies vandaan. 'Ik heb al tegen Clive gezegd dat je komt.'

'Clive? Je kunt Clive niet uitstaan.'

'Wel waar,' zei Cheryl. Ze stond op en pakte haar blazer van de punt van een open kastdeurtje. 'Hij doet veel voor Shoresby. Hij vindt ook dat het een prima opstapje voor je zou zijn.'

Verity kon haar oren niet geloven. 'Mam,' zei ze verbijsterd, 'dat meen je toch niet echt?'

'Natuurlijk meen ik het. Het is belangrijk dat jij ons vertegenwoordigt,' zei Cheryl, terwijl ze haar blazer gladstreek.

'Maar je zei dat het benefietconcert tijdverspilling was,' wierp Verity tegen, van haar stuk gebracht door haar moeders dubbele moraal. 'Een beetje gratis tafeltennis weerhoudt junkies als Ryan er echt niet van zichzelf van kant te maken, zei je.'

'Ja, maar dat was voordat het op televisie zou komen. Ik weet toevallig dat Ellen Morris opnamen gaat maken,' gaf Cheryl zelfvoldaan terug. 'Bovendien kiest ze morgenavond mensen voor haar film. Als je er niet bent, kan ze je ook niet kiezen.'

'Misschien wil ik wel niet gekozen worden.'

'Sla niet zo'n toon tegen me aan. Het zou bespottelijk zijn als iemand anders het moest doen. Na alles wat je vader en ik opgegeven hebben zodat jij je met je muziek en je toneel bezig kunt houden, en dan kun je zo op televisie en dan sla je zo'n toon tegen me aan.'

Verity voelde de woede in zich opborrelen. Haar moeder was zo ongelooflijk aanmatigend dat ze er dol van werd. 'Wat ben je toch een hypocriet,' zei Verity, kwaad op zichzelf omdat haar stem in haar keel bleef steken. Ze was vastbesloten niet te huilen waar haar moeder bij was. Als ze liet zien hoe ze zich voelde, had haar moeder gewonnen. 'Je had de pest aan Ryan en alles waar hij voor stond. Je was blij dat hij dood was. Je zei zelfs dat het zijn verdiende loon was.'

Cheryl hijgde van verontwaardiging en Verity zag dat haar opmerking in de roos was.

'Dat heb ik nooit gezegd,' zei Cheryl op hoge toon, maar haar wangen kleurden rood. Verity trok uitdagend haar wenkbrauwen op, waarop Cheryl autoritair haar wijsvinger naar haar uitstak.

'Verity Driver, jij gaat meedoen aan dat concert,' vervolgde ze. 'Jij gaat dit gezin en deze stad vertegenwoordigen en laten zien hoe wij over die arme jongen denken...'

'Wat ben je toch een...' sneerde Verity.

'Wat?' viel haar moeder haar in de rede. 'Wat zei je daar?'

'Je kunt me niet dwingen,' zei Verity, terwijl ze haar tassen weer oppakte.

'Dames, dames.' Zwaaiend met de kreeft als met een rode kaart kwam Russell tussenbeide.

'Hou je kop, Russell!' snauwde Cheryl. Ze trilde zo van ingehouden woede dat Verity een stap achteruit deed, bang dat haar moeder zich niet meer in zou kunnen houden en haar een klap zou geven. 'Zolang je in dit huis woont, bepaal ik wat je doet,' zei Cheryl, Verity met ijskoude beheersing aankijkend. 'Je werkt mee aan dat concert, of je het nu leuk vindt of niet. Want als je niet meewerkt...' – ze hield een hand voor Verity's gezicht en telde met de andere hand op haar vingers – '... geen rijlessen, geen zakgeld en geen afspraakjes meer, nu niet en nooit niet. Heb je dat goed begrepen?'

Boven, in haar kamer, smeet Verity haar tassen in een hoek en wierp ze zichzelf als een skydiver op haar king-sizebed. Met haar gezicht in de berg blauwgeblokte kussens en knuffeldieren schreeuwde ze tot haar longen brandden.

Toen veegde ze met de achterkant van haar hand haar mond af – haar wangen deden zeer alsof ze honderd ballonnen opgeblazen had – en richtte de afstandsbediening op de stereo. Ze hield haar vinger op de volumeknop tot de ruiten trilden van het geluid van haar favoriete nummer op de cd die ze van Jimmy gekregen had. Sinds Treza hem gekopieerd had, en teruggaf met de verklaring dat het een coole mix was, had Verity er non-stop naar geluisterd. Jimmy was een mafkees, maar wel een mafkees met smaak.

Met haar handen onder haar dijen geklemd zat ze op de rand van haar bed en staarde nors naar de onwetende zeemeeuwen op de vensterbank, hun veren opwaaiend in de wind. Ze wist dat ze zich kinderachtig gedroeg, maar dat kon haar niets schelen. Ze wist dat het niet lang kon duren voor er iemand naar boven kwam om te klagen dat de muziek veel te hard stond. Maar tot het zover was wilde ze alles buitensluiten.

Hoe had dit kunnen gebeuren? Duizend dingen hadden haar avond in de war kunnen sturen, maar dat stomme benefietconcert was wel het laatste waar ze op gerekend had. Maar ze wist best dat het geen zin had haar moeder tegen te werken. Ze wist uit ervaring hoe onaangenaam Cheryl kon zijn als ze haar zin niet kreeg.

Maar hoe moest ze het aan Denny vertellen? Als ze zei wat er aan de hand was, vond hij haar natuurlijk een zielig kind. Als ze loog, kwam het uit. Iemand zou Denny vertellen dat ze bij de auditie geweest was en dan kwam ze nog achterlijker over.

Langzaam liep ze de badkamer in. Ze deed de deur achter zich dicht en liet zich in de vensterbank zakken. Ze trok de deken om zich heen. Buiten werd het al donker en boven de hoge rotsen zag ze de contouren van de groene vlieger die ze daar al zo vaak gezien had. Ze volgde hem met haar blik, gehypnotiseerd door het dansen en draaien op de wind boven de klif. Ze vroeg zich af wie daar aan het vliegeren was. Het uitzicht moest er wel adembenemend zijn. Misschien moest ze er ook heen gaan, overwoog ze, en haar hoofd door de wind leeg laten blazen. Dat zou ze doen: ze ging er nu meteen heen. Toen ze de badkamerdeur opendeed, sprong ze bijna uit haar vel van schrik. Voor haar stond haar vader.

'Ik heb geklopt, maar je hoorde het niet,' schreeuwde hij.

Verity drong woest langs hem heen en greep de afstandsbediening om de stereo het zwijgen op te leggen. Hoe durfde hij zomaar bij haar binnen te komen!

'Alles goed?' vroeg haar vader.

'Prima,' zei ze kattig, zonder op zijn meelevende blik te letten. Het laatste waar ze zin in had was een goed gesprek.

'Ga je mee naar de glasbak?' vroeg hij hoopvol. 'Voor de avondspits?'

De nieuwe supermarkt buiten de stad lag vlak naast de pas voltooide ringweg. Het gigantische parkeerterrein was maar halfvol toen Russell Driver het witte busje, dat hij speciaal voor dergelijke gelegenheden gekocht had, naar de grote stalen glasbakken aan het einde reed.

Verity zat ongelukkig naast haar vader. Van hieraf gezien strekte de nieuwe weg zich uit als een ketting van gele feeënlichtjes. In het schemerdonker daarachter lag Shoresby, met daarachter de zwarte zee. Heel in de verte zweefde een boot in de duisternis, vluchtig als een ster.

Russell, die de boel na een ruzie altijd zo snel mogelijk gladstreek, gedroeg zich als een hond die om aandacht bedelde. Opgewekt fluitend haalde hij de dozen uit het busje en zette ze op een rij op de grond. Toen opende hij het portier aan Verity's kant en glimlachte.

'Doe jij de rode, dan begin ik met de witte, oké?' Hij gebaarde naar de dozen.

Verity stapte uit, meer uit medelijden dan uit plichtsbesef. Ze hield van haar vader en dat zou altijd zo blijven, maar ze kon het niet helpen dat ze hem ook een beetje zielig vond. Zo'n geweldig voorbeeld was hij niet voor haar, dacht ze somber. Het zou prima zijn als hij af en toe tegen haar moeder inging, maar het irriteerde haar vreselijk dat hij zich door haar de wet liet voorschrijven. Aan de andere kant, wie gaf haar het recht om te oordelen? Zij ging ook niet tegen haar moeder in, dus ze kon het haar vader nauwelijks kwalijk nemen dat hij de weg van de minste weerstand koos.

'Mooie avond wel, hè?' zei haar vader, met de eerste lege fles in zijn hand.

Verity duwde een fles door het met rubber afgedekte gat van

de glasbak en gaf nog een krachtige draai aan de flessenbodem, zodat hij diep in de bak kapotviel. Ze merkte dat haar vader aandachtig naar haar keek, maar ze bleef zwijgen.

Uiteindelijk kuchte Russell luid; Verity keek hem aan. Hij stond het etiket van een lege champagnefles te bestuderen. 'Weet je, je moeder en ik waren nog heel jong toen we elkaar ontmoetten,' zei hij met een blik op haar.

O god, alsjeblieft, hou op, dacht Verity. Ze wou dat hij het liet rusten.

'In het begin hadden we het helemaal niet zo makkelijk. Onze ouders bemoeiden zich overal mee.' Russell liet een klein, nerveus lachje horen en op dat moment wist Verity dat haar moeder hem hiertoe aangezet had. Ze hoorde haar moeder al zeuren: 'Praat jij eens met haar, Russell. Misschien dring jij tot haar door. Maak haar duidelijk dat we heus niet zo kwaad zijn...'

Alsof dát zou werken! Met extra kracht draaide ze de volgende fles door het gat.

Zwijgend wachtte hij tot de echo van de klap weggestorven was. Toen deed hij een stap in haar richting. 'Die jongen...' begon haar vader omzichtig.

'Het is geen jongen, papa,' zei Verity.

'Nou ja, je weet wat ik bedoel,' hakkelde hij. 'Hij snapt het best, weet je, als je hem de waarheid vertelt.'

'Nee, dat snapt hij niet,' snauwde Verity, boos omdat haar vader het lef had zich ermee te bemoeien, maar tegelijk opgelucht omdat hij doorhad wat haar zo dwarszat.

'Maar begrijp je dat dan niet?' modderde haar vader voort. 'Dan denkt hij dat je doet alsof je moeilijk te krijgen bent. Dan vindt hij je nog leuker, geloof me.'

Verity wist dat haar vader zijn best deed, maar wat wist hij nou van Denny? Had haar vader niet in de gaten dat hij wel de laatste persoon op aarde was van wie ze advies over relaties wilde?

Nee, dat had hij duidelijk niet in de gaten. Hij vatte haar zwijgen op als een teken dat hij iets bereikte en kwam samenzweerderig lachend overeind. 'Je moeder!' grinnikte hij. 'Het duurde maanden voor ik haar eindelijk mee uit kreeg. Ze had altijd wel een smoes, maar ik liet me niet uit het veld slaan. En moet je ons nu zien. Na alles wat we meegemaakt hebben. We zijn niet volmaakt, maar we zijn er nog.' Hij zuchtte met de fatalistische gelukzaligheid van de gewillige slaaf. Als hij haar vader niet was geweest, dan was Verity spontaan over haar nek gegaan van deze banale sentimentele vertoning. Maar nu welde er een ongemakkelijke combinatie van liefde en medelijden in haar op.

'Ik wil alleen maar zeggen,' vervolgde haar vader, 'dat het uiteindelijk altijd goed komt, als het tenminste zo moet zijn.'

Verity moest haar gezicht verbergen. Want na wat ze twee maanden geleden gezien had zou ze nooit meer een woord van haar ouders geloven.

Toen ze het eenmaal wist, was wel alles op zijn plaats gevallen: de mobiele telefoon die ze in het kantoor in een la gevonden had, haar moeders nieuwe kapsel, het 'vrijwilligerswerk' dat niets voor haar was – maar totdat Verity haar moeder had zien zoenen met een andere man, in een groene Vauxhall Astra voor het uci-gebouw, had ze nooit gedacht dat haar moeder tot iets seksueels in staat was; niet met haar vader, laat staan met iemand anders.

Verity stond er nog steeds versteld van dat iemand een affaire met haar moeder wilde. In Verity's ogen was haar moeder compleet onaantrekkelijk. Om te beginnen was ze een walgelijke snob en had ze op het gebied van kleren de ergste smaak die je maar kon bedenken. Telde je daarbij op dat haar openheid grensde aan ongevoeligheid, dan stond haar moeder helemaal onder aan haar lijstje van romantische heldinnen.

Aan de andere kant heb je twee mensen nodig voor een verhouding. Dus wat bewoog haar moeder? Cheryl Driver, de vrouw die openlijk afgaf op elk ongetrouwd stel dat zich in haar hotel waagde, had het, om wat voor reden dan ook, aangedurfd om een verhouding te beginnen in een plaats waar iedereen zich met iedereen bemoeide.

Het sloeg nergens op. Hoe vaak had haar moeder haar niet verteld dat ze alles opgegeven had voor het Grand? Waarom zou ze dan het risico nemen het kwijt te raken, zoals zeker zou gebeuren als zij en Russell uit elkaar gingen? Waarom zou ze alles waar ze om gaf in de waagschaal stellen? Kon het haar soms niet schelen?

En haar gekwelde echtgenoot dan, de man met wie ze elke nacht het bed deelde? Oké, hij was geen Russell Crowe, maar zo erg was de Drivervariant toch ook weer niet? Waardoor had haar moeder zich dan laten verleiden?

Verity had de man die haar vaders rivaal was niet zo goed gezien, maar ze wist dat hij ouder was en niet bijzonder aantrekkelijk. Verity was zo geschokt geweest toen ze hen samen zag dat ze bijna meteen weggerend was en niets over de mysterieuze man had willen weten. Als ze eraan dacht voelde ze een bijna fysieke afkeer.

Aanvankelijk had ze haar moeder met haar ontdekking willen confronteren, maar toen Cheryl haar sporen die avond met zo'n gladde leugen uitgewist had, had Verity zich gerealiseerd hoe diep haar bedrog ging. Van verbijstering was de moed haar in de schoenen gezonken en het moment was voorbijgegaan.

Naderhand was ze blij dat het zo gelopen was. En ze was ook blij dat ze het aan niemand verteld had, zelfs niet aan Treza. Hoe langer ze erover zweeg, hoe smeriger en gênanter de feiten haar voorkwamen.

Dus hield ze haar mond. Soms gaf deze potentieel explosieve informatie haar een gevoel van macht. Maar de wetenschap dat ze haar moeder op elk moment met één zin kapot kon maken, dat ze haar carrière en haar huwelijk om zeep kon helpen bracht geen voldoening, want meestal, en vooral op momenten zoals deze, wanneer ze tegenover haar vader stond, voelde ze zich er alleen maar ellendig onder.

Toen ze weer in het busje stapte wierp Verity een blik op haar vader, die het contactsleuteltje omdraaide. Ze had zin om te huilen. Zag hij dan niet dat het allemaal één grote leugen was? Zijn huwelijk was een schijnvertoning en hij zag niet wat zich voor zijn neus afspeelde. Ze hield van haar vader en vond het vreselijk dat hij zo bedrogen werd.

Eén ding stond in ieder geval vast: als zij een relatie had – en ze hoopte maar dat het nog steeds met Denny zou zijn – zou het heel anders gaan. Het zou echt zijn en het zou eerlijk zijn, voor altijd.

Het was koud in het buurthuis toen Verity op zaterdagavond om zeven uur binnenkwam. Huiverend trok ze haar lange bruine vest dichter om zich heen, terwijl ze tussen de rijen aan elkaar geklikte oranje plastic stoelen door naar voren liep. Meneer Peters, haar muziekleraar van school, stond fotokopieën uit te delen van een stapeltje op de gehavende piano. Hij had zijn gebruikelijke uniform aan: een strakke zwarte coltrui en een zwarte spijkerbroek die hoog opgetrokken strak om zijn buik gesnoerd zat.

Maar ondanks zijn sullige voorkomen, met die slappe blonde pony en rossige snor, keek Verity tegen hem op. Hij was een ongelooflijk knap jazzpianist. Hij had meer platen thuis dan Verity ooit gezien had en hij wist alles van blueszangers. Als leraar had hij Verity altijd aangemoedigd en ze mocht hem graag. Nu zwaaide hij naar haar toen ze dichterbij kwam.

Op het podium was een man of tien – de meesten kende ze van school – bezig stoelen in een halve cirkel om de piano heen te zetten. Verity kromp ineen toen Clive Cox, de organisator van het concert en leider van het jongerencentrum, een bandje in een oeroude cassetterecorder stopte, die prompt begon te piepen. Clive was klein en gedrongen en zag er met zijn baardje van drie dagen nogal bars uit. Hij droeg altijd een lang, zwartleren jasje, dat aan het begin van de jaren tachtig in de mode geweest was en nooit meer terug zou komen, en was een verwoed kettingroker; als een tv-detective bekeek hij elke sigaret alsof het zijn laatste zou zijn.

In de keuken, onder de flikkerende lampen in de veelkleurige plafondplaten, stonden een paar vrouwen, die Verity niet herkende, bekers sinaasappelsap door een luikje te schuiven. Daar gaat je swingende zaterdagavond, dacht Verity terwijl ze zich een weg naar voren baande.

'Luister even, Verity,' zei meneer Peters. Verity liep met hem mee een beetje bij de anderen vandaan. Hij rolde de col van zijn dikke berentrui opnieuw op en zei: 'Dit is een auditie, maar jij krijgt alle solo's. Dit zooitje is niet te vertrouwen.' Hij maakte een hoofdbeweging in de richting van de kinderen achter hen. 'Maar Clive hamert nogal op eerlijkheid, zoals je weet. Dus doe me een lol en speel het even mee, ja?' vroeg hij met een klopje op haar arm. 'Ik weet dat ik op je kan rekenen.'

Toen draaide hij zich om en klapte luid in zijn handen. 'Mensen, laten we beginnen,' bulderde hij.

Verity bleef staan. Als de audities doorgestoken kaart waren, wat had het dan voor zin dat ze hier was?

Ze sloop stilletjes door de zaal naar achteren en zocht een rij lege stoelen uit. Ze wierp een blik op de vage fotokopie met een tekst uit de musical *Chicago*. Ze kon het nummer dromen en gooide het blad op de stoel naast haar, waarna ze haar dagboek uit haar tas haalde. Met haar voeten op de stoel voor haar boog ze zich over de bladzijden heen.

Wat ze er nu niet voor overhad om bij Denny te zijn, dacht ze, terwijl ze een bladzijde omsloeg. Alleen al door aan hem te denken voelde ze zich minder alleen. Al terugbladerend liet ze haar blik over de dichtbeschreven bladzijden glijden. Er was zoveel om over na te denken sinds ze Denny kende, en ze was nog niet eens echt met hem uit geweest.

Ze las wat ze gisteravond geschreven had en glimlachte bij zichzelf. *Schaam me dood. Kwam D tegen, maar had het akeligste modeaccessoire ter wereld bij me: papa!*

Na de preek bij de glasbakken waren ze nog even bij de supermarkt langsgegaan. Verity had zich zo down gevoeld dat ze het bijna niet kon geloven toen ze Denny in de rij zag staan, waar hij net de inhoud van zijn mandje op de lopende band legde. Hij zwaaide naar haar en wenkte dat ze even moest komen.

Het was haar ergste nachtmerrie geweest om Denny op deze manier tegen te komen en ze werd helemaal slap van de zenuwen. Ze was er nog niet aan toe om haar vader voor te stellen, vooral nu hij er zo afschuwelijk uitzag met die oude sweater met een stripfiguurachtige eland erop, zijn goedkope sportschoenen en witte sokken.

'Hoi, Denny. Dit... dit is mijn vader,' mompelde Verity, niet in staat de ontmoeting af te wenden.

'Russell Driver.' Haar vader stak zijn hand uit.

'Hé, Russell.' Denny verplaatste zijn helm naar zijn andere arm, zodat hij Russell de hand kon schudden. Zijn haar zat naar achteren gekamd, zodat zijn gebruinde gezicht goed uitkwam, en hij droeg een blauw overhemd, losgeknoopt; Verity kon het haar op zijn borst zien. In de zachte leren broek zagen zijn slanke benen er ongelooflijk sexy uit.

Verity voelde iets fladderen in haar buik, als een gevangen kanarie. Ze kon haar ogen niet van Denny afhouden. Ze had zoveel aan hem gedacht dat het een hele schok was om hem tegen te komen in zo'n laag-bij-de-grondse omgeving als de supermarkt. Alles wat ze tegen hem had willen zeggen was op slag uit haar hoofd verdwenen.

Er viel een ongemakkelijke stilte. Het was duidelijk dat Russell op een soort uitleg over Denny's rol in Verity's sociale leven stond te wachten, maar Verity kon de juiste woorden niet vinden.

'Ik doe even wat boodschappen,' zei Denny uiteindelijk om de spanning te breken. Hij liep door om zijn spullen in te pakken.

'Wij ook,' mompelde Verity dankbaar. Ze haakte haar haar achter haar oor en wierp een waarschuwende blik op haar vader.

Gelukkig begreep Russell de hint. 'Ik zie je bij de...' Hij wapperde met zijn hand in de richting van de zuivelafdeling.

Blozend tot aan de zolen van de sportschoenen onder haar spijkerbroek liep Verity achter Denny aan langs de kassa. 'Zeg alsjeblieft niets,' smeekte ze. 'Ik kan er niets aan doen dat hij mijn vader is.'

'Hij lijkt me wel oké,' antwoordde Denny, die haar diep in de ogen keek. Ze hielp hem met inpakken, gaf een pakje boter en een brood aan en wenste vanuit de grond van haar hart dat Denny haar ook mee naar huis zou nemen. Inwendig telde ze tot vijf, toen haalde ze diep adem.

'Ik kan morgen niet, Denny.' Ze werd misselijk toen ze de woorden uitsprak. 'Het spijt me heel erg.'

Denny keek haar ernstig aan. 'Maar je wilt nog wel met me uit?' informeerde hij.

'Natuurlijk!' riep Verity veel te hard uit, waarna ze zachter verderging: 'Ik had me er de hele week op verheugd.' Ze zweeg, geschrokken van de gretigheid waarmee ze dat laatste gezegd had. 'Ik bedoel, ik...'

'Dan doen we het volgende week,' onderbrak Denny haar

kalm. 'Kom maandag na werktijd maar naar me toe, dan maken we plannen.'

Nu keek Verity met een zucht naar de drie bladzijden waarop ze beschreven had hoe gevoelig Denny geweest was. Toen hij zijn boodschappen betaald had en klaar was om te vertrekken had hij haar zelfs nog een keer op haar wang gekust. Maar vooral de manier waarop hij met haar gepraat had was haar bijgebleven. Het was alsof het feit dat ze bij elkaar waren voor hen beiden het enige was wat telde; de rest was alleen maar bijzaak. *Plannen. Hij wil Plannen maken*, las ze. *Meer dan een!*

Ze wilde net haar stukje voor vandaag gaan schrijven toen ze door een zijdeur Jimmy Jones binnen zag komen, samen met die tv-vrouw, Ellen Morris, over wie haar moeder maar niet uitgepraat raakte, en nog een man. Jimmy en de man lachten en Verity, uit haar concentratie gehaald, ging rechtop zitten om ze beter te kunnen zien.

Ze begreep niets van Jimmy. Sinds hij haar aan het begin van de week aangesproken had, spookte hij door haar hoofd; ze moest hem nog bedanken voor de cd. Maar telkens wanneer ze in de klas naar hem keek, keek hij de andere kant op, alsof hij haar blik opzettelijk ontweek. Het was net alsof hij het ene moment met haar wilde praten en het volgende moment niet eens wilde dat ze bestond.

Alsof hij voelde dat ze aan hem dacht, keek hij haar kant uit. Nog verrassender was dat hij naar haar lachte alsof ze oude vrienden waren. Ze zag dat hij iets tegen de man zei. Toen klom hij over verschillende rijen stoelen heen en liet zich op de stoel naast haar zakken. 'Hoe gaat-ie?' vroeg hij.

Verity knikte en ze keken beiden voor zich uit. Op het podium stond een meisje dat op school twee klassen lager zat dan Verity een liedje van Britney te verkrachten.

'Jij doet toch zeker geen auditie?' vroeg Verity, terwijl ze haar dagboek dichtsloeg en tegen haar borst drukte.

Het meisje op het podium vocht met de hoge noten. Verity en Jimmy trokken tegelijk een gezicht en begonnen te giechelen.

'Met zulke concurrenten durf ik niet, hoor,' grapte Jimmy. 'Ik hou de boel een beetje in de gaten voor Ryan.'

Zwijgend zagen ze hoe het meisje het opgaf en van het podium af vluchtte.

Verity perste haar lippen op elkaar en proefde de meloen-smaak van de lipcrème die ze eerder opgesmeerd had. Ze was zich bewust van Jimmy's schouder tegen de hare en dacht erover om een stukje op te schuiven. In plaats daarvan draaide ze zich opeens naar hem toe. 'Ik weet dat ik er nog nooit iets over gezegd heb. Maar ik vind het heel erg van Ryan, Jimmy,' zei ze. 'Echt. Het moet vreselijk voor je geweest zijn. Jullie waren zo dik met elkaar.'

Jimmy keek haar heel even aan voor hij zijn blik op zijn handen richtte.

'Het was zo zonde,' ging Verity verder. 'Ik kende hem niet echt, maar toen ze bij de dagopening vertelden wat er gebeurd was, voelde ik me echt rot, weet je?'

'Hij was een toffe gozer. De beste.'

Verity wilde hem aanraken, hem laten zien dat ze het meende, maar zijn aandacht werd getrokken door de man bij Ellen Morris, die naar hem stond te gebaren.

'Ken je die lui?' vroeg Verity.

'Ja. Dat is Scott. Een cameraman.'

Scott kwam door het gangpad op hen af. Het viel Verity op dat hij er zo vriendelijk en op zijn gemak uitzag. Toen hij bij hen was, zette hij glimlachend een voet op de rij stoelen voor hen.

'Dit is Verity,' zei Jimmy met een zijdelingse blik op Verity. 'Verity... Scott.'

Scott staarde haar een moment lang aan. Verity wilde al bijna vragen of ze misschien ketchup op haar neus had, maar Scott wendde zijn blik abrupt weer van haar af. Hij boog zich naar voren en gaf Jimmy een klap op zijn schouder. 'Als je zover bent, vriend,' zei hij. Zijn Australische accent verraste Verity.

Toen Scott weer weg was, staarde Verity Jimmy aan. 'Waar ging dat over?' vroeg ze.

'Ik werk een beetje voor ze,' antwoordde Jimmy, en hij stond op om achter Scott aan te gaan.

'Jij? Voor hen? Wat doe je dan?'

'O, gewoon, contacten...'

'Dus je doet mee aan dat gedoe bij Lost Soul's Point?' vroeg Verity. Haar nieuwsgierigheid was gewekt. 'Die documentaire waar ze audities voor houden?'

'Nou ja, er staat niet elke dag een filmploeg op de stoep, dus het zou stom zijn om niet even te kijken hoe dat allemaal gaat.'

Met haar hoofd schuin keek Verity naar Jimmy. Ze had nooit gedacht dat hij aan zoiets mee zou doen, maar nu bekeek ze hem met andere ogen.

'Zin in een rol?' vroeg hij.

Verity haalde haar schouders op. 'Ik weet er weinig van.'

'Laat maar aan mij over,' zei Jimmy. 'Ik zal een goed woordje voor je doen.'

Verity gaf geen antwoord. Ze was nog steeds boos op haar moeder, die haar gedwongen had hierheen te gaan, maar nu begon ze te denken dat het niet zo gek was wat Jimmy zei. Het zou misschien best leuk zijn. En hij had gelijk. Er gebeurde nooit iets in Shoresby.

Jimmy klauterde over haar heen en ze glimlachte naar hem. Toen hij al lachend met Scott de zaal in liep zag ze hoe goed hij eruitzag in zijn spijkerbroek.

Van haar stuk gebracht door deze ontrouwe gedachte haalde ze het potlood tussen de bladzijden van haar dagboek vandaan. Dromerig schreef ze Denny's naam, met eromheen een krans van margrietjes en eronder een liefdessonnet van Shakespeare dat ze uit haar hoofd geleerd had.

10

Net zoals Ned niet in engelen geloofde, zo geloofde hij ook niet in geesten. De dood was het eind van alles en het begin van niets; zo zag hij dat. Maar nu hij hier zo zat, in de vensterbank van wat ooit Caroline Walpoles slaapkamer was geweest, op deze voor de tijd van het jaar ongewoon warme dinsdagmiddag, hoopte hij de dode toch wat informatie te ontfutselen.

Een uur geleden had Stan, een van de ambachtslieden van Coalbrook Marbles, op de deur van Neds kantoor geklopt. Stan was bezig de gecanneleerde pilasters aan weerszijden van de klassieke open haard in een van de slaapkamers te reconstrueren. Hij had gezegd dat hij Ned iets wilde laten zien, maar wilde niet zeggen wat het was.

Eenmaal boven had Stan op de linkeronderkant van de kale bakstenen muur naast de haard gewezen. 'Kijk,' zei hij.

Op de nieuwe eikenhouten vloer lag een losse rode baksteen, droog en in tweeën gebroken.

'Mac werkt aan de muur van de moestuin,' zei Ned, geïrriteerd dat Stan de metselaar niet meteen gehaald had. Ned had druk zitten studeren op het oorspronkelijke ontwerp voor het plafond van de balzaal en Stan had hem uit zijn concentratie gehaald. 'Ik zeg wel even dat hij moet komen kijken voor hij naar huis gaat.'

'Nee,' zei Stan, 'het gaat me niet om die baksteen. Die viel eruit toen ik vanmorgen m'n gereedschapskist ertegenaan zette. Ik bedoel dat gat. Kijk er eens in.' Hij schonk Ned een sardonische glimlach. 'Als iemand het eruit moet halen en dus misschien kapot moet maken, moet het de baas maar zijn, dacht ik zo.'

Ned had op zijn knieën in het duistere en vochtige gat getuurd, dat eerst voor de helft door de baksteen opgevuld geweest was, en had toen zijn hand naar binnen gestoken en er voorzichtig iets uitgehaald.

Het was een wonder dat het behouden gebleven was, dacht Ned nu, terwijl hij een bladzijde van Caroline Walpoles dagboek omsloeg. Het tere rood marokijnen omslag was zijn soepelheid kwijt en zag er broos en uitgedroogd uit. Het gouden slot was verkleurd door de warmte van vlammen en rook. De onderkant van de bladzijden was door het vocht onleesbaar geworden.

Maar toch, er was nog zoveel leesbaar dat Ned de moeite genomen had Carolines sentimentele krabbels door te bladeren, in de hoop dat ze iets over het huis in die tijd opgeschreven had, iets wat hij bij zijn werk kon gebruiken. Nu, bij de laatste bladzijden aangekomen, besefte hij dat het ijdele hoop geweest was. 'Wat jammer nou,' zei hij hardop.

'Wat?' Stan keek op van de open haard.

'Laat maar.'

Ned woog het dagboek in zijn hand, geërgerd over de verspilde moeite en half in de verleiding het maar weer achter de muur te stoppen. Hij had er toch niets meer aan. Er stond niets anders in dan domme gedachten van een naïef meisje dat te veel romantische gedichten en verhalen gelezen had. Behalve een inkijkje in Carolines wereld – een plek waar de liefde regeerde – had het dagboek hem niets opgeleverd wat hij niet al wist.

De omstandigheden rond Carolines dood waren bij het onderzoek dat op haar zelfmoord volgde door een magistraat vastgelegd. Een van die feiten was dat Carolines bekrompen vader erachter gekomen was dat zijn dochter van plan was er met Leon Jacobson vandoor te gaan. Op de avond van hun voorgenomen vlucht had Alexander Leon op weg naar het rendez-vous op de rotsen onderschept en de man geld aangeboden om te vertrekken en nooit meer terug te komen. Toen Leon veilig op weg was naar de haven van Southampton, was Alexander zelf naar de rotsen gegaan om zijn dochter op te halen. Alleen, toen hij haar vertelde hoe gemakkelijk haar minnaar zich had laten omkopen, was ze niet onmiddellijk van haar verliefdheid genezen (zoals haar vader gedacht had), maar had ze zich verraden en ontroostbaar in de diepte gestort.

Jonathan Arthur had hem maanden geleden fotokopieën van het onderzoek gestuurd, voor het geval hij er iets aan zou hebben. Maar hij had er niets aan gehad. Ned had meer belangstelling voor bakstenen en cement dan voor vlees en bloed. Het dossier lag nu ergens in de keet in een la. Ned wist niet precies waar en het kon hem ook niet schelen.

Hij klapte het dagboek dicht en klikte het slotje dicht. Gelukkig was hij bij de renovatie van haar kamer niet van Caroline afhankelijk geweest. Behalve de akten met betrekking tot het huis en de voormalige bewoners had Jonathan Arthur Ned ook de oorspronkelijke ontwerpen voor het huis en de tuin gestuurd. De kamer lag er nu dan ook bij zoals hij er direct na de bouw waarschijnlijk uitgezien had.

Wat inrichting en decoratie betrof had Ned keuze te over. De tijd waarin het huis verwoest werd was er een van groot eclecticisme en Ned had Jonathan Arthur al een groot aantal voorstellen gestuurd, die Ned allemaal even graag zou uitvoeren.

Ned hoorde een vrouw lachen en liep naar het raam om naar buiten te kijken. Beneden op het gazon stonden Ellen Morris en de kleine, donkere man die vrijdag naast haar in de auto gezeten had. Verontrustend genoeg schoot er een gevoel van geluk door hem heen. Ned was blij haar te zien, al begreep hij niet onmiddellijk waarom.

Hij dacht weer aan zijn geliefde kever, die ze bijna geramd had. Hij herinnerde zich hoe hij gereageerd had op haar plannen voor de documentaire. Nogal overdreven, vond hij nu. Want hoewel hij nog steeds hetzelfde dacht over mensen die geld verdienden aan de ellende van anderen kende hij Ellens motieven niet. Misschien was ze echt een meevoelende journalist. En in dat geval verdiende ze het voordeel van de twijfel.

Ellen en de man stonden naast het met kamperfoelie begroeide prieel bij de pas gevoegde moestuinmuur. Ned keek nieuwsgierig toe toen ze formeel naar elkaar bogen en na een opmerking van Mac, die een paar meter verderop met de muur bezig was, in lachen uitbarstten.

Met haar blonde, in het zonlicht glanzende haar zag Ellen er helemaal niet gek uit, zelfs vanuit de slaapkamer waar Ned stond. Ze had een wit bloesje aan, dat ze bij de hals opengeknoopt had, en een donkere spijkerbroek en opvallende zilverkleurige sportschoenen. Een stoere bruine leren riem hing losjes om haar middel, en toen ze haar heup opzij stak en naar het prieel wees zakte de riem nog lager over haar dij, zodat ze eruitzag als een revolverheld die niet kan wachten om zijn wapen te trekken. Toen ze weer in lachen uitbarstte, en haar hoofd in haar nek legde zodat hij haar gezicht kon zien, vormde Neds mond zich onwillekeurig tot een glimlach.

Vroeger zou Ned zich hopeloos aangetrokken hebben gevoeld tot een vrouw die eruitzag als Ellen, en was hij – waar of wie ze ook was – recht op haar afgestapt en had hij haar zonder dralen mee uit gevraagd. Vroeger had hij bloemen naar haar huis gestuurd en brieven naar haar werk, had hij op haar antwoordapparaat adressen van restaurants ingesproken en vliegtickets gekocht en haar plaatsen laten zien waar hij dol op was maar die zij niet kende.

En vroeger zou Ned zich hopeloos aangetrokken hebben gevoeld tot een vrouw die zich gedroeg als Ellen. Hij had veel over hun ruzie in de keet nagedacht. Die had hem helemaal opgepept. En niet, zoals hij vier dagen geleden nog dacht, omdat hij gelijk had. (Hoe kon hij weten of hij gelijk had als hij haar helemaal niet aan het woord liet, begreep hij nu.) Nee, de kick die hij van hun ontmoeting gekregen had was van een heel andere orde.

De ruzie had hem opgepept omdat zij tegen hem in gegaan was, omdat ze zich opgesteld had als zijn gelijke – zijn meerdere, om precies te zijn – en het nodig gevonden had zijn houding ter discussie te stellen. Ze had geëist dat hij haar in haar waarde liet. En Ned kon zich niet herinneren wanneer dat voor het laatst gebeurd was, of het nu op het zakelijke of op het persoonlijke vlak was. Op beide terreinen was hij koning. Op het bouwterrein trok niemand zijn wensen in twijfel en thuis deed ook niemand dat (met uitzondering van Mops natuurlijk).

Ellen had Ned eraan herinnerd dat hij het leuk vond om uitgedaagd te worden, om snel na te moeten denken, om de adrenaline door zijn aderen te voelen suizen.

O ja, dacht hij, toen hij met opzet langs haar heen tuurde naar de iepen en elzen en half gerestaureerde muren, vroeger had hij zich tot een vrouw als Ellen aangetrokken gevoeld. Maar vroeger was voorbij en elke gedachte aan haar was niet meer dan nutteloze speculatie. Ned was niet langer op zoek naar iemand met wie hij zijn leven kon delen. Dat had hij met Mary gedaan, en die pijn kon hij niet nog een keer verdragen.

'Oké, Scott,' hoorde Ned Ellen een paar minuten later tegen haar metgezel zeggen, toen hij onopgemerkt over het droge gras naar hen toe liep, 'we vergeten de eerste formele ontmoeting en gaan iets persoonlijkers filmen.'

'Klinkt goed,' knikte Scott.

Scott... Ned nam hem een moment lang op, benieuwd wie die gedrongen Australiër was. Vast een collega, besloot hij toen hij een paar meter bij hen vandaan bleef staan. Hij richtte zijn aandacht weer op Ellen, en genoot ervan dat hij nu eens niet tegen haar stond te schreeuwen en dat er ook niet tegen hem geschreeuwd werd.

Hij voelde zich merkwaardig zenuwachtig nu hij haar niet langer van ver stond te observeren. Hij zag de subtiele make-up op haar gezicht, het designerlogo op de zak van haar spijkerbroek en de onbekende labels en merkjes op haar sportschoenen en bloes. Ze behoorde tot een andere wereld, een wereld die hij kende maar achter zich gelaten had. Zij was de stad. Ze was de media. Ze was wat hij duidelijk niet was.

'Oké, Scott. Ik heb het,' zei ze. Ze ging op het bankje in het prieel zitten. 'Als we eens iets heel romantisch deden... Leon die Caroline een gedicht van Tennyson voorleest of zo. En dan kussen ze elkaar. Dat monteren we dan na het shot met hen in het huis. Ja, dat is perfect: hun eerste zoen.'

Ellen leunde naar achteren op het bankje, sloot giechelend haar ogen en begon uit alle macht een denkbeeldige Leon te kussen.

'Negen,' zei Ned, die handig in haar blikveld ging staan.

Ellen sprong overeind. Haar ogen schitterden in het zonlicht toen ze zich naar hem omdraaide. 'Wat?' zei ze op hoge toon.

'Van de tien,' legde Ned glimlachend uit. 'Punten, voor je zoentechniek,' verduidelijkte hij.

Het duurde even voor het muntje viel, toen zei ze: 'Als je het zo nodig weten moet, ik probeer te bedenken hoe een bepaalde scène gefilmd moet worden.' Ellen voelde zich duidelijk niet op haar gemak; haar wangen kleurden rood.

'Nou, je techniek maakte in ieder geval een heel professionele indruk,' grapte Ned.

Maar Ellen was niet in de stemming voor zijn pogingen tot humor. 'Als je je mening nu eens voor jezelf hield?' stelde ze voor. 'Je moet hier trouwens niet rondneuzen als wij proberen te werken.'

'Je was het misschien alweer vergeten,' zei Ned, terwijl de boosheid in haar woorden op hem oversloeg, 'maar dit is toevallig wel mijn bouwplaats, en dus neus ik rond waar ik maar wil.'

'Jezus,' zei Scott op smekende toon, 'houden jullie nou eindelijk eens op? Het spijt me, man,' zei hij tegen Ned. 'Ik ken je niet en ik wil je niet beledigen, oké? Maar met al die negatieve energie van jullie krijg ik zin om desnoods gravend weer naar huis te gaan, ik zweer het je.'

Ned staarde hem aan. Seconden gingen voorbij. Hij moest toegeven: hij snapte wat die Australiër zei. Uiteindelijk draaide Ned zich weer om naar Ellen.

'Waarvoor kwam je eigenlijk?' vroeg ze op matte toon.

'Glasnost,' antwoordde hij.

'Pardon?'

'Je weet wel, de verspreiding van informatie.'

'Je spreekt in raadsels.' Ze tikte ongeduldig met haar voet. 'Met jou gaat nooit iets vanzelf, hè? Het moet altijd een gevecht zijn.'

'Prima,' zei hij. Hij keerde haar de rug toe en begon terug te lopen naar het huis. 'Dan zal dit je vast niet interesseren.' Hij hield het dagboek omhoog, zodat ze het goed kon zien. 'Het dagboek van Caroline Walpole,' riep hij. 'Je weet wel: het meisje van je film: het meisje dat zo goed kon zoenen...'

Ned begon tot tien te tellen.

'Wacht!' gilde Ellen.

Ned glimlachte. Hij was niet eens tot twee gekomen.

Tien minuten later had de geest van glasnost, opgeroepen door het overhandigen van het dagboek aan Ellen, zich ontwikkeld tot een ietwat onwennige *entente cordiale*, als gevolg waarvan Ned, Ellen en Scott nu tegen de motorkap van Ellens auto van de zon stonden te genieten en cola-light dronken uit Scotts koelbox.

'Je boft dat je hier werkt,' zei Ellen.

'Op zulke dagen wel,' beaamde Ned, in de veronderstelling dat ze het over het weer had.

'Nee,' vervolgde Ellen, 'ik bedoel dat je zo'n groot project leidt, dat je een visie hebt die je kunt verwerkelijken.'

'Het is niet anders dan met jullie en jullie film,' zei Ned. Hij probeerde Scott bij het gesprek te betrekken, want hij vroeg zich nog steeds af wat zijn rol in de documentaire was. Maar de Australiër had zijn gezicht met zijn ogen dicht naar de zon gekeerd.

'Nee,' antwoordde Ellen, 'wat jij doet heeft een heel andere reikwijdte. Ik bedoel, moet je alleen al de afmetingen van dat huis zien. En als je op de foto's ziet hoe het er anderhalfjaar geleden uitzag, dan komt het dus door jou dat het er nu zo bij staat.'

Neds borst zwol van trots toen hij dit hoorde. Jonathan Arthur was al een halfjaar niet meer komen kijken en de meningen van de werklieden die aan het huis werkten waren net zo subjectief als die van Ned zelf. Dit compliment van Ellen gaf hem een goed gevoel. En het gaf hem het gevoel dat hij het verdiende, want uit ervaring wist hij dat ze geen moment zou aarzelen het hem te zeggen als ze vond dat hij er een bende van gemaakt had.

'Wil je misschien een rondleiding?' vroeg hij, voor hij erover na kon denken. 'Ik bedoel, je hebt nog helemaal niet rondgekeken, hè?'

'Nee.'

'Ik kan je aan mijn voorman Dan en nog een paar anderen voorstellen, voor als je iets nodig hebt als ik er niet ben.'

Bij het geluid van een claxon keken ze beiden op.

Neds kever hobbelde over de opdrogende modder hun kant op en kwam piepend tot stilstand. Deb grijnsde achter het geopende raampje en schoof haar zonnebril boven op haar hoofd. 'O, mooi,' zei ze, opzettelijk tactloos, 'we praten dus allemaal weer met elkaar.'

'Het lijkt erop,' zei Scott.

Deb liet haar blik met onverholen belangstelling over de Australiër glijden voor ze zich tot Ned wendde. 'Ik ga Clara van school halen,' zei ze. 'Moet ik nog iets voor je meebrengen?'

'Nee, dank je. En je hoeft me straks ook niet op te halen,' zei Ned. 'Ik heb zin om te lopen.'

'Gelijk heb je.' Deb maakte het handschoenenvakje open en haalde er een envelop uit. 'Dit is voor jou. Ik heb het per ongeluk opengemaakt, sorry,' zei ze, terwijl ze de envelop aan Ned gaf.

'Eh, wacht even.' Scott deed snel een stap naar voren toen Deb de auto in zijn achteruit zette. Hij wendde zich tot Ellen. 'Uhm, zijn we klaar voor vandaag? Ik heb alleen... er is iets wat ik vergeten ben... ik moet het ophalen bij... en ik zou...' Hij keek Ellen smekend aan.

Ellen haalde haar schouders op en Scott draaide zich om naar Deb.

'Stap maar in,' zei ze. Ze boog zich over de stoel naast zich om het portier open te maken.

Ned keek in de envelop. Het was een uitnodiging voor de bruiloft van Gareth Riley, een van Neds oude studievrienden. Ned keek niet eens naar de datum. Hij wist toch al dat hij niet zou gaan, want dat deed hij tegenwoordig nooit meer. Door zijn werk had hij nauwelijks genoeg tijd voor Clara, laat staan voor vrienden van eeuwen geleden. Hij stak de uitnodiging in zijn zak en keek de kever na, die nu door het hek verdween.

'Je hebt er blijkbaar geen moeite mee, dat ze een wildvreemde man een lift geeft?' vroeg Ellen.

'Hij lijkt me niet gevaarlijk.'

'O, hij heeft zijn momenten...'

Een tijdje zeiden ze niets meer. Ned keek op zijn horloge. Nu hij plotseling alleen met haar was voelde hij zich niet op zijn gemak, alsof hij iets verkeerds zou zeggen zodra hij zijn mond opendeed. Het deed hem denken aan hoe hij als tiener was, toen hij nooit wist wat hij tegen een meisje moest zeggen. Het bracht hem van zijn stuk dat hij zich zo voelde, dat hij de situatie niet meer meester was, hoewel dit nog steeds zijn terrein was en Ellen hier nu stond omdat hij het goedvond. Opgelucht hoorde hij dat ze haar keel schraapte.

'Hoelang...' begon ze, maar meteen deed ze haar mond weer dicht.

'Wat?' vroeg hij.

'Niets. Het gaat me niet aan.'

'Nee, ga verder. Wat wilde je vragen?'

'Ik vroeg me gewoon af hoelang jullie al bij elkaar zijn,' zei Ellen.

'Wie?'

'Jij en zij.' Ellen knikte in de richting van het hek, waar Deb zojuist door gereden was. 'Clara's moeder...'

Ned glimlachte bij het idee. 'O, je bedoelt Deb,' zei hij, 'die niet Clara's moeder is.'

'O?'

'Ja, we zijn nu ongeveer drie jaar,' – hij herhaalde zorgvuldig haar woorden – 'bij elkaar.'

'Ze is heel mooi.'

'Dat zal wel,' knikte Ned, die besloot het toneelstukje nog een beetje voort te zetten, 'maar je weet hoe dat gaat: na een tijdje zie je zo'n gezicht eigenlijk niet meer.'

Na deze woorden viel er een bevredigend lange stilte. Ned hield met moeite zijn lachen in.

Ellen keek hem bevreemd aan. 'Nou, nee, eigenlijk weet ik niet hoe het gaat,' zei ze.

'Maar goed,' ging Ned verder, 'we hebben een goede, solide en vooral praktische relatie. Dus ik mag niet mopperen.'

'Een praktische relatie?' Ellens vraag kwam er van ongeloof half onverstaanbaar uit.

'Jazeker,' antwoordde Ned. 'Clara was zo veel werk tegen de tijd dat ze twee was dat ik besloot dat ik maar iemand moest zoeken die het een beetje van me kon overnemen... en Deb, nou ja, die kon het geld goed gebruiken...'

'Maar dat is toch veel te... veel te klinisch,' protesteerde Ellen. 'Hoe kun je... en, godallemachtig,' – ze had de grijns op Neds gezicht opgemerkt – 'dit vind je nog leuk ook...'

Ned liep een stukje bij de auto vandaan en floot naar Mops, die in de verte om een draaiende cementmolen heen rende. 'Moet je horen,' stelde hij voor, 'ik geef je een rondleiding door het huis en ondertussen vertel ik je alles over mijn o zo klinische relatie met Deb, oké?'

Na de rondleiding was Ellen met Ned en Mops de stad ingereden, en nu zaten ze op het terras van de Hope & Anchor over South Beach uit te kijken.

'Proost,' zei Ned, toen hij zijn glas bier tegen haar gin-tonic aan tikte. Hij nam een flinke slok. 'Ik heb je nog niet eens behoorlijk bedankt,' zei hij.

'Waarom zou je?'

'Omdat je Clara terugbracht.'

'Je hebt me wel bedankt,' zei Ellen. 'Je weet het misschien niet meer, maar het is echt zo.' Ze kneep haar ogen tot spleetjes. 'Net voordat je tegen me zei dat je van me walgde, als ik het goed onthouden heb.'

Ned trok een beschaamd gezicht. 'Ik stelde me aan,' zei hij. 'En het spijt me.'

Maar Ellen lachte naar hem. 'Gebeurd is gebeurd,' zei ze. 'Zand erover.'

Ellen keek neer op Mops, die in het namiddagzonnetje lag te doezelen. 'Zo ziet hij er helemaal niet uit als een bloeddorstig monster, hè?'

Ned lachte. 'Dus je daagt me niet voor het gerecht?'

'Zolang je zo aardig tegen me blijft als vandaag niet, nee.'

'Dan heb ik weinig keus, hè?'

Ze keken elkaar zo lang aan dat Ned zich ongemakkelijk begon te voelen en de andere kant op keek. Hij haalde zijn blikje tabak uit zijn zak en begon een sigaret te draaien.

'Tja... Scott en Deb...' zei Ellen.

Ned snoof. 'Je hebt iets heel ondeugends over je, wist je dat?' merkte hij op.

'Nou ja, ze zijn toch allebei alleen?'

'Yep, en zijn wij niet een beetje te oud om te koppelen?' vroeg hij op zijn beurt.

'Welnee,' zei ze spottend, 'je bent nooit te oud om je met de liefde te bemoeien.'

'Volgens mij is dat iets voor kinderen. Je groeit er overheen. Dat leert het leven je vanzelf.'

Hij merkte dat ze hem kritisch opnam. 'Je neemt me weer in de maling, hè?' vroeg ze voor de zekerheid. 'In zijn hart is iedereen toch romantisch?'

Ned stak zijn sigaret op. 'Wil je een eerlijk antwoord?'

'Ja.'

'Eerlijk gezegd vind ik romantiek maar gelul.'

Hij wist eigenlijk niet waarom hij dat zei; liegen en met haar meegaan was veel gemakkelijker geweest. Kwam het doordat haar optimisme op het gebied van de liefde inging tegen alles wat hij zelf meegemaakt had? Of kwam het doordat hij zich al meer met haar verbonden voelde dan hij wilde? Kwam het daardoor dat hij opeens de behoefte voelde haar weg te duwen?

'En dit dan?' vroeg Ellen, met het dagboek dat hij haar geleend had in haar hand. Sinds ze op het terras zaten, had ze er af en toe een blik in geworpen. 'Hoe zit het dan met wat Caroline Walpole schreef, en wat zij voor de liefde deed? Je gaat me toch niet vertellen dat dit niet romatisch is, want dat is het wel. Als je zoveel van iemand houdt dat je elke minuut bij hem wilt zijn... als... als...' Ellen bladerde naar de laatste beschreven bladzijde. 'Moet je horen,' zei ze tegen Ned, en ze begon te lezen: '... *maar ik zal geen moment langer zonder mijn Leon zijn, want ik weet dat ik zonder hem zal sterven...*' Ellen keek met van overtuiging schitterende ogen naar hem op. 'Nou?' vroeg ze.

'Wat, nou?'

'Nou,' zei Ellen, terwijl ze het dagboek voorzichtig dichtdeed. 'Dat was van 21 april 1871.'

'De avond dat Leon Caroline verraadde en ze zelfmoord pleegde,' concludeerde Ned.

'Precies,' zei Ellen. 'Dat waren waarschijnlijk de laatste woorden die Caroline Walpole schreef...'

'En?'

Neds tamme reacties ontlokten Ellen een gefrustreerde grom. 'En? Dat is toch heel bijzonder!' riep ze uit. 'De emoties in dit dagboek zijn zo waardevol en echt. Dat je wilt sterven als je iemand niet kunt krijgen... ik bedoel, dat is toch ongelooflijk. Dat is toch door en door romantisch. Geef nou maar toe.'

Maar Ned liet zich niet ompraten. Het leek dat hoe meer ze haar best deed om hem van het goede van de liefde te overtuigen, hoe meer zin hij kreeg haar te laten zien dat ze ongelijk had, dat het allemaal illusie was. 'Wat is er zo waardevol aan om van een rots te springen en je kop uiteen te laten spatten?' vroeg hij. 'En de mensen die achterbleven dan? De mensen die moesten leven met de gevolgen van Carolines daad? Kijk eens wat haar vader met het huis deed. Kijk eens wat zíj haar vader met het huis liet doen. En met zichzelf natuurlijk...'

'Het huis doet er niet toe,' hield Ellen vol. 'Wat ze deed was echt, want ze deed het uit liefde.'

Ned wuifde dit idee weg. 'Leon Jacobson?' zei hij. 'Lekkere liefde was dat; haar vader kocht hem voor een paar centen af.'

'Dus ze had zich in Leon vergist,' wierp Ellen tegen. 'En wat dan nog? Dat maakt haar gevoelens toch niet minder echt? Het doet niets af aan de kracht en de verhevenheid van haar liefde voor hem.'

'Verhevenheid? Stommiteit zul je bedoelen,' gaf Ned terug. 'Ze legde haar lot in handen van de liefde en ze kwam bedrogen uit. Zoals we allemaal bedrogen uitkomen. Net zoals haar vader. En daarom, Ellen, is romantiek gelul. Omdat het nooit wat wordt. Niet in het echte leven.' Zo, dacht hij. Nu had hij het gezegd. Hij had haar laten zien wie hij was en nu zou ze opstappen.

'En jij dan?' vroeg ze zonder zich te verroeren. 'Wou je beweren dat jij nooit verliefd geweest bent?'

'Eén keer,' gaf hij toe. 'Lang geleden.'

'En?'

'En net als Caroline was ik jong en dom genoeg om te denken dat het nooit voorbij zou gaan.'

'Maar het ging wel voorbij,' begreep Ellen.

'Inderdaad.'

'Wie was het?' vroeg Ellen na een paar tellen stilte. 'Clara's moeder?'

'Ze heette Mary,' zei Ned. 'Ze was mijn vrouw en nu is ze dood.'

Ellen knikte. 'Wat is er gebeurd?' vroeg ze.

De directheid van haar vraag verraste hem. Dat deden mensen niet. Als mensen erachter kwamen dat zijn vrouw dood was, veranderden ze van onderwerp – in het gunstigste geval zeiden ze dat ze het erg voor hem vonden en verder niets. Hoewel het gesprek nu een serieuze wending nam, veroorloofde hij zich een droevig lachje.

'Wat?' vroeg Ellen.

'Niets.'

'Nee, vertel, wat?'

Wat hij haar wilde zeggen was dat de meeste mensen niet over de dood durfden te praten. Wat hij haar wilde zeggen was dat de manier waarop zij zojuist naar Mary gevraagd had hem deed beseffen hoezeer de mensen om hem heen sinds Mary's dood op eieren liepen. Wat hij wilde was Ellen voor haar openheid belonen door haar de waarheid over Mary's dood te vertellen.

'Wil je het echt weten?' vroeg hij.

'Alleen als jij het echt wilt vertellen,' antwoordde ze.

Meer dan wat ook wilde hij haar vertrouwen, geloven dat ze hem niet zou veroordelen en ook geen medelijden met hem zou hebben. Maar iets weerhield hem ervan. Het was alsof alle deuren die hij de afgelopen drie jaar dichtgegooid had nu zo vastgeroest zaten dat er geen beweging meer in te krijgen was. En dus vertelde hij haar leugens in plaats van de waarheid. Hij vertelde haar hetzelfde verhaal als hij in de serre aan Clara verteld had; dat Mary na de geboorte van Clara ziek werd en doodging. Een hersenziekte, zei hij tegen Ellen, een hersenziekte was haar fataal geworden.

Vier glazen bier later – toen Ellen, door Scott naar het huisje teruggeroepen omdat het kantoor in Londen een paar dingen van hen wilde, vertrokken was had hij er nog drie gedronken – stond Ned op South Beach. Langs de blauwe hemel dreven nu de eerste zwarte wolken. De lijn van Mops hing nutteloos aan zijn arm, maar Mops zelf was nergens te bekennen. Grote pollen gras staken uit de duinen als eilanden in een goudgele zee, en de reiger waar Mops als een speer achteraan gegaan was liep nu lichtvoetig door het ondiepe water van de smalle riviermonding die het strand in tweeën deelde.

'Mops!' schreeuwde Ned voor de vijftiende keer in de richting van de golfbaan achter de duinen, maar er kwam nog steeds geen reactie. 'Stomme hond,' mompelde Ned, maar deze keer had hij het tegen zichzelf.

Hij vloekte weer en wreef verwoed over zijn voorhoofd. Hij

had een gemene hoofdpijn, die elke tien seconden als een granaatscherf door zijn schedel sneed. Eigen schuld, wist hij. Als je halfdronken werd zoals hij nu was, ja, dan hoorde hoofdpijn er ook bij. Hij had meteen naar huis moeten gaan, niet in het café moeten blijven hangen toen Ellen weg was. Hij had beter moeten weten.

Maar dat was het hem nu juist met hem en drank. Hij wist nooit beter. Hij kon nooit gewoon één glas drinken. Hij moest altijd meer hebben. Of hij ging helemaal niet naar het café, of hij werd zo dronken dat hij zich niet meer kon herinneren dat hij er geweest was: dat was de keus die hij had.

Want zo was het ook nog eens een keer. Hij had niet bepaald lol als hij dronken werd. Ja, de eerste was lekker. Die gaf hem een opkikker. Dan voelde hij zich lichter en vrolijker en gelukkiger. Maar daarna ging het alleen maar bergafwaarts. Hij werd melancholiek. Zat maar naar de muur te staren, met een diepe frons in zijn voorhoofd. Die vent die in zijn eentje aan een tafeltje zat, met een volle asbak en een leeg glas voor zich.

Hij keek op zijn horloge. Het bleef waarschijnlijk nog een uurtje licht. Hij gaf Mops nog twintig minuten om uit zichzelf terug te komen, dan ging hij verder landinwaarts zoeken. Hij rolde een sigaret en ging op het koele zand zitten roken, turend naar de donker wordende horizon. Als hij over zee uitkeek, zag hij alles weer een beetje in perspectief. Hij hield van het gevoel van nietigheid dat de oneindige zee hem gaf. Hij werd er onbelangrijk van, alsof de fouten die hij in zijn leven gemaakt had er helemaal niet toe deden.

Opeens merkte hij dat hij naar de inscriptie op de achterkant van zijn horloge zat te staren – hij had niet eens gemerkt dat hij het afgedaan had. Het horloge was een kerstcadeautje van Mary geweest, gekregen in het laatste jaar dat ze samen gelukkig waren, het jaar voor ze zwanger werd van Clara. Hij had het weg moeten gooien, wist hij. Hij had het de zee in moeten slingeren, in een kanaal moeten dumpen, erop moeten stampen, hij had het ding moeten verpanden, kapotslaan, wat dan ook – want het herinnerde hem alleen maar aan hoe het ooit tussen hen geweest was en hoe het nog steeds zou zijn als zij niet gedaan had wat ze gedaan had.

De inscriptie luidde: *Voor Edward, mijn liefste, nu en altijd.* Altijd, dacht Ned, mechanisch met zijn hoofd schuddend. Daar had ze zich deerlijk in vergist.

Het verhaal dat Ned Clara altijd over de dood van haar moeder vertelde was gelogen. Maar toen ze voor het eerst naar Mary gevraagd had, had hij niet geweten hoe hij haar de waarheid moest vertellen. En dat wist hij nog steeds niet.

Of misschien was het niet gelogen. Misschien was het alleen maar niet de hele waarheid. Misschien was het niets anders dan een geschoonde versie van de gebeurtenissen, een verhaal zonder de bijzonderheden – de bijzonderheden die Mary's dood zoveel afschuwelijker maakten dan hij toch al was.

En vandaag had hij diezelfde halve waarheid aan Ellen verteld. En nu zat dat hem dwars. Het zat hem dwars dat hij wéér tegen een nieuw persoon in zijn leven gelogen had, maar ook dat hij speciaal tegen háár, tegen Ellen gelogen had. Stel dat het niet nodig geweest was om te liegen? Dat was de vraag die hem kwelde. Stel dat ze – en niets wees erop dat het niet zo was – de waarheid heel goed aankon?

De hele waarheid – de waarheid die Ned Clara kon besparen, maar zichzelf nooit – luidde als volgt. Mary was ziek geworden na Clara's geboorte, precies zoals hij altijd tegen Clara zei. De bijzonderheid was dat ze zo diep in een postnatale depressie was weggezakt dat hij haar niet meer had kunnen bereiken. Ze had hem niet gewild en ze had Clara niet gewild. En niemand was in staat geweest haar te helpen. Zeker de dokters niet met hun medicijnen, waardoor Mary de ene week manisch aan het winkelen sloeg, alleen maar om de week erna weer alle grond onder haar voeten kwijt te raken.

Mary was gestorven, precies zoals Ned altijd tegen Clara zei. Alleen was ze niet naar de hemel gegaan, want volgens de katholieke Kerk waarin Mary geboren was maakten de omstandigheden rond haar dood dat onmogelijk.

En die omstandigheden – ook een bijzonderheid die Ned niet aan Clara of Ellen verteld had – waren dat Mary zelfmoord gepleegd had. Neds maag kromp samen van de pijn als hij eraan dacht hoe hij uit zijn werk gekomen was en Clara hulpeloos op haar rug op de keukenvloer gevonden had, uitgeput en diep in slaap. Hij wist onmiddellijk wat er gebeurd was, hoefde niet naar boven te gaan om het te zien. Toch was hij gegaan, stap voor stap. Hij zag en volgde het witte verlengsnoer dat van de slaapkamer naar de badkamer liep.

De hele waarheid was dat Ned Mary Thomas – de scherpzinnige, donkerharige schoonheid op wie hij verliefd geworden was, met wie hij een bedrijf begonnen was en de rest van zijn leven had willen delen – verschroeid en dood in het bad aangetroffen had, met de föhn nog stevig in haar levenloze hand geklemd. Op de stoel had een briefje gelegen, met alleen het woord 'SORRY' in Mary's handschrift.

'Hé, meneer!'

Ned keek om zich heen. Het strand werd weer scherp, de herinnering aan Mary vervaagde tegen de achtergrond van de golven. Hij zag het licht van de vuurtoren op St Catherine's Island en besefte dat het donker aan het worden was.

'Pas op!'

Maar wie de waarschuwing ook riep, hij was te laat. Precies toen Ned overeind wilde komen werd hij plat op zijn rug gesmeten. Zijn hoofd kwam met een bons op het zand terecht.

'Wat zullen...' begon hij, maar hij hoefde zijn zin niet af te maken: hij wist al waar de waarschuwing over ging.

Mops keek op hem neer, zijn voorpoten op Neds schouders, spuug kwijlend op zijn kin voor hij Neds gezicht over de volle lengte aflikte.

'Alles goed?'

Ned keek op. Een jongen stond over hem heen gebogen op hem neer te kijken. Hij had een capuchon op, maar zijn gezicht was duidelijk te zien. Hij kwam Ned bekend voor, maar hij kon hem niet goed plaatsen.

'Wegwezen,' zei Ned tegen de hond. Hij duwde het dier opzij en ging op zijn knieën zitten.

Terwijl Mops over het strand naar het water rende en tegen de golven begon te blaffen kwam Ned overeind. De jongen was ongeveer net zo lang als hij; ze keken elkaar recht aan.

'Hij was op de parkeerplaats met de vuilnisbakken aan het

rommelen,' zei de jongen. 'Ik zag je hier zitten en dacht dat hij wel van jou zou zijn, dus heb ik hem hierheen gejaagd.'

'Bedankt.'

De jongen bestudeerde zijn gezicht. 'Jij bent toch die vent die dat oude Appleforth-huis aan het oplappen is?'

Ned glimlachte om dat woord 'oplappen' – alsof hij de afgelopen maanden niets ingewikkelders gedaan had dan de bougies van een auto vervangen. 'Klopt,' zei Ned, die nog steeds probeerde te bedenken waar hij de jongen van kende. 'Ik ben Ned Spencer.'

'Ja, dacht ik al. Ik ga daarboven weleens een stuk lopen.'

Ned fronste zijn voorhoofd, plotseling duizelig. Hij voelde zich verward, ontwricht, alsof de in elkaar gelegde puzzel van zijn dag op de grond gevallen en vertrapt was. Hij zag Ellen bij het prieel staan; hij hoorde haar een vraag stellen in het café; en toen zag hij Mary weer, met haar gezicht omhoog in het bad.

De jongen trok de capuchon van zijn parka dieper over zijn ogen. 'Je wordt hartstikke ziek als je hier blijft staan.'

'Hoezo?' vroeg Ned.

Maar de jongen begon al over het strand terug naar het stadje te lopen.

Ned voelde aan zijn kleren, en begreep eerst niet waar al dat koude water vandaan kwam. En toen pas keek hij naar de lucht en drong tot hem door wat de jongen bedoeld had: de regen kwam met bakken uit de lucht.

En op dat moment herinnerde hij zich weer waar hij de jongen van kende: hij was degene die hij weleens bij de kapel van Appleforth House zag rondhangen, degene die hij altijd nog een keer had willen aanspreken.

Maar nu was het te laat. De jongen was al twintig meter verderop en verdween als een geest in de regen.

11

Ze stonden in de salon van Appleforth House. Sinds Ellen een minuut geleden een eind gemaakt had aan het telefoongesprek met de moeder van Thomas Stirling lag de verontschuldigende glimlach op haar gezicht bevroren.

'Een geintje, zeker?' vroeg Jimmy.

Ellen keek van de zwarte hoge hoed in haar rechterhand naar de absurd lange grijze jas en de zware flanellen pantalon in haar linkerhand. Ze schudde haar hoofd.

De kleren die Ellen aanhad – zwarte leren laarzen met hoge hakken, een bruine suède rok met een split aan de zijkant en een crèmekleurig t-shirt met een vestje met geelbruine kraaltjes erop – zagen er daarbij vergeleken hypermodern uit. En dit was een feit dat Jimmy, met zijn versleten, gescheurde spijkerbroek en sweater met capuchon, haar nu graag onder de neus zou wrijven.

Hij wierp een blik op Scott. De Australiër was in een hoek bezig een grote lamp op te stellen, die Jimmy nu herkende als een chimera. Behalve de naam had hij ook geleerd hoe krachtig hij was, net als de namen en het wattage van de kleinere lampen die hij Scott voor binnenopnamen had zien gebruiken: de *redhead* (achthonderd watt) en de *blonde-head* (tweeduizend watt).

Het was nu donderdag, en eerder in de week had Jimmy Scott en Ellen geholpen met twee interviews: een met Michael Francis in die maffe winkel van hem in Southcliffe Street en een met de geestdriftige nieuwe predikant in de sacristie van St Mary's Church. Jimmy had een en ander bijgeleerd over samenwerken, maar dan nog; wat ze nu van hem wilden viel niet binnen zijn taakomschrijving. 'Zeg dat ze een geintje maakt,' zei Jimmy op smekende toon tegen Scott.

Maar Scott haalde alleen maar hulpeloos zijn schouders op. 'Zij is de baas,' zei hij. 'En zo erg is het toch niet?' voegde hij eraan toe. 'Ze vraagt je tenminste niet de vrouwelijke hoofdrol te spelen.' Met een geamuseerde grijns keerde hij Jimmy de rug toe, om hem over zijn schouder heen nog toe te roepen: 'Alhoewel, Jimmy, je weet nooit... dat kleine hoedje met die veer dat Verity op krijgt staat jou misschien ook wel mooi.'

Jimmy kreunde.

'Wat is er met mijn hoedje?' riep Verity toen ze haar naam hoorde.

Ze stak haar hoofd om het stoflaken dat Scott voor haar opgehangen had; zo kon ze zich rustig omkleden. Jimmy staarde naar haar. Haar naakte hals kleurde goud in het vroege middaglicht dat door het brede raam schuin de kamer in viel. Haar bruine haar zat in kleine krulletjes op haar hoofd vast gestoken. Toen haar blik die van Jimmy ontmoette, hield ze verwachtingsvol haar hoofd schuin.

Jimmy knipperde met zijn ogen, voor het eerst sinds ze vanachter dat laken verschenen was. *Je bent de mooiste die ik ooit gezien heb*, wilde hij tegen haar zeggen. Ze was net een engel, dacht hij, zoals die in het gebrandschilderde raam in de kerk op Tudor Square.

'Nou?' drong ze aan.

Jimmy schraapte zijn keel. 'De moeder van Tom Stirling belde net met Ellen.'

Tom, of Stirling, zoals Jimmy hem altijd gekend had, zat op school in hetzelfde jaar als Jimmy. Stirling was aanvoerder van het voetbalelftal en zag zichzelf als een soort Superman. Drie jaar geleden had hij Jimmy op het parkeerterrein bij de school in elkaar geslagen. Gewoon voor de lol, zoals Jimmy later ontdekt had, toen Ryan Stirling achter zijn rug om een pak slaag gegeven had.

Maar hoewel Jimmy een pesthekel aan Stirling had en hij Stirlings voet nog steeds – alsof het vanmorgen gebeurd was – op zijn ribben af zag komen, zou hij er alles voor geven als datzelfde been nu niet gebroken was. Want Tom zou zich vandaag in die kleren hijsen en de rol van Caroline Walpoles onbetrouwbare minnaar spelen.

'Hij heeft vanmorgen bij het voetballen zijn enkel gebroken,' verklaarde Jimmy.

Er verscheen een ontstelde uitdrukking op Verity's gezicht. Ze

164

wilde achter het gordijn vandaan komen, maar bedacht zich op het laatste moment.

'Wacht even,' zei ze. Ze verdween uit het zicht en verscheen even later weer met een lange donkergroene rok tegen zich aan gedrukt, zodat ze van haar hals tot halverwege haar dijen bedekt was. 'Gaat het filmen nu niet door?' vroeg ze.

Jimmy draaide zich wanhopig naar Ellen om. 'Er moet toch iemand anders zijn? Iemand van de auditie?' stelde hij voor. 'Ik bedoel, je hebt toch wel een tweede keuze...' Maar Jimmy geloofde zelf niet wat hij zei, want terwijl de halve vrouwelijke tienerbevolking als deden ze mee aan *Fame* het buurthuis in gestroomd was, waren er voor de audities voor het benefietconcert maar een paar jongens komen opdagen.

'Jawel,' gaf Ellen toe. 'Maar die is hier nu niet, hè? En jij wel, en Verity ook en Roy ook,' vervolgde ze, wijzend naar de geluidsman die speciaal voor vandaag uit Bristol gekomen was en nu iets in een elektronische agenda stond te tikken.

'En Roy kan morgen niet, toch?' zei Scott, die net langs hem liep.

'Ben bang van niet,' antwoordde Roy. 'Ik moet morgenmiddag in Manchester zijn.'

'En ik heb morgen vrij en ga het hele weekend wandelen,' zei Scott.

'En ik kan pas volgende week donderdag weer een middag vrij van school krijgen,' voegde Verity eraan toe.

'Dus het moet vandaag,' concludeerde Ellen.

Jimmy keek boos naar de kleren in Ellens handen. 'Maar dat kan ik niet... aan.'

'Waarom niet?' vroeg ze.

'Om te beginnen,' legde Jimmy uit, 'zie ik eruit als complete sukkel. En... en verder... kan ik niet acteren. Wat zeg je daarvan? De laatste keer dat ik op het toneel stond was ik verkleed als het achtereind van een ezel, voor het kerstspel op de lagere school. En zelfs daar maakte ik een puinhoop van,' vertelde hij. Hij herinnerde zich nog de schaamte die hem overspoelde toen hij over zijn veter struikelde en Maria – met een plastic, in panty's gewikkeld kindeke Jezus in haar armen – van zijn rug af de orkestbak in tuimelde.

Verity zette grote ogen op. 'Jij was de achterpoten?' vroeg ze.

'Zie je,' zei Jimmy tegen Ellen, 'ik heb die avond voor iedereen verziekt.'

'Vooral voor Maria,' knikte Verity, met een quasi-verwijtende frons in haar voorhoofd. 'Ik had een weeklang blauwe plekken.'

Jimmy was vergeten dat zij Maria gespeeld had, het was al zo lang geleden. Maar voor hij het wist lachte hij naar haar, blij dat ze blijkbaar het gevoel had dat ze hem kon plagen, dankbaar omdat ze zoveel met elkaar deelden dat dit mogelijk was.

Ellen, die de barst in zijn harnas zag, maakte van de gelegenheid gebruik door snel de aanval in te zetten. 'Maar wat je nu moet doen is heel gemakkelijk,' sprak ze troostend. 'En je hoeft geen voet op een toneel te zetten. We filmen je terwijl jullie samen bij het raam over het terras staan uit te kijken. En dan doen we nog een korte scène, waarin Verity je bij de deur begroet. Jullie hoeven niet eens iets te zeggen. Als we terug zijn in Londen laten we een professionele acteur een paar zinnen uit Caroline's dagboek lezen, zodat we weten waar het over gaat.'

'Het is een makkie, Jimmy. Je bent toch geen watje,' riep Scott.

'Ja, kom op; het is toch juist leuk,' viel Verity hem bij.

Jimmy snoof. 'Net zoals de laatste keer dat we samenwerkten zeker.'

'Tja,' zei Verity met een ondeugende schittering in haar ogen, 'ik moet gewoon niet op je rug gaan zitten, dan lukt het best.'

'Maar...'

Maar Jimmy's bedenkingen verdwenen als sneeuw voor de zon toen hij Verity in de ogen keek – beter gezegd: toen zij naar hem lachte. Naar hém, dacht hij. Verity Driver lachte naar hem, Jimmy Jones. Opeens herinnerde hij zich Tara's woorden: *Ga. Je. Met. Me. Uit?* Ze leken nu helemaal niet meer belachelijk en het feit dat Verity iets met Denny Shapland had was niet langer het einde van de wereld. Als de lach van een meisje hem zo'n gevoel kon geven – hij was licht in zijn hoofd, high bijna – dan moest het voor haar toch ook iets betekenen, of niet soms? En als dat zo was dan was hij niet goed bij zijn hoofd als hij niet bij haar wilde zijn – ook al moest hij zich uitdossen als een doodgraver.

'En je ziet er heus niet bespottelijker uit dan ik.' Ze rolde demonstratief met haar ogen, duidend op haar kapsel.

'Jij ziet er helemaal niet bespo...' begon hij.

Maar Ellen vond blijkbaar dat ze genoeg tijd verspild hadden. Ze plantte de hoge hoed stevig op Jimmy's hoofd. En zonder hem tijd te gunnen om te protesteren knielde ze voor hem neer om de broek tegen zijn benen te houden. 'Mooi' zei ze tevreden. 'Ik wist wel dat je er precies in zou passen.'

'In zou stinken, zul je bedoelen,' mompelde Jimmy toen Verity weer achter het laken verdween.

Maar zelfs terwijl hij dat zei moest hij de grootste moeite doen om niet Verity's naam te fluisteren, zoals hij sinds hij zaterdag bij de audities met haar gepraat had steeds deed wanneer hij aan haar dacht.

Het had hem van zijn stuk gebracht om haar daar te zien. Hij had Denny Shapland de woensdag daarvoor in de Sapphire immers horen zeggen dat ze met hem uit zou gaan. Maar toen had Jimmy bedacht dat ze elkaar waarschijnlijk na afloop van de audities in een café zouden treffen.

Hoe dan ook, dat had Jimmy er niet van weerhouden om naast haar te gaan zitten en een praatje met haar aan te knopen. En nu was hij blij dat hij op die manier van Denny's afwezigheid gebruikgemaakt had. Hij was trots op zichzelf, om verschillende redenen. In de eerste plaats omdat hij de moed gehad had om in het openbaar op haar af te stappen, terwijl hij er op school steeds het lef niet voor had gehad. In de tweede plaats omdat het hem gelukt was zich een heel stuk cooler te gedragen dan toen hij haar die cd gaf. (Hoewel, eerlijk is eerlijk, dacht hij, daar was niet zoveel voor nodig geweest.) En in de derde plaats – en dit was het belangrijkste – omdat hij al die negatieve gedachten van vorige week op de rotsen, over Verity en de rest van Shoresby, naar de achtergrond gedrongen had.

Oké, Verity had een afspraak met Denny en Denny was een eikel. Maar het was niet zo dat Verity Denny boven Jimmy verkóós, want Jimmy had haar nog niet eens mee uit gevraagd. En wat die audities betreft, nou, daar dacht Jimmy nu ook anders over. Hij had het leuk gevonden om Verity haar stuk te zien zingen, en hij had het leuk gevonden om Ellen en Scott de blik te zien wisselen die betekende dat ze zojuist hun Caroline Walpole gevonden hadden.

Goed, hij vond het benefietconcert nog steeds een stom idee dat riekte naar zelfgenoegzaamheid. Maar hij had zich niet schuldig of medeplichtig gevoeld omdat hij erbij geweest was, en hij vond al net zomin dat hij Ryan had laten vallen. Hij was erheen gegaan omdat het goed was voor hém, voor zijn toekomst en zijn carrière. En hij was erheen gegaan omdat hij hoopte dat Verity er zou zijn. En betere redenen om iets te doen kon hij niet verzinnen.

Hij liep naar een hoek van de kamer en begon zich om te kleden.

Jimmy kwam met de koelbox terug van de Land Rover en liep naar Scott toe, die met zijn rug tegen de muur naast de deur van Appleforth House stond. Hun middagpauze zat er bijna op, en ondanks het frisse weer had de Australiër zijn mouwen opgerold over zijn harige armen en stond hij met zijn sportzonnebril op met zijn gezicht naar de zon, die laag maar helder aan de horizon stond.

'Probeer je bruin te worden?' vroeg Jimmy.

'In een land als dit moet je elke gelegenheid om de zon te aanbidden aangrijpen.'

'Hier,' zei Jimmy, en hij gooide Scott zijn autosleutels toe.

Scott ving de sleutels op en stak ze in één vloeiende beweging in het zakje van zijn overhemd. Zijn hoofd bewoog geen millimeter, alsof zijn lichaam op de automatische piloot stond terwijl zijn geest op een heel andere plek verkeerde.

'Oké, laat me raden,' zei Jimmy, 'je fantaseert dat je ergens op een strand in Sydney ligt te bakken, of ben je aan het skiën?'

Scott grinnikte. 'Het lijkt er niet op. Maar dat fantaseren heb je goed gezien.'

Jimmy knielde en maakte de koelbox – of Eskie, zoals Scott het ding noemde – open. 'Dorst?' vroeg hij, terwijl hij een blikje colalight omhooghield.

'Lekker.' Weer zonder naar Jimmy te kijken pakte Scott het blikje aan, maakte het open en nam een slok. 'Het is wel een stuk, hè?' zei hij nadat hij zijn mond met zijn hand afgeveegd had.

Jimmy zag Verity voor zich, zoals ze een uur geleden naast hem bij het raam stond, toen Ellen hen geïnstrueerd had elkaars hand vast te houden. 'Ze is helemaal perfect,' zei Jimmy, bijna in een reflex. 'Zelfs hand in hand met haar staan was...'

Maar Jimmy kon niet beschrijven hoe hij zich voelde toen Verity haar vingers in de zijne haakte. Het voelde warm. De aanraking van haar huid had hem als een vuur verwarmd. Of voelde het juist koud? Want hij had er ook van gerild. Maar er was veel meer geweest dan alleen deze fysieke reacties. Wat hem het scherpst voor ogen stond was waar haar aanraking hem aan had doen denken: spanning, hoop, veiligheid, vertrouwen, thuiskomen en nooit meer weggaan tegelijk – en ook waar haar aanraking hem naar had doen verlangen: haar zachtjes te kussen en zijn armen om haar heen te slaan en haar dicht tegen zich aan te drukken; ver van dit stadje hand in hand met haar te lopen, naar een andere plaats waar ze zich thuis zouden voelen.

'Ja,' besloot hij. 'Ze is helemaal perfect.'

In de stilte die volgde voelde Jimmy dat Scott zich bewoog, voor het eerst sinds hij met de koelbox bij hem was komen staan. Toen hij opkeek zag hij dat de cameraman de bril met de spiegelende glazen op zijn voorhoofd schoof en hem geamuseerd opnam.

'Wat?' vroeg Jimmy.

'Ik had het niet over Verity, man,' legde Scott opgetogen uit. Hij wees rechts van Jimmy. 'Ik bedoelde háár.'

Reikhalzend volgde Jimmy Scotts blik. Tien meter bij hen vandaan liep een lange, roodharige vrouw van in de twintig over het pad langs het huis. Ze kwam op hen af, samen met een meisje dat huppelde aan haar hand.

Jimmy kreunde van schaamte toen zijn vergissing tot hem doordrong.

'Maar toch bedankt dat je je gevoelens voor onze hoofdrolspeelster met me wilde delen,' zei Scott, waarna hij Jimmy lachend op zijn schouder begon te beuken.

Jimmy had zin om zijn kop in de dichtstbijzijnde emmer zand

te stoppen. Maar hij zei niets, want hij wilde de zaak niet nog erger maken. Hij keek dus maar gewoon naar de vrouw. Ze droeg een kort, blauw plastic regenjasje en haar lange, zoals hij nu zag eigenlijk meer kastanjebruine, haar hing in dikke strengen op haar borst. Scott had gelijk: ze was een stuk, zelfs van deze afstand.

De vrouw glimlachte en zwaaide en Scott zwaaide terug.

'Eh, ken je haar?' informeerde Jimmy, in een poging de aandacht van Verity af te leiden.

Scott haalde zijn schouders op. 'Niet zo goed als ik zou willen, maar een beetje wel, ja,' zei hij. 'Ze heeft me laatst een lift gegeven.' Hij zweeg even en vervolgde toen: 'Maar het stelt niets voor, hoor. We hebben nog niet eens hand in hand gestaan... zoals jij en Verity.'

Jimmy trok een gezicht naar de cameraman, die nu weer breed stond te grijnzen.

'Je zegt niks tegen haar, hè? Tegen Verity, bedoel ik,' verduidelijkte Jimmy, voor het geval er nog meer verwarring ontstond.

'Meen je dat nou?' plaagde Scott. 'Zelfs niet dat je haar helemaal perfect vindt?'

'Alsjeblie-ieft,' smeekte Jimmy.

De Australiër krabde nadenkend aan zijn kin. Toen knipoogde hij. 'Ben het al vergeten,' zei hij.

Jimmy slaakte een zucht van opluchting; hij wist dat Scott het meende. Hij vertrouwde de Australiër en had respect voor hem. Scott had zijn woord gehouden over de baan en Jimmy had al een heleboel van hem geleerd. Hij hield Jimmy bezig met lijsten van shots en de tijdcodes op de monitor van de camera, maar ook met alledaagse klusjes, zoals apparatuur sjouwen en drankjes halen. Belangrijker was dat hij zich aan de belofte gehouden had om van Ryans dood geen goedkope fictie te maken. Het enige wat hij en Ellen wilden was het herdenkingsconcert zo goed mogelijk in beeld brengen en de feiten voor zichzelf laten spreken.

'Waar hebben jullie het over?'

Jimmy kromp ineen toen hij Verity's stem hoorde, maar hij herstelde zich onmiddellijk. Zo achteloos als menselijkerwijs mogelijk was – voor iemand die net bekend had in vervoering te ra-

170

ken van de hand van zijn medespeelster – begon hij de inhoud van Eskie te herordenen.

'Ons liefdesleven,' antwoordde Scott. Met de punt van zijn Timberland-schoen gaf hij zachtjes een tikje tegen Jimmy's enkel. 'Toch, Jimmy?'

Zonder antwoord te geven kwam Jimmy overeind met een blikje Sprite-light voor Verity, die hem beleefd belangstellend stond aan te kijken.

'Eh, ja,' was alles wat Jimmy kon bedenken, krabbend aan de afzichtelijke gesteven boord die hij had moeten aantrekken. Helemaal Clark Gable, zei hij bij zichzelf zodra de woorden zijn mond uit waren. Ongegeneerd gapen was charmanter geweest.

Verity keek van de een naar de ander, terwijl ze de magenta jas van haar kostuum netjes over haar arm hing. Ze trok haar blikje open en slurpte van de opschuimende frisdrank. Jimmy richtte zijn aandacht eerst op het blikje en vervolgens op de platte hoed op haar hoofd, die aan de zijkant drie groene veren had – als hij haar maar niet onder Scotts kritische blik in de ogen hoefde te kijken.

'En wie zijn de gelukkige dames, heren?' vroeg Verity.

Jimmy haakte zijn duimen in de zakken van zijn vestje en wierp Scott een waarschuwende blik toe. Maar Scotts zonnebril stond weer op zijn neus en Jimmy kon niet zien of hij zijn teken opgemerkt had, laat staan begrepen.

'Nou, die daar is van mij,' zei Scott alleen maar, met het blikje in zijn hand wijzend naar de vrouw op het pad. Ze liep over een van de grindpaden in de richting van de tuin, zodat ze haar nu van opzij zagen. 'Ze weet het alleen nog niet,' voegde hij er met een glimlach aan toe.

'Ze loopt als een mannequin,' merkte Verity op. Ze streek de voorkant van haar lichtgroene jurk plat tegen haar buik.

'Ja,' stemde Scott is, 'nu je het zegt, dat is inderdaad zo.'

'Hoe heet ze?' vroeg Verity.

'Deb.'

'Maar dat kind dan? Vind je dat niet...' begon Verity. Maar ze bedacht zich en zweeg.

'Wat?'

'Laat maar.'

'Nee,' drong Scott op vriendelijke toon aan, 'zeg maar gewoon wat je te zeggen hebt.'

Verity bekeek Scott van top tot teen, alsof ze probeerde hoogte van hem te kijgen. 'Nou, zou je dat niet vervelend vinden, de hele tijd het kind van iemand anders om je heen te hebben?' vroeg ze. 'Ik zou denken dat de meeste kerels wel uitkijken...'

Scott trok een quasi-nadenkende grimas. 'Nope,' zei hij uiteindelijk, 'geen probleem.'

Van ergens dichtbij kwam de geur van koffie. Verity keek Deb na en in de stilte die volgde dwaalden Jimmy's gedachten af naar Rachel. Die zat nu vast thuis in Carlton Court met Kieran, tv te kijken of een boek met plaatjes in te kijken. Of ze was met hem op de speelplaats vlak bij South Beach.

Jimmy had Rachel een keer van een afstandje gadegeslagen toen ze, starend naar de zee, Kieran op zijn schommel hoog de lucht in had geduwd, telkens en telkens weer. Het had bijna zijn hart gebroken, zo zielig vond hij het voor haar dat ze zo alleen was. Angstig had hij zich afgevraagd wat ze zou doen als zijn vader haar in de steek liet. En hoewel hij er alleen maar heen gegaan was om te vragen of ze nog iets nodig had van de markt, was hij niet in staat geweest nog één stap in haar richting te doen.

'En al wás Deb de moeder van dat kind,' zei Scott, terwijl Deb en het meisje achter de gladde grijs-bruine stam van een reusachtige plataan uit het zicht verdwenen, 'wat ze dus niet is...'

Verity draaide zich met een verwarde uitdrukking op haar gezicht naar hem om.

'Deb is namelijk alleen maar de oppas,' legde hij uit, waarna hij vervolgde: 'dan maakte het me nog niets uit. Kind of geen kind, wat doet het ertoe? Ik vind dat je van mensen houdt om wie ze zijn, van binnen, niet om de familie of verplichtingen die ze wel of niet hebben. Het is het karakter dat telt, niet de omstandigheden. Als je alleen maar op de buitenkant afgaat, is de kans groot dat je ook alleen maar buitenkant krijgt.'

'Ja,' zei Jimmy, 'vind ik ook.' Hij keek Verity in de ogen, maar richtte zijn blik alweer snel op het fijne stiksel op haar zwarte leren schoentjes.

'Waarom?' vroeg ze aan hem.

'Omdat je anders,' zei hij, nu zonder zijn blik van haar af te wenden, 'net zo goed met mensen om kunt gaan omdat ze cool zijn, bijvoorbeeld omdat ze dure kleren aanhebben, of omdat ze een snelle' – hij wilde al motor zeggen, maar slikte het nog net op tijd in – 'auto hebben, of veel geld of zo...'

Denny. Hij had van die motor dan wel een auto gemaakt, maar hij had de naam er net zo goed bij kunnen zeggen. Maar dat wilde hij haar duidelijk maken: dat als ze niet door bezittingen en statussymbolen heen keek ze hem, Jimmy Jones, nooit zou zien, omdat hij zich al die dingen niet kon veroorloven. Omdat hij, die haar alles zou geven wat hij had, eigenlijk alleen zichzelf te vergeven had.

'Dat is wel zo,' zei Verity, maar het klonk vrijblijvend.

Jimmy draaide zich om. Hij vroeg zich af naar welk restaurant of café ze na de audities met Denny gegaan was. En waren ze sindsdien nog vaker uitgegaan?

'En jij, Jimmy?' vroeg Verity. 'Wie is jouw vriendin?'

Jimmy voelde zich verscheurd, gevleid door Verity's veronderstelling dat hij het soort jongen was dat natuurlijk een vriendin had, maar niet zeker hoe hij haar de waarheid moest vertellen zonder zichzelf als een loser af te schilderen. Hij had zich geen zorgen hoeven maken, want daar was Scott al om hem voor een rood hoofd te behoeden.

'Maar goed,' kwam de Australiër tussenbeide, terwijl hij zich van de muur losmaakte en zijn zonnebril in zijn zak stak, 'zo hebben jullie luie donders wel weer genoeg gekletst. Daar heb je de baas, dus doe alsof je druk bezig bent, hè?'

Vanaf de andere kant van het gazon kwam Ellen samen met een man op hen aflopen. Jimmy rende naar de deuropening, waar hij zijn hoge hoed en jas neergelegd had.

'Jimmy!' riep Ellen hem al van verre toe.

Snel klopte Jimmy het stof van de jas, in de hoop dat Ellen het niet gezien had. Toen hij zich omdraaide zag hij dat ze nog steeds op hem afliep, maar dat haar metgezel ergens midden op het gazon was blijven staan.

'Ned wil je even spreken,' zei ze toen ze bij hem was.

'Hè?'

Zonder verdere verklaring wees ze naar de man op het gazon, waarna ze met Roy ging praten, die iets verderop op een laag muurtje lag, diep in slaap.

Terwijl Jimmy het gazon overstak en de afstand tussen hem en Ned kleiner werd, vielen de naam en het gezicht duidelijk op hun plaats. 'Weer in orde?' vroeg Jimmy, die zich herinnerde hoe slecht Ned er eergisteren aan toe geweest was. 'Ellen zei dat je me wilde spreken.'

Ned zag er nu jonger uit dan toen in de regen op South Beach. De gekte was ook uit zijn ogen verdwenen. Zijn houding straalde zo'n onbevangenheid uit – het zelfvertrouwen van iemand die zich op eigen terrein bevindt – dat Jimmy besloot dat het beter was om maar niets meer over het strandincident te zeggen.

Maar Ned dacht daar anders over. 'Bedankt voor eergisteren,' begon hij. Zijn glimlach maakte hem nog jonger. 'Dat je mijn hond terugbracht,' vervolgde hij. 'En' – hij schraapte gegeneerd zijn keel – 'dat je me op de hoogte stelde van de lokale weersomstandigheden.'

'Geen probleem,' verzekerde Jimmy hem.

Ned knikte dankbaar, zette zijn bril af en begon met de onderkant van zijn overhemd de glazen schoon te poetsen. Zonder Jimmy aan te kijken zei hij: 'De familiekapel op de rots. Ik weet dat jij en je vrienden daar weleens komen. En er zit een slot op, dus jullie zullen er wel dingen bewaren ook.' Ned poetste nog steeds door. 'Dat is prima. Dat was prima. Tot nu toe, dan,' voegde hij eraan toe, waarna hij eindelijk opkeek en zijn bril weer op zijn neus zette.

Jimmy gaf geen antwoord. Te horen aan de zakelijke toon waarop Ned overgegaan was, was dat ook niet nodig. Jimmy bestudeerde de kleren van de oudere man: de versleten spijkerbroek, de oude adidas-gympen, het dertien-in-een-dozijn overhemd dat uit zijn broek hing en het sjofele bruine corduroy jasje. Scott had inderdaad gelijk over buitenkant en alles. Deze vent zag eruit als een tuinman, maar hij was de baas.

Ned fronste zijn wenkbrauwen en Jimmy keek naar zijn schoenen, wachtend op de ontknoping. 'Ik vind het rot om het tegen je te zeggen, maar jullie moeten daar wegwezen. En snel ook. Maandag over twee weken gaan we daar aan het werk. Dat is twee dagen na het concert dat jullie gaan filmen, zoals ik net van Ellen hoor.'

Er viel een stilte, en Jimmy wist dat hij die diende te verbreken. Sinds de komst van de bouwvakkers had hij dit moment gevreesd. Elke dag had hij zich afgevraagd hoelang het nog zou duren voor ze dat kleine stukje wereld dat Ryan en hij zich toege-eigend hadden zouden binnenvallen.

'Het spijt me,' zei Ned, 'maar het is niet anders.'

Jimmy keek Ned kalm in de ogen. 'Eerlijk gezegd,' zei hij, 'had ik het al verwacht.'

En nu het dan eindelijk gebeurd was voelde hij, als hij eerlijk was, alleen maar opluchting.

12

'Waar is deze week gebleven?' vroeg Ellen aan Scott toen ze op Castle Hill hun apparatuur inpakten. Ze hadden van de namiddagzon gebruikgemaakt door de overblijfselen van Shoresby Castle te filmen, en het uitzicht vanaf de heuvel op het stadje en de kust.

Nu, laat in de middag, werd het licht geleidelijk zwakker. Er zou vanavond geen zonsondergang te zien zijn, maar de bewolkte lichtgrijze lucht kleurde stukje bij beetje donkerder, als een reusachtige lap vloeipapier die inkt opzuigt.

'We komen er wel,' zei Scott. Hij klikte de camerakoffer dicht en sleepte hem naar de auto.

Ellen lachte naar hem. Ze wist dat hij zich weer zou uitsloven, dat hij zou blijven om de opnamen af te maken – en dat terwijl hij niet kon wachten om naar Cornwall te vertrekken om daar het Eden Project te bekijken.

'Michael Francis, de predikant en Clive hebben we tenminste al in de knip,' zei Ellen, die bladerend in haar aantekeningen op haar clipboard achter hem aan liep. 'En voor volgende week hebben we nu al drie interviews staan, dus hou je het weekend een beetje in.'

Scott rolde met zijn ogen bij al die drukdoenerij, maar net op dat moment piepte Ellens telefoon ten teken dat ze een sms-bericht had.

'Dat is mooi,' zei ze toen ze het gelezen had. 'Roy bevestigt dat hij donderdag weer komt voor het geluid, dus dan kunnen we de prieelscène doen die we van plan waren en twee interviews. Allemachtig! Wat hebben we nog veel te doen.'

'Dit weekend krijg je niets meer voor elkaar,' zei Scott, en hij keek haar kalm aan. 'Waarom ga je niet mee? Je vindt het vast leuk.'

'Bedankt voor het aanbod, maar dat toeristische gedoe laat ik aan jou over. Ik blijf gewoon hier.'

'Ga je je dan niet vervelen?' vroeg Scott. 'Waarom ga je niet naar huis, vrienden bezoeken of zoiets?'

Ellen kreunde. 'Daar heb ik de fut niet voor,' zei ze, en dat was ook zo. Ze was gisteren ook al heen en weer naar Londen geweest en ze was doodmoe. 'Trouwens, ik vind het vreselijk in huis als Jason er niet is,' voegde ze eraan toe, wetend dat als ze nu naar huis ging om lekker in een tweepersoonsbed te slapen, ze haar hele weekend aan honderd huishoudelijke klusjes zou verspillen. Ze kon het zichzelf net zo goed gemakkelijk maken en in Shoresby naar de wasserette gaan. Ze liep met Scott mee naar haar auto, die hij voor het weekend mocht lenen.

'Ik breng de camera even naar het huisje en dan ben ik weg. Wil je meerijden?'

'Nee, ik denk dat ik ga lopen.'

'Weet je zeker dat je blijft?' informeerde Scott nogmaals. 'Wat ga je dan het hele weekend doen?'

Ellen lachte warm naar hem, blij met zijn bezorgdheid. 'Slapen, denk ik. Maak je over mij maar geen zorgen. Beloof me alleen dat je zondag weer veilig terugkomt,' zei ze, met haar hand op het geopende raampje van het portier.

'Ja, mam,' zei Scott voor hij de auto startte en hard op het gaspedaal drukte. Lachend deed Ellen een stap achteruit deed.

'Veel plezier,' riep ze en ze zwaaide hem na.

Zolang ze zich kon herinneren had Ellen op vrijdagavond altijd iets te doen gehad. Vorige week, toen ze Clara gered had en ruzie had gekregen met Ned, was ze met Scott uit geweest, die haar gekalmeerd had door haar dronken te voeren. Sindsdien had ze geen moment meer voor zichzelf gehad. Toen ze een paar uur later de deur van de Sapphire openduwde, bedacht ze dat het zelfs nóg langer geleden was dat ze in haar eentje naar een café gegaan was. Maar na een uur in bad, en een blik op het zielige aanbod op tv, was ze wel aan een verzetje toe geweest. En omdat haar mobiel het in het huisje niet deed, gaf het haar ook de kans om in een stil hoekje eindelijk een paar telefoontjes te plegen.

'Hé, leef je nog,' zei Beth, Ellens oudste vriendin. 'Ik dacht dat je van de aardbodem verdwenen was. Waar zat je nou?'

'Sorry,' zei Ellen schuldbewust. 'Ik wilde je bellen en dit weekend bij je langskomen, maar het is zo'n gekkenhuis geweest dat ik maar besloten heb hier te blijven.'

'Hoe gaat het? Je wordt vast al flink gek van al die boerenkinkels. Ga je nog niet dood, zonder winkels?'

'Nee,' zei Ellen, zelf verbaasd van haar defensieve toon. 'Ik heb het prima naar mijn zin. Shoresby is anders dan ik dacht, maar ik vind het wel leuk hier.'

'Kunnen we een weekendje komen?' vroeg Beth enthousiast.

'Nou...' Ellen voelde zich voor het blok gezet. Ze kende Beth al sinds ze in Oxford een kamer gedeeld hadden. Ze was bruidsmeisje geweest toen Beth met Sim trouwde en was peetmoeder van George en Harry, hun vijfjarige zoontjes. 'Ik heb veel zin om je weer te zien, maar...'

'Dat is dus nee.'

Ellen deed haar best om de teleurstelling van haar vriendin weg te lachen. 'Er is niet veel plaats in het huisje en ik heb een erg strak schema, ben ik bang, en met al dat heen en weer rijden naar Londen...'

'Ja hoor, een strak schema,' plaagde Beth, die haar niet serieus nam. 'Wat heb je daar te verbergen?'

'Niets!'

'En de zalige Jason? Hoe is het met hem?'

'Die is weer op reis. Naar Zuid-Amerika.'

'Ellen!' riep Beth streng. 'Hoe moeten jullie ooit kinderen krijgen enzo als jullie nooit op hetzelfde continent zitten?'

'Ik weet het, ik weet het,' zei Ellen geïrriteerd.

Deze preek kreeg ze van al haar vriendinnen, van wie de meesten getrouwd waren en zich als gekken voortplantten. Maar stiekem was Ellen altijd een beetje trots geweest op haar onconventionele relatie met Jason; ze was blij dat ze met iemand was die de hele wereld afreisde en ongelooflijke verhalen te vertellen had, in plaats van een suffe kantoorman. Dat was een deel van Jasons aantrekkingskracht, had Ellen altijd beweerd. Het betekende ook dat het extra fantastisch was als ze wél bij elkaar waren.

Maar nu, met deze laatste reis, lukte het Ellen niet meer om te bedenken wat er nou zo geweldig was aan de manier waarop Jason en zij hun leven inrichtten. In werkelijkheid was de tijd die ze samen doorbrachten namelijk helemaal niet meer zo fantastisch. Ze kon niet meer alles laten vallen en lange dagen met hem in bed liggen, hun lievelingseten laten komen en tot in de late uurtjes met hem lachen, zoals vroeger. Ze had nu een baan, en als ze eerlijk was stoorde het haar dat zij ervoor moest zorgen dat de rekeningen betaald werden en het huis schoon bleef, terwijl Jason kwam en ging zoals het hem uitkwam. Ze wist niet precies wanneer het veranderd was, maar als Jason tegenwoordig thuiskwam overlaadde hij haar negen van de tien keer niet meer met cadeautjes en kussen; meestal was hij moe en kribbig en begon hij zich onmiddellijk weer op de volgende reis voor te bereiden. Dus als hij er was, was Ellen het grootste deel van de tijd boos op hem omdat hij al bijna weer wegging.

Maar dit kon Ellen allemaal niet tegen Beth zeggen. Ze wist dat Beth geen kwaad woord over Jason wilde horen, die ze, zoals ze regelmatig verklaarde, een van de aantrekkelijkste mannen ter wereld vond. En ze was te trots om haar vriendin te bekennen dat het tussen Jason en haar niet allemaal rozengeur en maneschijn was. Beth zou het niet begrijpen. Ze zou denken dat het een crisis was, maar dat was het helemaal niet. Het kwam gewoon door de omstandigheden en Ellen wist zeker dat het in de loop van de tijd allemaal anders zou worden.

Vijf minuten later zette Ellen haar telefoon uit. Ze schonk het laatste beetje tonic uit het flesje in haar glas en bladerde wat in de plaatselijke krant. Ze was van plan geweest nog een paar vriendinnen te bellen, maar het gesprek met Beth had haar alle lust ontnomen. Ze zag het niet zitten om aan nog meer mensen uit te leggen waarom ze niet bij Jason was en op vrijdagavond ergens in de rimboe in haar eentje in een café zat.

Nou, ze moest er maar gewoon het beste van maken, dacht ze, terwijl ze opstond om naar de bar te lopen. Ze glimlachte naar de kolossale barkeeper, die met opgerolde mouwen glazen stond op te poetsen.

'Heeft-ie je laten zitten?' grapte hij, met een knikje in de richting van haar telefoon op het tafeltje.

'Yep. Daar ziet het wel naar uit,' antwoordde Ellen, die geen zin had om het uit te leggen.

'Begrijp ik niets van. Een mooi meisje zoals jij,' ging de barkeeper verder. 'Nog een keer hetzelfde dan maar?'

Ellen lachte, verlegen en gevleid tegelijk omdat hij haar een meisje noemde. Terwijl de barkeeper een schoon glas tegen de maatdop van de ginfles duwde, liet ze op de bar geleund haar blik door het café dwalen. Rond de biljarttafel stonden slordig geklede pubers en boven het geknetter van het haardvuur uit piepten onophoudelijk de fruitautomaten. Maar toch had deze kroeg nog iets unieks en echts, heel anders dan de zielloze formulecafés die ze gewend was.

Plotseling viel er, net buiten haar blikveld, bij de automaten een glas kapot. Er klonken opgewonden stemmen. Geschrokken probeerde Ellen te zien wat er aan de hand was. Toen zag ze Ned. Hij zag er onverzorgd uit. Zijn wangen waren rood, zijn haar zat in de war en Ellen zag in één oogopslag dat hij dronken was. Hij liep naar de deur.

'Je bent dronken,' zei ze even later, toen ze hem buiten inhaalde.

'Sleep me maar voor het gerecht!' lachte Ned. 'O,' vervolgde hij, 'dat doe je al.' Hij viste zijn autosleuteltje uit zijn zak en beende de weg op. 'Zie je,' riep hij, terwijl hij zijn jasje over zijn schouder gooide.

'Je gaat toch niet rijden, hè?' vroeg ze ontsteld. 'Geef maar hier.' Ze haalde hem in en probeerde hem het sleuteltje afhandig te maken.

'Ah-ah,' zei Ned hoofdschuddend. 'Ik heb je zien rijden. Je blijft van mijn kostbare wagentje af.' Hij was nu bij de kever en legde zijn hand op het gewelfde spatbord.

Ellen deed een greep naar het sleuteltje, wurmde het uit Neds hand en maakte ten slotte het portier open. Van binnenuit haalde ze het portier aan de passagierskant van het slot en duwde het open. 'Stap nou maar in,' zei ze.

Ze had geen idee waarom Ned nog steeds in zo'n overjarige studentenbrik rondreed, terwijl zijn zaken blijkbaar goed gingen en hij zich best een volwassen auto kon veroorloven. Het was net alsof hij in het verleden was blijven hangen, dacht ze met een blik op het koude, donkere interieur.

Ned ging naast haar zitten. Ellen drukte het koppelingspedaal in, maar er zat iets in de weg. In de veel te krappe ruimte boog ze zich voorover; er kwam een hondenbot tevoorschijn, dat ze Ned in de schoot wierp. Toen ze onder de handrem ook nog een oude boterham vond, trok Ellen vol walging haar neus op. Ze kreeg al bijna spijt van haar barmhartige missie. 'Waar woon je?' vroeg ze.

'Ah... eerst wil ik weten waar jij woont.'

'Ik logeer daar, in een van die huisjes bij de haven,' zei Ellen kalm, wijzend in de richting van Quayside Row. 'Dat met die blauwe deur is van ons. Zo goed?'

Ned tuurde uit het raampje naar de huisjes, maar Ellen zag dat hij niet echt zijn best deed om iets te zien.

'Nu jij,' drong Ellen aan.

Ned gebaarde vaag naar het hoger gelegen deel van het stadje. 'Daar boven. Ik zeg wel waar,' zei hij. Hij boog zich voorover naar het handschoenenkastje en haalde er stokoude bandjes uit die hij een voor een over zijn schouder op de achterbank gooide, tot hij gevonden had wat hij zocht. Ondanks zichzelf moest Ellen lachen.

'Aha, hier hebben we het. Pulp!' verklaarde Ned, en hij hield het bandje triomfantelijk omhoog. 'Laatste plaat die ik gekocht heb.'

'Maar die is van 1995,' zei Ellen toen ze zag wat er op het stickertje stond. 'Heb je sindsdien niets meer gekocht?' Ellen moest hem helpen het bandje in de gammele cassetterecorder te krijgen.

'Nope.'

'Waarom niet?'

'Weet niet. Ik ben gewoon oud geworden.'

Ned zette het geluid harder en Ellen kromp in elkaar.

'Dat is nog eens een *blast from the past*,' zei ze, maar Ned hoorde haar niet. Tegen zichzelf voegde ze eraan toe: 'Ik lijk wel gek.'

Het duurde een eeuwigheid voor ze Ned de route ontfutseld had en nog langer voor ze zijn huis vond. Ned zong uit volle borst mee. Hoewel Ellen de plaat in geen jaren gehoord had was ze veel te nerveus om met hem mee te doen. Ze was niet gewend om met het stuur links te rijden en na de Land Rover voelde de kever aan als een conservenblik. Met haar aandacht verdeeld tussen de weg en Ned, die zich met een denkbeeldige microfoon in zijn hand vreselijk aanstelde en haar aan het lachen maakte, werd de reis een hachelijke onderneming. Maar uiteindelijk wees Ned door de voorruit en kon Ellen opgelucht voor een rij negentiende-eeuwse huizen parkeren.

Toen het lawaai van de motor en de cassetterecorder eenmaal plaatsmaakte voor stilte slaakte Ned een diepe zucht. Hij keek Ellen met bloeddoorlopen ogen aan en ze moest denken aan hoe hij eruitzag toen ze hem op dinsdag in dat café bij het strand achterliet.

'Hoeveel heb je gedronken?' vroeg ze vriendelijk.

'Genoeg.'

Hij leunde achterover in zijn stoel en sloeg zijn handen voor zijn gezicht, alsof hij iets weg wilde wassen.

'Waarom?' vroeg ze.

'Hoef jij nooit eens even te ontspannen?' zei hij mat. Hij ging rechtop zitten en staarde door de voorruit. 'Alles vergeten?' vroeg hij, met ogen die dof leken te worden van verdriet. 'Heel even maar?' Hij draaide zich naar haar om. 'Of is dat alleen maar verschrikkelijk slecht?'

'Ik veroordeel je niet, Ned,' zei ze, maar voor ze verder kon gaan was Ned de auto uitgestapt.

Ellen stapte ook uit en draaide de auto op slot, waarna ze het sleuteltje weer aan Ned gaf. Hij nam het aan zonder naar haar te kijken.

'Je bent een goede vrouw, Ellen Morris,' zei hij zachtjes. 'Veel te goed om je tijd te verdoen aan een slechte man zoals ik.' Hij keek haar aan met een intensiteit die haar van paniek vervulde, alsof hij diep binnen in haar iets gezien had wat hem aan het huilen maakte. Maar toen was het alweer voorbij en hij schudde zijn hoofd. 'Wil je weten wat het ergste is aan het leven?' Hij wachtte niet op een antwoord. 'Timing,' verklaarde hij. 'Er deugt geen moer van de timing.'

De volgende dag kon Ellen Ned niet uit haar hoofd krijgen. Iets aan hun ontmoeting had haar volledig van haar stuk gebracht, maar hoe ze ook haar best deed het te analyseren, ze kon haar gevoelens niet thuisbrengen. Slenterend langs de kraampjes van de overdekte markt bij het oude station hield ze zichzelf keer op keer voor dat ze niet zo raar moest doen, maar wat ze ook probeerde, ze kon niet ophouden met erover nadenken.

Waarom had ze gedaan wat ze gedaan had? Waarom had ze hem naar huis gebracht? Wat had haar ertoe bewogen om voor een man te zorgen die ze nauwelijks kende, alsof het de gewoonste zaak van de wereld was? Waarom had ze niet gewoon een taxi voor hem gebeld? Als hij een van haar Londense vrienden geweest was, zou ze dat ook gedaan hebben. Wat was er toch met Ned Spencer, *of all people*, dat hij deze vreemde mengeling van medeleven en nieuwsgierigheid bij haar opwekte? Om nog maar te zwijgen van woede en frustratie? Ze was nooit zo lichtgeraakt of impulsief, nooit. Zelfs niet met Jason. Goed, ze mopperde weleens op hem, maar hij was zo gemakkelijk in de omgang dat ze bijna nooit ruziemaakten.

Laat nou maar, zei ze bij zichzelf. Ned was dronken. Hij kletste uit zijn nek. Het beste kon ze maar doen alsof dat van gisteravond nooit gebeurd was. Maar toch, zijn opmerking over timing bleef haar bezighouden. Wat had hij bedoeld? En die blik! Er had zoiets primitiefs in zijn ogen gelegen, een soort hunkering die haar hart sneller deed kloppen als ze er alleen al aan dacht.

Gewapend met een ouderwetse quilt en een paar kaarsen, en nog steeds tobbend over dezelfde vragen, liep Ellen door het stadje naar de boulevard boven South Beach. Achter haar stond een rij levenloze vakantiehuisjes, naast een gesloten theehuis waarvan de ramen versierd waren met verbleekte vlaggetjes. Nu, buiten het seizoen, was de brede strook asfalt aan zee verlaten. Ellen keek naar de rijen gietijzeren bankjes en vaste telescopen, gericht op niets in het bijzonder, en stelde zich het geluid van ijscokarretjes en het gedrang van de toeristen in de zomer voor.

Ver onder haar, aan het eind van de steile betonnen trap, was het laagwater. Het brede strand was afgezet met een hoogwaterlijn van zeewier, waarachter een paar kinderen met stokken in het zand aan het tekenen waren. Een hond rende rondjes om hen heen, spetterend in de ondiepe golfjes. Een gevoel van eenzaamheid overviel Ellen. Ze dacht aan haar gesprek met Beth van gisteravond en aan haar jongens, die het hier heerlijk zouden vinden. Misschien moest ze hen toch uitnodigen, dacht ze. Ze zag George en Harry al rondrennen met hun rode laarsjes.

Hoe kon het dat de jaren zo snel voorbijgegaan waren? Ze legde haar spullen op een bankje en liep naar de rand van de boulevard. Hoe kwam het dat ze petekinderen van vijf jaar oud had maar geen eigen kinderen?

Ze liet een muntje in de gleuf van een van de telescopen glijden en keek door de zoeker over de kalme grijze zee uit. Ze had in geen jaren door zo'n ding gekeken, bedacht ze, terwijl ze het ding op een stel op de golven deinende zeemeeuwen richtte en vervolgens op een jacht aan de horizon. Kon ze de andere kant van de wereld maar zien, mijmerde ze. Kon ze Jason maar zien, misschien voelde ze zich dan niet zo alleen...

Ellen deed een stap achteruit en liet de telescoop los. De horizon sprong terug op zijn gewone plaats, de zeemeeuwen verdwenen in de grijze golven. Natuurlijk kon ze Jason niet zien. Maar horen kon ze hem wel, dacht ze, en ze stak een hand in haar zak.

Ze staarde naar de telefoon in haar hand, zichzelf oppeppend om het nummer in te toetsen. Ze had het nummer van Jasons satelliettelefoon, maar gebruikte het nooit. Eén keer had ze hem gebeld, een paar jaar geleden, en hij was helemaal gek geworden toen de beltoon een vlucht vogels verjaagd had waar hij met zijn camera dagen op had zitten wachten. Sindsdien hadden ze de afspraak dat hij haar zou bellen, en niet andersom.

Nou, het kon haar niet schelen. Vandaag niet. Jason bepaalde de regels niet. Ze moest hem spreken. En wel onmiddellijk.

'Wat is er? Wat is er gebeurd?' riep Jason paniekerig toen hij opnam.

'Niets,' zei Ellen, die zich nu een beetje dom voelde. In haar hoofd had hij zo ver weg geleken, maar nu ze zijn stem hoorde werd hij weer echt. Jason zat aan de andere kant van de aarde, waar het waarschijnlijk midden in de nacht was. Waar was ze mee bezig?

'Ik wilde alleen...'

'Wat?'

Ellen haalde diep adem. Ze wist dat hij geïrriteerd was, maar ze moest zeggen wat ze op haar hart had. Ze drukte de telefoon tegen haar oor, luisterend naar de echo op de lijn. Het was toch bezopen, dacht ze, dat ze alleen via de ruimte met Jason kon communiceren. Plotseling leek hij onmogelijk ver weg: niets meer dan een lichaamloze stem in een telefoon. Nou, dat was niet genoeg. Ze had hem hier nodig. Ze moest hem in levenden lijve zien, met hem kunnen praten. Maar ze had vooral een stevige knuffel nodig. Ze wilde hem aan kunnen raken en door hem aangeraakt kunnen worden.

'Wanneer zijn we nou ooit eens samen?' flapte ze eruit, en de tranen schoten haar in de keel. Ze leunde tegen de telescoop aan. 'Waarom zijn we nooit bij elkaar? Ik kan er niet tegen.'

'Wat?'

'Het spijt me,' zei Ellen. Het verbaasde haar zelf dat ze zo overstuur was. 'Ik weet dat ik niet op deze lijn moet bellen, maar ik moest je stem even horen.'

'Ik dacht dat het iets belangrijks was.'

'Het is ook belangrijk!'

Jason zuchtte. Ze zag voor zich hoe hij zijn voorhoofd masseerde, zoals hij altijd deed als zij emotioneel werd. 'Ellen, liefje, luister. Moeten we het echt nu over onze toekomst hebben?'

'Als we het er nu niet over hebben, wanneer dan wel?' Dit ging verkeerd. Het was helemaal niet haar bedoeling geweest om in te storten. Ellen keek naar de kinderen op het strand. 'Ik bedoel... ik weet niet eens of je wel een toekomst met mij wilt,' ging ze verder.

'Jezus Christus, Ellen!' barstte Jason op gefrustreerde fluistertoon uit. 'Wat heb jij in hemelsnaam? Natuurlijk wil ik een toekomst met jou. Waarom zeg je nou zoiets belachelijks!'

Er viel een stilte. Ellen staarde naar de plassen die rimpelden in de putjes in het asfalt.

'Gaat het wel goed met je?' vroeg Jason, bezorgd nu.

'Ja,' zei ze. 'Ik weet niet...' Ze haalde een hand door haar haar, ze voelde zich wanhopiger dan ooit. 'Deze keer is het gewoon veel erger dat je er niet bent. Ik mis je zo.'

'Weet je zeker dat dat alles is?'

Ellen beet op haar lip. Dat was toch alles? 'Ja,' zei ze. 'Het gaat wel weer. Het spijt me, ik...'

'O, lieverd,' zei Jason met een zucht. 'Het spijt me dat ik zo weinig thuis geweest ben, maar dat betekent niet dat ik niets om ons geef. Ik hou van je, liefje. Dat weet je toch wel?'

'Ja,' zei ze, en ze veegde een traan weg.

'Als ik terug ben praten we, dat beloof ik je.'

'Beloofd?'

'Beloofd. Nu moet ik ophangen, oké?'

Ellen zette de telefoon uit, stopte haar handen in haar zakken en tuurde naar de horizon. Het gesprek had haar niet het gevoel van opluchting geschonken dat ze zo nodig had, maar het had tenminste een beetje geholpen. Jason was van haar, hield ze zichzelf voor. En ze hield van hem.

Over zee uitkijkend probeerde ze zich Jasons gezicht voor de geest te halen, maar de details ontglipten haar. Geconcentreerd zocht ze in haar herinneringen, speurde tussen gebeurtenissen naar geschikte beelden om af te draaien in haar hoofd, beelden die sentimenteel genoeg waren om haar op te beuren. Maar alles wat haar te binnen schoot waren momenten waarop ze alleen was en hem miste, zoals nu.

Ze pakte haar spullen op en liep langzaam in de richting van het huisje, terugdenkend aan het begin van hun relatie. Ze herinnerde zich vakanties samen, maar toch lukte het niet om Jason in haar geest tot leven te wekken; de herinneringen bleven statisch en onpersoonlijk, als oude ansichtkaarten in een tweedehandswinkel.

De feiten waren de feiten, zei ze streng tegen zichzelf. Jason had beloofd dat ze zouden praten als hij terugkwam en dat zou nu niet lang meer duren. Er zat niets anders op dan te wachten.

Later stak Ellen, veel rustiger alweer, de haard in het huisje aan en begon een flinke hoeveelheid bolognesesaus te maken; hopelijk zou het voor de hele week genoeg zijn en Scotts ontzagwekkende eetlust bevredigen. Meeneuriënd met de liedjes op de radio dacht ze aan de keuken in haar huis in Londen: hoe duur de leistenen plavuizen geweest waren en hoelang de temperamentvolle keukenbouwers erover gedaan hadden om de hardhouten elementen en het fornuis met vijf platen te installeren. Wat maf, dacht ze, dat ze zich hier, in het kleinste keukentje ter wereld, net zo thuis voelde.

Misschien moest ze een tweede hypotheek nemen en een huisje aan zee kopen, dacht ze, terwijl ze de houtblokken in de haard opporde. Misschien zou dat haar problemen met Jason oplossen. Ze zouden iets kunnen kopen waar ze zich in het weekend samen terug konden trekken, net zoals vroeger. Misschien moest ze het maar eens voorstellen als hij thuiskwam.

Eén ding stond vast: na dat gesprek van vanmiddag ging ze extra haar best doen als hij thuiskwam. Ze zou hem laten zien dat haar inzinking iets eenmaligs was. Ze wist dat Jason een pesthekel had aan afhankelijke mensen. Hij zei altijd dat hij het zo leuk van haar vond dat ze onafhankelijk was en emotioneel niet op hem leunde. Maar aan de andere kant was het misschien ook wel goed geweest, overwoog ze. Misschien was dat telefoontje precies wat ze nodig hadden om weer in het goede spoor te komen.

Ze zette net haar nieuwe kaarsen in de porseleinen standaards die ze in het dressoir gevonden had, toen er aan de deur geklopt werd. Met de theedoek nog in haar handen zag ze tot haar schrik Ned en Clara staan.

Ze keek naar Ned en voelde een blos over haar wangen kruipen alsof ze betrapt was. Was het mogelijk dat hij wist hoeveel ze aan hem gedacht had? Hij zag er moe, maar nuchter uit; hij was gladgeschoren en had een gestreken overhemd aan. Het leek zelfs alsof hij naar de kapper geweest was.

'Ellen,' zei hij eenvoudig, terwijl hij haar een in vloeipapier gewikkelde fles wijn toestak. 'Ik kwam mijn verontschuldigingen aanbieden. Vanwege gisteravond...'

'Dat is echt niet nodig,' zei ze vriendelijk. Met een glimlach nam ze de fles aan. Hij glimlachte terug en haalde opgelucht zijn schouders op. Even bleef het stil, tot Ellen merkte dat Clara nieuwsgierig naar hen op stond te kijken. Beschaamd keek ze het meisje aan. 'Hé, daar ben je weer,' zei ze.

'Ik heb een schilderij voor je gemaakt,' zei Clara op zakelijke toon. Ze deed een stap naar voren en gaf Ellen een dik vel kromgetrokken papier.

'Echt waar?' Ellen sloeg de theedoek over haar schouder en bukte zich om het schilderij van Clara aan te nemen.

'Jij bent het, met een jurk aan.' Er verscheen een verwarde uitdrukking op Clara's gezicht. Met haar hoofd schuin vroeg ze voorzichtig: 'Heb je wel een jurk?'

Ellen keek naar de grove tekening van een vrouw in een gigantische jurk, versierd met felgekleurde strikken, en vervolgens naar de zwarte broek, die zo'n beetje aan haar vastgegroeid zat, en haar grijze wollen trui. Ze zag er maar saai uit vergeleken bij Clara's tekening. 'Ik heb wel jurken,' zei ze tegen Clara, 'en als ik er met een jurk echt zo mooi uitzie moet ik er maar eens vaker een aandoen. Dank je wel. Ik vind het een prachtig schilderij.' Ze glimlachte en bekeek de tekening nog een keer. 'Weet je wat... misschien moeten we een keer een theekransje houden en ons allebei heel mooi maken. Wat vind je daarvan?'

'Kan dat niet nu? Ik heb honger.'

'Nee, Clara!' Ned legde een hand op haar schouder. 'We kwamen alleen even langs. Nu gaan we naar huis om te eten.'

Ellen zag dat Ned Clara al mee wilde trekken en zei zonder nadenken: 'Waarom blijven jullie niet hier?'

Ze had het nog niet gezegd of Ned draaide zich alweer om. Toen haar blik de zijne kruiste hield ze schuldbewust haar adem in, denkend aan haar telefoongesprek met Jason. Maar ze deed het niet voor Ned, dacht ze, terwijl ze zichzelf dwong om Clara aan te kijken. 'Lust je spaghetti?' vroeg ze glimlachend.

Clara knikte heftig van ja. 'Mag het, papa, mag het?'

'Nee, echt niet, dank je voor het aanbod, maar je hebt genoeg gedaan...' begon Ned.

Ellen wuifde zijn beleefde weigering weg. 'Als je dat van gisteravond echt goed wilt maken, moet je me gezelschap komen houden,' zei ze uitdagend. 'Ik hou niet van in m'n eentje eten.'

Clara was leuker dan Ellen ooit had kunnen denken. In Neds gezelschap gedroeg ze zich als een kleine volwassene en met haar observaties en vanzelfsprekende gevoel voor spelletjes maakte ze

Ellen voortdurend aan het lachen. Ze wilde perse een wedstrijdje doen waarbij ze slierten spaghetti naar binnen moesten zuigen, zodat hun gezichten onder de saus kwamen te zitten en ze alle drie hard moesten lachen. Toen Clara uiteindelijk begon te gapen besefte Ellen hoe laat het al was. 'Ga maar met me mee naar boven,' zei ze tegen Clara. Met vragend opgetrokken wenkbrauwen keek ze naar Ned om te zien of hij het goed vond. 'Ik heb op de markt een nieuwe quilt gekocht. Wil je hem zien?'

Ellen liet Clara voorgaan en moest lachen om de reuzenstappen waarmee ze de krakkemikkige trap beklom.

'Wat ruikt het hier lekker,' merkte Clara op toen Ellen de slaapkamerdeur van de schuif haalde en het kleine lampje dat ze in de stad gekocht had aanknipte. Het kapje van rood en geel glas hulde de kamer in een zacht licht.

'O, er ging iets mis met mijn parfum, dus nu ruikt alles ernaar,' legde Ellen uit. 'Hier, moet je kijken.' Ellen haalde de quilt uit de tas en spreidde hem op het bed uit.

'Wat mooi,' zei Clara. Ze liet haar handje over het patroon van roze bloemen glijden.

'Vind ik ook,' zei Ellen. 'En hij ziet er zo lekker warm uit. Ik heb een idee. Wil jij hem voor me uitproberen?'

Clara knikte en Ellen sloeg de quilt behoedzaam om haar heen. Toen tilde ze haar óp en legde haar op het bed. 'Kijk maar eens of je zo lekker warm wordt. Ik zit beneden bij papa, dus kom het me strakjes maar vertellen, oké?'

Clara kroop diep weg in de quilt en deed haar ogen dicht. Met het instinctieve verlangen haar over haar haar te aaien boog Ellen zich over het meisje heen, maar ze bedacht zich en liep op haar tenen de kamer uit.

Beneden had Ned de borden afgeruimd. 'Als het je lukt om Clara in slaap te krijgen ben je een genie,' zei hij.

'Zo moeilijk is het niet. Er zat bijna een halve fles rode wijn in die saus,' antwoordde Ellen. Ze stak haar handen in de achterzakken van haar broek. Nu ze alleen was met Ned had ze geen idee wat ze moest zeggen. Iets aan deze situatie bezorgde haar een schuldgevoel. Alsof ze iets deed wat verboden of verkeerd was.

Ned is een collega, hield ze zichzelf voor. Er school helemaal geen kwaad in dat ze hier bij elkaar zaten. Vooral omdat er boven een kind lag. Jason is duizenden kilometers ver weg, redeneerde ze. Als hij in het land was, zat hij nu samen met hen wijn te drinken. Maar ergens gaf die gedachte haar het gevoel dat ze in haar hoofd twee magneten tegen elkaar aan probeerde te krijgen; alsof Ned en Jason elkaar afstootten.

Ellen dwong zichzelf aan Jason te denken. 'Ik hou van je,' had Jason nog maar een paar uur geleden gezegd. 'Dat weet je toch wel?' Natuurlijk wist ze dat en zij hield ook van hem. Ze deed toch niets verkeerds met Ned?

Ned kwam bij de tafel staan, naast zijn stoel. Hij zette zijn bril af en legde hem op tafel. 'Hoor eens, Ellen, over gisteravond...' begon hij in één adem, alsof hij zijn adem ingehouden had. Zijn gezicht ving het licht van de kaarsen op tafel en ze bedacht hoe knap hij er zonder bril uitzag, vooral nu hij zijn ogen van schaamte tot spleetjes kneep. 'Dat ik naar huis wilde rijden. Wat moet je wel niet van me denken?'

Ellen haalde haar schouders op, niet in staat om naar hem te kijken. Ze had nog niet eerder bedacht dat hij knap was, dus waarom nu opeens wel? 'We moeten allemaal weleens ontspannen,' zei ze, met opzet zijn woorden van gisteravond herhalend.

'Het is gewoon zo dat... ik weet het niet,' ging Ned verder. 'Soms ben ik zo kwaad om wat er gebeurd is.'

'Dat zou ik ook zijn als ik jou was.'

'Ik ben geen alcoholist, als je dat misschien denkt.'

'Mooi. Dan kunnen we nog een glas wijn nemen,' zei ze, in een poging het gesprek een luchthartiger wending te geven. Ze schoof de fles naar hem toe. Hij glimlachte en schonk de glazen vol.

Zie je wel, zei ze bij zichzelf. Je kunt het wel. Je kunt best professioneel blijven. Je hoeft helemaal niet dichter bij hem te komen...

Ellen nam een slokje wijn en wierp een blik op Ned. Wie probeerde ze nou eigenlijk voor de gek te houden, dacht ze. Ned was gewoon te fascinerend. En trouwens, ze kon haar leven toch niet opschorten tot Jason weer terug was? Jason zat aan de andere kant van de wereld en Ned zat hier. Als zich tussen Ned en haar vriendschap aan het ontwikkelen was, waarom probeerde ze dat dan tegen te houden? Ze kon toch best vrienden zijn met iemand van het andere geslacht? Jason had in Zuid-Amerika vast ook vrouwen om zich heen. En waar hadden die het 's avonds rond het kampvuur over? Vást niet alleen maar over werk.

Bovendien vond ze het fijn dat Ned zich voor haar openstelde. Ze vond het een fijn gevoel dat ze blijkbaar zijn vertrouwen gewonnen had en dat hij speciaal gekomen was om zich voor gisteravond te verontschuldigen.

Ellen dacht aan Ned in de auto; hij had zo geërgerd gekeken toen hij haar gevraagd had of het soms niet deugde als je probeerde alles te vergeten. Er waren zo veel vragen die ze hem wilde stellen. Ze wilde weten hoe Ned zich gevoeld had toen zijn vrouw stierf, hoe hij gerouwd had, hoe hij het met Clara gered had en, het belangrijkste van alles, hoe hij zich nu voelde. Maar laatst had hij haar het verhaal zo zakelijk verteld dat ze besefte dat hij alleen maar dicht zou klappen als ze nu te snel ging. En dat wilde ze niet. Nu Ned haar een klein beetje toegelaten had, wilde ze meer.

'Vertel nog eens iets over haar. Vertel eens iets over Mary,' zei Ellen, terwijl ze ontspannen achteroverleunde. 'Wat was ze voor iemand?'

'Voordat ze ziek werd, bedoel je?'

Ellen knikte.

'Ze was gewoon... gewoon Mary,' zei hij. Blijkbaar wist hij zich niet goed raad.

'Wat vond je leuk aan haar toen je haar leerde kennen?' hield Ellen vol.

Ned wreef over zijn nek. 'Haar lach, denk ik. Ze had een prachtige lach. En ze had heel veel talent. Ze was echt een begenadigd kunstenaar.'

Ellen kwam naar voren en steunde met haar ellebogen op tafel. 'Ga verder.'

'Ze had een unieke kijk op de dingen. Ze kon alles tot leven schilderen.'

'En jij?' vroeg Ellen. 'Hoe voelde jij je bij haar?'

Ned fronste zijn wenkbrauwen. 'Wat een gekke vraag.'

'Niet echt,' zei Ellen. 'Ik bedoel... konden jullie goed met elkaar opschieten?'

'Natuurlijk konden we goed met elkaar opschieten. Boven alles was ze mijn beste vriendin. We zijn samen het bedrijf begonnen, maar zij was degene met de inspiratie. Ze kon de krankzinnigste plannen bedenken, en dan kreeg ze me ook nog zover dat ik ze uitvoerde. Het is aan haar te danken dat het bedrijf überhaupt een succes geworden is.'

Ned liep naar de haard en zette zijn glas op de schouw. Ellen kon zijn gezicht niet zien, maar ze wist dat hij glimlachte terwijl hij zei: 'Ze had een te gek gevoel voor humor. In het begin waren we altijd alleen maar aan het lachen.' Ned zweeg even, alsof hij opging in zijn herinneringen. Toen lachte hij kort en staarde in het vuur. 'Ze had zo veel energie. Ze wilde overal heen. Ze verraste me altijd met reisjes naar plaatsen waar ze over gelezen had...'

Met haar hoofd in haar handen luisterde Ellen naar Neds verhalen over reisjes naar Parijs, Venetië en Rome. Ze hield zich heel stil, bang om hem te onderbreken voor hij uitgesproken was. Instinctief wist ze dat het goed voor hem was om op deze manier aan Mary te denken.

Bovendien was het heel interessant. Zoals Ned de dingen beschreef zag ze bijna voor zich hoe ze zelf van die uitzichten genoot, die verre steden beleefde. Ze luisterde geboeid, verbaasd dat Ned zo veel romantische herinneringen had. Als hij vroeger zo was, dacht Ellen, dan kon hij nu toch niet echt zo cynisch zijn als hij zich voordeed?

'Sorry. Ik verveel je,' zei hij na een tijdje. Hij draaide zich naar haar om: zijn ogen glansden.

'Nee, nee. Helemaal niet.'

'Meestal ben ik niet zo...' vervolgde hij, alsof hij zich over zichzelf verbaasde.

'Zo te horen waren jullie heel gelukkig,' zei Ellen vriendelijk.

Ned knikte. Toen richtte hij zich op en liep, alsof hij zijn herinneringen weer veilig opborg, met ferme tred terug naar de tafel, alsof hij net over een praktisch probleem had staan praten en niet over zijn grote liefde. 'En jij, Ellen?' Hij schonk zijn glas nog eens vol. 'Ben jij gelukkig?'

'Wat bedoel je? In het algemeen?' vroeg Ellen, van haar stuk gebracht door zijn nu heel andere toon.

'Nee, ik bedoel, ben je gelukkig... met iemand?'

Opeens kwam het Ellen vreemd voor dat ze zich zo met Ned verbonden voelde, terwijl hij nauwelijks iets van haar wist. Hoe was ze erin geslaagd het onderwerp Jason te vermijden? 'Ik heb iemand, ja,' antwoordde ze. Onmiddellijk vond ze dat ze zichzelf moest corrigeren – dit had wel heel achteloos geklonken. 'Ik bedoel, ik heb een partner. Jason,' voegde ze eraan toe, niet wetend wat ze er verder nog over kon zeggen. Hoewel Ned heel open was geweest over Mary, gaf het haar een ongemakkelijk gevoel om over Jason te praten. Hoe moest ze haar eigen relatie beschrijven? Vergeleken bij wat Ned met Mary had leek het zo oppervlakkig en eendimensionaal.

Ned knikte. 'Jason,' zei hij, alsof hij de naam proefde. 'En is het... serieus?'

Ellen glimlachte treurig. 'Ja, al denk ik soms dat het nooit serieuzer zal worden dan het nu is.'

'En dat is niet serieus genoeg?' begreep Ned.

'Wat wij hebben is zo serieus als Jason maar kan zijn. Laat ik het zo zeggen.'

'Ik kan je niet helemaal volgen.'

'We zijn al bijna tien jaar samen en we wonen ook samen. Op papier ziet het er wel goed uit, denk ik. Maar om eerlijk te zijn... ik ben niet Jasons grote liefde,' bekende ze tot haar eigen verbazing. Deze geheime twijfel had ze nooit met iemand gedeeld.

'O?'

'Dat is zijn werk.'

'Aha,' knikte Ned traag, terwijl hij zijn bril weer opzette.

'Begrijp me niet verkeerd,' zei Ellen, die Jason niet in een al te kwaad daglicht wilde stellen. 'Jason is geweldig. Hij is echt een fantastisch mens...' Ellen wierp een blik op Ned en wist dat ze alleen maar de waarheid kon vertellen.

'Alleen loopt hij altijd ergens anders geweldig te zijn.'

'Stomkop,' besloot Ned en Ellen lachte, plotseling opgelucht dat ze dit aan Ned verteld had.

'Dat vind ik ook,' stemde ze in.

'Nee, ik meen het,' zei Ned ernstig. 'Hij is een stomkop. Ik kan het weten. Als ik ergens spijt van heb dan is het dat ik te druk was met het bedrijf en niet genoeg bij Mary was toen ze me nodig had. Dat was een fout waarvoor ik een hoge prijs betaald heb. Als ik het over kon doen, was dat het enige wat ik anders deed. Dan zou ik er zijn, wat er ook gebeurde.'

'Misschien krijg je nog een keer een tweede kans... met iemand anders.'

'Nee,' zei Ned beslist. 'Tweede kansen bestaan niet. Ik ben er klaar mee. Eén keer was genoeg.'

Ellen verbaasde zich over zijn harde toon. Instinctief wilde ze hem uitdagen, net zoals toen ze in het café over romantiek gesproken hadden. Maar iets in zijn blik waarschuwde haar het niet te doen. Welk luik er ook opengegaan was toen hij over Mary praatte, het zat nu weer stevig dicht.

'Hoe gaat het eigenlijk met je documentaire.' Ned veranderde abrupt van onderwerp.

Ellen voelde zich schuldig over Jason. Ze had het gevoel dat ze Ned te weinig verteld had. Ze had niet de kans gehad om het over alle goede dingen in hun relatie te hebben en hem alleen over de slechte dingen verteld. Maar het was te laat. Het moment was voorbij. 'Het gaat goed,' zei ze. 'Te goed waarschijnlijk. Ik kan een hele film over deze plek maken. Amanda, de producer, is met zwangerschapsverlof en ze vermoordt me als ze erachter komt hoeveel ik gedaan heb, maar ik vind het heerlijk. Eerlijk gezegd is dit mijn eerste echte kans.'

'Dat zou je niet zeggen.'

'Nee?' Ellen lachte. 'Het is allemaal bluf. Op mijn eerste dag deed ik het in mijn broek van angst.'

'Zo te zien doe je het prima. Waarom maak je geen lange documentaire als je genoeg materiaal hebt? Je moet hoog mikken. Je kunt het vast.'

En daar was-ie weer, dacht Ellen, de blik waarmee hij haar aangekeken had toen ze Clara die dag naar de keet gebracht had. De blik die haar uit haar tent lokte en maakte dat ze hem alles wilde vertellen.

Ze glimlachte. 'Volgens mij kan ik het niet. Ik bedoel, ik heb er de middelen niet voor. En het is al moeilijk genoeg om het materiaal wat ik nu heb te ordenen.'

'Kan ik ergens mee helpen?' bood hij aan.

'Als je belooft dat je niet tegen me begint te schreeuwen,' plaagde ze, 'mag je me met de voice-overscripts helpen, als je het leuk vindt.'

Drie uur en bijna een hele fles wijn later lag de vloer vol met getypte vellen met daarop de volgorde van de scènes en de verschillende gedeelten van het voice-overscript. Ned was behulpzamer gebleken dan ze zich ooit had kunnen voorstellen. Zijn doelmatige aanpak had haar geholpen haar gedachten te ordenen en het materiaal te overzien, wat haar in haar eentje nooit zo goed gelukt zou zijn. Nu, terwijl het haardvuur knetterde, bedacht ze hoe heerlijk het was dat iemand belangstelling had voor wat ze deed.

Toen Ned en zij uiteindelijk voor de haard knielden en al het papier bij elkaar raapten was ze alle besef van tijd kwijt. Ze was licht in haar hoofd van de wijn en ze lachten samen terwijl Ned het laatste vel opraapte en op de stapel legde. 'Dus dat is dat.'

'Nee, nee,' zei Ellen. Ze pakte het vel van Ned af, maar hij liet niet los.

Ze verstijfde. Haar hand lag op die van Ned. Haar huid tintelde, alsof ze een elektrische schok kreeg. Ned staarde naar haar hand. Hij verroerde zich niet. Ze leken allebei hun adem in te houden terwijl ze daar zo naast elkaar geknield zaten, bijna dij aan dij.

Ellen keek naar haar hand, probeerde zichzelf te dwingen Ned los te laten. Elk beetje verstand dat ze in zich had zei dat ze de stilte moest verbreken, zich moest verontschuldigen, het weg lachen... Maar nog steeds deed ze niets. Zonder te denken, zonder te durven denken, keerde Ellen haar gezicht naar Ned toe, haar hand nog steeds op de zijne. Hun gezichten waren maar een paar centimeter bij elkaar vandaan.

Er gebeurde niets, maar in dat ene ogenblik gebeurde het allemaal. Neds gezicht was alles wat ze zag. Ellen hield haar adem in, terwijl zijn duistere blik haar helemaal uitkleedde, precies zoals gisteravond. En op dat moment wist ze wat het betekende. Dat ze in Neds ogen ongewild het antwoord gevonden had op een vraag die ze niet durfde te stellen.

Alles en iedereen vergetend bracht ze haar gezicht bijna onmerkbaar naar dat van Ned...

Net voor hun lippen elkaar raakten trok Ned zich terug en verbrak de betovering. 'Ik moet... eh... ik moet ervandoor,' zei hij, bij haar vandaan schuivend alsof hij zich gebrand had. Hij stond op, krabde zich achter een oor om maar niet naar haar te hoeven kijken, en wees met zijn andere hand naar de deur.

'Absoluut. Natuurlijk,' zei Ellen geschrokken. Ze kwam onbeholpen overeind. Haar hoofd tolde van wat bijna gebeurd was.

'Ik ga Clara halen,' mompelde Ned.

Ellen knikte en sloeg haar armen over elkaar, rillend van de schrik terwijl Ned de trap op bonkte.

Ze veegde met haar hand langs haar mond en wist niet wat ze moest voelen. De adrenaline suisde door haar lichaam. 'Jezus!' prevelde ze verschrikt. Ze ijsbeerde door de kamer. Waar had ze in godsnaam gezeten met haar gedachten?

Een minuut later kwam Ned met Clara in zijn armen naar beneden. Hij begon de quilt los te wikkelen, maar Ellen snelde op hem af. 'Nee, nee, hou maar,' fluisterde ze, nog één keer over Clara heen gebogen. 'Maak haar maar niet wakker.' Slapend in Neds armen zag ze er zo jong uit dat het haar hart brak.

Ned deed zonder naar haar te kijken een stap in de richting van de deur, bijna alsof hij er dwars doorheen zou lopen. Ellen gooide haastig de deur open en hij glipte langs haar heen, zorgvuldig vermijdend haar aan te raken. 'Oké... welterusten,' zei hij toen hij op straat stond.

Ellen slikte moeizaam. Hij keek haar nog steeds niet aan. 'Yep. Eh... bedankt voor je hulp,' wist ze nog uit te brengen, maar Ned gaf geen antwoord. Hij liep al weg.

Ellen deed snel de deur dicht en leunde er met haar rug tegenaan. 'Shit!' fluisterde ze voor ze haar handen voor haar gezicht sloeg.

13

Wat een zaterdagavond! Verity sloot haar ogen. Nu kwam het, dacht ze. Denny Shapland ging haar voor de eerste keer kussen. Wat maakte het uit dat het hun eerste afspraakje was? Wat maakte het uit als Denny dacht dat ze gemakkelijk te veroveren was? Ze veroverde hem toch ook? Daar ging dit toch allemaal om?

Ze boog zich naar hem toe in de auto, haar hart bonkend in haar borst. Maar Denny had andere plannen. Hij plantte een allerkleinst, allerverleidelijkst kusje op haar mondhoek. En dat was alles.

Haar ogen gingen abrupt weer open toen ze hoorde hoe hij bij haar vandaan schoof en het portier opende. Terwijl haar wangen rood kleurden van vervlogen hoop liep de leukste jongen die ze ooit ontmoet had om de motorkap van zijn rode auto heen, waarna hij haar portier openmaakte en haar zijn hand toestak.

Buiten de auto streek Verity de kreukels in haar rok glad en hing haar tas over haar schouder. Ze keek naar haar voeten, en de vragen tolden door haar hoofd. Waarom wilde hij haar niet kussen? Had ze iets verkeerd gezegd? Vond hij haar dan helemaal niet leuk?

Maar even later voelde ze dat Denny haar hand pakte. Hij bracht hem naar zijn lippen en keek haar diep in de ogen. Verity hield haar adem in toen Denny haar hand kuste, zijn lippen als een stempel op haar huid drukte. 'Ciao, bella,' fluisterde hij, en hij glimlachte naar haar.

Met een knipoog gooide hij zijn sleutels in de lucht, ving ze weer op en slenterde om de auto heen terug naar zijn portier. In één tel was hij verdwenen.

Verity stond als aan de grond genageld, haar hand op haar borst, en keek de auto na tot hij uit het zicht verdwenen was.

Het was volmaakt, dacht ze, en ze keek op naar de maan. Hij was volmaakt. Het was de mooiste avond van haar leven geweest. Een grijns trok over haar gezicht, de opgekropte spanning die ze de afgelopen uren gevoeld had kwam los tot haar hele lichaam tintelde van opwinding. Toen kneep ze haar ogen stijf dicht. Ze balde haar vuisten en maakte ter plekke een overwinningshuppeltje.

'Alles in orde?'

Verity hield abrupt op, ontsteld dat ze betrapt was.

Toen ze zich omdraaide zag ze Ned Spencer op zich afkomen, met in zijn armen iets wat leek op een kind in een dikke roze quilt. Verity had Ned eergisteren in Appleforth House gezien en hij zat vaak in de hotelbar te drinken, al was hij daar de afgelopen tijd niet meer geweest. Hoewel hij haar een beetje een eenling leek mocht ze hem wel. Maar op dit moment was hij de laatste persoon die ze een verklaring wilde geven. Om haar gêne te verbergen liet ze snel haar haar voor haar gezicht vallen, en zonder iets te zeggen sprong ze de trappen van het hotel op.

In haar slaapkamer zette Verity Jimmy's cd op. Op haar rug op haar bed keek ze naar de schaduwen die het maanlicht op het plafond wierp en beleefde de avond nog een keer in haar hoofd, al schavend en slijpend aan haar herinneringen, zodat ze ze nooit zou vergeten.

Ze had natuurlijk al heel vaak in een restaurant gegeten, vooral op vakantie in Spanje, maar hier at ze alleen weleens in het café of in het Indiase restaurant. Dus toen Denny de stad uit en langs de kust gereden was en haar woordeloos over de drempel van de Oyster geleid had, was Verity sprakeloos geweest.

Dit was het, dacht ze, toen ze de sprookjesachtige lichtjes die door de vissersnetten aan de muren en het plafond geweven waren in zich opnam. Dit was haar eerste echte afspraak. Zoals een echte afspraak hoorde te zijn, net als in de film.

Zelfs haar ouders waren nooit naar het beroemde visrestaurant geweest en toen Verity aan de mogelijke rekening dacht kreeg ze zin om te huilen. Maar Denny stelde haar helemaal op haar gemak, bestelde eten voor haar en gaf haar een volwassen gevoel, zoals ze nog nooit eerder gehad had.

In het begin had ze de neiging zichzelf te knijpen en wilde ze Treza bellen om te vertellen waar ze was; ze wist hoeveel indruk het op haar zou maken, want Treza probeerde Will al eeuwen zover te krijgen dat hij haar meenam naar het restaurant. Maar in plaats daarvan nam ze een paar haastige slokjes van haar wijn en deed ze haar best om indruk te maken op Denny.

Het probleem was dat alles wat ze wilde zeggen zo dom of onvolwassen klonk. Ze wilde het niet over school hebben, want dan vond Denny haar vast kinderachtig. En haar ophanden zijnde piano-examen – het enige andere waaraan ze nog kon denken – leek zinloos en belachelijk naast de zakelijke beslissingen en verantwoordelijkheden waar Denny elke dag mee te maken had.

Even was er een gespannen moment, toen Denny haar verwachtingsvol aankeek. 'Hé,' zei hij met een glimlach. 'Had ik al gezegd hoe mooi je eruitziet?'

Verity bloosde en schoof heen en weer op haar stoel, blij dat ze zich bij Treza thuis omgekleed had en zich had laten overhalen het zwarte kanten stretchtruitje aan te trekken. Eerst had ze geprotesteerd dat het veel te bloot was, maar Treza had gezegd dat als zij zo aardig was om haar voor Cheryls afkeurende blikken te behoeden door Denny naar haar huis te laten komen, Verity haar vriendin op zijn minst het plezier kon doen een paar simpele moderegels in acht te nemen.

En daar, in het restaurant, was Verity haar dankbaar. Hoewel ze zich ook onwillekeurig afvroeg met wie hij hier nog meer geweest was, als hij zo vaak in chique restaurants at.

'Kom je hier vaak?' Verity trok een gezicht bij deze afgezaagde vraag. Om haar verlegenheid te verbergen nam ze een flinke slok wijn, maar Denny lachte.

'Nee. Niet zo vaak,' zei hij, terwijl hij haar tussen de kaarsen door brutaal aankeek.

'Sorry,' hakkelde ze. 'Ik wilde niet... Ik wil gewoon zoveel weten.'

'Wat dan, bijvoorbeeld?'

'Nou, alles eigenlijk.'

Daarna was de conversatie geen probleem meer. Ze hoefde Denny alleen maar een vraag te stellen, en hij gaf maar al te graag antwoord. Terwijl ze luisterde naar zijn verhalen over zijn huis en de winkel en zijn surfprestaties kon ze nauwelijks volgen wat hij precies zei, zo was ze bezig hem in zich op te nemen: zijn wenkbrauwen die uitliepen in keurige puntjes, zijn lange, omgekrulde wimpers en het schoonheidsvlekje net onder zijn linkeroog. Zelf zei ze nauwelijks een woord, maar toen ze om tien uur het restaurant verliet had ze het gevoel dat Denny Shapland in haar ziel gekeken had.

Onderweg naar huis leek alles net een sprookje. De maan boven hen wierp een indigo licht over de weilanden, hulde de zee daarachter in een schitterend waas. Voor hen legden de bomen kriskras schaduwen over het zilverkleurige asfalt. Terwijl Denny hard over de verlaten weg reed keek Verity naar de schaduwen die over zijn gezicht flitsten, als bij een held in een oude zwartwitfilm.

Om het moment helemaal perfect te maken drukte Denny op een knopje van de cd-speler; onmiddellijk herkende Verity het intro van Lauretta's aria 'O mio babbino caro', die ze het jaar daarvoor tijdens de muziekuitvoering op school gezongen had.

'Puccini.' Denny zuchtte. 'Prachtig vind ik dat.'

'Dit heb ik gezongen,' dweepte Verity, die haar blik heen en weer liet gaan tussen de flikkerende lichtjes van de geluidsinstallatie en Denny's gezicht. Ze stond er versteld van dat Denny dezelfde smaak had als zij. Ze had nog nooit iemand ontmoet die ook van Puccini hield. 'Dit is mijn lievelingsmuziek,' zei ze met een gelukzalige zucht.

'Je meent het!' Denny klonk geïmponeerd en zette het geluid nog wat harder.

Nu, op haar bed, drukte Verity haar handen tegen haar borst en rolde zich op haar zij. Ze wou dat ze meer gezegd had voor hij haar afzette. Haar hele lichaam schrijnde van opgewonden verwarring. Wat betekende het allemaal? Vond hij haar leuk? Wilde hij nog een keer met haar uit? Was ze wel volwassen genoeg? Voor het eerst van haar leven was zij niet de baas. Ze voelde zich heel anders dan ze zich gewoonlijk voelde – als een mooi meisje dat complimentjes kreeg van een jongen die haar niet interesseerde. Dit was van een heel andere orde. En ze genoot met volle teugen.

Op maandag was de kwelling voor Verity alleen maar groter geworden. Ze kon niet slapen, eten, of zelfs maar denken. Het was alsof Denny een vloeistof was en haar hersenen hem als een spons opgezogen hadden, tot ze helemaal verzadigd waren.

Tussen de middag kwam ze naar huis om piano te studeren. Ze had er een hekel aan om in de lounge te spelen, behalve heel vroeg in de ochtend, maar het muzieklokaal op school was bezet en ze had geen keus. Het examen was al over een week, dus ze deed de grote deuren die naar de receptie leidden dicht en ging op de pianokruk in de erker zitten. Ze haalde de bekende muziekboeken van Debussy, Beethoven en Brahms uit haar tas, samen met haar dagboek, waarin ze met een potlood haar gedachten schreef.

Het is liefde. Ik weet het zeker. Hij is leuker dan ik ooit had kunnen dromen.

Verity zoog op het uiteinde van haar potlood en keek naar de woorden die ze zojuist opgeschreven had. Toen zette ze het dagboek op de muziekstandaard voor haar op de piano, legde haar haar in een knot achter op haar hoofd en zette het vast met het potlood. Ze sloeg het Beethovenboek open en begon te spelen. Haar vingers vonden met gemak het ritme van de sonate.

Maar terwijl ze de vertrouwde noten speelde dwaalde haar blik van de muziek naar de woorden die ze geschreven had. Op een of andere manier deden ze geen recht aan wat ze voelde. Ze was nooit eerder verliefd geweest, maar ze wist nu al dat het woord liefde niet toereikend was. Het was zoveel groter dan dat.

Ze had weleens om jongens gegeven, maar dat was toen ze nog een kind was. Denny was anders. Hij was rijp en volwassen, en haar gevoelens waren heftiger en zuiverder dan alles wat ze ooit gevoeld had. Ze wilde niets liever dan doorspoelen naar de dag dat ze Denny kon vertellen dat ze van hem hield.

Gegrepen door de romantiek van de muziek deinde Verity zachtjes heen en weer op de pianokruk. Ze besefte dat de noten zich eindelijk in haar onderbewuste genesteld hadden; ze kende ze uit haar hoofd. Toen sloot ze haar ogen en zweefde in Denny's armen, terwijl ze de soundtrack bij haar favoriete fantasieën speelde.

'Wat ben jij aan het doen?'

Verity draaide zich om op haar kruk. Daar stond haar moeder, met een paar pas gestreken tafellakens over haar arm.

'Ik dacht dat jij zou studeren. Je zit al vijf minuten niets te doen.'

Verity pakte haar dagboek en sloeg het dicht. 'Ik wist niet dat je stond te luisteren.'

'Als je toch alleen maar zit te dagdromen, kun je mij beter even helpen. Ik heb duizend dingen te...'

Verity overstemde haar moeder met een toonladder, die ze zo snel en zo gelijkmatig als ze kon uit de toetsen rammelde.

Maar haar moeder was nog niet klaar. Ze kwam naast de piano staan. 'Er is voor je gebeld,' schreeuwde ze.

Verity hield onmiddellijk op met spelen, net voordat de toonladder bij het einde was. Er viel een gespannen stilte.

'Een of andere... Daniel? Darren?'

'Denny,' bracht Verity hortend uit, woedend op zichzelf omdat ze hem haar mobiele nummer niet gegeven had. Hoe had ze zo'n stomme fout kunnen maken? 'Wanneer? Wanneer belde die?' vroeg ze wanhopig.

'Vanmorgen een keer.'

'Had dat dan gezegd!' riep Verity uit. Haastig sloot ze de pianoklep.

'Ik zeg het nu toch.'

Verity haalde diep adem en dwong zichzelf haar woede in te slikken.

'Wie is die Denny eigenlijk?' vroeg haar moeder nieuwsgierig. 'Zit hij bij je op school?'

'Nee.' Verity stond op en raapte haar muziek bij elkaar.

'Hoe ken je hem dan?'

'Ik ken hem gewoon, oké?'

'Waar komt hij vandaan?'

'Mam!'

'Ik snap niet waarom je zo geheimzinnig doet. Is er soms iets mis met hem? Hij is toch niet aan de drugs, hè? Verity, geef antwoord. Als hij maar niet zo'n ruig type is, want...'

'Hij heeft zijn eigen winkel,' viel Verity haar in de rede.

'Wat voor winkel?'

'Wat maakt dat nou uit!'

'Waarom doe je zo agressief?'

'Ik doe niet agressief. Maar ik hoef je toch niet alles te vertellen?'

'Wat hij voor werk doet is toch geen gevoelige informatie, Verity.'

'Oké, oké. Als je het dan zo nodig weten moet, hij is de eigenaar van de Wave Cave. Nu tevreden?'

Met haar dagboek in haar hand stond Verity op. Voor haar moeder nog iets kon zeggen liep ze met een gemaakt lachje langs haar heen de lounge uit. Aangezien haar moeder heel Shoresby kende, had ze vast wel een van iemand anders overgenomen mening over Denny en Verity was niet geïnteresseerd.

Boven zocht Verity in het telefoonboek het nummer van de Wave Cave op. Toen ze het gevonden had hield ze haar vinger erbij en haalde diep adem. Dit werd haar eerste telefoongesprek met Denny. De moed zonk haar bijna in de schoenen. Stel dat hij haar niet wilde spreken? Stel dat hij gebeld had om te zeggen dat hij haar niet meer wilde zien? Maar haar vingers, die geen acht op haar twijfels sloegen, toetsten het nummer al in.

'Wave Cave. Wat kan ik voor u doen?' vroeg Denny toen hij opnam.

'Hoi, Denny, met mij,' zei Verity. De telefoon in haar hand trilde tegen haar oor.

'Jij,' zei Denny, en hij liet een dramatische stilte vallen. 'Wauw. Wat heb jíj een sexy telefoonstem. Maar dat heb je zeker al vaker gehoord?'

'Denny, hou op.' Giechelend trok Verity haar knieën tegen haar borst.

'Ik hoopte al dat jij het was,' zei hij. 'Wat ben je aan het doen?'

'Niets.'

'Kom dan hier naartoe.'

'Wat? Nu?'

'Ja. Kom gewoon even langs, ik zie je in de winkel. Het is nogal stil, dus we kunnen de winkel ook sluiten en naar mijn huis gaan.'

'Denny, dat gaat niet!' riep Verity uit, ijsberend over het tapijt in haar kamer. 'Ik zou graag willen, maar ik moet dingen doen. Ik heb werk en zo.'

Ze voelde zich een slappeling dat ze het zei, maar Denny lachte alleen maar.

'Goed hoor, mevrouw Plichtsbesef. Ik zal je niet op het slechte pad brengen. Doe wat je moet doen en kom later maar hier naartoe. Hoe klinkt dat?'

Verity dacht aan de pianoles die ze zou moeten missen. Maar wat maakt het uit, dacht ze. Eén les missen kon geen kwaad en ze kon het als smoes gebruiken om haar moeder niet te hoeven vertellen waar ze heen ging. 'Prima.'

'Dan zie ik je straks.'

'Oké.' Verity giechelde.

'Maar ik waarschuw je,' zei Denny. 'Ik tel de minuten af...'

Breed lachend zette Verity haar telefoon uit. Ze slaakte een kreetje van vreugde.

Op woensdag had Verity inmiddels nog een pianoles en twee studie-uren overgeslagen; ze had zich verstrikt in een ingewikkeld web van leugens om maar bij Denny te kunnen zijn. Ze wist dat ze voor school moest werken, of oefenen voor haar piano-examen, maar Denny zei steeds dat hij haar wilde zien en ze kon geen nee tegen hem zeggen. Zij wilde hem tenslotte ook zien.

Als ze bij Denny in zijn winkel was, voelde ze zich bijzonder. Hij praatte met haar en keek de hele tijd naar haar, en zodra zij dat zag liet hij duidelijk merken dat hij zijn ogen niet van haar af kon houden.

'Hij is zo romantisch,' zwijmelde ze tegen Treza toen ze bij de kluisjes op school hun boeken inpakten.

'Ga mee naar de koffieshop, ik wil er alles over horen,' zei Treza. 'Je hebt me nog bijna niets verteld.'

Verity keek naar haar vriendin. Schuldbewust bedacht ze dat ze de afgelopen dagen niet één keer aan Treza gedacht had. Nu Treza haar zo aankeek, zag ze dezelfde verwachtingsvolle blik in haar ogen die ze van zichzelf zo goed kende. Maar toch wilde Verity de intieme details van haar relatie nog niet prijsgeven. Het was te nieuw en te opwindend. Als ze Treza alles vertelde wat ze voelde was het net als al die andere keren dat ze het over jongens gehad hadden. En Denny was heel anders. Een klasse apart. 'Het spijt me, Treze. Vanavond niet. Ik moet rennen. We gaan straks naar de bioscoop.'

'Wauw!' lachte Treza, maar Verity kende haar goed genoeg om te weten dat ze teleurgesteld was. 'Jullie laten er geen gras over groeien, hè? Weet je zeker dat dit niet te snel gaat?'

'Zo voelt het niet. En trouwens, Denny pusht me helemaal niet. Ik heb het idee dat ik hem al jaren ken.'

'Het is nog maar een week of zo. Moet je het niet... ik weet niet.. een beetje rekken?'

'Je lijkt mijn moeder wel,' lachte Verity. 'Over mijn moeder gesproken, als ze belt ben ik bij jou, oké?'

In de bioscoop, met een beker popcorn op schoot, kon Verity zich nauwelijks op de film concentreren. Ze keek om de haverklap naar Denny, wierp steelse blikken op zijn in spijkerbroek gehulde benen en vroeg zich, alweer, af hoe hij er naakt uit zou zien. Fantastisch, wilde ze wedden. Als ze eraan dacht ging er een warme golf van opwinding door haar heen. Hoe vaker ze Denny zag, hoe spannender ze hem vond en elke vezel in haar lichaam smachtte naar zijn aanraking.

Het enige probleem was dat Denny nog steeds geen toenaderingspoging gedaan had. Voor een deel had Verity niet met Treza willen praten omdat er gewoon geen intieme details waren om over te vertellen.

Voor hun eerste afspraak, toen Denny haar op straat en in de supermarkt op haar wang gekust had, was Verity ervan overtuigd geweest dat Denny wilde dat het snel zou gebeuren tussen hen, zodra ze echt met elkaar gingen. Maar toen hij haar zaterdag na het restaurant naar huis bracht had hij haar zelfs nauwelijks gekust.

Nu was er al zo veel tijd verstreken dat Verity een beetje paranoïde begon te worden. Hoe langer ze niet met elkaar zoenden, hoe meer Verity het wilde, maar omdat ze nog nooit van haar leven een jongen versierd had, had ze geen flauw benul hoe ze het moest aanpakken. Ze wist dat Denny haar leuk vond – tenminste, ze hoopte dat hij haar leuk vond – maar misschien wachtte hij wel op een of ander teken van haar.

Verity voelde zich hopeloos onhandig en verloren. Misschien

waren andere meisjes fysiek meer op hun gemak geweest bij Denny. Maar de gedachte aan Denny's seksuele ervaring, en háár totale gebrek daaraan, maakte haar nog veel zenuwachtiger.

Alsof hij haar tobberige gedachten kon lezen keek Denny haar aan en glimlachte. 'Kom hier,' zei hij, en hij sloeg een arm om haar heen.

Met een gelukkige glimlach liet Verity zich tegen hem aan zakken. De armleuning van de stoel porde in haar ribben, maar dat kon haar niet schelen. Ze sloot haar ogen, snoof de geur van Denny's aftershave op en stopte haar neus in zijn hals; de film kon haar gestolen worden. Ze wou dat iemand die ze kende haar nu kon zien, heel even maar. Zodat ze wisten dat zij de vriendin van Denny Shapland was.

Toen ze later hand in hand over de boulevard terugliepen, gloeide Verity nog steeds van geluk. Ze had geen haast om thuis te komen en omdat het een heldere avond was, had ze meteen ja gezegd toen hij voorstelde om langs de zee te lopen.

Verity had nooit gedacht dat Shoresby ook maar in de verste verte romantisch was, maar nu ze hier zo liep met Denny besefte ze dat ze zich vergist had. Boven hen bescheen het witte licht langs de boulevard hun pad en wierp zilveren strepen over het donkere water dat zachtjes tegen de zeemuur klotste. 'Wonderlijk dat we elkaar nog maar net kennen, terwijl ik toch het gevoel heb dat het al jaren is,' mijmerde ze, terwijl ze voor het eerst het zachte schijnsel van de oude straatlantaarns opmerkte.

Denny haalde zijn schouders op. 'Mensen zeggen altijd dat ik me te snel in relaties stort, maar ik luister gewoon naar mijn gevoel.'

'Dat vind ik juist zo leuk aan je,' zei Verity. Ze legde haar andere hand op die van Denny en glimlachte naar hem.

'En wat doe je morgen?' vroeg Denny.

'Weer dat filmgedoe bij Lost Soul's Point.'

'O, ja?' vroeg Denny. 'En wat laten ze je nu weer doen? Moet je je weer als dat dode meisje verkleden?'

Verity knikte. 'Ik moet een romantische scène spelen met Jimmy Jones. Hij speelt de minnaar van Caroline Walpole.'

'Romantisch?' vroeg Denny. 'Hoe bedoel je?'

Zijn toon verraste Verity. 'Gewoon, elkaar een beetje in de ogen kijken en zo,' stelde ze hem gerust. 'Saai gedoe. Niets bijzonders.'

Denny knikte. 'Jimmy Jones,' zei hij. 'Die ken ik wel. Volgens mij heeft hij een paar weken geleden een broek uit de winkel gejat. Niet dat ik het kan bewijzen. Nooit gedacht dat ze zo'n loser voor die rol zouden nemen. Konden ze niemand anders krijgen?'

Verity keek naar de grond, worstelend met haar loyaliteit. Jimmy had afgelopen donderdag zo aardig geleken dat ze niets naars over hem wilde zeggen. Ze had het filmen echt leuk gevonden, maar nu zette Denny's reactie haar op het verkeerde been. Ze had gedacht dat het simpele feit dat ze gefilmd werd haar volwassen en interessant zou doen lijken, maar door Denny's neerbuigende woorden over Jimmy voelde ze zich nu alleen maar dom. 'Jimmy is soms wel een beetje vreemd, ja,' mompelde ze.

'Maar goed,' zei Denny, met een waarschuwende klank in zijn stem. 'Zolang hij voor de camera en buiten de camera maar van je afblijft vind ik het best. Ik wil niet dat je met hem dingen doet die wij nog niet...'

Naar adem snakkend bleef Verity staan. 'Met Jimmy? Echt niet!' Toen glimlachte ze geruststellend naar Denny. 'Ik moet alleen maar doen alsof ik verliefd op hem ben. Het stelt echt niets voor.'

'Als wij iets met elkaar hebben, moet ik je kunnen vertrouwen,' zei Denny ernstig. Hij draaide zich naar haar om en pakte haar bij de schouders. 'Ik ben een heel jaloers type. Ik kan er niets aan doen. Als ik met een meisje ben, dan is ze van mij.'

Verity had het gevoel dat ze met toverstof besprenkeld was. Ze was van Denny. En ze wilde dat hij het wist, zonder enige twijfel. 'Je kunt me vertrouwen. Zoiets zou ik nooit doen. Met niemand. Dat beloof ik, Denny. Ik ben helemaal van jou.'

Toen tilde Denny haar op, als overweldigd door hartstocht, en toen haar gezicht vlak bij het zijne was kuste hij haar voor de eerste keer echt, duwde met zijn tong haar lippen vaneen. Verity kneep haar ogen stijf dicht, voelde zijn tanden tegen de hare stoten en dankte de hemel op haar blote knieën dat haar beugel er-

207

uit was, net op tijd voor de beste kus van haar leven.

Na een tijdje probeerde ze zich los te maken, maar Denny legde een hand tegen haar achterhoofd om haar nog dichter tegen zich aan te drukken en kuste haar dieper en dieper. Verity verstijfde toen zijn tong verder haar mond in schoot.

Eindelijk liet hij zijn greep verslappen, en met een grom zette hij haar weer op de grond. Verity's lippen schrijnden van het schuren van zijn stoppelbaard. Ze voelde zijn penis door zijn spijkerbroek heen tegen haar dij drukken. Ze liet zich door hem omhelzen, haar ogen open, haar neus tegen zijn zachte wollen trui gedrukt. Haar hart bonkte van paniek en opwinding. Wat moest ze nu doen? Verwachtte Denny van haar dat ze hem aanraakte? En als ze het nou verkeerd deed? Te bang om zich te bewegen luisterde ze naar Denny's lage kreunen.

'Jezus, Verity,' zei hij. 'Ik heb zo'n zin in je. Ik word er gek van, ik heb zo verschrikkelijk veel zin in je.'

De volgende dag, op Appleforth House voor de wekelijkse filmsessie, wist Verity dat het nu niet lang meer zou duren voor het echt serieus werd met Denny, maar na die avond was er wel iets veranderd. Ze was klaar voor hem. Het was alsof hij haar met die verklaring van zijn verlangen in één keer veranderd had in de vrouw die ze moest zijn.

In een van de proviandkamers naast de keuken zat Verity op een krukje voor een spiegel, terwijl Edith van Shoresby Styles met een hete tang krulletjes in haar haar maakte. Verity keek naar de jurk die aan de deur achter haar hing. Straks zou ze die aantrekken en in Caroline Walpole veranderen. Nu wist ze hoe het dode meisje zich gevoeld moest hebben: hopeloos verliefd, vastbesloten om tegen alles in bij haar minnaar te zijn, wat haar vader ook van hem vond. Wat wie dan ook van hem vond.

Het was ongewoon zonnig buiten. Ellen en Scott, die zo snel mogelijk wilden beginnen om optimaal van het licht gebruik te maken, spoorden haar aan om op te schieten toen ze eindelijk in haar jurk door de achterdeur naar buiten kwam. Ze nam haar rok op en rende over het oude stenen pad naar het prieel, waar Scott, Ellen, Roy en Jimmy al stonden te wachten. Aan weerszijden van het bankje, waar Jimmy al op was gaan zitten, stonden verschillende lampen opgesteld.

Toen Verity naast Jimmy ging zitten gaf Ellen haar een kneepje in haar arm. 'Nog heel even wachten, jullie,' zei ze en Verity glimlachte naar haar, vol bewondering voor Ellens trendy bril met de grote bruine glazen. Ze droeg een wit bloesje met veel kanten strookjes op een spijkerbroek die op haar heupen hing, met een duur uitziende blauwe trui achteloos om haar schouders. Toen Ellen terugliep naar Scott bij de monitor bedacht Verity onwillekeurig hoe stijlvol ze eruitzag. Wat moet het heerlijk zijn, dacht ze, om te zijn zoals zij. Ze straalde zelfvertrouwen en gezag uit.

'Wat zie jij er vandaag blij uit,' zei Jimmy tegen haar toen ze haar rokken over de bank drapeerde.

'O ja?' Ze wist dat ze kortaf en uit de hoogte klonk, maar na wat Denny gezegd had wilde ze niet al te dik met Jimmy worden.

Maar Jimmy merkte het niet op en liet haar niet zomaar met rust. 'Ja, echt waar.'

'Nou, het komt in ieder geval niet door die jurk. Ik voel me belachelijk.'

'Ik wou dat mijn oma je kon zien,' zei Jimmy met een weemoedige zucht, bijna tegen zichzelf.

Wat had Jimmy's oma er nu weer mee te maken? 'Je oma?' vroeg Verity verbaasd.

'Laat maar,' zei Jimmy.

Maar of ze het nu wilde of niet, zijn droevige blik intrigeerde haar. Ze besefte dat ze helemaal niets van zijn achtergrond wist. 'Vertel eens,' zei ze.

Verrast over Jimmy's band met zijn oma van vaders kant zat Verity te luisteren. Toen hij vertelde dat zijn grootmoeder hem opgevoed had, hoorde ze het verdriet over haar opname in het verzorgingstehuis in zijn stem. Ze had altijd aangenomen dat Jimmy een eenling was die nergens iets om gaf, maar dit kleine inkijkje in zijn persoonlijke leven maakte haar duidelijk dat haar idee helemaal niet klopte. De manier waarop Jimmy over zijn oma sprak – met echte liefde en compassie – overviel Verity. Plotseling begreep ze hoe gevoelig Jimmy was. Ze had aangenomen

209

dat hij net zo was als andere jongens van haar leeftijd, die bejaarden in de maling namen en oudere mensen die zich beklaagden over graffiti en rommel op straat in hun gezicht uitlachten. Ze had er niet verder naast kunnen zitten.

Het gaf haar een beschaamd gevoel; Jimmy, die zo veel verantwoordelijkheden had, klaagde nooit, terwijl zij elke avond in haar hotelsuite zat te bedenken hoe zwaar haar leven was. 'Zou je oma ons op tv zien, denk je?' vroeg ze.

'Ik denk niet dat ze het haalt,' zei Jimmy. 'Het is zo jammer. Het zou zo leuk zijn als ze me zo kon zien. Ze zou zich rot lachen. En als ze jou kon zien. Je ziet er vast geweldig uit op tv.'

Verity kromp in elkaar. 'Hou op. Ik wil er niet eens aan denken.'

'Dat meen je toch niet?'

'Echt wel. Ik zie het helemaal niet zitten. Ik ben echt niet van plan om te gaan kijken. Als het op tv is verstop ik me ergens.'

'Ik snap het niet. Ik dacht dat je het filmen leuk vond.'

'Dat filmen vind ik ook niet erg, het gaat erom hoe het eruit komt te zien. Iedereen zegt dat je er op televisie heel anders uitziet en volgens mij zie ik er afschuwelijk uit. Lelijk.' Verity wees naar haar haar en make-up, die ze monsterlijk vond.

'Jij ziet er nooit lelijk uit,' zei Jimmy.

Verity snoof afkeurend.

'Als je wilt vraag ik of Scott je de *rushes* laat zien,' bood Jimmy aan.

'Nee, dat is niet hetzelfde. Hij heeft een piepklein schermpje. Ik bedoel een groot scherm. Het zal wel aanstellerij zijn, maar de gedachte alleen al jaagt me de stuipen op het lijf. Ik schaam me dood. Dat weet ik nu al.'

'Goed,' zei Ellen – waarmee de vragende uitdrukking van Jimmy's gezicht verdween en Verity zich gelukkig niet nader hoefde te verklaren. Scott kwam een van de grote lampen bijstellen en ging toen weer achter de camera staan, zijn benen wijd uit elkaar terwijl hij door de zoeker keek. Roy stond naast hem, met in zijn handen een grote, wollig grijze microfoon aan een lange steel. Hij zette zijn koptelefoon recht en knikte naar Scott.

Verity keek strak naar Ellen en luisterde met al haar aandacht naar haar woorden.

'Jimmy, ik wil dat je Verity uit dit boek een gedicht van Tennyson voorleest,' zei Ellen, die hem een oude, in leer gebonden band gaf. 'Maak je maar niet druk om je dictie, je hebt niet op de toneelschool gezeten, dus we laten het geluid bij de soundmix gewoon wegfaden. Waar het om gaat is dat Caroline en Leon elkaar in het geheim ontmoeten en dat ze hopeloos verliefd zijn, dus Verity, ik wil dat je naar Jimmy kijkt terwijl hij leest. Daarna pakken jullie elkaars handen alsof jullie uit elkaar gaan. Zullen we het proberen?'

Verity veegde een blaadje van haar jurk en ging rechtop zitten, terwijl Jimmy het boek opensloeg.

'Daar gaat-ie dan,' zei Jimmy, en hij hield het boek omhoog.

Al lezend wierp Jimmy af en toe een blik op haar, alsof hij het gedicht al kende, en Verity merkte dat ze aandachtig zat te luisteren. Ondanks Ellens opmerking over zijn dictie kon Jimmy zo het toneel op. Hij las prachtig, alsof hij het gedicht zelf geschreven had. Misschien moest zij het ook uit haar hoofd leren, zodat ze het voor Denny kon opzeggen, dacht Verity dromerig. Als hij van opera hield, las hij vast ook poëzie.

'Perfect.' Ellen viel Jimmy midden in een zin in de rede. 'Jullie zijn natuurtalenten. Jimmy, ga zo door. Verity, probeer een beetje dromeriger te kijken, en naar Jimmy, niet naar het boek. We gaan nu opnemen.'

'Jullie zijn een mooi stel,' merkte Scott op. Hij knipoogde naar Jimmy, die een gezicht naar hem trok.

Verity begon te giechelen. Ze vond het lief dat dit voor Jimmy zo gênant was. Eigenlijk zou zij degene moeten zijn die zich geneerde, maar nu ze hem zo nerveus zag werd ze zelf rustiger.

De camera begon te draaien en Verity wreef haar lippen over elkaar. Ze keek naar Jimmy. Hij zag er zo anders uit als Leon. Door de make-up had hij een heel ander gezicht gekregen. Hij zag er ouder en volwassener uit, en hij had ook iets levendigers dan anders. Ze was gewend hem rond te zien hangen, alsof hij half sliep. Maar nu, met zijn haar naar achteren gekamd, kon ze bijna geloven dat hij een heel ander mens was. Ze keek hem in de ogen terwijl hij las; ze bewonderde zijn acteertalent en vroeg zich tegelijk af hoeveel andere dingen hij nog meer zou kunnen als hij zich ertoe zette.

Toen Ellen 'cut' riep, wendde Verity haar blik af.

Ellen knikte naar Scott en Roy, de geluidsman, die aan een vierkant kastje dat hij aan een riem om zijn nek droeg aan een paar knoppen draaide.

'Ik wil een close-up,' zei Scott tegen Ellen. Hij zette het statief met de camera een stuk naar voren. Toen keek hij over zijn schouder naar de lucht. 'We moeten opschieten, straks is het licht heel anders.'

'Goed, nog één shot,' zei Ellen met een blik op haar clipboard, terwijl Scott de poten van het statief afstelde.

Ellen pakte een in rood leer gebonden boek van een van de camerakoffers en liep ermee naar Jimmy en Verity. 'Moet je horen, jongens, ik heb Carolines dagboek gelezen,' zei ze, en ze sloeg het boek open. 'Ze schreef heel vaak over stiekeme kussen met Leon in het prieel.'

'Wil je dat we...?' Verity slikte. Dit had ze niet verwacht.

'Vind je het erg?' vroeg Ellen. Ze keek alsof ze bijna niet kon geloven dat dit een probleem was.

Jimmy haalde zijn schouders op en keek de andere kant op, en Verity zag dat hij bloosde.

'Als jullie het niet willen is het ook geen ramp,' vervolgde Ellen. 'Het zou de film alleen wel veel echter maken. Ik heb het niet over een gigantische tongzoen. Doe maar alsof het hun eerste kus is.'

Ellen glimlachte naar hen allebei, en Verity lachte terug; ze wilde haar graag een plezier doen. Heel even dacht ze aan Denny. Maar dit had niets met Denny te maken. Ellen, Scott en Roy stonden erbij. Het was tenslotte maar acteren.

'Laten we het gewoon maar proberen,' ging Ellen achteloos verder. Met haar armen over elkaar ging ze naast Scott staan. 'Kijken wat er gebeurt. Doe maar wat je gevoel je ingeeft. Vanaf dat ze elkaars handen grijpen. Oké... en actie.'

Verity telde af in haar hoofd, stilletjes, zoals Ellen het haar geleerd had. Ze haalde diep adem en keek Jimmy aan. Met zijn gevoelige blauwe ogen keek hij in de hare. Haar knieën knikten van de zenuwen, hoewel ze dat helemaal niet wilde. Waarom trilde ze zo? Er was toch niets om zenuwachtig over te zijn? Dit was alleen maar alsof. Verity deed haar best om de zwarte lens van de camera te vergeten, en toen vonden Jimmy's handen de hare. Ze vroeg zich af of hij voelde dat ze klam waren van het zweet en ze wou maar dat ze kalmer was.

Zachtjes trok hij haar naar zich toe. Verity keek hem geconcentreerd aan. *Niet aan de camera denken, doe zo gewoon mogelijk*, dacht ze, de woorden ritmisch herhalend in haar hoofd. Maar Jimmy kwam steeds dichterbij.

Toen vulde hij haar hele blikveld en voelde Verity zijn adem op haar wangen. Van dichtbij rook hij naar make-up en zon, en ze ademde zijn onbekende, maar vreemd bedwelmende geur in. Jimmy hield zijn hoofd schuin, zijn lippen maar een paar millimeter bij die van haar vandaan. Doodsbang en opgewonden tegelijk hield Verity haar adem in. *Hij is Leon*, dacht ze, *Leon, Leon...* Maar toen raakten hun lippen elkaar en Verity kon zich niet meer bewegen. Haar hele wezen richtte zich naar de sensatie van zijn lippen op de hare.

Ze sloot haar ogen, elk zenuwuiteinde in haar lichaam op scherp. Het leek alsof Jimmy uren zo bleef zitten, tegen haar aan, maar in werkelijkheid kon het maar een paar seconden zijn. Het was net alsof ze in een dimensie gezogen werd die alleen van hen was. Ze voelde zich bijna duizelig toen Jimmy zich bewoog, zijn lippen voorzichtig van elkaar deed. Met een gevoel alsof ze zweefde, waarbij haar maag zich omdraaide, merkte ze dat Jimmy nog dichterbij kwam, zich tegen haar aan drukte, zijn handen teder om haar gezicht legde. Toen kon ze niet anders meer dan toegeven, en alles vergetend – ook de camera – kuste ze hem terug.

Met een schok maakte Jimmy zich van haar los; iemand rukte hem van de bank. Verity hijgde van schrik toen ze zag dat Denny Jimmy bij de kraag van zijn overjas had, zijn vuist balde en hem in het gezicht sloeg.

'Hou op, Denny, hou op!' gilde Verity, toen Jimmy achterwaarts tegen de muur van het prieel struikelde en vervolgens voorover op zijn knieën zakte.

Denny schoot naar voren om Jimmy nogmaals beet te pakken en Verity vloog op hem af. Ze probeerde zijn arm vast te houden, maar hij schudde haar af.

'Jij... jij...' gromde Denny tegen Jimmy, die hij hardhandig weer overeind zette.

'Blijf van hem af,' schreeuwde Scott. Hij pakte Denny onder zijn armen en trok hem weg.

Met zijn handen voor zijn gezicht kwam Jimmy moeizaam overeind. Verity zag bloed uit een van zijn neusgaten druppelen.

'Wat is hier in godsnaam aan de hand?' gilde Ellen, die tussen Jimmy en Denny in was komen staan en haar armen gestrekt hield om ze uit elkaar te houden.

Denny wees naar Verity. 'Je had het beloofd,' grauwde hij, Scott van zich afschuddend. 'Je had het me beloofd.'

'Denny.' Verity liep snikkend naar hem toe, maar hij wilde niet dat ze hem aanraakte. 'Het was maar alsof. Het was echt niet...'

Maar Denny schudde alleen maar zijn hoofd en duwde haar met een van minachting vertrokken gezicht van zich af.

'Denny! Denny! Kom terug!' huilde Verity, maar het had geen zin.

14

'Was dat niet die knul van de surfwinkel?' wilde Ellen weten. 'Waar dacht die dat-ie mee bezig was?'

'Hij is mijn... mijn vriendje,' jammerde Verity, die Denny van de set zag benen. Onderweg schopte hij een van Scotts kisten aan de kant.

'We kunnen hem maar het beste even laten afkoelen, denk je ook niet?' Ellen trok een gezicht naar Scott en legde een arm om Verity heen om haar tegen te houden.

Roy was zo vriendelijk geweest zijn zakdoek af te staan aan Jimmy, die nu deppend aan zijn neus naar Verity stond te staren.

'Kan iemand me misschien vertellen wat er aan de hand is?' vroeg Ellen met een blik op Jimmy en Verity. Ze kon bijna niet geloven wat er zojuist gebeurd was. Waar was die gek opeens vandaan gekomen zonder dat iemand het in de gaten had?

'Het spijt me zo, Jimmy, het spijt me zo,' snikte Verity. 'Het is allemaal mijn schuld.'

'Je bent veel te goed voor hem,' antwoordde Jimmy. Hij keek naar het bloed op de zakdoek en vervolgens naar Verity.

'Jullie begrijpen het niet,' huilde Verity, die bij het onmiskenbare geluid van een startende motor nog harder begon te snikken.

Aan de wanhopige uitdrukking op Verity's gezicht las Ellen af dat de banden die over de oprit slipten van Denny moesten zijn. Verity sloeg van schaamte haar handen voor haar gezicht. 'Ik had hem beloofd dat ik... dat ik nooit ontrouw zou zijn.'

'Stil maar, Verity,' troostte Ellen. 'Je moet niet zo streng voor jezelf zijn. Die knul – Denny – nou, hij was degene die buiten zijn boekje ging. Ik wílde dat Jimmy en jij elkaar kusten. Dat is toch geen ontrouw.' Ze sloeg haar arm om Verity heen en keek over haar gebogen hoofd heen naar Scott, die haar verbijsterde blik gelukkig opmerkte.

'Ik geloof dat het wel meevalt met je, hè?' vroeg Scott aan Jimmy.

Jimmy stond nog steeds naar Verity te kijken. 'Het komt wel goed,' antwoordde hij.

'Want als het niet zo is en je wilt de politie op hem afsturen, heb ik het van begin tot eind gefilmd.'

Verity keek hem ontsteld aan. 'Maar...' stotterde ze.

Zij en Jimmy keken elkaar aan. Toen wendde Jimmy zich tot Scott. 'Zoals ik al zei,' herhaalde hij, 'het komt wel goed.'

'Ik heb alles verpest. Jullie begrijpen het niet,' zei Verity. Met tranen in haar ogen keek ze eerst naar Ellen en toen naar Scott.

'Wat begrijpen we niet?' vroeg Ellen geërgerd.

'Ik kuste hem terug,' bracht Verity met verstikte stem uit. Ze wierp een snelle blik op Jimmy, waarna ze door de moestuin wegrende, een werveling van opbollende rokken en dansende krulletjes.

'Dat was het dan voor vandaag,' merkte Roy op, terwijl hij de stekker van de microfoon lostrok.

Ellen sloeg met een diepe zucht op haar dijen. 'Inderdaad. Wat een drama.'

'Het spijt me, Ellen,' zei Jimmy schaapachtig.

'Jimmy, jij hoeft geen sorry te zeggen! Jij kunt er niets aan doen. Ga je gezicht maar even wassen, oké?'

Ellen keek hem na. Ze had met het joch te doen. Hij had geen enkele kans gehad tegen die dwaas, die Denny. Ze was erg op Jimmy gesteld geraakt sinds hij voor hen werkte en nu wou ze dat ze hem op een of andere manier kon helpen. Ze overwoog hem na te roepen, hem te bedanken omdat hij Leon zo goed gespeeld had, maar het zou de zaak er waarschijnlijk niet beter op maken, dacht ze.

Ze had best nog een take gewild, maar ze moest toegeven dat de afscheidskus tussen Caroline en Leon bijna volmaakt geweest was. Ze had er zo geboeid naar staan kijken dat Denny's komst haar volledig overvallen had.

'Ik heb denk ik wel genoeg. Je knipt gewoon vóór die klap,' zei Scott, die het statief los stond te draaien.

'Pubers,' zei Ellen hoofdschuddend. Verity's gepraat in zwartwit over goed en fout had haar alleen maar doen beseffen hoe complex en verward haar eigen gevoelsleven geworden was.

'Mijn kinderen zijn precies zo,' zei Roy, die om zijn arm een kabel oprolde. 'Drama zus, drama zo. Het ene moment zijn ze smoorverliefd, het volgende moment is het uit.'

'Ik snap er niets van.' Ellen zette haar handen in haar zij en keek naar Jimmy, die in de verte wegliep. 'Het was geacteerd! Jimmy kuste Verity toch niet echt!'

Scott glimlachte.

'Nou ja, oké, technisch gezien wel,' zei Ellen, die Scotts blik ving, 'maar er is niets tussen...'

Scott stond nu zelfvoldaan te grijnzen. 'Je hoorde toch wat de dame zei? Ze kuste hem terug.'

Ellen staarde hem aan, terwijl zijn woorden langzaam tot haar doordrongen. Er was dus wel iets tussen Jimmy en Verity? Ellen wierp geïrriteerd haar handen in de lucht. 'Geweldig. Ik ben zogenaamd regisseur en ik zie niet eens wat zich voor mijn neus afspeelt!'

Scott lachte. Ellen probeerde terug te lachen, maar vanbinnen nam de paniek alleen maar toe. Het was alsof ze haar greep op de dingen kwijtraakte – zelfs op de kleine dingen, zoals het filmen, wat zo gemakkelijk had moeten gaan.

Zo voelde ze zich al sinds Ned zaterdagavond bij haar weggegaan was. Hoe ze ook haar best deed om zichzelf wijs te maken dat er niets gebeurd was, ze kon er niet omheen dat er bijna wél iets gebeurd was. Ze hadden elkaar bijna gekust. Dat was de waarheid. Er was iets vaag romantisch tussen haar en Ned voorgevallen, waardoor Ellen haar verstand verloren had. Ze kon niet eens de alcohol de schuld geven. Ze was zo vaak met mannen dronken geworden, maar nooit was ze in de verleiding gekomen ze te kussen. De ernst van haar op het nippertje verijdelde val in de afgrond van de ontrouw had haar tot in haar diepste wezen geschokt, omdat het alles wat haar lief was op de proef stelde.

Eerst had ze Ned de schuld gegeven. Hij was naar haar toe gekomen. Hij had geprobeerd haar te verleiden; hij had haar romantische verhalen verteld en haar tot in de kleine uurtjes met haar werk geholpen.

Vervolgens had ze Jason de schuld gegeven. Het kwam doordat Jason weg was. Het was zijn schuld dat ze gevoelig was voor de avances van een andere man.

Maar uiteindelijk was ze tot de conclusie gekomen dat ze zichzelf een rad voor ogen probeerde te draaien. Ze had Ned zelf in haar leven gelaten en was zelf zwak geweest. Ze kon alleen zichzelf de schuld geven en die wetenschap maakte haar ziek. Als ze zichzelf niet kon vertrouwen, hoe kon ze dan verwachten dat Jason haar vertrouwde?

Maar het wás niet gebeurd, bracht ze zichzelf in herinnering. Het was niet zoals bij Verity en Jimmy – Neds lippen hadden de hare niet geraakt. Waarom had ze dan het gevoel dat ze Jason ontrouw geweest was? Misschien zelfs meer dan wanneer ze elkaar wél gekust hadden?

Ze wist het antwoord. De onbetwistbare waarheid over die bijna-kus was dat Ned ervoor gezorgd had dat het niet echt gebeurde. Niet zij. Ned had de betovering verbroken en was er als een haas vandoor gegaan. En nu werd ze behalve door schuldgevoel elk uur van de dag geplaagd door schaamte.

Het is niet gebeurd, herhaalde ze bij zichzelf. Maar hoe meer ze haar best deed het te vergeten, zo leek het, hoe meer het leven het haar in het gezicht smeet, als een schimpscheut – zoals nu met Jimmy, Denny en Verity. Het was net alsof die drie haar eigen angsten uitgespeeld hadden.

De hele week had ze Ned met opzet ontlopen. Tot vandaag was ze niet op Appleforth House geweest, zodat ze hem niet hoefde te zien. Ze had er ook voor gewaakt al te vaak naar Shoresby te gaan, want daar konden ze elkaar natuurlijk ook tegen het lijf lopen. Maar nu had ze geen enkel excuus meer, wist Ellen. Ze moest Ned onder ogen komen en de lucht klaren.

Ze kon alleen functioneren en de documentaire afmaken als ze Ned de waarheid over Jason vertelde. En de waarheid was dat ze overstuur geweest was na een onbevredigend gesprek, waardoor ze hun relatie gebagatelliseerd had, waardoor Ned weer een heel verkeerde indruk gekregen had. Ze zou uitleggen dat ze zich eenzaam gevoeld had en dat ze, geholpen door de wijn, tijdelijk haar verstand verloren had. De waarheid was dat Jason en zij naar alle waarschijnlijkheid voor de rest van hun leven samen waren. Ze had er nooit ofte nimmer over gepeinsd om Jason ontrouw te zijn, en dat zou ook nooit gebeuren.

Zo, dacht ze, nadat ze die zinnen een paar keer voor zichzelf geoefend had, dat zou de zaak recht zetten en de spanning tussen haar en Ned wegnemen. Ze zou sterk en eerlijk zijn. Dat was ze Ned en zichzelf wel verschuldigd.

In Appleforth House probeerde Ellen aan de voet van de grote trap de aandacht te trekken van de man die een nieuwe mahoniehouten trapleuning aan het maken was. 'Heb je Ned gezien?' schreeuwde ze boven het janken van de boor uit.

'In de balzaal,' antwoordde hij, gebarend naar een van de gangen die op de hal uitkwamen. Ellen baande zich een weg langs ladders en liep voorzichtig over de stoflakens die op de nieuwe vloer uitgespreid lagen.

Overal waren mensen aan het werk. De hal was vervuld van stof en het luide tingelen van een kristallen kroonluchter, die aan het plafond bevestigd werd door verschillende mannen op lange ladders die gespannen aanwijzingen naar elkaar riepen.

Toen ze door de lange gang naar de grote deuren aan het eind liep, verflauwde het lawaai van de werklui. Ze zag de draden in de muur waar de lampen zouden komen, maar naar de deuren toe werd het steeds donkerder. Haar schoenen piepten op de tegels. Ellen haalde diep adem en draaide de porseleinen deurknop om. Ze duwde de deur een klein stukje open en glipte stilletjes naar binnen.

Wat ze zag was volkomen anders dan de luidruchtige hal en de schemerige gang hadden doen vermoeden. In de balzaal heerste rust, de enorme lege ruimte was gevuld met banen zonlicht, die naar binnen vielen door de hoge, met bogen bekroonde ramen aan een van de zijden en de ingelegde marmeren vloer deden sprankelen. Duizenden mozaïektegeltjes draaiden van Ellen weg in een ingewikkeld patroon van bloemen en krullen en leidden naar een centraal bloemmotief onder de koepel in het plafond. Het effect was adembenemend en zodra ze er een voet op zette kreeg ze de aanvechting om door de onmetelijke, in zonlicht badende ruimte te dansen.

'Staan blijven!' De strenge stem was van Ned.

Verstijfd van schrik keek Ellen op; Ned stond aan de andere kant van de ruimte tegen de deurpost, twintig meter bij haar vandaan.

'Hij is net gelegd,' zei hij op vriendelijker toon. 'Er mag vierentwintig uur niet op gelopen worden.'

Ellen trok voorzichtig haar voet terug, alsof ze aan het ijs gevoeld had. 'Wat een schitterende vloer,' zei ze. Haar blik dwaalde over de vloer naar waar Ned stond, zijn handen in de zakken van zijn donkergrijze katoenen broek. Ze had de afgelopen dagen zoveel aan hem gedacht, aan de uitdrukking op zijn gezicht toen hij vlak naast haar zat, dat het vreemd was om hem van zo veraf te zien. Hij had zijn bril op en zijn haar zat in de war, maar toch, hij was absoluut aantrekkelijk. Haar wangen gloeiden. 'Waar is hij van gemaakt?' vroeg ze, weer naar de vloer kijkend.

'Purbeckmarmer.'

Ned weidde niet verder uit, en er viel een ongemakkelijke stilte. Ze voelde zich bespottelijk zo ver bij hem vandaan, maar Ned bleef rustig staan waar hij stond. Ze schraapte haar keel, klaar om haar praatje over Jason af te steken. Maar opeens leek het allemaal te beschamend of aanmatigend om hardop te zeggen.

Er is niets gebeurd, hield ze zichzelf voor. Waarom wilde ze er eigenlijk zo'n emotionele toestand van maken? Zou Ned daardoor niet juist nog slechter over haar gaan denken?

En trouwens, wat dacht Ned eigenlijk van haar? Wist ze dat wel? Wat dacht hij echt? Het was onmogelijk om wat dan ook te zeggen voordat hij haar enig idee van zijn gevoelens gegeven had. Gaf hij voor zichzelf toe dat het gebeurd was, dat wat níét gebeurd was? Of deed hij net alsof het niet gebeurd was, dat wat wél gebeurd was?

Ellen had het gevoel dat ze wegzakte in emotioneel drijfzand. De tijd verstreek en ze moest íéts zeggen, zelfs als hij bleef zwijgen. 'Ik kwam zeggen dat we klaar zijn voor vandaag,' begon ze hoopvol. Haar stem weergalmde in de enorme balzaal.

'Mm-mm,' mompelde Ned, die de vloer stond te bestuderen.

Ellen tikte op het dagboek van Caroline Walpole in haar hand; ze wou dat hij haar aankeek. Als hij haar niet aankeek, hoe moest ze dan een gesprek met hem beginnen?

Ze overwoog hem over het drama met Denny, Jimmy en Verity te vertellen, maar toen Ned nog steeds bleef zwijgen zonk de moed haar in de schoenen. 'Ik heb het dagboek bij me,' zei ze, en ze stak het in de lucht. 'Ik dacht, misschien wil je dat bij de rest van je papieren bewaren.'

Nu keek Ned haar aan, vriendelijk noch onvriendelijk, alleen maar schrikbarend neutraal. Toen hun blikken elkaar over de zonnige zaal heen ontmoetten maakte Ellens hart een sprongetje, maar Ned verraadde geen enkele emotie. 'Bedankt. Leg maar bij de deur neer.'

Dit is onverdraaglijk, dacht Ellen, die zin kreeg om de zaal door te rennen en Ned net zo lang heen en weer te schudden tot hij naar haar luisterde. Maar ze wist dat het geen zin had. Traag bukte ze zich om het boek neer te leggen, en streek nog één keer over het leer. Ze vond deze stemming tussen hen verschrikkelijk. Ze moest iets zeggen. 'Ned,' begon ze terwijl ze overeind kwam. 'Nog even over laatst...'

'Ik moet niet vergeten je die quilt terug te geven. Clara is er helemaal verliefd op.'

'Nee, dat bedoel ik niet,' drong Ellen aan. 'Over...'

'Ik wil niet dat je een verkeerde indruk krijgt, Ellen,' zei hij zacht. Hij keek naar zijn schoenen. 'Ik meende echt wat ik zei over die tweede kans; daar geloof ik niet in.'

Toen hij haar aankeek had Ellen het gevoel dat hij haar een klap gaf, zoals Denny Jimmy een klap gegeven had. Hij was al eens van haar weggerend; hij hoefde haar toch niet nog een keer weg te duwen! Hoe durfde hij te denken dat ze iets van hem wilde, dacht ze verontwaardigd, terwijl ze juist gekomen was om hem het tegenovergestelde te zeggen.

'Ik ben met Jason.' Ze spuugde de woorden bijna uit. 'En ik ben van plan altijd bij hem te blijven.'

'Mooi. Ik hoop dat jullie heel gelukkig worden,' zei Ned.

De tranen schoten in haar ogen van zijn besliste toon. 'Dank je,' mompelde ze. Toen ze opkeek was Ned verdwenen. Ze was alleen.

Ellen was nog steeds niet bekomen van haar ontmoeting met Ned toen ze met Scott naar Shoresby reed en, op initiatief van Scott, voor een verlate lunch stopte bij de Mr Chips in de buurt van de speelhal.

'Ja, je mag de auto lenen,' zuchtte Ellen, terwijl ze de deur openduwde. Zodra ze de warme zaak in liep vulde de heerlijke geur van verse patat haar neus; het was een goed idee geweest om hier naartoe te gaan.

'Als je het niet wilt, doe ik het niet,' zei Scott, die achter haar liep, maar Ellen wist dat hij dat niet meende. Sinds Scott gister-avond eindelijk met Deb uit geweest was, liep hij de hele tijd te bedenken waar hij haar nu weer mee naartoe kon nemen. Zo te horen had hij voor vanavond een ritje bij maanlicht in gedach-ten.

Ellen wist dat ze gemeen deed, maar eigenlijk was ze gewoon een beetje jaloers op Scott, die zo enthousiast was over Deb. En ze was bang dat alles nu ging veranderen. Ze vond het fijn om hem in het huisje te hebben, en hoewel ze zelf met het idee geko-men was dat hij het werk zou combineren met een beetje vakan-tie, had ze er niet op gerekend dat hij achter de vrouwen aan zou gaan.

'Het maakt niet uit. Ik ga wel met de trein terug.' Inwendig kreunend bij de gedachte aan de reis naar Londen keek Ellen op het schoolbord met het menu achter de toonbank. 'Volgens mij gaat er eentje over een uur.'

'Je bezorgt me een schuldgevoel. Omdat je zo'n geweldige baas bent, trakteer ik op patat.'

Ellen keek van opzij naar de grijnzende Scott. 'Engerd,' zei ze. 'Je hebt helemaal geen schuldgevoel. Daar ben je veel te verliefd voor. Ik word er misselijk van.'

'Maar ze is geweldig, geef toe!'

'Zo kan-ie wel weer!' riep Ellen uit. Ze had Scott de hele dag al over niets anders horen praten dan Debs fantastische eigenschap-pen. Ze begon spijt te krijgen van haar idee om hen te koppelen, al had ze er feitelijk niets aan hoeven doen. Ellen had alleen een enkele hint gegeven en voor ze wist wat er gebeurde had hij haar al mee uit gevraagd. Je moest wel bewondering hebben voor zijn directe aanpak. 'Ik geef toe dat Deb bijzonder knap is en voorzover ik het kan beoordelen is ze heel... aardig,' zei Ellen zuinig.

'Aardig!' zei Scott spottend. 'Ze is meer dan aardig!'

'Ja, ja, jammer dat ze voor zo'n galbak werkt,' mopperde Ellen.

'Ik dacht dat jij en Ned vrede gesloten hadden.' Scott keek haar even niet-begrijpend aan, waarna hij bij het meisje achter de toonbank patat bestelde.

'Dat hadden we ook,' zuchtte Ellen. Ze kwam in de verleiding om Scott te vertellen wat er tussen haar en Ned bijna gebeurd was, maar het was te gênant. Nu hij iets met Deb had, kon ze er niet van op aan dat Scott niet iets zou laten vallen wat via haar weer bij Ned terechtkwam. 'Laat maar, lang verhaal. Onze conflicten draaien allemaal om emotionele bagage, laten we het daar maar op houden.'

'Volgens mij heeft Ned daar een hele wagonlading van.'

'Zegt Deb dat?' vroeg Ellen onwillekeurig. Ze was vastbesloten Ned, en wat er ook tussen hen gebeurd was, te vergeten. Na wat hij eerder die dag in de balzaal gezegd had wist ze zeker dat haar eerste indruk van Ned Spencer juist geweest was: hij was arrogant en hij liep naast zijn schoenen. Dat was altijd zo geweest en zou altijd zo blijven.

'Deb zegt dat hij bijna nooit ergens over praat. Vooral niet over haar.'

'Wie? Mary?'

Scott knikte. 'Arme kerel. Hij heeft wel veel meegemaakt. Stel je voor dat je je vrouw zo vindt...'

Scott nam twee zakken patat aan van de vrouw achter de toonbank en gaf er een aan Ellen. Toen begon hij naar de deur te lopen.

'Hoe bedoel je?' Ellen hield hem tegen.

Scott kauwde op een patatje. 'Neds vrouw. Hij vond haar, geëlektrocuteerd in het bad,' legde hij uit. 'Ze had er een föhn voor gebruikt. Daar kom je niet zo snel overheen, lijkt mij.'

Ellen liet het kleine houten vorkje dat ze in haar hand had vallen. Haar mond viel open. Scott deed de deur open en een vlaag koude lucht blies haar in het gezicht. Maar dat was niets vergeleken bij wat ze vanbinnen voelde. Haar maag draaide zich om, alsof ze te hard over een heel grote hobbel in de weg gereden was.

'Ik dacht dat je zei dat Ned met je gepraat had,' zei Scott fronsend.

'Hij zei... hij zei... hij zei dat ze aan een hersenziekte gestorven was. Hij zei niet dat ze...'

Terwijl de trein door de weilanden de donkere buitenwijken van de stad in raasde, nam Ellens verwarring over Scotts onthulling alleen maar toe. Ze maakte het zich gemakkelijk in haar stoel en probeerde een boek te lezen, maar ze kon zich niet concentreren en las telkens hetzelfde stukje. Naast haar liep het gangpad vol met forensen, keurig geklede mannen en vrouwen met een vermoeide uitdrukking op hun gezicht, en de lucht werd benauwd en muf van het chagrijn en de condens van tientallen natte paraplu's.

Toen de trein eindelijk op Paddington stopte voelde Ellen zich kribbig en vies. Na bijna drie uur reizen wilde ze niets liever dan een hete douche en dan naar bed. Ze had alleen maar in een trein gezeten, maar het voelde alsof ze een heel continent was overgestoken. Haar dag in Shoresby leek een herinnering aan een andere planeet.

Op het perron werd Ellen nerveus van al die mensen die met ferme tred langs haar heen beenden, een vastberaden blik in hun ogen. Het is zo onvriendelijk, dacht ze, toen een vrouw haar opzij duwde om bij de roltrap te komen. Platgedrukt tussen twee mensen, haar tas dicht tegen zich aan zodat ze nauwelijks adem kon halen, voelde Ellen de haren in haar nek kriebelen.

In de metro hield Ellen zich aan de stang boven haar hoofd vast en deed ze haar best om niet naar twee dronken jongens te kijken die elkaar op het bankje naast haar schuine moppen zaten te vertellen. Ze had zich altijd soepel door de stad bewogen, had de lelijke kanten ervan genegeerd, zich er thuis gevoeld. Maar nu drong het smerige en het lelijke zich aan haar op en ze kreeg zin om weg te rennen.

Zelfs toen ze uit de metro gestapt was en de vertrouwde route naar huis liep, voelde ze zich niet op haar gemak. Gewoonlijk was ze zo zeker van haar thuis, van haar wortels, maar nu voelde ze zich losgeslagen, alsof een deel van haar op drift geraakt was.

De verwarming was niet aangeslagen, dus het was koud in huis toen Ellen binnenkwam. Ze zag het antwoordapparaat knipperen, maar ze wilde de berichten niet horen. Bladerend door het stapeltje post liep ze de keuken in, naar de koelkast, maar al voor ze hem opendeed wist ze dat er niets eetbaars in lag. Ze gooide de ongeopende brieven op het aanrecht, greep de kurkentrekker en trok een fles wijn uit het rek.

In de woonkamer schoof Ellen alle kranten en tijdschriften van de bank op de grond, ging liggen en zette de breedbeeld-tv aan. Maar ook na een paar glazen wijn lukte het haar niet om te ontspannen. Ze had gedacht dat ze thuis haar gedachten wel weer op orde zou krijgen. Ze had gedacht dat ze zich in de ruimte die ze deelde met Jason wel weer beter zou voelen. Maar ze voelde zich er alleen maar eenzamer.

Vanaf haar post op de bank keek ze om zich heen naar de smaakvol ingelijste reproducties en de grote glazen lampen. Zij had het huis ingericht. Dit was allemaal haar werk. Ze zag niets wat haar aan Jason herinnerde. Zelfs de boeken waren van haar.

In de slaapkamer maakte ze haar tas open en schudde hem leeg boven het bed. Toen pas zag ze dat ze Neds trui bij zich had; de trui die hij haar die dag dat ze Clara gered had geleend had. Hij moest onder in haar tas gezeten hebben. Ze staarde ernaar, ontzet dat ze zonder het te weten iets van Ned mee naar haar huis genomen had.

Met de trui als een uitgespreide omhelzing op haar en Jasons bed dacht ze aan de keren dat ze met Ned samen geweest was, aan de gesprekken die ze gevoerd hadden.

Waarom had Ned het niet aan haar verteld? Waarom had hij haar de waarheid niet toevertrouwd? Ellen ging op het bed zitten en pakte de trui. Eindelijk viel alles op zijn plaats – Neds woede over haar documentaire, zijn behoefte om zich vol te laten lopen. Het kwam allemaal door zijn verdriet om Mary's zelfmoord.

En daarom had hij haar weggeduwd. Daarom wilde hij geen tweede kans.

Overmand door droefheid en verwarring sloot Ellen haar

ogen. Het was niet eerlijk, dacht ze. Ze wilde alleen haar werk doen. Ze had niet verwacht dat haar hele leven op zijn kop zou komen te staan. Fysiek had ze niets gedaan, maar toch was alles veranderd. Alles wat ze altijd vanzelfsprekend gevonden had leek haar nu uit haar vingers te glippen.

In haar ogen welden de tranen op en een doffe pijn nestelde zich in haar borst. Wat mankeerde haar toch? Waarom was ze zo verdrietig? Was ze verdrietig om Jason of om Ned? Miste ze de man die van haar hield, of de man die nooit van haar zou houden? Met Neds trui tegen haar borst gedrukt rolde ze zich op op het bed en begon zachtjes te huilen.

15

'Die grote is een saffier,' antwoordde Marianna Andrews. 'En de kleintjes eromheen zijn diamantjes.'

Het was zaterdagochtend, twee dagen nadat Jimmy Jones door Denny Shapland in het gezicht was geslagen en een halfuur voor Video-2-Go openging. Marianna trok haar zwarte kanten broekje uit en liep naar Jimmy toe, die op de houten tafel in het midden van het magazijn zat. Hij zwaaide met zijn benen en liet de zolen van zijn schoenen als een kind over de betonnen vloer slepen; pas toen ze vlak bij hem stond hield hij op. Ze legde haar linkerhand op zijn dij en spreidde haar vingers over de spijkerstof.

'Vind je hem echt mooi?' vroeg ze. Ze boog zich op zo'n manier voorover dat hij haar verlovingsring alleen maar kon bestuderen als hij recht in haar decolleté keek. De citrusgeur van haar parfum vulde zijn neusgaten en de saffier schitterde onder het flikkerende tl-licht.

'Anders had ik het niet gezegd,' knikte hij, hoewel hij in werkelijkheid warm noch koud werd van het ding.

In werkelijkheid kwam haar verlovingsring hem ongerijmd en nep voor – vooral wanneer ze, zoals nu, verder niets aanhad. In werkelijkheid bezorgde het sieraad hem een schuldgevoel, net als de ingelijste foto van Marianna's man Bill, die hen vanaf de muur van het magazijn dom toelachte, een hengel in de ene hand, een dode kongeraal in de andere. En in werkelijkheid had hij alleen maar iets over de ring gezegd in de hoop dit schuldgevoel ook in Marianna wakker te roepen.

Maar Marianna bleek ongevoeliger voor Jimmy's suggestieve opmerkingen dan hij ooit had kunnen denken. Ze liet haar hand, met de bloedrood gelakte nagels, als een spin over zijn been naar zijn kruis kruipen. 'En dit?' fluisterde ze, nog verder naar voren buigend, zodat hij haar adem op zijn lippen voelde. 'Wat vind je hiervan?'

Jimmy schraapte zijn keel. 'Luister, Marianna,' begon hij, 'volgens mij moeten we even ergens over...'

'Uh-uh.' Ze legde een wijsvinger tegen zijn lippen om hem de mond te snoeren. 'Je kent de regels.'

Maar Jimmy had geen zin meer om zich aan de regels te houden. 'Nee,' zei hij, en hij schoof over de rand van de tafel bij haar vandaan. 'Vandaag niet. Vandaag wil ik...' – hij wist dat ze dit niet leuk zou vinden, maar hij wist ook dat hij het moest zeggen – 'praten.'

Marianna zette grote ogen op, alsof hij haar gevraagd had hem over de tafel te leggen en een flink pak op zijn billen te geven. Schrap dat maar weer, dacht hij; ze keek juist naar hem alsof hij haar gevraagd had iets te doen waarvan ze níét zou genieten.

'Praten? Waarover in 's hemelsnaam?' Ze klakte afkeurend met haar tong. 'We komen hier niet om te praten, Jimmy,' zei ze. 'Kom op nou: we hebben niet veel tijd. In de winkel kunnen we praten wanneer we maar willen.'

'Weet ik,' antwoordde Jimmy, 'maar...'

'Maar wat?' Ze tikte met haar blote voet op het beton.

Om een of andere reden riep dit een absurd beeld in hem op, van Marianna als snuivende stier klaar voor de aanval en hemzelf als hopeloos stuntelende matador. Hij deed zijn uiterste best om de gedachte uit te bannen. Hij was niet van plan Marianna de regie in handen te geven. Hoezeer ze hem ook in verlegenheid bracht, hij mocht het niet opgeven. Hij moest er nu niet aan denken dat zij de baas was. Hij moest er nu niet aan denken dat ze twee keer zo oud was als hij. Hij liet zich van de tafel glijden en ging tegenover haar staan. 'Dit moet afgelopen zijn,' verklaarde hij.

Ziezo, dacht Jimmy, *dat viel best mee, toch?*

Maar Marianna was niet van plan het hem gemakkelijk te maken. 'Wat moet afgelopen zijn?' vroeg ze uitdagend. 'We zijn nog niet eens begonnen.'

'Dit,' hield Jimmy vol. 'Dit allemaal... wat we doen... het is afgelopen. Het wordt tijd dat we ermee stoppen.'

Marianna's hele lichaam verstijfde. 'Wie zegt dat? Jij? Jij zegt dat het afgelopen is? Jij zegt dat het tijd wordt? En dat zeg jij tegen mij?'

'Luister.' Jimmy deed zijn best om het uit te leggen. 'Er zijn een paar dingen... dingen in mijn leven... veranderd.'

Marianna ontspande zich. 'O, dat,' zei ze.

'Wat?'

'Je grootmoeder. Dat ze zo ziek is.'

Jimmy was in de war. 'Ik geloof niet...'

'Het is wel goed,' zei Marianna. Ze sloeg haar armen over elkaar en leunde tegen de tafel aan, precies zoals ze tegen de balie aanleunde als ze met een klant stond te kletsen – alleen had ze dan natuurlijk kleren aan. 'Ik weet er alles van,' legde Marianna uit. 'Ik kwam Rachel gistermiddag tegen en vroeg haar of je je al wat beter voelde...'

Jimmy werd rood. Gisterochtend had hij zich ziek gemeld. Hij had een bericht voor Marianna achtergelaten op een moment dat hij heel goed wist dat ze de deur uit was en gezegd dat hij voedselvergiftiging had.

'En toen ze me verteld had dat je eigenlijk niets mankeerde,' vervolgde Marianna, 'hebben we even zitten kletsen. En ze vertelde me wat er met je grootmoeder aan de hand is en dat jij de laatste tijd zoveel aan je hoofd hebt. En dan dat ongeluk van eergisteren...' Marianna keek veelbetekenend naar Jimmy's oog, dat nog steeds dik was van de klap die Denny hem gegeven had.

Jimmy had gedacht dat het oog hem van pas zou komen als hij het met Marianna uitmaakte, aangezien hij eruitzag als Quasimodo, maar tot nu toe had ze er niet eens iets over gezegd.

'Rachel heeft me er alles over verteld... dat je van je fiets viel en met je gezicht op een bierblikje terechtkwam dat iemand op straat gegooid had.'

'Mmm, ja,' zei Jimmy – uit de mond van iemand anders klonk zijn leugen nog minder overtuigend.

'Dus het is helemaal niet zo gek dat je libido een knauw gekregen heeft, schat,' ging Marianna verder. 'Dat doen stress en ongelukken nu eenmaal met je. En als je een weekje pauze wilt, dan begrijp ik dat volkomen... maar laten we niet overdrijven. Als je je beter voelt, gaan we gewoon door waar we gebleven zijn. Zo,' besloot ze, 'dat is toch redelijk?' Ze glimlachte koeltjes, waarna ze

Jimmy de rug toekeerde en naar haar op een hoopje gegooide kleren liep.

Met een blik op het grillige litteken op haar rechterbil, dat glad trok toen ze zich bukte om haar beha te pakken, overwoog Jimmy het maar zo te laten. Hij kon het spelletje meespelen, de pauze die ze hem aanbood accepteren en die dan elke week weer een beetje verlengen. Hij kon haar gewoon geleidelijk loslaten en zo een confrontatie uit de weg gaan.

Ze maakte haar rug hol en haakte de beha vast.

Maar hij wilde haar niet aan het lijntje houden. Hij wilde haar niet de indruk geven dat hij nog steeds van haar was. Want dat was hij niet. Hij was nu van iemand anders: Verity. Ook al wist Verity het zelf nog niet. Ook al gaf ze nog niets om hem. Want daar ging het eigenlijk allemaal om. Het ging erom dat hij dat korte ogenblik, toen hij Verity gekust had, eer wilde aandoen. Het ging erom dat hij bij Verity wilde zijn, en bij niemand anders.

'Ik ben verliefd op Verity Driver,' zei Jimmy. 'En daarom wil ik geen seks meer met je.'

Marianna draaide zich langzaam naar Jimmy om en staarde hem vijf hele seconden lang aan. Hij dacht dat ze misschien gestopt was met ademhalen, of dat ze op zo'n lange verbale aanval broedde dat ze al die tijd nodig had om genoeg lucht in haar longen te zuigen. Ze had dezelfde blik in haar ogen als zijn halfbroertje Kieran wanneer hij op het punt stond een driftaanval te krijgen.

Maar wat Marianna uiteindelijk zei was: 'Dat meisje van het hotel? Die is van jouw leeftijd, of niet?'

Jimmy knikte.

Marianna dacht even na. 'Nou, dat is tenminste iets,' zei ze toen.

'Het spijt me,' zei Jimmy.

'En terecht. Maar het moest vroeg of laat wel gebeuren.' Marianna fronste even haar wenkbrauwen, maar toen lachte ze naar hem. 'Ik weet het goed gemaakt,' zei ze. 'Jij zet de ketel op, ik trek mijn kleren aan en dan gaan we toch maar even praten.'

'Dat is mijn mening,' zei Marianna tien minuten later tegen Jimmy. Ze zat naast hem achter de balie en dronk thee uit een geschilferde Cagney en Lacey-mok (Sharon Gless was een grote heldin van Marianna, die nog steeds alle afleveringen te huur had). 'Als je denkt dat je iets goeds op het spoor bent, moet je alles op alles zetten. Neem geen genoegen met minder, zoals ik gedaan heb, want dan heb je de rest van je leven spijt.'

Het object van haar spijt, wist Jimmy, was natuurlijk haar man Bill, die op Queens Parade een visgereiwinkel dreef. 'Maar hoe?' vroeg Jimmy. 'Verity heeft een vriend.'

'Vecht voor haar.'

Jimmy wees naar zijn blauwe oog. 'Maar dit komt door hem.'

'Vecht dan met je hoofd...' zei Marianna, '...je hart... laat haar zien wie je bent... waar je van houdt... wat je doet... Laat haar zien wie ze misloopt als ze bij hem blijft...'

'Maar wat als ik me in haar vergis?'

'Dat zei ik toch al,' zei Marianna vol overtuiging, 'je vergist je niet.'

'Maar hoe weet je dat? Waarom ben je daar zo zeker van?'

'Voor een kus zoals jij die beschreef zijn twee mensen nodig, Jimmy. En als ze niets voor je voelde, had ze zich niet zo laten gaan. Dan was het nooit gebeurd.'

Er werd een sleutel in het slot gestoken en Jimmy en Marianna zagen hoe Marianna's man – een gezette man met een satanisch zwart sikje – de deur opendraaide en naar binnen stapte. Bill, een lichte vissengeur om hem heen, begroette hen met een hoofdknik voor hij hen de rug toekeerde en op hoge toon verder telefoneerde over een bestelling levende maden die niet afgeleverd was. Marianna wierp een blik op haar horloge. 'Maar goed dat we er net een punt achter gezet hadden, hè?' fluisterde ze in Jimmy's oor.

'Wat je zegt,' fluisterde Jimmy terug voor hij de pc aanzette.

Glimlachend zag Jimmy het scherm oplichten. Hij geloofde wat Marianna net gezegd had. Verity had hem nooit gekust als ze niet iets voor hem voelde. Wat betekende dat er hoop was. En reden om te vechten. En reden om te verzinnen hoe hij Verity kon laten zien wie hij was. Hij geloofde Marianna, omdat ze eigenlijk niet meer gedaan had dan bevestigen wat hij intuïtief al geweten had.

Hij dacht terug aan de vorige ochtend, toen Verity na Engels in de overvolle gang naar hem toe gekomen was. De hele bijeenkomst had maar een paar seconden geduurd. Ze had haar verontschuldigingen aangeboden en gevraagd of het goed met hem ging en of ze iets voor hem kon doen. Daarna zei ze dat ze het vreselijk vond wat er gebeurd was en op dat moment, toen hij haar recht in de ogen keek, verdween al zijn woede over de klap die Denny hem gegeven had als sneeuw voor de zon. Op dat moment vergaf hij haar dat ze zomaar weggerend was. Want op dat moment zag hij iets in haar blik verborgen, en hij herkende het als iets veel diepers, veel geheimzinnigers en veel zeldzamers dan vriendschap of bezorgdheid. Die blik was hem bijgebleven lang nadat Verity weg was, door een vriendin meegesleept in de menigte.

Nu, in de winkel, wachtte hij zoals gewoonlijk tegen de toonbank gezakt op de eerste klant van de middag. Hij keek door het raam naar de regenachtige straat, verwonderd over het optimistische gevoel dat hij had, en verwonderd over het enorme verschil met gisteravond, toen hij alleen maar had kunnen denken dat hij beter nooit geboren had kunnen worden.

Gisteravond hadden ze in Jimmy's kamer gezeten, Jimmy en Tara, naast elkaar op zijn bed. Jimmy voelde zich misselijk en zijn ogen deden zeer, gedeeltelijk door de joint die ze eerder op het strand gerookt hadden, gedeeltelijk door het blauwe oog dat Denny hem bezorgd had en gedeeltelijk doordat ze nu al meer dan twee uur op Tara's play station 2 Metal Gear Solid 2 zaten te spelen, in plaats van hun geschiedenis voor maandag te leren.

'Weer gemold!' riep Tara uit toen Jimmy op het scherm voor de zoveelste keer het leven liet. Ze haalde een pakje kauwgum uit haar gescheurde spijkerjasje en stopte een stukje tussen haar zwart gestifte lippen.

'Je hebt gewoon mazzel.'

'Niks mazzel. Jij bent gewoon een supersukkel.' Lachend liet ze de nieuwe kraaltjes in haar zwarte hair extensions rinkelen, maar opeens werd ze stil.

'Wat is er?' vroeg Jimmy.

'Moet je horen.' Tara giechelde.

Tara reikte naar de stereo en zette The Streets' *Original Pirate Material* zachter, die ze nu al vijf keer achter elkaar gehoord hadden. Rachel deed Kieran in bad, en de afgelopen tien minuten was door Jimmy's geopende kamerdeur de zoete geur van appelbadschuim naar binnen gedreven. Van de andere kant van de muur klonk een geluid, zacht en triest. Het was Rachel, die zong voor Kieran.

'Prachtig,' zei Tara.

Maar meer dan het woord *summertime* hoorde Jimmy niet van Rachels vertolking, want op dat moment ging schril en opdringerig de telefoon.

'Wil jij even opnemen?' riep Rachel.

Jimmy keek Tara aan en rolde met zijn ogen. Tara wist alles van Jimmy's onwil om de vaste lijn op te nemen. 'Ga nou maar. Niks aan de hand.'

'Dat zullen we nog weleens zien,' mompelde hij, terwijl hij opstond en de kamer uit glipte.

Jimmy liep door de woonkamer naar het kleine glazen tafeltje naast de nepleren bank met de metalen poten en keek boos naar de telefoon. Jimmy had er de pest aan om de telefoon op te nemen. In de eerste plaats was het nooit voor hem, want de meesten van zijn vrienden belden alleen nog maar mobiel. Maar eigenlijk was hij bang voor wie het zou kunnen zijn: een van de zusters van het William Bentleyverzorgingstehuis die hem ging vertellen dat er weer iets ergs met zijn oma gebeurd was; of zijn vader die weer niet precies kon zeggen wanneer hij uit Portugal terugkwam of wanneer Rachel naar hem toe kon komen.

'Jimmy!' riep Rachel paniekerig vanuit de badkamer toen de telefoon voor de vijfde keer overging.

'Ik heb hem,' riep hij terug. Hij nam de telefoon op en zei: 'Yep?'

'Jimmy!' klonk de stem van zijn vader aan de andere kant. 'Hoe gaat-ie?'

De woorden klonken Jimmy net zo overdreven en onecht in de oren als het 'eet smakelijk' dat je te horen kreeg als je bij Fun-

Burger in George Street een hamburger kocht. Jimmy bleef een paar seconden zwijgen, en toen hij uiteindelijk iets zei liet hij zijn stem zo vlak en ongeïnteresseerd mogelijk klinken. Het ondermijnen van zijn vaders halfzachte pogingen tot vader-zoonkameraadschap was een van de weinige machtsmiddelen die Jimmy had. 'Best,' zei Jimmy.

'Top!'

Jimmy rilde. Zijn vader liep tegen de vijftig en had de gewoonte woorden te gebruiken waarvoor hij veel te oud was. Woorden als 'top' en 'bikkel' en 'blond' en 'vet', woorden die hij oppikte in cafés, waar hij tussen jongeren van Jimmy's leeftijd zat, woorden die hij vaak maar half begreep.

'En, wat spook je uit de laatste tijd?' vroeg Jimmy's vader.

'Beetje chillen.'

'Huh?'

Jimmy glimlachte. Hebbes, dacht hij. 'Dat betekent relaxen, pap,' zei hij. 'Dat is jongerentaal. Dat snap jij niet.'

Jimmy vroeg zijn vader niet wat hij de laatste tijd uitspookte, maar zijn vader vertelde het hem toch. De woorden klonken gerepeteerd, alsof hij ze voor de spiegel geoefend had voor hij het nummer draaide. 'Het begint hier lekker te lopen. Ik heb opslag gekregen en ik ben Alfie en die onroerendgoedmaatjes van hem aan het bewerken, dat ze me financieel op weg helpen met die themabar die ik in mijn hoofd heb. Dat heb ik je toch verteld?'

Jimmy was niet in de stemming om hem tegemoet te komen. 'Je komt voorlopig dus nog niet thuis,' constateerde hij. 'Je bent niet van plan Rachel of mij of Kieran op te zoeken.'

'Hé, luister eens. Ik doe mijn best, oké?' antwoordde zijn vader op gekwetste toon. 'Maar het is een kwestie van geld. Ik kan toch geen tickets uit mijn hoge hoed toveren...'

De woorden van zijn vader gleden van Jimmy af. Hij merkte dat hij aandachtiger naar het doffe dreunen van een bas op de achtergrond luisterde; zijn vader stond waarschijnlijk voor de deur van een club. Straks ging hij naar binnen voor een afspraak met iemand die niet Rachel was. Hij belde vast alleen maar om zich minder schuldig te voelen over wat hij op het punt stond te gaan doen.

'Hé, moet je horen,' zei hij nu. 'Wat denk je ervan om met kerst hier naartoe te komen? Jij en Rachel en Kieran,' vervolgde hij toen Jimmy niet reageerde. 'Maken we er een echt familiefeest van.'

'En oma dan?' vroeg Jimmy. 'Of telt die niet meer mee?'

'Maar die is ziek. Die weet toch van niks.'

'Nee, pap, ik geloof niet dat ik daar zin in heb,' zei Jimmy tegen zijn vader, terwijl Rachel met een in een handdoek gewikkelde Kieran op hem af kwam.

Het badschuim had vlekken op Rachels Wrangler-sweater gemaakt en door de stoom in de piepkleine badkamer was haar blauwe eyeliner uitgelopen, zodat ze eruitzag alsof ze door een regenbui overvallen was. Kierans spaarzame zwarte haar stond in een hanenkam overeind. Hij maakte zijn rudimentaire punkimago compleet door een harde boer te laten en vervolgens in lachen uit te barsten.

Jimmy's vader slaakte een lange, luidruchtige zucht. 'Je hebt duidelijk de pest in, Jimmy,' zei hij. 'Dus misschien moeten we een andere keer verder kletsen, dan praat ik nu wel met Rachel.'

'Prima. Da's flex, pap,' zei Jimmy.

'Wat?'

'Vraag maar aan een van je vriendjes,' stelde Jimmy voor, terwijl hij de hoorn aan Rachel gaf. Het deed hem plezier dat zijn vader met zijn mond vol tanden stond, en het deed hem nog meer plezier dat hij niet meer naar zijn gelul hoefde te luisteren.

'Ben!' hoorde Jimmy Rachel zeggen toen hij naar zijn kamer terugliep. 'Waar zat je nou? Ik probeer je al de hele week te bellen.'

In zijn slaapkamer vond hij Tara over de ingelijste foto van hem, haar en Ryan gebogen, die genomen was op de middag dat ze naar Lyme Regis gereden waren. 'Wat was-ie cool, hè?' zei ze.

Jimmy glimlachte. Ryan zag er inderdaad heel cool uit op die foto. Hij had een paarse hoofddoek om, in *gangsta*-stijl op zijn voorhoofd vastgeknoopt, en zijn mond stond halfopen alsof hij net iets wilde zeggen. In zijn zwarte, mouwloze vest poseerde hij met over elkaar geslagen armen en een opgestoken middelvinger voor de camera. Jimmy stond naast hem, langer dan Ryan maar minder imposant. Hij had zijn baseballpet ver over zijn ogen getrokken, zodat de bovenste helft van zijn gezicht in de schaduw verborgen lag. Aan Ryans andere kant stond Tara, met een trainingspak met witte strepen aan en een rode wollen muts op; toen zag ze er veel jonger uit dan nu. Ze had haar tong uitgestoken en hield met haar vingers haar mond wijdopen.

Alle drie hadden ze een zonnebril op en zo op de foto waren ze nauwelijks te herkennen. Ze leunden tegen de motorkap van de gestolen Alfa Romeo waarmee ze naar Lyme Regis waren gereden. En achter hen lag het strand van Lyme Regis, waar ze later naar de zonsondergang hadden gekeken.

Die hele dag stond Jimmy nog ongelooflijk helder voor de geest. Hij herinnerde zich hoe de wind zijn wijde broekspijpen tegen zijn benen geblazen had toen hij zijn camera op een parkeerautomaat zette en op zijn tenen door de zoeker keek om te zien of de auto er wel op stond.

'Schiet eens op,' zei Ryan, die zich naar achteren op de blauwe motorkap liet zakken en Tara dicht tegen zich aan trok. 'Als ik nog langer zo dicht bij deze heerlijke vrouw moet zijn sta ik niet voor mezelf in...'

'Droom maar lekker,' zei Tara, maar ze deed geen poging om weg te komen.

'Wat denk jij, Jimmo? Tara en ik? We zijn voor elkaar gemaakt, of niet soms? Waarom zouden we niet aan onze lage verlangens toegeven? Dan hebben we dat maar gehad.'

'Omdat jullie vrienden zijn,' antwoordde Jimmy. 'En als je seks met iemand hebt gehad blijf je geen vrienden. Dat heb je zelf gezegd.'

Ryan knikte lachend. 'Ah, wat een wijsheid voor iemand die zo jong is,' peinsde hij. 'Ik zou wel gek zijn als ik mijn eigen advies in de wind sloeg, dus het spijt me Tara, ik zal je toch moeten laten lopen.'

'Oké, jullie hebben nu wel weer genoeg over mij gepraat alsof ik een stuk vlees ben, stelletje eikels,' protesteerde Tara, en ze gaf Ryan een harde stomp tegen zijn arm. 'Ik zou jullie trouwens met geen stok aanraken.'

'Daar komt-ie,' kondigde Jimmy aan. Voorzichtig drukte hij op de zelfontspanner, waarna hij om de parkeerautomaat heen naar de anderen rende en naast Ryan op de motorkap plofte.

'Zonnebrillen op,' beval Ryan, en alle drie hadden ze hun zonnebril uit hun zak gehaald en opgezet.

'Die vent flipt,' zei Tara, terwijl ze haar muts over haar hoofd trok.

'We brengen alleen een beetje avontuur in een verder kleurloos bestaan,' zei Ryan.

De 'vent' over wie Tara het had was de eigenaar van de Alfa Romeo, voor wie ze de hele dag al foto's namen. Het plan was om ze in een eenuursfotozaak te laten afdrukken. Dan zouden ze de auto terugzetten op de parkeerplaats van de Royal Inn (waar ze hem vanmorgen geleend hadden) en de mooiste foto's onder de stoel van de bestuurder leggen, waar de eigenaar ze hopelijk over een paar weken zou vinden.

'Maar we kunnen de auto ook gewoon houden,' stelde Tara voor. 'We kunnen ook gewoon doorrijden, naar Frankrijk of waar dan ook.'

'Alleen...' begon Ryan.

Maar toen: flits. De zelfontspanner van de camera legde hen voor eeuwig zo vast. Ryan was opgestaan, herinnerde Jimmy zich. Hij liep bij de auto vandaan en keek in zijn eentje over het strand uit. Vervolgens draaide hij zich naar hen om en vervolgde: 'Alleen zitten we dan binnen de kortste keren zonder benzine.'

Nu, in Jimmy's slaapkamer, nam Tara de foto in haar handen en kuste Ryans gezicht. 'Ik was die dag smoorverliefd op hem, weet je,' bekende ze. 'Al die dingen die hij over me zei, ik weet wel dat hij me alleen maar pestte en dat hij sarcastisch deed en zo, maar ik wilde heel graag dat hij het meende.'

'Dat dacht ik wel,' zei Jimmy, terwijl hij weer voor zich zag hoe ze altijd naar Ryan staarde en aan haar haar zat als ze dacht dat hij niet keek.

'Hij heeft verder nooit iets tegen jou gezegd?' informeerde ze. 'Over mij, bedoel ik? Over hem en mij?'

'Nee,' loog Jimmy. De dag dat Ryan gestorven was had hij tegen Jimmy gezegd dat Tara het enige meisje was dat hem nooit zou gaan vervelen, als hij al ooit een vaste vriendin wilde. Maar Jimmy wist dat het geen zin had dat nu tegen Tara te zeggen; het zou alleen maar oude wonden openrijten.

'Mooi.'

'Wat is er?' vroeg Jimmy, die zag dat ze een frons probeerde te verbergen.

'Ik vind nog steeds dat we hem te grazen moeten nemen,' zei ze.

Ze bedoelde Denny Shapland. Sinds Tara die ochtend op school Jimmy's blauwe oog gezien had wilde ze niets liever dan naar Denny's winkel gaan en zijn deur vol graffiti spuiten.

'Vergeet het maar,' zei Jimmy. 'Hij is het niet waard. En trouwens,' voegde hij er eerlijk aan toe, 'het is veel te riskant. Straks betrapt hij ons en slaat hij me weer tot moes.'

'En dat brik van hem dan?' wilde ze weten. 'Het is vast een eitje om dat ding aan de praat te krijgen.' Haar ogen schitterden kwaadaardig. 'We kunnen het bij vloed de haven in donderen.'

'Nee.'

'Jezus, Jimmy!' viel Tara opeens boos uit. Ze vloog overeind. 'Waar is je pit gebleven? Vroeger nam je zat risico's, weet je nog?'

Jimmy zweeg. Denny kon hem niets schelen, en die klap op zijn oog ook niet. 'Ik kuste hem terug.' Dat had Verity gezegd. En hij geloofde nog steeds dat ze het meende, hoe snel ze er daarna ook vandoor gegaan was. Nee, Jimmy wilde Denny geen kwaad doen, Jimmy wilde dat Verity besefte dat hij veel beter was dan Denny. Jimmy wilde dat Verity wist dat hij degene was met wie ze moest gaan. En daarvoor, wist Jimmy – en nu dacht hij vooral aan zijn relatie met Marianna –, moest hij zijn leven beteren, en geen domme stunts uithalen.

Maar Tara liet hem niet met rust. 'Nee?' vroeg ze uitdagend. 'Nou, dan zal ik je geheugen even opfrissen.'

Ze beende langs hem heen en zette het raam open.

'Kappen nou,' zei Jimmy, toen hij een koude windvlaag voelde.

Maar Tara deed of ze hem niet hoorde en zette het raam nog wijder open.

'Waarom doe je dat?' vroeg hij.

'Dat weet je best,' zei ze zachtjes. Ze klom op de vensterbank, zwaaide haar benen naar buiten en verdween uit het zicht.

Jimmy's maag draaide zich om. Maar nu had het niets met het spel of de joint te maken. Hij rende de kamer door, stak zijn hoofd naar buiten en keek omhoog. 'Doe niet zo stom,' riep hij haar na, maar Tara was al lang en breed onderweg. Hij zag haar voeten nog net de laatste treden van de brandtrap op gaan, naar het platte dak van Carlton Court.

Jimmy bleef een, twee, drie seconden bewegingloos staan. Hij tuurde naar de grijze, maanverlichte hemel. Hij moest dat dak niet op gaan, wist hij. Hij moest niet achter Tara aan die ladder op, zoals zij wilde. Het was gekkenwerk, net als de eerste keer dat Tara en hij achter Ryan aan het dak op gegaan waren.

'Wat is er nou?' had Ryan aan hen gevraagd. 'Durven jullie soms niet?'

Het kwam allemaal door een film die ze hadden zitten kijken, daar in Jimmy's kamer, op hetzelfde tv-scherm waarop het PS2-spel nu op pauze stond. Jimmy kon zich niet eens meer herinneren wie er in de film gespeeld hadden. Het was een of andere televisiefilm over een stel Amerikaanse jongeren van hun leeftijd.

De enige reden dat ze ernaar hadden zitten kijken was dat ze zich veel te vol hadden laten lopen met wodka, die Ryan uit de drankkast van zijn vader gejat had. Maar toen was het opeens over een inwijdingsritueel gegaan en was Ryan opgehouden met praten om naar de tv te kijken.

'Kom nou,' hoorde Jimmy Tara roepen, haar stem gedempt door de wind.

Maar hij was al onderweg. Hij klom door het geopende raam, net zoals hij die avond toen de film afgelopen was op aandringen van Tara en Ryan gedaan had.

Het feit dat de jongeren die elkaar op tv van een dak hadden laten bungelen waarschijnlijk een vangnet onder zich hadden, en misschien niet eens jongeren waren maar stuntmannen die vanuit vreemde en ongewone hoeken gefilmd werden, leek Ryan absoluut niet uit te maken.

'Weet je dit nog?' vroeg Tara, nu Jimmy van de brandladder op het dak stapte en op haar afliep.

Het was koud hierboven, en stil als op een verlaten toneel. Tara stond aan de rand van het platte dak en keek dertig meter de diepte in. Een windvlaag greep haar net toen Jimmy bij haar was. Heel even wankelde ze en Jimmy pakte haar bij haar mouw en hield haar overeind. Naast haar keek hij naar de parkeerplaats onder hen.

'Nou, weet je het nog?'

'Natuurlijk,' antwoordde hij.

Want hoe zou hij zoiets ooit kunnen vergeten? Hoe vergat je dat je twee beste vrienden je aan je armen over de rand van een tien verdiepingen hoog gebouw hadden laten zakken? Hoe vergat je het gevoel dat elke vezel in je lijf terugdeinsde voor de diepte, tegen de zwaartekracht in omhoog wilde kruipen? Of de wetenschap dat alleen je vrienden je voor de val behoedden? Hoe vergat je de kracht in hun ogen terwijl ze je weer ophesen? En hoe vergat je het verantwoordelijkheidsgevoel toen ze je vroegen hetzelfde met hen te doen? Of het onvoorwaardelijke vertrouwen, de band en de liefde die uit zo'n daad voortkwamen? Dat vergat je niet. Zo simpel was het. Dat bleef je voor altijd bij.

'Ik wou dat we het nog een keer konden doen,' zei Tara.

'Dat kan niet. Ik ben niet zo sterk dat ik je in mijn eentje kan houden,' zei Jimmy. 'En jij kunt mij ook niet houden. Het kan alleen als we met zijn drieën zijn.'

'Weet ik.' Tara liet haar hand in de zijne glijden en kneep er hard in. 'Daarom is het ook maar een wens.'

Zonder nog iets te zeggen liepen ze achteruit naar het midden van het dak. Tara ging zitten en Jimmy volgde haar voorbeeld.

'Roken?' vroeg ze. Zonder zijn antwoord af te wachten maakte ze een kommetje van haar handen en stak voor hen allebei een sigaret op.

'We horen hier niet te zijn,' zei Jimmy.

'Ik dacht dat wat hij – wat we,' verbeterde ze zichzelf, 'hier die avond deden, elkaar over de rand laten bungelen... ik dacht dat het om de adrenaline ging... om de kick... iets gevaarlijks doen... bewijzen hoe stoer we waren...'

'Was dat dan niet zo?' vroeg Jimmy, die niet goed begreep waar ze heen wilde.

Tara richtte haar blik landinwaarts, weg van de kliffen. 'Nee,' zei ze, 'ik denk het niet; niet meer. Ryan kwam hier niet voor de kick. Ryan kwam hier omdat hij dicht bij de dood wilde komen. Hij wilde weten hoe het voelde.' Ze draaide zich naar Jimmy om, haar blik plotseling duisterder dan de nacht. 'Hij was het de hele tijd al van plan, Jimmy... om zichzelf van kant te maken... Dat snap ik nu pas.'

'Nee.'

Maar ze luisterde niet. Dit wilde ze maar al te graag geloven; dat wat Ryan gedaan had op een of andere manier voorbestemd was geweest en niets met hen te maken had. Ze wilde geloven dat het was wat hij wilde, alsof dat hen van hun verantwoordelijkheid ontsloeg en het minder erg maakte.

Ze drukte haar sigaret uit en kwam overeind. 'Kom mee,' zei ze, glimlachend nu. 'Laten we naar binnen gaan. Ik heb het ijskoud.'

'Ga maar,' zei Jimmy na een ogenblik stilte. 'Ik kom er zo aan.'

Jimmy keek toe hoe Tara over het dak naar de brandtrap liep en over de rand van het dak verdween als een duiker die achterwaarts een zee van duisternis in loopt.

Toen sloot hij zijn ogen en dacht weer aan die avond, toen ze met zijn drieën op dit dak gestaan hadden, aan Ryan die aan hun armen over de rand gehangen had.

'Lekkerder dan drugs,' had Ryan verklaard. Met een waanzinnige blik in zijn ogen had hij naar Jimmy opgekeken.

En op dat moment, terwijl hij met zijn ogen dicht ineengedoken op het teerdak zat, begon zijn herinnering aan de gebeurtenis te veranderen. Opeens was Tara er niet meer om Ryans andere arm vast te houden. Opeens hield alleen Jimmy hem nog maar vast en zijn greep begon te verslappen.

'Hou me goed vast,' zei Ryan in zijn verbeelding. 'Kan ik je vertrouwen, Jimmy? Hou je me echt goed vast?'

Maar Jimmy had geen kracht meer over. Hij kon hem niet langer hou...

Jimmy deed zijn ogen open, maar nog steeds zag hij de droom-Ryan vallen; schreeuwend viel hij in de diepte door een autoruit.

16

Treza maakte het er niet beter op. Sterker nog, ze begon Verity op haar zenuwen te werken. De ruzie op Appleforth House was nu twee dagen geleden en op zaterdagmiddag had Verity Treza laten komen voor spoedberaad in het Jackpot Café. Tot Verity's ergernis was Treza verschenen met een nieuw kapsel – haar gitzwarte krulhaar zat met kraaltjes in ingewikkelde knotjes op haar hoofd gedraaid. Niet alleen had deze verandering van uiterlijk plaatsgevonden zonder medeweten van of overleg met Verity, Treza had bovendien een nieuwe spijkerjurk en hoge laarzen aan die de rondingen van haar tengere lichaam accentueerden; met haar spijkerbroek met wijde pijpen en versleten gympen voelde Verity zich net een kind vergeleken bij haar.

Verder had Verity de indruk dat Treza's gebruikelijke zachte en begripvolle natuur plaatsgemaakt had voor een harde en compromisloze kant die ze nog niet kende van haar vriendin. 'Denny had Jimmy niet mogen slaan, zo simpel is dat. Denny Shapland zou sorry moeten zeggen tegen jou,' verklaarde Treza. Ze haalde het rietje langs de binnenkant van haar milkshakebeker en keek Verity met haar bruine ogen streng aan.

Verity zei niets. Ze sprak Treza niet tegen als ze in zo'n bui was. En bovendien zou ze zichzelf alleen maar meer in de nesten werken als ze zich door Treza liet ondervragen. Ze kende Treza goed genoeg om te weten dat haar vriendin snel door zou hebben dat Verity niet alles verteld had over die toestand met Jimmy en Denny.

Ze had haar bijvoorbeeld niet alle feiten over de kus van Jimmy verteld, dus ook niet dat ze in werkelijkheid net zo ontrouw geweest was als Denny vermoedde. In plaats daarvan had ze tegen Treza gezegd dat ze een beetje overenthousiast op Jimmy gereageerd had omdat er een camera bij stond, dat ze zich door haar eigen optreden had laten meeslepen. Ze had er niet bij gezegd dat ze zich door die kus schuldig en onzeker voelde, en dat wanneer ze aan Denny probeerde te denken de herinnering aan Jimmy's lippen elke andere gedachte onmogelijk maakte.

Al deed ze nog zo haar best om het niet te doen, onwillekeurig vergeleek ze steeds haar eerste kussen met deze twee mannen, die ze drie weken geleden in haar wildste dromen nog niet gesproken had, laat staan gekust. Denny's kus was seksueel en overweldigend geweest, maar Jimmy had haar zo sensueel gekust dat Verity wou dat Jimmy Denny geweest was.

Maar ze kon zichzelf er niet toe zetten deze slechte gedachten uit te spreken; ze waren zo geheim dat ze ze niet eens in haar dagboek opschreef.

'Nou ja, je bent tenminste niet voor Denny op je knieën gegaan,' vervolgde Treza.

Verity kromp ineen in haar stoel. Ze had Treza ook niet verteld dat ze Denny de afgelopen dagen al zeker tien keer gebeld had en vanmorgen in alle vroegte zelfs een emotionele brief bij de Wave Cave afgeleverd had.

'Je bent toch niet op je knieën gegaan, hè?' vroeg Treza op strenge toon.

Verity kon haar vriendin niet aankijken, maar uiteindelijk dwong Treza haar met haar zwijgen om iets te zeggen. Toen ze opkeek, zat Treza haar niet overtuigd aan te kijken.

'Ik hou van hem,' zei Verity, terwijl ze zich over de tafel heen boog. 'Ik moet het hem aan zijn verstand brengen.'

Treza zette met een klap haar lege beker op tafel. 'O, jezus! Ik dring niet tot je door, hè?' zei ze met een overdreven kreun.

'Niet boos worden. Ik wil gewoon bij Denny zijn.'

'Oké, oké.' Treza stak haar handen op, alsof ze zich overgaf. 'Je zegt dat Denny heel anders is dan iedereen denkt en ik hoor de hele tijd hoe gevoelig hij is. Maar als hij echt zo fantastisch is, heb je hem toch zo weer terug?' Treza glimlachte sarcastisch en stond op om weg te gaan.

Verity staarde naar haar vriendin, gekwetst door haar houding. 'Treze,' smeekte ze, 'doe nou niet zo.'

'Ik moet weg. Ik heb een afspraak met Will. Zie je...'

Eenmaal alleen rekende Verity de twee milkshakes af en dacht na over haar ontmoeting met Treza. Wat had iedereen toch? Eerst

Ellen en nu Treza – waarom snapten ze niet dat Denny en zij voor elkaar bestemd waren? Waarom deden ze allemaal zo negatief? En nu ze er goed over nadacht, wie dacht Treza eigenlijk dat ze was om haar zo de les te lezen? Will was monteur in een of andere achterlijke garage. Denny, dat was pas een man. Wat zou het dat hij een beetje overdreven gereageerd had? Dat deden echte mannen nu eenmaal.

Traag slenterde Verity terug naar het hotel. Ze wist dat iedereen moeilijke periodes in zijn relatie had, maar ze had niet verwacht dat er met Denny al zo snel een zou komen – en zeker niet dat het haar schuld zou zijn. Ze stond er versteld van dat ze in zo korte tijd zo aan hem verslaafd geraakt was. Het was net alsof haar leven uiteenviel in vóór en na Denny, en nooit zou het meer zo worden als het was voordat hij in haar leven kwam. Bij hem voelde ze dat ze leefde, was ze vol zelfvertrouwen, had ze een doel. Hij gaf betekenis aan haar bestaan. Zonder hem, op dagen als vandaag, als ze alleen pianostudie en huiswerk in het vooruitzicht had, leek haar leven onnoemelijk saai en zinloos.

Met deze gedachten in haar hoofd hing ze doelloos rond in de regen, staarde ze naar de Wave Cave aan de overkant van de straat, verscheurd door besluiteloosheid en verlangen.

Ze had geen keus, besloot ze uiteindelijk. Ze kon niet verder zonder hem. Denny zou toch niet nog steeds boos op haar zijn? Niet als hij haar brief gevonden had. Ze moest erachter zien te komen waar ze stond. Zichzelf moed in pratend stak ze de straat over.

Denny was druk bezig, maar hield op met wat hij aan het doen was toen hij Verity in een hoek van de winkel zogenaamd tussen de sweaters zag zoeken. Toen hun ogen elkaar ontmoetten, had Verity het gevoel dat ze flauw zou vallen van verlangen.

Met boven haar hoofd de dreunende boxen vroeg Verity zich af hoe ze in vredesnaam in deze situatie verzeild geraakt was. Denny was veel te goed voor haar. Hoe had ze ooit kunnen denken dat hij haar wilde? Maar toen schoot Jimmy door haar hoofd. 'Je bent te goed voor hem,' had hij gezegd, maar dat was toch zeker niet waar?

Voor ze er verder over kon nadenken maakte Denny een

hoofdbeweging in de richting van het magazijn achter de toon-bank. Ze snelde achter hem aan.

'Heb je mijn brief gevonden?' vroeg ze zenuwachtig.

Denny knikte en ging op de rand van een grote kartonnen doos zitten. Achter hem hing een stel wetsuits als rubberen kada-vers aan een rek. De bas van de muziek in de winkel bonkte door in de afgescheiden ruimte. Boven de deur achter haar zag Verity een klein televisiescherm, waarop in zwart-wit vaag de contouren van de klanten te zien waren. Denny wierp er een blik op voor hij haar met een knikje beduidde verder te gaan.

'Hij was misschien een beetje..?'

'Ik heb nog nooit een gedicht van iemand gekregen,' zei Den-ny al kauwgum kauwend, zijn blik op de televisie boven haar hoofd gericht.

Verity glimlachte zenuwachtig. 'Ik heb het niet zelf geschre-ven,' zei ze. 'Ik heb het uit een boek. Het is van Carol Ann Duf-fy.'

'O, ja.'

Verity wou dat ze het lef gehad had om hem een van haar ei-gen gedichten te sturen, maar op het laatste moment had ze zich bedacht. 'Maar ik meende wel wat ik zei.' Ze deed een stap in zijn richting. 'Het spijt me echt. Van laatst. Ik deed alleen maar wat Ellen gezegd had, maar ik snap wel hoe het overkwam...'

Denny haalde zijn schouders op.

Verity hield onwillekeurig haar adem in. Hoe kon ze Denny duidelijk maken dat hij de laatste was die ze ooit pijn zou doen? 'O Denny, alsjeblieft,' smeekte ze.

'Ik zei toch dat ik jaloers aangelegd was?' zei hij. 'Ik kon er ge-woon niet tegen om je met iemand anders te zien. En nog zo'n schooljoch ook.'

'Maar ik zit ook nog op school, Denny,' zei Verity verward. 'Jimmy en ik zijn even oud.'

Denny rolde met zijn ogen. 'Zal wel.'

'Ik weet niet wat ik verder nog moet zeggen,' bedelde Verity. 'Ik wil alleen maar bij jou zijn. Dat is alles wat telt. Het zal nooit meer gebeuren. Ik doe alles om het weer goed te maken met je. Alsjeblieft...'

Toen ze begon te huilen nam hij haar in zijn armen. Slap van opluchting liet ze zich tegen hem aan zakken.

'Ik moet gaan, liefje,' zei hij uiteindelijk. 'Waarom kom je straks niet naar mijn huis? Beetje eten, beetje relaxen. En dan vergeten we dat dit ooit gebeurd is, oké?'

Al die keren dat Verity geoefend had voor een optreden voor publiek was ze nooit zo zenuwachtig geweest, en had ze nooit het gevoel gehad dat er zoveel op het spel stond als voor haar afspraak met Denny later die avond. Ze wist dat hij haar vergeven had, maar ze wist niet waarom eigenlijk of wat Denny er echt van dacht. Vanavond zou ze er voor eens en altijd achter komen.

Om acht uur had ze al tien keer iets anders aangetrokken. Ze had haar gezicht opgemaakt en weer schoongeveegd. Wat moest ze aan als ze bij Denny thuis ging relaxen? Uiteindelijk besloot ze Treza's voorbeeld te volgen en koos ze een spijkerrokje en laarzen, wat waarschijnlijk nog te opgeprikt was, maar dat kon haar niet schelen.

Ze had zichzelf net in de manshoge spiegel boven aan de eerste trap bekeken toen ze de stem van haar moeder hoorde. 'Ben je boven?' riep Cheryl vanuit de receptie. 'Verity, ik weet dat je er bent. Kan je even naar beneden komen?'

Stilletjes deed Verity haar moeder na in de spiegel. Hoe wist ze toch altijd waar haar dochter uithing? Soms vroeg Verity zich af of ze het Grand Hotel niet beter de Grand Gevangenis konden noemen, aangezien haar moeder overal bewakingscamera's leek te hebben.

Om haar moeder te pesten bonkte Verity traag de trap af.

'Naar het kantoor. Als je tijd hebt, Verity,' zei haar moeder met een dreigende blik voor ze zelf in het kantoor verdween.

Verity liep mokkend achter haar aan. Naar het kantoor, jawel. Wie dacht haar moeder dat ze was? Het hoofd van de school?

Russell Driver had zijn nette colbertje aan en bleef doodstil zitten toen Verity binnenkwam. Eén afschuwelijk ogenblik lang dacht Verity dat hij wist van haar moeders verhouding. Maar toen ze naar zijn gezicht keek en zijn gebruikelijke gekwelde uitdrukking zag, ontspande ze zich. Hij was duidelijk ook maar ontboden. Misschien waren ze erachter gekomen dat ze vorige week van muziekles gespijbeld had. Misschien had Ellen tegen haar moeder iets over Denny gezegd. Ze was klaar om zich te verdedigen.

'Je vader en ik hebben eens navraag gedaan,' begon haar moeder.

Laat dat hoofd van de school maar zitten, de kinderen op school hadden gelijk: ze was echt de Gestapo, dacht Verity bitter.

'We zijn gewoon bezorgd,' viel Russell in. 'We...'

'Denk aan wat we afgesproken hebben,' siste Cheryl, die haar man met een blik het zwijgen oplegde.

'Het punt is dat Denny Shapland bijna tien jaar ouder is dan jij,' zei haar moeder scherp.

'En?'

'En... dus is hij te oud.'

'Waar slaat dat nou op. Hij is vijfentwintig, geen zestig.'

'Ja, maar jongens van zijn leeftijd hebben bepaalde... verwachtingen.'

Verity wist niet wat haar meer in verlegenheid bracht, dat haar moeder dit zei of dat zij het moest aanhoren.

'Het punt is dat je vader en ik liever hebben dat je een vriendje van je eigen leeftijd zoekt.'

'En je denkt dat jullie daar iets over te zeggen hebben?' zei Verity verbijsterd. 'Wat zijn jullie toch een huichelaars. Papa heeft Denny ontmoet. En zijn exacte woorden waren: "Denny lijkt me een prima knul," toch, pap?'

'Russell?'

Verity en haar moeder keken allebei uitdagend naar Russell Driver, die hulpeloos zijn schouders ophaalde.

'Als je bezwaar tegen hem had, waarom zei je dat toen dan niet?'

'Toe nou, lieverd,' zei hij. 'Ik wist niet dat het zo serieus was...'

'Jullie kunnen me niet dwingen het uit te maken, weet je. Dat kunnen jullie echt niet.'

En terwijl Verity naar haar ouders keek verdwenen haar zenuwen over Denny. Te oud voor haar? Was ze nog te klein voor Denny Shapland? Nou, daar zou ze eens snel verandering in brengen. Ze zou haar maagdelijkheid aan hem geven. Zo! Dat was besloten. En hoe eerder hoe beter.

Denny woonde in een flat in een modern complex aan de rand van Shoresby. Vanaf het moment dat Verity het trappenhuis uit kwam en door de felverlichte gang naar Denny's voordeur liep, was ze vervuld van een verboden opwinding. Dit was helemaal van Denny. En het was volkomen privé. Er waren geen ouders die ieder moment binnen konden vallen, geen vervelende broertjes en zusjes, geen veeleisende hotelgasten.

Toen Denny de deur voor haar opendeed, trilde elke zenuw in haar lichaam van verwachting. Hij zag er relaxter uit dan ze zich voorgesteld had. Hij had niets aan zijn voeten en droeg een zwarte, driekwartkaratebroek met een grijs T-shirt erboven. Met het gevoel dat ze er veel te gekleed uitzag kuste ze hem ongemakkelijk op zijn wang.

'Welkom,' zei hij. Hij deed een stap opzij en spreidde zijn armen, zodat ze zijn flat kon zien. Het was niet groot, maar de open woonkamer leek wel een plaatje uit een stijlvolle catalogus, met de glanzende houten vloer, de twee grote leren banken en het lage glazen tafeltje. De muren waren wit en vanuit de woonkamer leidden twee deuren naar andere kamers.

'Badkamer, slaapkamer.' Denny wees naar de deuren, terwijl hij Verity voorging naar de kleine open keuken aan de andere kant van de woonkamer.

'Het is een beetje een troep,' zei Denny, schuivend met een stapeltje tijdschriften en post op het grijze, marmerachtige aanrecht. 'Sorry.'

'Het is helemaal geen troep!' lachte Verity. 'Moet je mijn kamer eens zien!'

Zodra ze het gezegd had besefte ze dat haar kamer in het Grand wel de laatste plek was waar ze Denny wilde zien. Hij zou het maar een sjofele en kinderachtige bedoening vinden.

Glimlachend draaide ze zich om naar de ingelijste foto's aan de keukenmuur, boven een houten plank met daarop een uit een café afkomstige asbak, een mok met bomen erop en een smetteloos kookboek van Jamie Oliver. Ze wilde hem alles vragen – wie waren al die mensen op die foto's? Waar was die foto die boven de bank hing genomen, waarop Denny ergens in een ver buitenland aan het surfen was? Ze wilde net iets zeggen over de blotevrouwenkalender naast de ijskast toen de bel ging.

'Je komt precies op tijd. Pizza!' verklaarde Denny. Verity knikte, half opgelucht en half teleurgesteld. Ze had verwacht dat Denny zou koken, maar nu ze pizza aten kon ze zich meer ontspannen. Misschien was dit toch niet de grote test.

Denny betaalde de pizzabezorger en schopte de deur dicht, waarna hij de twee grote dozen op het lage tafeltje tussen de bank en de enorme breedbeeldtelevisie zette. 'Doe of je thuis bent,' zei hij. 'Trek je jas uit. Kom eten.' Hij ging op zijn knieën op het wollen vloerkleed zitten en maakte de dozen open. Verity legde haar jas over de rugleuning van de bank en knielde naast Denny neer. Ze bekeek de duur uitziende geluidsinstallatie, waar Denny nu de afstandsbediening op richtte. Een traag indienummer, dat Verity zowaar herkende, vulde de kamer.

Denny gaf haar een biertje aan en maakte de pizzadoos open. 'Ik sterf van de honger,' zei hij, alsof hij de hele dag al bij haar was. 'Tast toe.'

Verity had weinig trek, maar ze kon geen nee zeggen. Bovendien was het fijn om zo naast Denny te zitten, alsof ze dit elke zaterdagavond deden. Het voelde zo vertrouwd dat Verity zich begon te ontspannen.

Ze kletsten een tijdje over Denny's dag in de winkel, maar geen van beiden begon over de filmopnamen of wat er met Jimmy gebeurd was. Het duurde niet lang of Verity was het helemaal vergeten. Ze kletsten weer net zoals eerst, niet over belangrijke dingen maar over van alles en nog wat, alsof ze de hele avond door zouden kunnen praten zonder ooit om een onderwerp verlegen te zitten.

Na de pizza's en een paar biertjes wist Verity dat Denny haar vergeven had. Toen hij zich opduwde en zich op de bank liet vallen lachte ze. 'Dit is zo heerlijk,' zei ze, terwijl ze met een zucht naast hem ging zitten.

'En?' vroeg hij, zijn vingers aflikkend. 'Heb je volgende week veel te doen?'

Verity rekte zich behaaglijk uit, als een kat. 'Ja,' zei ze koket, 'maar voor jou heb ik altijd tijd. Ik moet repeteren en zo. Dat herdenkingsconcert is binnenkort. Heb je zin om te komen? Het is volgende week zaterdag. Ik kan wel een kaartje voor je regelen.' Ze glimlachte hoopvol naar hem, maar Denny keek minder enthousiast dan ze verwacht had. 'Ik moet zingen,' probeerde ze hem te verleiden.

'Ik weet niet of ik op tijd terug ben,' zei Denny.

'Terug?' vroeg Verity geschrokken.

'Had ik dat niet gezegd? Ik moet weg voor zaken. Ik ga spullen kopen. Ik denk dat ik een week weg ben.'

'Je kunt nu niet weggaan,' fluisterde ze. Bij de gedachte aan een wereld zonder Denny spoelde de wanhoop over haar heen. Toen ze hem twee dagen niet gezien had, was ze al bijna doodgegaan. Hoe moest ze het dan een week volhouden?

'Kijk niet zo.' Denny lachte. 'Het is niet het einde van de wereld.'

'Voor mij wel.' Verity boog haar hoofd, woest dat ze zoiets meelijwekkends gezegd had.

'Je neemt ons heel serieus, hè?' vroeg Denny.

'Ik wou dat ik je dat kon bewijzen,' fluisterde ze.

Er viel een stilte.

'Nou, er is wel een manier...' zei Denny zachtjes.

Onmiddellijk keek ze naar hem op. Toen ze zag dat hij haar recht in de ogen keek, twijfelde ze er niet aan dat ze het over hetzelfde hadden. Ondanks haar eigen bedoelingen schrok ze van Denny's directheid. Op een of andere manier had ze zich voorgesteld dat ze via een omweg op het onderwerp seks zouden uitkomen. Maar dat was misschien wel naïef van haar.

Denny streek haar haar uit haar gezicht en legde zijn hand in haar nek. Er bleef een pluk haar aan zijn horlogebandje hangen en het deed pijn, maar het was zo'n intiem moment dat Verity er niets van durfde te zeggen.

'Is het...' begon Denny, maar hij maakte zijn vraag niet af. Hij schudde zijn hoofd.

'Wat?' vroeg Verity. 'Wat is er? Je mag me alles vragen.'

'Nee, nee, het gaat me niet aan.'

'Nee, toe nou. Ik heb niets te verbergen.'

'Nou ja, ik vroeg me af of het je eerste keer is. Niet dat je het me hoeft te vertellen. Het gaat me helemaal niet aan, maar...'

Verity bloosde. Ze wist niet wat ze moest zeggen. Stel dat ze ja zei en Denny te veel heer was om haar van haar maagdelijkheid te verlossen? Stel dat ze loog en nee zei, zou Denny dan niet verwachten dat ze wist wat ze deed? Ze voelde zich klemgezet, kreeg bijna geen lucht meer. Voorzichtig bewoog ze haar hoofd om haar haar los te trekken, maar het had geen zin, ze zat vast.

'Als het je eerste keer is, moeten we misschien...'

'Ik wil het,' zei Verity, terwijl ze zich bijna op Denny's schoot wierp. 'Het kan. Ik ben geen maagd,' loog ze. 'Ik wil bij je zijn, Denny, alsjeblieft.'

Haar heftigheid leek Denny van zijn stuk te brengen. Hij bestudeerde haar gezicht. 'Tja,' zei hij met een lachje. 'Als je erop staat...'

Verity's adem stokte. Ze besefte dat hij haar in de maling nam.

'Ik zal voorzichtig doen,' verzekerde hij haar met een dubbelzinnige knipoog. 'Waarom ga je niet vast in bed liggen?'

Verity knikte stom en kwam overeind. Was dit normaal? vroeg ze zich af. Moest haar instemming zo zakelijk afgedaan worden? Was het niet de bedoeling dat ze al struikelend en hartstochtelijk zoenend de slaapkamer invielen?

Denny's slaapkamer was maar klein. Er was alleen ruimte voor het tweepersoonsbed en een nachtkastje, waarop een klein lampje een gedempt licht gaf. Naast de deur zat een ingebouwde kast met een getinte manshoge spiegel. Zonder in de spiegel te kijken trok Verity haar kleren uit en vouwde ze netjes op. Toen reikte ze in haar mooie roze beha en broekje, die ze speciaal voor deze gelegenheid uitgekozen had, naar het knopje van het licht. Trillend over haar hele lichaam glipte ze in Denny's bed. Ze trok het grijze dekbed op tot onder haar kin.

Stokstijf lag ze in het donker naar het plafond te kijken. Wat als Denny haar niet aantrekkelijk vond? Wat als het pijn deed? Wat als hij geen voorbehoedmiddel wilde gebruiken? Wat als ze er niet goed in was?

Ze hoorde Denny door de woonkamer lopen, en even later

klonk er zachte sfeermuziek door de muur heen. Ze schrok toen Denny binnenkwam, maar hij leek het niet te merken.

'Beetje donker, vind je niet?' vroeg hij, terwijl hij op het lichtknopje bij de deur drukte. De lamp aan het plafond scheen fel op haar neer en ze kneep haar ogen dicht. Ze had het lampje naast het bed aan moeten laten. 'We willen wel zien wat we doen,' zei Denny, en hij nam een slok bier uit zijn flesje.

Denny had alleen een boxershort aan. Toen hij op haar afkwam, hield Verity haar adem in. Instinctief greep ze de rand van het dekbed vast. Het rook muskusachtig.

'Alles goed?' Hij zette het bierflesje op het nachtkastje.

Verity knikte, geboeid door Denny's lichaam. Op het strand had ze honderden jongens gezien met alleen een boxershort aan, maar nooit had ze naar hen gekeken wetend dat ze over een paar tellen helemaal niets meer aan zouden hebben.

Plotseling trok Denny met een zwierige beweging het dekbed weg en Verity slaakte een kreetje. Ze trok haar knieën op en dook ineen op haar zij. Denny lachte.

'Niet zo verlegen zijn. Ik wil je alleen maar bekijken,' zei hij, met een hand op haar heup. Toen floot hij goedkeurend en Verity ontspande zich een beetje. Ze draaide zich weer op haar rug, maar wist niet goed waar ze haar armen moest laten.

Denny's handen voelden warm aan op haar huid en zijn adem rook naar bier. Hij trok een van de cups van haar beha opzij. Ze rilde. Ze had niet verwacht dat hij haar zo... klinisch zou bekijken. Maar ze had nog nooit naakt voor een man gelegen. Misschien ging het altijd zo.

'Perfect,' zei hij, en hij boog zich over haar heen. Haar neus kriebelde van de zware geur van zijn bodyspray. Hij trok een la van het nachtkastje open, haalde er een doosje condooms uit en keek of er nog eentje in zat.

'Mooi.' Denny schudde twee condooms uit het doosje op het hoofdkussen naast Verity. Ze keek eerst naar de condooms en toen naar Denny, die het lege doosje op de grond gooide. Ze vroeg zich net af waar de rest gebleven was toen Denny boven op haar kwam liggen. Ze moest niet aan andere meisjes denken, hield ze zichzelf streng voor. Er waren geen andere meisjes. Niet hier. Niet nu.

253

Verity sloot haar ogen. Ze verwachtte dat hij haar zou kussen, maar in plaats daarvan draaide hij haar om, zodat zij boven op hem kwam te liggen.

Geschrokken deed ze haar ogen open en keek op hem neer.

'Wauw,' zei hij. Hij volgde met zijn vinger de contouren van haar lippen en Verity voelde zich alweer een beetje beter. Hij had dan wel veel meer ervaring dan zij en zij had zijn seksuele acrobatiek misschien niet meteen begrepen, maar hij was in ieder geval gevoelig. 'Verity Driver, je hebt volmaakte lippen,' fluisterde hij zachtjes.

Verity glimlachte. Het kwam best goed...

'Zo, en laat nu maar eens zien wat je er allemaal mee kunt...'

Verity voelde hoe zijn handen op haar schouders haar naar beneden duwden.

Naderhand lag Verity doodstil naast Denny, haar hoofd tegen het donzige haar op zijn borst. Ze luisterde naar zijn jagende hart. Geleidelijk nam het bonken af, en na een tijdje mengde Denny's zachte snurken zich erdoorheen.

Maar Verity was nog nooit zo wakker geweest. Ze voelde zich overweldigd door de onbekende geur die om haar heen hing en het feit dat ze in Denny's slaapkamer lag. Zonder dat ze wist waarom kwam het beeld van Jimmy die haar in het prieel van Appleforth House het gedicht voorlas haar voor de geest. Op dat moment had ze bedacht dat ze de woorden die hij zo mooi uitgesproken had uit haar hoofd zou leren en bij een gelegenheid als deze aan Denny zou doorgeven, maar nu wist ze wat een bespottelijk romantisch idee dat geweest was.

Nu, terwijl Jimmy's gezicht door haar hoofd spookte, gleed er een traan over haar neus.

Ze had Denny de waarheid moeten vertellen. Ze had hem moeten zeggen dat het haar eerste keer was en dat ze nog niet toe was aan al die dingen die hij van haar wilde. Maar nu was het te laat. Terwijl Denny's stoten haar door elkaar geschud hadden, had ze de hele tijd over zijn schouder naar de papieren lampenkap gekeken, niet wetend hoe ze hiervan moest genieten. Het was zo snel voorbij geweest en nu dacht Denny vast dat ze het waardeloos deed.

Verity wou maar dat ze Treza niet zo op afstand gehouden had. Ze wou dat ze echt met elkaar gepraat hadden en dat ze haar gevoelens met haar vriendin gedeeld had. Ze had gedacht dat de intimiteit tussen Denny en haar daardoor minder exclusief zou worden, maar nu besefte ze hoe zelfvoldaan ze was geweest. Treza zou haar met plezier advies gegeven hebben, Treza zou er nu geweest zijn om haar op te vangen, maar Verity had ongemerkt de regels veranderd. Zonder te beseffen wat ze deed had ze Treza's liefdesleven en haar eigen liefdesleven tot een verboden onderwerp gemaakt.

Verity had zich nog nooit zo verschrikkelijk onbeholpen en zo verschrikkelijk alleen gevoeld. Ze had gedacht dat ze extra verliefd op Denny zou zijn als ze haar maagdelijkheid eenmaal aan hem gegeven had. Ze had gedacht dat ze emotioneel helemaal een met hem zou zijn, maar nu voelde ze zich alleen maar kil en triest.

Ze dwong zichzelf in actie te komen en probeerde bij hem vandaan te schuiven, maar hij werd wakker.

'Wat is er?' vroeg hij.

'Ik moet gaan,' zei ze, terwijl ze achterwaarts uit bed kroop.

'Kun je niet blijven slapen?'

Verity schudde haar hoofd.

'Shit. Daar heb ik niet bij nagedacht. Ik heb te veel gedronken om nog te rijden. Ik bel wel een taxi voor je.'

'Oké.'

Verity sloeg een hoek van het dekbed om zichzelf heen. Het was niet bij haar opgekomen om thuis een smoes te verzinnen zodat ze kon blijven slapen. Ze keek toe terwijl Denny een slok bier nam voor hij uit bed stapte en naar de kast liep. Hij pakte een gestreepte badjas en liep zonder naar haar te kijken de kamer uit.

Hoe kon hij binnenkomen, met haar naar bed gaan en weer vertrekken alsof er niets gebeurd was? Hoe was het mogelijk dat hij haar leven veranderde zonder het zelf te merken? Moesten ze niet naakt tegen elkaar aan kruipen? Zo hoorde het toch te gaan? Starend naar de deur waardoor Denny zojuist verdwenen was schudde Verity ongelovig haar hoofd. Toen trok ze met woeste gebaren haar kleren aan.

In de woonkamer voelde ze zich met al haar kleren aan vreemd genoeg niet op haar gemak. Het was net alsof ze toegaf dat haar naakte zelf niet goed genoeg was geweest. Ze hoorde Denny bellen met het taxibedrijf en voelde zich goedkoop. Zo deden hoeren het ook, dacht ze.

Denny ging op de bank zitten en zette de televisie aan. Hij klopte naast zich op de bank ten teken dat ze bij hem moest komen zitten. Zenuwachtig liet ze zich op het zwarte leren kussen zakken. Denny lachte om een komisch programma. Hij pakte haar hand en hield hem gedachteloos vast, alsof ze al jaren bij elkaar waren. Of, erger, alsof ze alleen maar oude vrienden waren.

Verity concentreerde zich op haar hand in de zijne, en hoewel ze wist dat hij op iets heel anders lette, putte ze troost uit zijn nabijheid. Ze wilde niets liever dan dat hij met haar praatte, haar vertelde hoe hij zich voelde, maar ze wist dat ze niets kon zeggen. Waarom zou hij iets moeten voelen? Misschien waren al die clichés waarover ze gelezen had – dat mannen na de seks niet wilden knuffelen of praten – toch wel waar.

Verity keek naar de televisie, maar begreep nauwelijks wat Denny zo leuk vond. Ze wou dat het allemaal anders gegaan was. Een paar tellen later, zo leek het, ging de bel al.

'Ik bel je,' zei Denny bij de voordeur, en hij gaf haar een kus op haar neus.

Verity voelde haar kin trillen en deed haar uiterste best om hem stil te houden.

'Hé, hé, hé,' zei Denny. 'Wat is dat nou?'

'Ik wil niet dat je weggaat,' bracht Verity uit. 'Ik zal je zo missen.'

'Ik kom terug.'

'Beloof je dat?' smeekte Verity. Ze greep hem stevig vast.

'Natuurlijk.'

Buiten toeterde de taxi. Vragen tolden door Verity's hoofd, maar ze kon zichzelf er niet toe zetten ze te stellen, en de bevestiging die ze zo wanhopig hard nodig had en de belofte van verbondenheid bleven onuitgesproken.

'Ik zie je,' zei Denny. 'Ga nu maar. Hij blijft niet eeuwig wachten.'

Verity rende de trap af en de nacht in.

Toen ze omhoogkeek zag ze Denny met de telefoon aan zijn oor lachend achter het raam staan. Hij keek naar beneden, stak zijn bierblikje naar haar op en trok het gordijn dicht. Weg was hij.

17

Haar blonde haar viel als een gordijn voor zijn ogen. Hij hijgde, zijn lippen tegen haar gladde nek gedrukt. Ze lagen op hun zij, als lepeltjes in een doosje, en ze drukte zich dichter tegen hem aan, zodat hij nog dieper in haar kwam. Haar ademhaling klonk als kreunen. Hun voeten zaten verstrikt in een wirwar van lakens. De kamillegeur van haar conditioner drong zijn neusgaten binnen toen ze haar hand op de zijne legde en hem stevig tegen haar borst aan drukte.

Toen rolde ze bij hem vandaan en ging plat op haar rug liggen. Ze stak haar armen naar hem uit, trok hem boven op zich, leidde hem weer bij haar naar binnen. Haar handen lagen op zijn schouders, ze bewoog hem zachtjes op en neer tot hij het ritme te pakken had dat zij wenste. Ze begon weer te kreunen. Ze sloot haar ogen en liet haar handen over zijn rug glijden. Hij voelde hoe haar dijen zich spanden, zijn heupen omsloten. Haar nagels priemden in zijn rug. Ze begon harder te kreunen, onregelmatiger. Toen schreeuwde ze het uit, schuurde schokkend haar bekken tegen hem aan. Wat ze ook voelde op dit moment, het kwam eruit in één langgerekte kreun. Terwijl het schokken afnam en er een brede, zinnelijke glimlach op haar gezicht verscheen bleef hij in haar bewegen. En toen ze haar ogen opendeed en recht in de zijne keek hield hij zijn adem in en kwam.

Zodra het voorbij was had hij het gevoel dat het twee andere mensen geweest waren, een andere man en een andere vrouw – wie dan ook, eigenlijk, maar niet zij.

Hij kon haar niet langer aan blijven kijken, trok zich uit haar terug en ging naast haar op zijn rug liggen. Ze staarden beiden naar het plafond. Haar huid gloeide tegen de zijne: haar dij tegen zijn dij, haar heup tegen zijn heup, haar schouder tegen de zijne.

Maar nog steeds raasde er een tomeloze energie door zijn lichaam. Hij had zin om op te springen, door de kamer te dansen, op zijn hoofd te staan, naakt door het huis te rennen... Elke cel in zijn lichaam tintelde, smachtte naar beweging. Het was bijna on-draaglijk, deze bewegingloosheid, na de explosie van lichamelijk-heid die hij net meegemaakt had. Maar hij bleef stil liggen. Want hij wist dat hij niet kon wat andere mensen elke dag deden. Hij kon zich er niet toe zetten haar aan te kijken, of zelfs maar iets te zeggen.

Ned Spencer verkeerde in shock. Hoe had dit kunnen gebeu-ren? Wat deed hij hier in bed, naakt en badend in het zweet? En wat deed Ellen Morris hier, naakt naast hem?

Het was allemaal zo heftig geweest, de endorfine in zijn lijf had zo'n schok teweeggebracht dat hij nu last leek te hebben van een soort beperkt geheugenverlies. Hij had het gevoel dat de hele reeks van gebeurtenissen uit zijn fantasie ontsproten was; in wer-kelijkheid helemaal niet plaatsgevonden had. Hij vroeg zich af wat hij zou voelen als hij zijn hand naar Ellen uitstak; misschien alleen zijn verkreukelde dekbed?

Maar terwijl zijn ademhaling weer rustig werd begon alles langzaam maar zeker op zijn plaats te vallen.

Door zijn hoofd maalden beelden van hoe het begonnen was, beneden in de keuken: Ellen en hij gebogen over het aanrecht, waarop hij de in leer gebonden map met de ontwerpen voor Ap-pleforth House opengeslagen had. Ellen en hij die tegelijk een hand uitstaken om een bladzijde om te slaan en verstijfden toen hun handen elkaar raakten; hij zag hoe ze zich naar elkaar om-draaiden, hun lippen vlak bij elkaar, net als toen die keer in High Street en later bij haar thuis; hoe hij haar aankeek en zag dat ze zonder met haar ogen te knipperen een vraag stelde en tegelijk het antwoord gaf. Dan opeens gespannen ledematen die zich be-gerig met elkaar verstrengelden; haar mond hard op de zijne; de kracht waarmee haar tong zijn mond binnendrong; de onver-klaarbare combinatie van genot en pijn toen ze op zijn onderlip beet en hem tegen het gasfornuis aan duwde; het onophoudelijke tik-tik-tik van de ontsteker achter hen toen het knopje dieper en dieper in zijn billen drukte; hij die aan de knoopjes van haar bloes frunnikte, het opgaf en zijn handen onder de ruwe katoen liet glijden, haar borsten verkende. Zij die met zijn riem worstel-de terwijl hij haar beha losmaakte; haar tepels die hard werden tegen zijn vingertoppen; toen haar hand die koud in zijn pik kneep; hij en Ellen die als op een onhandig hakkelend ritme door de keuken schuifelden, naar de keukentafel, waar hij haar op haar rug legde, met haar benen over de rand. Hij die haar schoenen en broek uittrok, op de grond liet vallen, op zijn knieën zakte en haar onderbroek opzijschoof; hoe hij naar voren kwam, op haar kwam, haar opsnoof, bedwelmd door haar geur en haar smaak...

En dit allemaal – állemaal, plus wat volgde – zonder dat ze een woord gesproken hadden.

Wat had hij zich in godsnaam in zijn hoofd gehaald? Dat wilde hij nu weleens weten.

Had hij zich überhaupt iets in zijn hoofd gehaald? Of had hij alleen maar gedáá11?

Er was bewijs te over. Zijn pik trilde, schokte, richtte zich op om opnieuw te beginnen, ondanks de marathon die hij net achter de rug had. Want deze vrouw had iets waardoor hij zich voelde als een door hormonen geplaagde puber – om nog maar te zwijgen van hoe hij zich gedroeg... Want, godallemachtig, dat was precies wat hij gedaan had, of niet soms? Hij had zich laten leiden door testosteron, zijn hersens op vakantie gestuurd en zijn penis tijdelijk de macht in handen gegeven.

Hij was zichzelf vergeten. Zíj had hem zichzelf doen vergeten. Hij was vergeten dat hij dit soort dingen niet meer deed. Hij was vergeten dat hij een volwassene was die leefde in een wereld van verantwoordelijkheden en weloverwogen beslissingen. Hij was vergeten dat hij vader was – jezus, opeens schoot hem te binnen dat Clara wakker had kunnen worden, de keuken in had kunnen lopen waar hij en Ellen...

Ned kreunde zachtjes. Boven hem vulde een keurige rechthoek van sterrenhemel het venster van het dakraam, als een stilstaand beeld op de televisie dat hij met een druk op de knop van de afstandsbediening in beweging kon zetten. Maar zo was het leven niet. Je kon het niet stilzetten of door laten lopen wanneer je daar zin in had, net zomin als je iets wat gebeurd was terug kon spoelen en ongedaan kon maken.

De laatste keer dat hij ongeremd bij iemand in bed gesprongen was, was toen hij nog bouwkunde studeerde. Het was een ramp geweest, herinnerde hij zich, en hij had er geen enkele moeite mee gehad het bij die ene keer te laten.

Maar dit was geen ramp geweest, of wel? In tegendeel. Want zo was het voor Ned nog nooit geweest, zelfs niet met Mary; hij kende haar al maanden voor er iets gebeurde, en zelfs toen had het nog maanden geduurd voor de seks zo goed werd. Terwijl Ellen, die had hij – zeg – zeven keer ontmoet, misschien acht keer. En hoelang kende hij haar? Drie weken?

Moesten ze het erover hebben? Hij wist het niet. Deden mensen dat na de seks? Hij kon het zich niet herinneren. Want de waarheid was dat hij sinds vóór Clara's geboorte geen seks meer gehad had. De laatste keer was met Mary geweest. Voordat ze ziek werd was seks iets heel vanzelfsprekends voor hen geweest, daar hoefden ze niet over te praten; ze deden het gewoon wanneer en hoe ze maar wilden.

Ned wierp een steelse blik op Ellen, op zoek naar houvast. Ze wekte niet de indruk dat ze het waar dan ook over wilde hebben. Ze had haar ogen dicht en haar mooie gezicht stond uitdruk-kingsloos.

Ned richtte zijn blik weer op de nachtelijke hemel. Stel dat hij probeerde te praten over wat ze gedaan hadden, en stel dat zij dat ook wilde – wat zouden ze dan zeggen? Het had weinig zin om de voor- en nadelen tegen elkaar af te wegen, of te discussiëren over de vraag of het wel of niet een goed idee geweest was, want het kwaad was al geschied. Moesten ze elkaar dan bedanken? Moesten ze elkaar prijzen om hun vaardigheden? Moesten ze misschien zelfs suggesties doen voor mogelijke verbeteringen, zodat een nog groter genot in de toekomst gewaarborgd was?

'Wat ben je stil geworden,' zei ze.

'Jij zegt ook niet veel.'

'Denk jij wat ik denk?'

Hij wilde helemaal niet weten wat zij dacht. 'Ik denk erover een glas water te gaan halen. Wil jij ook?'

'Oké.'

'Oké.'

Hij rolde zich op zijn zij en ging op de rand van het bed zitten.

Achter hem haalde Ellen regelmatig adem. Hij hoopte dat ze in slaap viel. Hij haalde een broek uit de ladenkast naast het bed en trok hem aan, waarna hij de slaapkamer uit en door de gang naar de badkamer liep.

Hij draaide de deur achter zich op slot. Toen hij eenmaal alleen was, spoelde de opluchting over hem heen. Hij maakte het medicijnkastje open en reikte naar de bovenste plank, de plank waar Clara niet bij kon – zelfs niet als ze op haar tenen in de wasbak ging staan, zoals hij haar een keer had zien doen. Hij haalde zijn oude tabaksblikje tevoorschijn – zijn 'potpot', zoals hij het altijd noemde – en draaide een joint. Toen zette hij het raam open, leunde naar buiten en stak hem aan.

Vroeger had hij dit in de slaapkamer gedaan, in bed. Dat was voor Clara geboren werd, toen hij en Mary bij wijze van slaapmutsje vaak een kalmerende joint gerookt hadden. Maar hij had geen zin om het met Ellen te doen. Wat hij zocht was vergetelheid en eenzaamheid, geen goed gesprek of een gevoel van verbondenheid. Hij wilde alleen maar weer naar bed kunnen gaan en zijn ogen dichtdoen en wegzakken in de duisternis.

Het was niet dat hij niet kón voelen. Hij voelde nu juist heel veel. Hij voelde de laatste restjes seksuele opwinding als elektrische schokjes door zijn aderen dansen. Hij voelde de geest van Ellens lichaam nog steeds dicht tegen hem aan gedrukt. Hij voelde het opgekropte verdriet van de jaren zonder lichamelijk contact. Hij voelde – en weerstond – de neiging om op zijn instinct af te gaan; om terug te gaan naar de slaapkamer en naast Ellen te gaan liggen en haar tot aan het ochtendgloren in zijn armen te houden, zoals hij nu al jaren zijn dekbed in zijn armen hield, fantaserend dat het zijn geliefde was. Maar bovenal voelde hij wat zoals hij wist de enige waarheid was: dat het beter was om niet te voelen; dat hij op het gebied van relaties opgebrand was.

Hij mocht Ellen graag. Ze was sterk, intelligent, uitdagend en mooi, en in een parallelle wereld – een wereld waarin Ned Mary nooit ontmoet had – hadden ze samen misschien een kans gehad. Maar niet in deze wereld. In deze wereld had Ned Mary wel ontmoet. En in deze wereld had Mary zelfmoord gepleegd. En in deze wereld was Ned bang voor wat de liefde met zijn leven gedaan had. Daarom hadden hij en Ellen in deze wereld geen toekomst. Zij zou teruggaan naar haar vriend in Londen en hij zou teruggaan naar Cheltenham. En al snel zou het zijn alsof dit allemaal niet gebeurd was.

Onder het badkamerraam kon Ned de achtertuin zien liggen, verlicht door de lampen in de keuken. De tuin had de afmetingen van twee tennisbanen achter elkaar en was omsloten door een met mos begroeide stenen muur die dringend opgelapt moest worden en, schatte Ned, deze of volgende winter zou instorten. Achter in de tuin stond naast een knoestige oude perenboom een vervallen kas, en daarachter, aan het eind van het laantje, lichtten de ramen van de huizen van Shoresby op als fakkels in de nacht.

Ergens tussen die huizen en straten en late-nightshows waren Scott en Deb. Dat was ook de reden dat Ellen vanavond langsgekomen was; ze was de sleutels van het huisje kwijt en wilde Scott en Deb nog te pakken krijgen voor ze uitgingen. En dat was de reden dat hij Ellen de tijd gaf om in slaap te vallen, want hij wist dat hij haar niet kon vragen naar huis te gaan en dat hij niet opgewassen was tegen een gesprek over wel of niet blijven slapen en wat dat dan voor hen betekende.

Het was fantastisch wat er vanavond gebeurd was. Dat wist Ned. Maar diep vanbinnen wist hij ook dat het morgen niet werkelijker zou zijn dan een droom. Want alleen mensen die nog geen reden hadden om niet verliefd te worden konden de hartstocht, zoals hij die avond met Ellen gevoeld had, in stand houden. Alleen mensen als Scott en Deb, en alle anderen die nog steeds in de almacht van de liefde geloofden.

18

Ellen verkeerde nog steeds in een euforische shock toen ze op zondagochtend thuiskwam.

'Waar heb jij gezeten?' vroeg Scott geeuwend, toen hij de deur voor haar opendeed.

Ellen gaf geen antwoord. Ze kon hem niet eens aankijken. Het is vast overduidelijk, dacht ze. Ze had het gevoel dat ze een licht-bak boven haar hoofd had, waarop in knipperende letters te lezen stond wat ze gedaan had. 'O, ik... eh... was mijn sleutels vergeten. Ik kon er niet in.' Afwezig gooide Ellen haar jas over een stoel, waarna ze Scott de rug toekeerde. Ze had geen zin het verder uit te leggen. 'Ik ga even in bad, denk ik.'

In de badkamer draaide Ellen de warmwaterkraan open en keek toe hoe het water in het donkerblauwe plastic bad stroomde. Met al haar kleren nog aan leunde ze tegen de deur en snoof traag de opkomende stoom op.

Ze was dus met Ned naar bed geweest. Maar wat ze nu voelde had niet alleen met seks te maken. Het ging om meer. Veel meer. Haar ontrouw was veel dieper gegaan. Was totaal geweest. Het was ontrouw van het hart. Langzaam liet ze zich tegen de deur naar beneden zakken tot ze op de grond zat. Terwijl de stoom om haar heen kringelde, sloeg ze haar armen om haar knieën heen. Het was seks zonder woorden geweest, hartstochtelijk, wilder dan in haar wildste dromen. Voor gisteravond had ze niet eens geweten dat mensen zich zo konden voelen. Ze dacht altijd dat ze al lang wist hoe seks kon zijn, maar nu begreep ze dat ze geen flauw idee had gehad.

Ned had het ook gevoeld. Dat moest wel. Je kon toch niet zo met iemand verbonden zijn zonder diep geraakt te worden?

Die nacht was Ellen in zijn bed wakker geworden en had ze urenlang naar hem liggen kijken. Zelfs in diepe rust trok hij haar aan, deze beschadigde, intelligente, prachtige man. Ellen had hem in zich opgezogen, zich verlustigd in zijn aanblik, zo intens naar hem gekeken, alsof ze zichzelf op een of andere manier in zijn dromen kon uitgieten.

Maar ze had hem niet wakker gemaakt. Ze had de betovering niet willen verbreken, want in de stilte van de nacht had ze zich gerealiseerd dat alles mogelijk was. In dat door de sterren verlichte bed had Ellen durven geloven in een sprookjesachtige toekomst, waarin ze de hele tijd kon zijn wie ze was met Ned.

Toen het bad bijna vol was, stond Ellen op. Een hele tijd keek ze toe hoe het water stil kwam te liggen en de kranen ophielden met druppelen.

Ze kon Ned niet van zich afspoelen. Nog niet. Ze had hem nodig op haar lichaam. Ze kon zijn wezen niet in het water laten oplossen.

Ellen staarde naar haar spiegelbeeld op het water. Ze dacht aan Neds vrouw Mary, en aan hoe ze gestorven was. Turend in het diepe badwater dacht ze aan de wanhoop in Mary's hart en aan de hoop in haar eigen hart. Ned had zo'n gecompliceerd verleden. Kon zij zijn toekomst simpel maken?

Buiten wandelde Ellen langzaam langs het water over North Beach. Achter haar vulde het zand haar voetsporen op. Met haar armen om zich heen geslagen, haar blik op de haveningang gericht, haalde ze diep adem en bedacht hoe dol ze op deze plaats geworden was.

Ze bleef staan en keek naar de reddingsboot die op de golven dobberde. Gisteren was ze zo in de war geweest, maar nu, in het daglicht, was ze rustig. Ze zag hoe de reddingsboot water sproeiend in beweging kwam. Zij was ook gered. Ned had haar gered.

Toen ze gisterochtend thuis in Londen wakker geworden was, nog steeds met Neds trui in haar armen, had ze haar plan om naar de montagestudio te gaan laten varen. In plaats daarvan had ze alles weer in haar tas gepropt en de eerste trein terug naar Shoresby genomen.

Ze had niet eens geweten wat ze zou gaan doen. Ze wist alleen maar dat ze een impuls volgde, alsof een andere kracht dan haar eigen wil haar de wet voorschreef. Bij Neds huis aangekomen wist ze wat ze kwam doen. Tegen Ned zei ze dat ze haar sleutels kwijt was, maar die zaten gewoon in haar zak. Ze was gekomen omdat ze bij hem hoorde.

Ellens telefoon piepte ten teken dat ze een bericht had, en meteen was ze weer terug in het heden. Niets brengt me van mijn stuk, zei ze bij zichzelf toen ze de telefoon uit haar zak haalde.

Maar daar vergiste ze zich in.

Ellen maakte zich los van de menigte die in de lawaaiige aankomsthal van Heathrow stond te wachten. De brede ruimte stond vol mensen. Gezinnen verdrongen zich voor de hekken, huilende baby's en opgewonden kinderen, oude mensen, jongeren. Verveelde taxichauffeurs hielden stoïcijns naamborden omhoog. Gespannen toeristen en luchthavenmedewerkers duwden elkaar opzij achter de elektrische deuren aan een van de zijden van de hal, terwijl er uit de intercom onophoudelijk berichten dreunden.

Sinds Jasons sms'je van vanmorgen – of ze hem van het vliegveld wilde halen – had Ellen last van een aanhoudende paniekaanval. Ze had wel geweten dat Jason ergens in de komende weken terug zou zijn, maar deze vervroegde thuiskomst had haar compleet overvallen. Sinds ze gisteravond bij Ned voor de deur had gestaan, had ze geweten dat er onvermijdelijk een moment zou komen waarop ze Jason haar gevoelens voor Ned moest opbiechten. Maar dat had nog zo ver weg geleken. Niet nu. Ze was er nu nog niet klaar voor, in de verste verte niet. Om het allemaal nog erger te maken had ze Ned niet te pakken gekregen om hem te zeggen dat ze naar Londen ging om Jason op te halen; haar huidige paniek was veroorzaakt door het uitblijven van een reactie op haar sms'je.

Ze dacht weer aan vanochtend, toen ze naast Ned wakker geworden was. Ze lagen zo dicht tegen elkaar aan dat Ellen even niet wist waar ze was. Maar in die ene tel voordat ze zich bewoog en Ned wakker werd had ze zich gelukkiger en veiliger gevoeld dan op enig ander moment in haar leven.

Daarna was het natuurlijk allemaal een beetje ongemakkelijk geweest. Ned was bang dat Clara hen zou betrappen, zozeer zelfs dat Ellen niet over wat er gebeurd was durfde te beginnen. Ze voelde dat Ned, net als zijzelf, tijd nodig had om te verwerken dat ze een grens overschreden hadden.

Ze had zo graag iets willen zeggen, verlangde zo naar bevestiging van hun hartstochtelijke nacht, maar ze wist hoe kwetsbaar Ned was. Als ze hem tot een of andere intieme uitspraak dwong zou hij er alleen maar vandoor gaan. En trouwens, wat zij samen ervaren hadden had toch ook geen woorden nodig?

Ellens maag draaide zich om van de zenuwen toen de stroom vermoeide reizigers op gang kwam en de karretjes volgeladen met bagage de aankomsthal inreden. Ze had nog niet in haar hoofd wat ze tegen Jason zou zeggen. Op een of andere manier hoopte ze dat de woorden en het juiste moment zich vanzelf zouden aandienen.

Maar zodra ze hem zag liet haar vertrouwen haar in de steek. Pure angst kwam ervoor in de plaats. Er waren geen woorden voor wat zij gedaan had. Ze had geen idee hoe ze hem moest vertellen wat er gebeurd was. Alles in haar wilde vluchten. Maar het was te laat.

Jason zwaaide toen hij haar in het oog kreeg en zijn ogen begonnen te schitteren in zijn gebruinde gezicht. Hij rende op haar af. Ellen bleef als aan de grond genageld naar hem staan kijken. Ze was misselijk. Daar was Jason. Haar rots in de branding. Haar leven. De man die al zo lang ze zich kon herinneren haar toekomst was. Toen ze hem naderbij zag komen was al haar vastberadenheid in één klap verdwenen. Hij was zo echt en tastbaar en gelukkig. En hij was van haar. Zonder bagage, zonder kinderen of duistere geheimen. Maar met de belofte dat hij voor altijd van haar hield.

Op dat moment drong de afschuwelijke waarheid tot Ellen door. Ze kon Jason niet over Ned vertellen. Ze zou het geheim moeten houden. Schuld glibberde om haar heen als een slang die haar dreigde te wurgen.

'Je bent er,' zei Jason, terwijl hij zijn rugzak op de grond liet vallen en op haar af vloog om haar stevig te omhelzen.

Ellens zintuigen waren vol van Ned geweest, maar nu werden ze volkomen in beslag genomen door de vertrouwdheid van Jason. Zijn geur, zijn lange, slanke lijf, de manier waarop ze zich naar zijn omhelzing voegde alsof ze het ontbrekende stukje van een puzzel was.

Paniek overmande haar en haar knieën knikten toen Jason haar nog dichter tegen zich aan drukte en vervolgens losliet.

'Wat ben je snel terug,' zei ze met schorre stem. Ze kon hem niet recht aankijken. Ze richtte haar blik op het hangertje om zijn nek. Ze kwam dichterbij om het aan te raken, het kleine stukje ebbenhout dat aanvoelde alsof het van haarzelf was. Haar hart deed pijn van angst en verdriet.

Jason glimlachte. 'Ik maakte me zo veel zorgen om je na dat telefoontje dat ik besloot het verder maar kort te houden.'

'Zorgen?' Ze herinnerde zich dat telefoontje. Het was pas een week geleden, maar het leek wel een eeuwigheid. Alsof degene die Jason in wanhoop opgebeld had een heel ander iemand geweest was.

'Je klonk zo somber,' ging hij verder. 'Ik werd er wanhopig van. Ik dacht alleen nog maar aan wat jij zei. Dat we bij elkaar hoorden te zijn.'

'Echt waar?'

Ellens keel kneep samen, maar Jason leek niets te merken.

'O, jezus,' zei hij, en hij probeerde een grijns te onderdrukken. 'Ik wilde eigenlijk nog wachten. Maar waarom zou ik!' Lachend ritste hij een klein zakje van zijn legerjack open.

'Jase,' smeekte Ellen, 'ik moet je iets vertellen...'

Maar Jason luisterde niet. 'Wacht, wacht,' zei hij opgewonden. 'Hier.' Hij gaf haar een klein zwart zakje.

'Wat is het?' vroeg ze.

'Maak open, maak open,' drong Jason aan.

Ellen trok het zakje aan het touwtje open. Er zaten drie kleine diamantjes in. Ze liet ze in haar hand vallen en zag hoe ze schitterden tegen haar huid. Dit gebeurt niet echt, dacht ze. Dit gebeurt niet echt.

'Ik dacht dat we samen een ring konden ontwerpen,' zei Jason. Hij greep haar hand, zodat haar vingers zich om de steentjes sloten. 'Wat vind je daarvan?' Hij grijnsde naar haar als een opgewonden kind, zijn wenkbrauwen verwachtingsvol opgetrokken.

'Wat?' bracht Ellen met moeite uit. Ze begreep nauwelijks wat hij zei.

'Ik heb eens goed nagedacht.' Jasons woorden buitelden over elkaar heen. 'En je had gelijk. Ik ging zo in mijn werk op dat ik niet zag hoe ongelukkig je was, totdat je me vroeg of ik een toekomst met je wilde. Toen besefte ik dat ik zonder jou verloren zou zijn. O, Ellen, liefje. Daarom ben ik eerder thuisgekomen. Ik wilde je zeggen... je recht in je gezicht zeggen dat ik alles wil. Met jou. De hele handel. Dat wilde ik altijd al, maar de toekomst moet nu meteen beginnen.'

Ellen had niet eens gemerkt dat ze huilde, maar nu schokten de snikken door haar heen.

Jason trok haar naar zich toe, nam haar gezicht in zijn handen. 'O, Ellen, schat van me,' zei hij, en hij streek haar haar glad. 'Alles komt goed. Ik ben er weer. Ik ben er.'

Van ergens ver weg kwamen de woorden die Ned op een avond tegen haar gezegd had. 'Weet je wat het ergste is aan het leven?' had hij gezegd. 'Timing. Er deugt geen moer van de timing.'

Toen Ellen die maandag naar Appleforth House reed en naast de busjes parkeerde was het al bijna lunchtijd. Nu het huis bijna af was werd deze week het meubilair afgeleverd, wist ze, en het wemelde er dan ook van de mensen.

Ellen klapte de zonneklep omlaag, bekeek voor de derde keer haar gezicht in de spiegel en haalde een hand door haar haar. Ze wist nog dat ze dat de eerste keer dat ze naar Appleforth House kwam ook gedaan had, en dat ze Ned toen in het kantoortje aangetroffen had. Was dat echt nog maar drie weken geleden?

Uit haar handtas haalde ze het kleine make-uptasje met de tube Touche Éclat-foundation. Vakkundig smeerde ze de crème op de donkere wallen onder haar ogen, waarna ze haar gezicht poederde. Ze had de afgelopen achtenveertig uur nauwelijks geslapen en was bijna draaierig van vermoeidheid. Maar niemand zou het merken. Zeker Ned niet.

Ellen stapte uit en liep naar het huis. Ze wist dat Ned het waarschijnlijk druk had, maar ze moest hem zien. Ze hield het geen minuut langer meer uit zonder te weten wat hij voor haar voelde en waar ze stond.

Sinds ze gisterochtend bij hem weggegaan was, had ze hem niet meer gesproken. Sindsdien zat ze in de grootste emotionele achtbaan van haar leven. Alleen Ned kon haar haar evenwicht teruggeven.

Toen ze om de vleugel van het huis heen liep zag ze Ned staan en haar hart maakte een sprongetje. Hij stond bij een grote vrachtwagen, waar een groepje werklieden achterwaarts de laadklep afliep, met iets wat op een biljarttafel leek. Hij had een oude spijkerbroek, werkschoenen en een verbleekte rode sweater aan, en een gele helm op. Ellen bekeek hem van opzij, zag hem lachen en praten met de werklieden, die op zijn aanwijzingen hun vracht naar buiten tilden. Ellen rilde van opluchting.

Ze glimlachte en stak ter begroeting een hand op. Ze was zo geobsedeerd geweest door deze man dat ze half verwachtte dat hij telepatisch was en nu ook naar haar keek. Hoe was het mogelijk dat hij er zo normaal uitzag, zo onaangedaan?

Ze liep op hem af, maar hij zag haar nog steeds niet. Hij kon haar niet gezien hebben, anders had hij wel naar haar gelachen of gezwaaid. Ellen kwam nog dichterbij en bleef pas staan toen ze vlak achter hem stond.

'Hoi,' zei ze, met een tikje op zijn schouder.

Ned had een vrachtbrief in zijn hand. Hij wierp een snelle blik over zijn schouder. 'O, hoi,' zei hij, alsof ze een collega was die hij een paar minuten geleden nog gezien had.

Ellen schraapte haar keel. Ze volgde Neds blik en keek naar de werklieden die met de tafel tussen zich in naar het huis liepen. Ned bleef ze zonder op Ellen te letten nastaren.

'Ned,' vroeg Ellen, in verwarring gebracht.

'Yep. Zeg het maar. Ik luister,' zei hij, maar hij draaide zich niet om.

'Nou, eh...?'

Waarom keek hij haar niet aan?

'Nou... eh... vind je niet dat we moeten, eh... praten...?' probeerde ze, maar Ned was weggerend om een paaltje uit de grond te trekken voor een van de werklieden erover struikelde.

Ellen keek zwijgend toe. Waarom probeerde ze dit te forceren? Dit was niet de juiste plaats en niet het juiste moment. Hij had het druk. Wat deed ze hier eigenlijk?

'Sorry,' zei Ned met een flauwe glimlach, maar nog steeds keek hij haar niet echt aan. 'Je zei...?'

Ellen raakte geïrriteerd. Waarom deed hij zo... zo normaal tegen haar? Er was niets normaals aan wat er tussen hen gebeurd was. Ze wachtte tot de werklieden buiten gehoorsafstand waren. 'Nou ja, ik... ik wilde niet dat je een verkeerde indruk had,' probeerde ze nogmaals.

Zodra ze het gezegd had, wist ze dat het helemaal fout klonk. Het klonk defensief, afwijzend zelfs. Maar als ze niet wilde dat hij een verkeerde indruk had, wat was dan de juiste indruk? Wat bedoelde ze eigenlijk? Moest ze hem vertellen wat er gebeurd was sinds ze hem voor het laatst gezien had? Had ze de moed om hem te vertellen wat ze echt voelde? 'We... we...' stamelde ze, met een van wanhoop hoog stemmetje.

'We hebben seks met elkaar gehad,' zei Ned beslist. Over zijn schouder glimlachte hij kort naar haar. 'Ziezo! Dat was niet zo moeilijk.'

Ellen staarde hem aan. Hoe kon hij zo nuchter doen? 'Alleen maar seks?'

'Nee, niet alleen maar seks,' zei hij angstaanjagend vriendelijk. Hij draaide zich naar haar om. 'Goeie seks. Oké, fantastische seks, vond ik. Ik hoop dat jij dat ook vond?' Ned glimlachte alsof hij iets heel alledaags gezegd had, alsof hij benieuwd was naar haar mening over een afhaalmaaltijd.

En toen besefte Ellen dat hij het meende. Het was seks. Geen rauwe hartstocht. Geen samenkomst van twee verwante zielen. Het was alleen maar seks. Onpersoonlijk en vrijblijvend.

Seks.

Vanuit haar hart voelde Ellen een blos opkomen die zich over haar hele huid verspreidde. Het was niet alleen schaamte. Het was ook een gezonde dosis vernedering.

'Wacht even, jongens!' riep Ned naar de werklieden, en hij holde al op hen af.

Ellen staarde hem verbijsterd na. Ze zag hem achter de werklieden aan het huis ingaan. Ze besefte dat hij niet van plan was om terug te komen en hun gesprek af te maken. Dit was alles. Dit was alles wat Ned haar te zeggen had.

Ellen rende naar haar auto. Zodra ze het portier dichtgeslagen had slaakte ze met haar hand voor haar mond een gesmoorde kreet. Heel even dacht ze dat ze moest overgeven.

Hoe kon hij? Hoe kon hij haar dit aandoen?

Ze legde haar voorhoofd op het leren stuur, te gekwetst om te huilen. Het was minder erg geweest als Ned tegen haar geschreeuwd had, of kil gedaan had. Het was minder erg geweest als hij haar een klap gegeven had.

Natuurlijk was het voor hem alleen maar seks!

Lijkbleek startte ze de auto. Ze legde haar arm op de stoel naast haar en reed achteruit de oprijlaan af. Ze moest hier weg.

Waarom had ze ooit gedacht dat het anders zou zijn? Ze was naar bed geweest met de man die niet in romantiek of liefde geloofde. Dit was de man die vond dat Caroline Walpole haar lot verdiend had. Wat had hij ook alweer gezegd? 'Ze legde haar lot in handen van de liefde en ze kwam bedrogen uit... romantiek is gelul. Omdat het nooit wat wordt. Niet in het echte leven.'

En nu had hij haar dat bewezen.

Terug op Quayside Row parkeerde Ellen de Land Rover en liep langs het huisje naar de halfcirkel van beton aan het eind van de havenmuur. Ze trok zichzelf op en ging erop zitten. Zo keek ze uit over zee, luisterend naar de golven die onder haar op de steen klotsten. Ze voelde zich net een zombie. Ze kon er niet bij dat dit haar echt overkwam. Ze kon nauwelijks geloven wat ze gedaan had. Terwijl er een golf van troosteloosheid over haar heen spoelde dacht ze terug aan gisteravond in de aankomsthal en voerde opnieuw dat martelende gesprek met Jason.

'Het is te laat,' fluisterde ze. Ze veegde haar tranen af aan haar mouw en duwde Jason zachtjes weg. Om hen heen waren overal mensen, sjouwend met koffers, elkaar begroetend, maar Ellen zag alleen Jasons gekwelde en verwarde blik.

'Waar heb je het in 's hemelsnaam over?' vroeg hij, op haar neer kijkend. 'Ik dacht... ik dacht...'

'Ik heb iemand anders ontmoet,' zei ze snel. Haar hart sprong in haar keel terwijl ze het zei.

Eindeloos lang keek Jason haar aan. Zijn gezicht drukte achtereenvolgens verwarring, ongeloof en woede uit. Alle zachtheid verdween uit zijn ogen, en terwijl zijn blik zich verhardde voelde Ellen het gewicht van haar woorden als lood op zich neerdalen. Hij deed een paar stappen bij haar vandaan, en op dat moment drong de omvang van het gebeurde pas goed tot haar door.

'Je maakt een grapje, zeker?' vroeg Jason op luide toon. Andere passagiers draaiden zich nieuwsgierig naar hen om. Met zijn handen in zijn haar beende hij bij haar vandaan, maar hij kwam onmiddellijk weer terug.

Ellen staarde naar de grond. Ze begreep nauwelijks wat er gebeurde. Ze klemde de diamanten in haar vuist, drukte ze in haar vel om zichzelf bij de les te houden. Ze schudde haar hoofd. 'Nee. Geen grapje.'

'Dat is toch godverdomme niet te geloven!' Jason ontplofte.

'Alsjeblieft,' smeekte Ellen. Ze had Jason nog nooit zo kwaad gezien en de heftigheid van zijn woede maakte haar bang. 'Laat me het alsjeblieft uitleggen. Kunnen we niet ergens praten?'

Jasons gezicht vertrok van ingehouden razernij. 'Wie is het?'

'Je kent hem niet.'

'Vertel op.'

'Gewoon... Hij heet Ned Spencer. Ik heb hem in Shoresby leren kennen.'

Weer deed Jason een stap achteruit, alsof hij een fysieke afkeer van haar had.

'Dus daarom belde je me? Omdat je je schuldig voelde?' zei Jason. 'Was dat het? Je had een ordinaire, smerige vakantieflirt en...'

'Jason, toe nou.' Ze pakte hem bij zijn arm. 'Ik wilde helemaal niet dat er iets tussen ons gebeurde. Ik heb zo mijn best gedaan om me ertegen te verzetten...'

'O, wat goed van je,' sneerde Jason.

'Jase, alsjeblieft,' smeekte Ellen nogmaals.

'Ik ben je nooit ontrouw geweest. Nooit. Niet één keer! Het enige wat je me kunt verwijten is dat ik werk had dat ik leuk vond. En zelfs dat heb ik voor je op het spel gezet.'

'Het spijt me. Het spijt me zo vreselijk,' zei Ellen.

Jason sloeg zijn handen voor zijn gezicht. Toen hij weer op-keek, stonden zijn ogen vol tranen. 'Hou je van die vent?' vroeg hij, zo zacht dat ze hem bijna niet verstond.

'Ik denk het wel.' Nu huilde zij ook.

'Je denkt het wel! Je denkt het wel! Wat betekent dat nou weer?'

'Ik hou van hem, maar... maar...'

Jason pakte zijn rugzak. Toen wrikte hij haar vingers los en graaide de diamanten uit haar hand. 'Weet je wat, Ellen? Je kunt de klere krijgen! Krijg de klere maar met je stomme spelletjes! Ik wil het niet horen.'

'Jason!' huilde Ellen. Ze hield hem aan zijn mouw vast, maar hij schudde zich los. Zonder om te kijken baande hij zich een weg door de menigte en verdween uit haar leven.

Nu, op de havenmuur uitkijkend over de onbarmhartige zee, drong haar fout ten volle tot haar door. Het was allemaal haar schuld. Ze wist het, maar dat ze niemand anders de schuld kon geven maakte het niet minder erg. Ze begreep nu wat ze eerder nog niet begrepen had. Dat ze in de romantiek van Caroline Wal-pole geloofd had. Dat ze verslaafd geraakt was aan de heftige ge-voelens van iemand die alleen maar een legende was.

Pijn, dat was echt. De pijn die Ned er altijd van zou weerhou-den te zien wat hij zou kunnen hebben. De pijn die zij Jason aan-gedaan had. En de pijn die ze nu zelf voelde. Die was echt. In een opwelling had ze haar leven opgeblazen – op de vleugels van een gevoel dat alleen maar een hersenschim was. En nu kreeg ze nooit meer terug wat ze kwijtgeraakt was.

Ellen huilde. Haar hart brak toen haar tranen op de muur spetterden, waar ze uiteindelijk door de zee opgenomen zouden worden. Ze huilde om het leven dat ze opgegeven had en om het nog eenzamere leven dat haar wachtte. Ze huilde om haar onbe-zonnenheid en om zichzelf. En toch, dwars door haar verdriet heen voelde ze een kinderlijk verlangen naar Ned, die haar hier zou vinden en in zijn armen nemen. Maar ze wist nu dat dat nooit zou gebeuren.

'Het wordt niks,' gilde ze kwaad, terwijl ze woest een zakdoek uit haar zak trok. 'Het wordt verdomme niks.'

19

Jimmy hing rond voor de ingang van Appleforth House, waar hij uitgebreid zijn schoenveters strikte – hij was er al vijf minuten mee bezig. Zijn rug begon pijn te doen en zijn nek ook, maar dat kon hem niet schelen. Op dit moment kon niets hem schelen, behalve zijn plan, dat hij vandaag ging uitvoeren.

Het was donderdagmiddag en een week lang had hij zijn plan zorgvuldig voorbereid. De achteloosheid die hij nu voorwendde, deze toevallige ontmoeting met Verity Driver die hij in scène zette, was de sleutel tot het succes van dat plan. Hij wilde dat de dingen die Verity straks zouden overkomen, de dingen die hij voor haar gepland had, haar volkomen zouden verrassen. Pas naderhand mocht ze zich realiseren met hoeveel aandacht en liefde het allemaal voorbereid was. Want dat wilde Jimmy het allerliefst: dat Verity verrast zou zijn door hém, door wie hij was en waartoe hij in staat was.

'Vecht met je hersens...' had Marianna gezegd, '... je hart... laat haar zien wie je bent... waar je van houdt... wat je doet... Laat haar zien wie ze mist als ze bij hem blijft...'

Dat advies had Jimmy ter harte genomen. Als het hem vandaag niet lukte om indruk op Verity te maken – een nieuwe stoot adrenaline spoot door zijn lichaam – dan wist hij niet meer wat hij moest doen, want dit was het beste dat hij in zich had. Maar het zou niet mislukken. Zonder op de pijn in zijn rug te letten bleef hij geknield op de grond zitten, als een hardloper in de startblokken, klaar voor de wedstrijd van zijn leven.

En toen begon Jimmy's wedstrijd – zonder waarschuwing. De voordeur van Appleforth House vloog open en Verity Driver kwam naar buiten.

'Hoi,' zei hij. Hij richtte zich langzaam op en glimlachte naar haar met een vertrouwen dat hij niet voelde. Hij streek zijn pas gewassen spijkerbroek glad en haakte zijn duimen achter zijn nieuwe zwarte riem.

'Ik dacht dat je al weg was,' zei ze.

Hij kon niet uitmaken of ze blij was dat hij er nog was. Geduld, hield hij zichzelf voor. Je komt er snel genoeg achter. 'Het is zo'n mooie avond, ik heb geen haast,' zei hij.

Verity keek langs Jimmy heen de tuin in, alsof ze wilde controleren of het klopte wat hij zei. Hij betrapte zichzelf erop dat hij haar stond te bestuderen, zoals hij altijd deed als ze niet naar hem keek.

Ze had zwarte Reeboks met rode veters aan, een lange spijkerrok en een roodbruine jas met de kraag omhoog. Ze had haar in de krul gezette haar onder een gebreide bruin-beige skimuts gestopt, die zwierig op haar hoofd stond, zodat maar een van haar reebruine wenkbrauwen te zien was. Haar wangen waren rood van de buitenlucht en haar lippen – nee, Jimmy kon nog steeds niet aan haar lippen denken zonder te blozen.

Met gesloten ogen ademde ze de aardse geur van het gazon en de bloembedden in. De grond was nog nat van de regenbuien van die middag, die nu plaatsgemaakt hadden voor een frisse, heldere avond. Water drupte van de wijduitstaande takken van een grove den vlakbij, en Jimmy zag een grijze eekhoorn via de bloedrode stam omhoogschieten.

De hele middag hadden ze op het landgoed filmopnamen gemaakt. Eerst wilden Ellen en Scott dat Jimmy Leon Jacobsons verraad van Caroline Walpole speelde, samen met een plaatselijke amateurtoneelspeler, Seamus genaamd, als Carolines vader. Daarna hadden ze Verity gefilmd bij Lost Soul's Point, wanhopig wachtend op de man die haar op dat moment al verraden had. En ten slotte hadden ze Verity na een confrontatie met Seamus de rotsen op laten rennen, waarna Seamus Verity's handschoen opgeraapt had en ongelukkig over zee uitkeek.

Verity nam Jimmy's gezicht aandachtig op en glimlachte vriendelijk. 'Jij ziet er net zo moe uit als ik me voel,' zei ze.

Maar al zag hij er moe uit, zo voelde hij zich niet. Hoewel hij de halve nacht wakker gelegen had – tobbend over vandaag, verschillende scenario's en mogelijke gesprekken in zijn hoofd afdraaiend – voelde hij zich nu hij eindelijk met Verity alleen was scherper dan hij zich ooit in zijn leven gevoeld had.

Voorzichtig stak ze een hand uit en ging met een vinger zacht-jes over zijn wenkbrauw, die nog steeds een beetje dik was. 'Doet het nog pijn?' vroeg ze.

'Nee.' En zo was het ook. Op dit moment voelde het fantas-tisch. Daar had haar aanraking wel voor gezorgd.

'Ik ben blij dat je er bent,' zei ze. 'Ik probeer je de hele dag al even alleen te spreken, maar omdat we geen scènes samen had-den en...'

Jimmy was haar de hele dag uit de weg gegaan, zoals hij haar op school ook al de hele week uit de weg ging. Hij had alle inti-miteit die er tussen hen kon zijn voor nu bewaard, voor wanneer het er werkelijk toe deed, voor als ze echt met zijn tweeën waren. Hij had de spanning die er tussen hen geweest was toen ze afge-lopen vrijdag op school even snel haar verontschuldigingen aan-geboden had in stand willen houden. Verity moest niet denken dat alles wat zij tegen elkaar te zeggen hadden al gezegd was.

'Waar wilde je met me over praten?' vroeg hij haar nu.

'Over wat er gebeurd is, natuurlijk, over wat Denny gedaan heeft... waarom hij het gedaan heeft...'

Een deel van hem wilde het met haar helemaal niet over Den-ny hebben, wilde dat Denny de laatste was aan wie ze dacht. Maar een ander deel van hem – een zwakker, onzekerder deel – moest weten of ze nog steeds bij elkaar waren, of het misschien uitgegaan was door wat Denny met hem gedaan had. Hij vroeg het zonder omwegen, want hij wilde het zo snel mogelijk achter de rug hebben: 'Is het nog aan tussen jullie?'

'Ja, maar...' Ze keek hem in de ogen. Ze wekte de indruk dat ze nog meer over Denny wilde zeggen, alsof er dingen waren die Jimmy moest weten. Maar de woorden bleven in haar keel ste-ken.

In een poging zijn teleurstelling te verbergen keek Jimmy de andere kant op. Hij tuurde geconcentreerd naar de grond, hield zichzelf voor dat het nog niet voorbij was, dat hij altijd nog zijn plan had en daarom alle reden om door te vechten. Hij dwong zichzelf om op te kijken en naar haar te glimlachen. Verity lachte terug, en hij voelde zijn teleurstelling alweer verdwijnen.

Toen verscheen er een onzekere uitdrukking op haar gezicht.

'Ik moet gaan,' zei ze. Ze zette haar glanzende, zilvergrijze tas neer, haalde haar wollen handschoenen zonder vingers uit haar jaszak en trok ze aan. 'Ik moet morgen een opstel inleveren en...'

' "Bespreek de aard van de ambitie in *The Great Gatsby...*" ' zei Jimmy, die hetzelfde opstel ook nog moest schrijven. 'Boeiende materie, vind je niet? Ik kan bijna niet wachten.'

Ze keek hem nieuwsgierig aan. 'Ik dacht dat jij wel van dat soort dingen hield,' zei ze.

'Ik lees graag, maar ik schrijf er niet graag over.'

'Je haalt wel altijd goede cijfers,' merkte ze op.

'Dat zegt niets.'

Er viel een stilte, alsof ze wachtte tot hij er nog iets over zou zeggen. Maar Jimmy wilde het niet over school of boeken hebben. Dat was nu allemaal niet belangrijk.

Verity hing haar tas over haar schouder. 'Oké...' zei ze, met een blik op de lange oprijlaan, die in een bocht naar het hek leidde.

'Mooi, hè?' zei hij snel. Hij keek landinwaarts, waar de zon laag boven de horizon hing, vastbesloten om het gesprek gaande te houden.

En het was mooi. De lucht begon paars en lila en zwart te verkleuren en de steen van Appleforth House gloeide op als lamplicht in de schemering. De bijna volle maan was al zichtbaar. Jimmy's hart bonsde terwijl hij op een reactie van Verity wachtte.

'Ongelooflijk,' zei ze, half zuchtend. 'Vanuit het hotel keek ik altijd deze kant uit, en dan bedacht ik hoe mooi de kust was,' vervolgde ze, 'maar pas toen we hier kwamen filmen besefte ik dat je hierboven nog veel meer ziet.'

Toen Jimmy weer begon te praten deed hij zijn best zijn woorden niet al te ingestudeerd te laten klinken. Ze moesten juist klinken alsof ze recht uit zijn hart kwamen, wat ook zo was. 'Op de rotsen heb je een nog mooier uitzicht op de zonsondergang,' zei hij, met zijn blik strak op de hemel gericht, alsof hij het helemaal niet tegen haar had, alsof wat hij zei gewoon een feit was. 'Daar staan geen gebouwen in de weg, zoals hier of beneden in de stad. Vlak voor de zon ondergaat zie je de duisternis over de baai op je afkomen.'

Hij kon haar nog steeds niet aankijken. Als ze nu het aanbod dat hij haar ging doen afsloeg, zou haar gezichtsuitdrukking hem de rest van zijn leven bijblijven en die gedachte kon hij niet verdragen. Hij pakte zijn sporttas en stak zijn armen door de hengsels, zodat het ding als een rugzak op zijn rug hing. 'Ik kan het je wel laten zien,' waagde hij uiteindelijk te zeggen, 'als je wilt...'

Het werd doodstil in zijn binnenste.

'Waarom niet?' zei ze.

Toen Jimmy haar eindelijk aankeek, kon hij haar wel zoenen. Maar dat kon hij eigenlijk altijd wel.

Verity zat op haar knieën op Ryans oude leren jack en Jimmy lag op zijn buik op de sponzige aarde naast haar. Hij had geen last van het vocht in de grond of de kou onder zijn Placebo-sweater. Hij was blij dat hij iets voor haar had kunnen doen, zoals hij ook blij was dat ze plagend tegen hem gezegd had dat hij in het echt veel galanter was dan wanneer hij verkleed als Leon Jacobson de schurk speelde.

Dit is ons filmmoment, dacht Jimmy nu. Met graagte gaf hij zich over aan het idee dat dit hun eerste afspraakje was, en niet waar hij eigenlijk zo bang voor was: hun laatste afspraakje.

Hier waren ze dan, met zijn tweeën, zij aan zij, voor het grootste filmdoek dat er bestond. Ze zaten maar een paar meter bij de rand van de rots vandaan en ze keken naar een tafereel dat altijd weer indruk op hem maakte. Zo moeten koningen zich vroeger gevoeld hebben, als ze vanaf hun kasteelmuren over hun koninkrijk uitkeken. Dat had Jimmy altijd gedacht als hij hierboven was. Maar vandaag bleef het niet bij die gedachte. Want vandaag had hij een koningin bij zich en daardoor was hij nu zelf koning.

Hij haalde diep adem, alsof hij op die manier de diepste essentie van het moment kon vangen en voor altijd in zich opnemen. Maar de zilte lucht prikte als een terechtwijzing in zijn keel, en dus besloot hij van het moment te genieten zoals het was.

Zijn blik dwaalde over de baai in de diepte. In de ommuurde haven kwam het tij op, maar het water kwam nog niet bij de vissersboten en de bootjes van de zeilschool, die met ontblote kielen en rompen op hun zij lagen, glanzend als haaien.

'Let op,' zei Jimmy. Achter hen, aan de westelijke horizon,

doofde het zonlicht. Vanuit het oosten kroop de duisternis over zee traag op hen af.

Verity deed haar mond open, maar ze zei niets. De voortsluipende duisternis blies onderweg de zilverachtige lichtjes op de kammen van de golven uit. Het was alsof er een enorm verduisteringsgordijn voor de baai werd geschoven. Jimmy keek naar Verity's gezicht, dat bleek werd als dat van een beeld. Toen de duisternis hen bereikte draaide ze zich om om te zien hoe zij als een grote grijze golf over het land spoelde en geleidelijk alle kleur uitwiste.

Haar reactie maakte hem gelukkig. Het ontzag dat uit haar ogen sprak maakte hem gelukkig, want het betekende dat ze de betovering voelde, net als hij. Hij was gelukkig dat hij dit seconde voor seconde met haar kon delen, want op dit moment klopte haar hart gelijk met het zijne en waren ze, heel even maar, één.

'Wat wordt het snel koud,' zei Verity een paar minuten later. Als bewijs legde ze een hand in zijn nek.

Ze rilde in het afnemende licht, en hij besefte dat hij het ook koud had.

Ze keken allebei op naar de lila maan en zagen de eerste sterren zichtbaar worden. Jimmy bekeek Verity's gezicht, opgeheven alsof ze aan het bidden was. Hij voelde zich zo met haar verbonden dat hij zich bijna vooroverboog om haar te kussen. Maar hij hield zich in. 'Kom mee.' Hij stond op en haalde een zaklamp uit zijn sporttas. Toen hij de brede lichtbundel aangeknipt had zei hij: 'Er is nog iets wat je misschien wel leuk vindt.'

Hij was bang geweest dat ze zou zeggen dat ze naar huis moest, of dat het nu te donker was om zo dicht bij de rotsen te zijn, maar dat zei ze niet.

Ze stond op en klopte zijn jack af voor ze het aan hem teruggaf. 'Welke kant op?' vroeg ze om zich heen kijkend.

'Weet je het zeker?' controleerde hij. Hij wilde niet dat ze het idee had dat hij haar ergens toe dwong.

Ze stak haar armen omhoog en liet een laag gekreun horen, vagelijk als een spook met haar handen in de lucht klauwend. 'Ik ben niet bang voor de geest van Leon Jacobson, als je dat soms denkt,' lachte ze.

Haar lach vervulde hem van geluk. Hij voelde zich plotseling licht, alsof het kleinste zuchtje wind hem als een vlieger de lucht in zou kunnen tillen. 'Goed dan,' zei hij, 'kom mee.'

Ze liepen honderdvijftig meter in zuidelijke richting het rotspad af, naar de open plek in de begroeiing aan het eind van de onverharde weg, waar ze de zelfmoord van Caroline Walpole opgenomen hadden.

Jimmy wilde hier niet blijven staan. Hij had het vanmiddag moeilijk genoeg gevonden om te zien hoe Verity over de open plek naar Lost Soul's Point liep, waar Ryan de gestolen Mazda-convertible over de rand gereden had. Deze plek maakte Jimmy zwak. Hij voelde hoe de energie uit hem gezogen werd, alsof een deel van hem hier thuishoorde.

'Hier is het gebeurd, toch?' hoorde hij Verity vragen.

Jimmy begon sneller te lopen.

'Ryan,' ging ze verder toen hij geen antwoord gaf. 'Hier heeft hij het toch gedaan?'

Pas toen het pad een bocht gemaakt had en hij wist dat Lost Soul's Point uit het zicht was vertraagde hij eindelijk zijn pas. 'Ja,' zei hij, 'daar is hij gestorven.'

Hij bescheen de omgeving met zijn zaklamp. Het landschap werd hier woester; met varens begroeide wallen, hoger dan zijzelf, rezen op aan weerszijden van het pad. Met zijn in het harde leer gestoken arm duwde hij de bramentakken opzij die hen als prikkeldraad de weg versperden. Toen ze langs hem liep ontmoette Verity's blik heel even de zijne, maar hij zei niets. Meer viel er ook niet te zeggen. Niet over Ryan. Hij had haar niet meegenomen vanwege Ryan. Hij had haar meegenomen vanwege het leven – omdat ze hem zo gelukkig maakte als ze bij hem was –, niet vanwege de dood, die ze hem juist deed vergeten.

'Nog even doorlopen,' zei hij. Hij liep nu achter haar op het smaller wordende pad en scheen met zijn zaklamp voor haar uit. 'We zijn er bijna.'

Maar Verity begreep de hint niet. 'Wat vind je van het herdenkingsconcert van zaterdag?' vroeg ze.

'Wat moet ik ervan vinden?' vroeg hij op zijn beurt. 'Het heeft niets met mij te maken.'

'Maar wel met Ryan.' Haar stem klonk ernstig en om een of andere reden was hij blij dat hij haar gezicht niet kon zien. 'Het is op zijn sterfdag,' zei ze. 'Ergens is het toch voor hem, of niet?'

'Denk je dat?' vroeg hij.

'Dat zei Clive laatst op de repetitie.'

Jimmy bromde neutraal. Hij was tot de conclusie gekomen dat het eigenlijk geen kwaad kon dat mensen iets positiefs uit Ryans dood wilden halen. En Clive was oké. Die ochtend nog had hij Jimmy de camcorder van het jeugdcentrum weer geleend.

'Het zou Ryan geen bal kunnen schelen,' zei hij. 'Maar ik vind het wel best.'

'Kom je kijken?' vroeg Verity.

Ze kwamen bij een tweesprong en Verity bleef staan.

Wil je dat ik kom? wilde hij haar vragen. *Vraag je dat omdat je het leuk zou vinden?* 'Ik kom Scott helpen,' antwoordde hij in plaats daarvan. 'Maar ook zonder Scott,' bekende hij terwijl hij langs haar liep en het linkerpad nam, 'was ik wel gekomen om naar jou te kijken.'

Jimmy vroeg zich af wat Ryan ervan zou vinden als hij wist dat Verity zong ter herdenking van zijn dood. Zou het hem echt geen bal kunnen schelen? Jimmy hoopte dat hij het mooi zou hebben gevonden. Hij kon zich Ryans geest niet triest of gemeen of wraakzuchtig voorstellen. En als Ryans geest echt bestond, dan hoopte Jimmy dat Verity's stem hier op de wind zou opstijgen en dat elke noot die ze zong hem zou raken en troosten en hem rust zou geven.

Ze lieten het toeristische pad achter zich en namen een tweede pad, dat bergopwaarts van de rotsen weg leidde. De begroeiing aan weerszijden was hier zo dicht als in een oerwoud, zodat ze gedwongen waren weer achter elkaar te gaan lopen.

Toen ze bij een andere open plek kwamen deed Jimmy een stap opzij en maakte een weids gebaar met de zaklamp, zodat Verity het goed kon zien.

'Wauw.'

Ze staarde naar het Krot. Het lag er nog steeds prachtig bij, als een luchtspiegeling schemerend in het licht van de maan en Jimmy's zaklamp.

'Ik ben dat andere pad wel duizend keer afgelopen,' zei Verity, 'en ik heb nooit geweten dat dit bestond.' Verbluft keek ze om zich heen, alsof ze probeerde te bepalen waar ze was. 'Het komt door die struiken, denk ik,' besloot ze.

Ze had gelijk: rond de rotsachtige open plek, die zich van de kapel uitstrekte tot aan de rand van de rots, sloten woekerende bramen, varens en weelderige kolonies gaspeldoorns en heide de rest van de wereld buiten, waardoor de plek geheim bleef voor iedereen die niet al wist dat hij bestond.

'Sommige struiken,' bekende Jimmy, terwijl hij zijn zaklamp op de rand van de open plek aan de kant van de rots richtte, waar de varenbegroeiing het dichtst leek, 'hebben Ryan en ik zelf neergezet, om andere mensen weg te houden. Kom mee,' vervolgde hij, 'dan gaan we naar binnen.'

Hij liep om de versplinterde en holle grijze stronk van een Libanonceder, die twee jaar geleden door de bliksem geveld was. De reusachtige stam lag half vergaan op de grond. Hij deed Jimmy denken aan een archeologische vindplaats die hij ooit met school bezocht had, waar een vikingopperhoofd begraven in zijn boot in de grond gelegen had.

'Hier kwamen we vroeger altijd,' verklaarde Jimmy, terwijl hij met moeite de sleutel in het hangslot stak, 'Ryan en Tara en ik.' Zijn handen trilden van de spanning. 'Ned Spencer zegt dat we hier weg moeten.' Eindelijk had hij de sleutel er goed in en het slot sprong open. 'Maandag komen de werklui.'

Jimmy duwde de deur van het Krot open en ging naar binnen. Het slot en de sleutel stak hij in zijn zak. Toen liep hij naar de oude scheepsaccu die Ryan geregeld had en die Jimmy gisteravond op de kade opgeladen had.

Aan de muren van de kapel sprongen een voor een vier kale peertjes aan. Ze verlichtten de poster van Howard Marks, Britney en Che Guevara alsof het moderne heiligen waren.

Die ochtend had Jimmy voor het eerst in jaren de stenen vloer geveegd, waarmee hij een zandstorm van stof veroorzaakt had. Tot zijn opluchting zag hij dat het nu weer neergedaald was. Verity's zwijgen verleende de ruimte sereniteit, een vredigheid die er in de tijd dat Jimmy hier met Ryan kwam nooit geweest was.

Verity kwam naast hem in het midden van de kapel staan. Langzaam draaide ze zich om haar as om alles in zich op te nemen: de oude leren fauteuil en het matras op de grond; de met stickers beplakte gettoblaster aan de voet van het kleine marmeren altaar; de posters en de berg spullen in de hoek, van lekke voetballen tot...

Verity verstijfde. Haar blik haakte zich vast aan iets wat daar lag. Zenuwachtig zag Jimmy hoe ze naar de hoek liep en zich bukte om het voorwerp dat haar aandacht getrokken had te bestuderen.

'Jij bent het...' zei ze zachtjes. Toen ze zich naar hem omdraaide had ze de lichtgevend groene vlieger in haar handen. 'Ik heb altijd al willen weten wie het was.' In gedachten keek ze naar het plafond. 'Ik zag hem vliegen, 's avonds tegen de sterren,' zei ze, terwijl ze met duim en wijsvinger aan de zijdeachtige stof van de vlieger voelde. 'Het zag er altijd zo mooi uit. Een paar weken geleden was ik bijna naar boven gelopen om te kijken. Als ik het echt gedaan had, had ik jou hier gevonden.'

Ze keek naar hem alsof hij tot nu toe een masker gedragen had en ze nu pas zag wie hij eigenlijk was.

'Ga zitten,' verzocht hij haar met een gebaar in de richting van de fauteuil.

'Wat?'

'Alsjeblieft...'

Met de vlieger nog in haar handen liep Verity langs hem heen en ging zitten.

Jimmy schudde de sporttas van zijn schouders en ging achter haar staan.

'Niet omdraaien,' zei hij toen hij zag dat ze haar hals rekte, 'anders is het geen verrassing meer.'

Op zijn hurken ritste hij zijn tas open en haalde er de camcorder uit die hij van Clive geleend had. Hij drukte op de eject-knop en wachtte tot het klepje openging en hij bij de tape kon. Vervolgens liep hij met de tape in zijn hand naar de tafel en haalde de zwarte vuilniszak weg waarmee hij die morgen de filmprojector afgedekt had.

'Oké,' zei Jimmy, 'doe je ogen dicht.' Hij gaf haar een paar seconden en vroeg toen voor de zekerheid: 'Heb je ze dicht?'

'Ja.'

Hij dimde het licht van de peertjes door de accu bij te stellen, zoals Scott hem tijdens de lunchpauze had laten zien, toen hij Jimmy geholpen had alles aan te sluiten. Jimmy zette de projector aan, die hij met behulp van Scott gehuurd had, en stopte de tape erin. Een rechthoek van bleek licht viel op de muur van de kapel, van ongeveer twee bij één meter. Jimmy stelde de lens van de projector bij tot de randen van de rechthoek scherp waren. Ten slotte koppelde hij de accu los van de belichting van het Krot en terwijl de vier lampen een voor een uitdoofden lichtte de rechthoek feller en feller op.

Jimmy slikte. Twijfel. Hij vroeg zich af wat Verity ervan zou denken. Hij vroeg zich af of hij gek was. Op dit moment had hij werkelijk geen idee.

'Doe ze maar weer open,' zei hij tegen Verity. Tegelijk drukte hij op de play-knop van de projector.

Zonder iets te zeggen keek Verity naar de kleurige beelden die geluidloos oplichtten op de muur. Eerst verscheen haar gezicht in close-up. Ze deed haar best om niet te lachen. Licht speelde in haar ogen als zonlicht op een beekje. Een glanzende krul haar danste in de wind en ze beet op haar lippen in een poging haar gezicht in de plooi te houden. Toen bewoog de camera naar achteren en werd duidelijk waarom ze zo'n plezier had: daar stond Ellen, die Verity nadat ze zich opgemaakt had een spiegel voorhield. Ze stonden naast Ellens Land Rover aan het eind van het pad naar Lost Soul's Point en Verity zette lachend de hoed op die bij haar kostuum hoorde.

Plotseling hield de film op; de rechthoek werd weer wit.

Jimmy zei niets.

Verity stond op en kwam tegenover hem staan. Haar trekken waren scherp in het licht van de projector en haar schaduw viel op de muur. 'Ik snap het niet,' zei ze. Ze keek hem bezorgd aan.

'Vorige week zei je dat je bang was voor hoe je er op het scherm uit zou zien,' zei hij.

'O.' Verity draaide zich om naar de verlichte rechthoek, alsof ze daarin een verklaring voor Jimmy's gedrag hoopte te vinden.

'En ik wilde je laten zien hoe mooi je bent,' zei hij. 'Ik wilde dat je jezelf zag zoals ik je zie.'

In de stilte die volgde had Jimmy het gevoel dat de temperatuur in de kapel tot het nulpunt gedaald was. Hij voelde zich verpletterd. Ze begreep het niet. Dat had ze net zelf gezegd. Plotseling wist hij met absolute zekerheid dat dit een verschrikkelijke vergissing was.

'Maar we kennen elkaar niet, Jimmy...' zei ze, haar blik op de muur gericht. 'Niet echt...'

'Ik ken je goed genoeg om te weten dat ik je beter wil leren kennen,' zei hij.

Jimmy kon alleen nog maar aan de geur van haar parfum denken. De ruimte leek opeens gevuld met lentebloemen. De bedwelmende geur leek door hem heen te stromen, benevelde en verdoofde hem als een drug.

'Maar je weet toch dat ik met Denny ben,' zei ze.

Hij slikte moeizaam. Zijn keel voelde droog en gebarsten en het deed pijn. 'Ik weet het,' zei hij, en hij bad dat Marianna en hij het niet bij het verkeerde eind hadden. 'Maar ik weet ook dat je me kuste omdat je dat wilde.'

'Zo eenvoudig is het niet. Het is...' begon ze, nog steeds met haar blik op het scherm gericht.

Maar Jimmy was de afgelopen weken veranderd. Hij was niet meer de jongen die er stilletjes vandoor gegaan was nadat hij Verity die cd gegeven had. Als ze het niet begreep, zou hij het haar uitleggen. Hij had zo veel tijd met haar doorgebracht en er was zoveel tussen hen gebeurd dat hij het nu niet kon opgeven. Zijn hele leven al miste hij de boot omdat hij aan zichzelf twijfelde en nooit tegen anderen zei wat hij voelde. Maar dat zou nu niet gebeuren, en met haar nooit meer. 'Nee,' zei hij, zo beslist dat ze hem eindelijk aankeek. 'Ik wil dat je het toegeeft of ontkent, Verity. Want ik moet het weten.'

20

Ned Spencer zat aan een van de tafeltjes voor de – gelukkig 'Tot Kerst Gesloten' – speelhal aan de boulevard. Het was vrijdagmiddag laat en hij voelde zich volkomen belachelijk.

Het kwam niet door de nabijheid van de met videospelletjes en eenarmige bandieten volgestouwde bunker van beton en gewapend glas dat hij zich zo voelde – hoewel hij grondig de pest had aan speelhallen, die in zijn ogen geestdodende geldklopperij waren. Nee, de reden van Neds ongemak bevond zich vlak onder zijn achterste: het was de stoel waar hij op zat, die in een plastic olifant gemonteerd was en bedoeld was voor kinderen niet ouder dan tien jaar en niet langer dan één meter vijftig. Een bijkomende reden was natuurlijk het kind – het voldeed precies aan dat signalement – dat net op dat moment op zijn fiets langsreed en 'Hé, klojo! Je lijkt wel een randdebiel!' riep.

'Rot op!' schreeuwde Ned terug terwijl het joch in de stromende regen doorfietste. Het was de regen die Ned gedwongen had zijn toevlucht te zoeken in deze plastic dikhuid.

De wind huilde en Ned gromde, gromde daadwerkelijk. Hij kon Deb wel vermoorden. Want het was haar schuld dat hij hier zat. En hij wilde hier helemaal niet zijn. Hij wilde naar café de Hope & Anchor tweehonderd meter verderop. Daar was hij naartoe onderweg geweest toen zijn telefoon ging en hij het ding dom genoeg uit zijn zak haalde om aan te nemen. Hij wilde nu zijn eerste glas leegdrinken, terwijl het tweede al voor hem getapt werd. Wat hij ook gedaan zou hebben – daarbinnen bij de haard, kurkdroog – als hij Deb niet beloofd had haar hier te ontmoeten.

Ze wilde hem iets vragen voor ze Clara van school haalde, had ze gezegd. En Dan, de voorman, had haar verteld dat Ned de stad in gegaan was om fotokopieën te maken (Neds excuus als hij vroeg weg wilde om een biertje te gaan drinken). 'Dus waarom spreken we nu niet even af?' had ze gezegd, want zelf was ze ook al in de stad.

En dus had Ned deze plek voorgesteld – 'op de boulevard, voor de speelhal' – , want Deb hoefde net zomin als Dan te weten dat zijn vrije vrijdagavond al om vier uur 's middags begon.

Maar terwijl hij op haar had zitten wachten was het gaan regenen. En nu had Ned spijt als haren op zijn hoofd dat hij de afspraak gemaakt had. Hij haalde zijn telefoon uit de zak van zijn nu doorweekte spijkerbroek en toetste driftig Debs nummer in.

'Waar zit je?' blafte hij zowat in de telefoon toen ze aannam.

'Hier,' fluisterde ze in zijn oor, waarna ze eerst haar telefoon en toen haar paraplu dichtklapte en (aanzienlijk gracieuzer dan hij het voor elkaar had weten te krijgen) in de olifant tegenover hem plaatsnam.

Ned keek haar over het piepkleine grijze tafeltje kwaad aan. Deb zette de droge kraag van haar droge spijkerjack op en begon aan de droge knoopjes te frunniken. De regen roffelde op de rug van de olifant en Neds corduroy jasje hing nat en zwaar om zijn schouders.

'Waar bleef je nou?' vroeg hij nijdig. 'Ik zit hier al een kwartier.'

Deb negeerde de terechtwijzing. Ze haalde een pakje zakdoekjes uit haar tas en legde het op het tafeltje tussen hen in.

Ned veegde het koude water van zijn voorhoofd en uit zijn nek. Het was een symbolisch gebaar; alles wat hij aanhad, tot en met zijn met verf bespatte canvas schoenen en katoenen sokken, was tot op de draad doorweekt. Hij kneep de zakdoekjes tot een zompige bal en legde die midden op tafel.

'Ik had gedacht dat jij meer een tyrannosaurusfan zou zijn,' zei Deb met een blik op de treurigstemmend onrealistische plastic dinosaurus links van hen. Afwezig streek ze over de gladde bolling van de rechterolifantenbil. Toen keek ze Ned aan.

Het lukte hem niet de aanstekelijke mengeling van opwinding en onzekerheid in haar ogen te negeren en glimlachte onwillekeurig. 'Vooruit,' zei hij handenwrijvend. Zijn rug deed pijn doordat hij zo diep gebogen zat, maar hij probeerde er niet op te letten. 'Wat is er zo belangrijk dat het niet kan wachten tot ik thuis ben?'

'Ik wil naar Argentinië.'

'Met Scott...'

'Hoe weet je dat?'

Hoe had hij het niét kunnen weten, kon ze beter vragen. Elke vrije seconde die ze had zat ze bij Scott, belde ze met Scott of had ze het met haar vriendinnen over Scott. De afgelopen week had hij haar op zijn vrije dagen, als Ellen in Londen zat, meegenomen op uitstapjes naar de attracties langs de kust. Hun avondjes uit duurden ook steeds langer; als Ellen weg was bleef Deb in het huisje slapen.

'Ik doe maar een gok,' zei Ned.

Een koude windvlaag besproeide hen met regendruppels en Deb sloeg haar armen over elkaar heen om warm te blijven. 'Het is voor een maand,' zei ze. 'In januari. Scott heeft daar een opdracht – een voetbaltoernooi – en hij wil dat ik meega.'

'Die kans kan je niet laten lopen.'

'Bedoel je dat je het niet erg vindt?'

Ned glimlachte. 'Dat hangt ervan af wat je wilt, een maand vakantie of ontslag. Het eerste overleef ik wel,' zei hij, 'maar als je weggaat zullen Clara en ik er kapot van zijn. Maar hoe dan ook,' stelde hij haar gerust, 'het is jouw leven en je bent mijn vriendin en als ik iets voor je kan doen, dan doe ik dat.'

Ze boog zich over de tafel en kneep even in zijn hand. 'Dank je,' zei ze.

Zwijgend keken ze elkaar aan.

'Ben je nog van plan me uit mijn lijden te verlossen?' vroeg hij.

Ze trok een verbaasd gezicht. 'Wat? O!' lachte ze, toen ze begreep wat hij bedoelde. 'Het is het eerste: vakantie. Maak je geen zorgen,' voegde ze er haastig aan toe, 'ik was niet van plan ontslag te nemen.'

'Fieuw,' zei Ned met een overdreven zucht.

'Als het goed gaat in Argentinië,' zei Deb, 'dan weet Scott nog een klein productiemaatschappijtje in Cheltenham, van een vriend van hem... en die wil al tijden dat Scott voor hem komt werken en...'

'Ik snap het,' zei Ned voordat ze haar zin kon afmaken. En wat hem betrof hoefde ze zich niet te rechtvaardigen. 'Jullie hebben misschien een toekomst samen.'

'Vandaar Argentinië.'

'Scott is een prima vent,' zei Ned gemeend. Iemands die Debs ogen zo kon laten stralen van geluk was in orde. 'Ik hoop dat het goed uitpakt voor je.'

'En jij?' vroeg Deb.

'Zoals ik al zei, ik overleef het wel.'

'Nee, ik bedoel jij en Ellen...'

De naam klonk Ned in de oren als een beschuldiging, die hem tegelijk kwaad maakte en in het defensief drong. Wat er tussen hen gebeurd was moest tot het verleden horen. Alle vier de dagen die er verstreken waren sinds Ellen naar de bouwplaats gekomen was om met hem te praten mochten van hem jaren zijn. Hij wilde haar zien als iemand van lang geleden, een schim, een stem door de telefoon of een kiekje in een fotoalbum dat vergeten in een la lag. Wat hij niet wilde, was dat ze hem zo levendig bijbleef als nu het geval was. Hij wilde niet dat ze hem telkens weer zo overrompelde.

Hoe meer hij zijn best deed te vergeten wat er tussen hen gebeurd was – en niet alleen de seks, maar vooral het gevoel dat ze hem tijdens de seks gegeven had – hoe minder hij eromheen kon, zo leek het. Steeds zag hij voor zich hoe ze op zaterdagavond plotseling bij hem voor de deur stond. En steeds herinnerde hij zich hoe ze eruitzag toen ze de ochtend erna wakker werd en merkte dat hij in zijn slaap zijn armen om haar heen geslagen had.

'Hoe weet jij...' begon hij.

Maar hij wist het al. Zij en Scott hadden, toen Ellen die nacht niet thuisgekomen was omdat ze haar sleutels kwijt was, twee en twee bij elkaar opgeteld. Of misschien had Ellen Scott in vertrouwen genomen en hij, op zijn beurt, Deb.

Niet dat het iets uitmaakte, hield Ned zichzelf voor. Er was niets tussen hen en er zou ook nooit iets tussen hen zijn. Dat had hij Ellen maandag in ieder geval goed duidelijk gemaakt. En hem was het ook nog steeds goed duidelijk. Ze hadden samen geen toekomst. Hij voelde best iets voor Ellen. O ja, dat viel niet te ontkennen. Hij voelde verlangen en angst en verdriet en blijdschap. Hij wilde bij haar zijn en zich voor haar verstoppen, naar haar toe rennen en haar wegduwen. In zijn binnenste kwamen al deze tegenstrijdige emoties samen, maar ze brachten hem alleen maar meer in verwarring.

Zij zou teruggaan naar Londen en hij zou teruggaan naar Cheltenham. En voor je het wist was het net alsof er niets gebeurd was.

'Ik doe maar een gok,' grapte Deb.

'Een gok van niks,' antwoordde Ned vlak.

De lach verdween van Debs gezicht. 'O,' zei ze, 'maar ik dacht...'

'Nou, dan heb je verkeerd gedacht.'

Haar mond ging een klein stukje open, alsof ze nog iets wilde zeggen, maar Ned had genoeg gehoord. 'Het ziet er niet naar uit dat het nog ophoudt met regenen,' zei hij, 'en ik moet weer eens opstappen.' Hij stond op en stootte prompt zijn hoofd aan het harde plastic. 'Fuck!' viel hij uit. Hij wurmde zich naar buiten en gaf een harde trap tegen de flank van de olifant.

Ned zei Deb niet gedag. Hij keerde haar de rug toe en beende over de speelplaats. Tegen de wind en regen in zwoegend was het net alsof hij in een waterval liep, maar hij was vastbesloten: in de verte doemde de Hope & Anchor op als een luchtspiegeling, de warme gloed van de ramen zichtbaar in het afnemende licht.

Maar hoe langer hij liep hoe meer zijn woede zich verplaatste. Het ging niet om die stomme olifant of Deb die hem al zag als de helft van een gelukkig stel. De waarheid was dat Ned oprecht blij was dat Deb iemand gevonden had en hij begreep best dat zij hem hetzelfde toewenste. Nee, Ned was niet boos op de olifant of Deb. Ned was boos op zichzelf. Hij was boos omdat hij besefte dat zijn hart, net als dat van Deb, door hoop aangeraakt was. En hij was boos op zichzelf omdat hij het niet opgaf, hoewel hij wist dat wat hij hoopte nooit werkelijkheid kon worden.

Afgezien van de zwijgzame en broodmagere barkeeper, die geen krimp gaf bij Neds apocalyptische verschijning, was de Hope & Anchor verlaten. Het café stonk naar de sigaretten van gisteravond en gemorst bier, en Ned lekte water op de kale houten vloer terwijl de barkeeper een biertje voor hem tapte. Op de achtergrond speelde de jukebox een gedateerd housenummer uit het begin van de jaren negentig, wat Ned vluchtig herinnerde aan de vijf jaar die hij na zijn afstuderen in Londen doorgebracht had.

Ned betaalde zijn drankje en nam het mee naar een tafeltje aan het grote, patrijspoortachtige raam, dat een weids uitzicht bood op de baai. Hij ging op het bankje zitten en wilde dichter naar het haardvuur schuiven, maar zijn broek bleef ergens aan haken. Toen hij opstond liep er een grauwe draad kauwgum van zijn been naar de rand van het bankje. Hij trok zijn been met een ruk opzij, zodat de kauwgum losschoot, en bleef even bewegingloos in de flakkerende vlammen zitten staren, troost zoekend bij de hitte die hem in het gezicht sloeg. Toen zette hij zijn glas aan zijn mond.

Maar het moment waarop hij zich verheugd had bleef nog even uit: iets dwong hem het glas weer op tafel te zetten in plaats van een slok te nemen.

Niet begrijpend waarom hij deed wat hij deed staarde hij naar het glas. Wat voor instinct hem ook gedreven had, het leek hem volkomen onlogisch, maar toen, in die troosteloze toeristenkroeg waar geen hond kwam, werd het hem plotseling angstaanjagend duidelijk. Net zoals op die andere avonden in de week dat hij hier kwam om zichzelf vol te laten lopen, was hij gekomen op zoek naar vergetelheid. Maar die wetenschap had hem er zojuist niet van weerhouden te gaan drinken. Wat hem ervan weerhouden had was het besef dat het, voor het eerst, niet de onbeantwoordbare vragen omtrent Mary waren die hij had willen vergeten, de vragen die als een roedel hongerige wolven naar zijn enkels hapten, die dag na dag op zijn leven uit waren.

Waar was hij toen Mary hem nodig had? Waarom had hij zijn kop in het zand gestoken en gedaan alsof de dokters alles weer in orde gemaakt hadden, terwijl het overduidelijk was dat er niets over was van het vrolijke, optimistische meisje met wie hij getrouwd was? Waarom was hij die dag op zijn werk geweest, op dat uur en in die seconde dat het haar uiteindelijk te veel werd?

Nee, wat Ned nu uit zijn doen bracht was het besef dat hij op de vlucht was voor de gedachte aan Ellen, niet Mary. Het was Ellen die hij met een buik vol bier uit zijn geheugen had willen wissen, net als toen hij die avond na de seks in de badkamer een jointje gerookt had.

De seks. Elke nacht sinds het gebeurd was, dacht hij eraan. Dan lag hij in bed en wilde hij haar bellen, vroeg hij zich af of ze in Londen of in Shoresby was, of ze hem ooit kon vergeven hoe hij haar behandeld had, of ze bij haar vriend was en al lang niet meer aan hem dacht.

Met weerzin dacht hij terug aan de keiharde zelfgenoegzaam-heid waarmee hij haar die maandag begroet had, aan de manier waarop hij de indruk had willen wekken dat het die zaterdag voor hem alleen maar seks geweest was. Het vervulde hem van schaamte. Hij schaamde zich omdat hij haar pijn gedaan had. Hij wist dat het haar pijn gedaan had. Hij had het in haar ogen ge-zien. Hij had dezelfde pijn gezien die zij gezien zou hebben als ze hem in de ogen had kunnen kijken op het moment dat hij haar de rug toekeerde en zijn achteloze en onverschillige houding niet langer kon volhouden. Maar dat had hij haar niet laten zien. Dat had hij voor haar verborgen gehouden. En ook dat vervulde hem van schaamte. Hij had over iets heel fundamenteels tegen haar gelogen: wat er gebeurd was liet hem niet onverschillig en hij gaf wel degelijk om haar.

Alleen maar seks... goeie seks... Ned zuchtte en schudde zijn hoofd. Als ze eens wist hoe het echt zat. Wat er zaterdagavond gebeurd was, was voor hem niets minder dan een mijlpaal. Toen hij die ochtend wakker werd en haar huid tegen de zijne voelde, haar parfum rook en hoorde hoe ze zachtjes kreunde toen ze haar vingers om zijn onderarm sloot, toen had hij plotseling – in een vlaag van optimisme – een weg vooruit gezien.

Hij zag een nog verre zondag voor zich, in de tuin van een smetteloos wit huis. Daar liep hij op het heetst van de dag over het groene, zonovergoten gazon, zijn schaduw bijna recht onder hem. Hij bleef staan, stak zijn hand uit en plukte een volmaakte gele roos, waarna hij langs een kindertrampoline en een schom-mel naar het terras achter in de tuin liep. Hij ging op een bankje zitten en schonk uit de porseleinen pot een kop koffie voor zich-zelf in. Het aroma van de koffie vermengde zich met de geur van vers gemaaid gras en hij draaide zich om naar Ellen, die met een strohoed op en een blauwe katoenen jurk aan naast hem zat. Hij legde de roos op de krant die ze aan het lezen was en ze keek op en glimlachte naar hem. Hij hoorde lachen, en toen hij opkeek zag hij twee meisjes door de openslaande deuren het huis uit rennen. De oudste herkende hij onmiddellijk als Clara. Ze was gegroeid, maar haar gezicht en lach zagen er nog hetzelfde uit. Het jongste kind had hij nooit eerder gezien, maar in haar trekken zag hij zowel die van Ellen als die van hemzelf terug en hij begreep het onmiddellijk.

Maar toen loste het beeld op, ontglipte hem als een tekening van zand die iemand opgepakt had om van dichtbij te bekijken.

Ned staarde naar het gloeiende hout in de haard. Het volmaakte beeld dat hij gezien had zou hij alleen maar kapotmaken, wist hij. Want anders dan in zijn werk, was dat wat hij deed in zijn privé-leven. Hij bouwde iets moois op en ging vervolgens zitten toekijken hoe het in elkaar stortte. Dat had hij met zijn leven met Mary ook gedaan. Hij was niet te vertrouwen. Hij was niet in staat om voor iemand te zorgen. Daarvoor deugde hij niet. Het was hem niet gelukt om Mary een reden te geven om te blijven leven. En hij had niet het recht om het trage gif van zijn onvermogen in het leven van iemand anders te injecteren.

Ned stond op en liep naar de bar. 'Bel even een taxi voor me, als je wilt.'

'Iets niet goed met het bier?' vroeg de barkeeper, terwijl hij de hoorn van de haak nam en een blik op Neds volle glas wierp.

'Nee,' zei Ned, 'met mij.'

Hij graaide in zijn zak naar kleingeld en viste het eruit, samen met het stukje nepbont dat Mops bijna een maand geleden van Ellen Morris' jas had afgerukt.

Ned telde het geld uit op de bar. Hij staarde naar het stukje bont, en liet het vervolgens in de asbak vallen.

Bij het raam keek hij uit naar de taxi. Hij wilde Clara zien. Hij wilde thuis bij haar zijn, kijken hoe haar vingers de regendruppels op het glas volgden en vragen wat voor vormen ze zag. Hij wilde haar knuffelen en zichzelf bewijzen dat zijn hart niet half leeg was, maar overstroomde van liefde. Hij wilde terug wat hij kwijt was: de overtuiging dat zijn leven compleet was.

21

Het buurthuis zat al bijna vol toen Verity Jimmy eindelijk in het oog kreeg. Hij kwam helemaal aan de andere kant van de zaal binnen en Verity stak haar hand in de lucht om zijn aandacht te trekken. Maar Jimmy keek haar kant niet op. Hij schuifelde de zaal in en Verity zag dat hij iets berustends en treurigs over zich had, zoals hij zijn leren jack dichter om zich heen trok. Zelfs van deze afstand zag hij er onverzorgd uit, alsof hij nachten niet geslapen had.

Ze wilde hem roepen, maar met al die mensen tussen het podium, waar zij stond, en de achterkant van de zaal had dat weinig zin. Om hem beter te kunnen zien klom ze op het trapje naar het podium en hield een hand boven haar ogen tegen de felle schijnwerpers, maar hij was opgegaan in de menigte. Verity moest hem spreken. Nadat Jimmy haar eergisteren die film had laten zien had ze niet kunnen slapen. Gisterochtend was ze vroeg opgestaan, bijna niet in staat om te wachten tot ze hem bij Engels zou zien, maar hij was niet komen opdagen. Sindsdien maakte ze zich vreselijk bezorgd. Ze moest hem vertellen wat ze op haar hart had, en ze had het afschuwelijke gevoel dat als ze het niet snel deed het te laat zou zijn.

Gistermiddag was Verity zelfs naar Carlton Court gegaan om hem te zoeken, maar er stonden geen namen bij de bellen en ze had niemand kunnen vinden die haar kon vertellen waar Jimmy woonde. Ze was zo ver weg geweest met haar gedachten dat ze zich thuis pas realiseerde dat ze haar piano-examen gemist had. Haar moeder had met de gebruikelijke woede gereageerd en Verity verweten dat ze zichzelf en haar moeder in de steek liet. Maar het kon Verity niet meer schelen. Ze had het examen niet met opzet gemist, als een soort onzinnige daad van verzet, zoals haar moeder dacht. Maar toen het eenmaal gebeurd was, besefte ze wel dat er veel belangrijker dingen in het leven waren.

De hele dag al had Verity op een kans geaasd om even weg te

glippen en Jimmy te zoeken, maar eerst was er de generale repetitie geweest en toen moest ze naar huis om zich om te kleden, en de tijd was voorbij voor ze er erg in had. Nu begon het concert bijna, en Verity had nog maar een paar kostbare minuten om te praten.

De riempjes van haar zwarte schoenen met hoge hakken drukten in haar enkels en de tailleband van haar jarenvijftigjurk deed haar ribben pijn toen ze zich uitrekte om een glimp van Jimmy op te vangen. Ze had roze lipgloss op en haar haar zat hoog opgestoken; de spelden prikten in haar hoofd. Ze had zich nog nooit zo ongemakkelijk gevoeld en ze wou dat ze haar spijkerbroek en sportschoenen aanhad, en dat ze samen met Jimmy uit deze zaal kon ontsnappen.

Meneer Peters trok haar naar beneden voor ze van het trapje kon vallen. Hij droeg een veelkleurige vlinderdas en een roze smokingjasje, en zijn gezicht glom van het zweet. In zijn handen had hij een stapel bladmuziek, met daarbovenop zijn dirigeerstokje. 'Je kent de volgorde.' Hij klonk paniekerig boven het lawaai van het schoolorkest, dat achter het podium de instrumenten stemde. Zijn groene ogen keken bezorgd onder zijn vettige blonde pony uit. 'Jij begint, dan houdt Clive zijn toespraak en dan gaan we naar de muziek.'

Verity knikte, al luisterde ze nauwelijks. Ze probeerde over de schouder van meneer Peters te kijken, maar het had geen zin. Het leek wel alsof heel Shoresby naar het concert gekomen was, waarschijnlijk omdat Ellen een deel ervan zou filmen en ze met hun gezicht op de televisie wilden. Ze zag een heleboel bekenden, onder wie bijna alle leraren van school.

'Succes,' zei Toby, een van de jongetjes in het koor, toen hij langs haar heen het podium opging om op een van de stoelen rond de piano te gaan zitten.

Verity glimlachte en woelde door zijn pluizige blonde haar. 'Jij ook.'

'Ik ben nog nooit op televisie geweest,' zei hij.

'Verity, heb je je microfoon op?' vroeg Ellen, die op haar afkwam. Verity voelde aan het kleine zwarte knopje dat aan haar jurk geklemd zat. Ellen had iets strengs en zakelijks en het kwetste Verity dat de warmte en vriendelijkheid waarmee ze haar tijdens de opnamen behandeld had opeens verdwenen waren. Ze was vorige week zo aardig geweest, maar sinds de generale repetitie gedroeg Ellen zich om een of andere reden afstandelijk, alsof ze haar belangstelling verloren had. Ze maakte ook een andere indruk. In plaats van opgewekt zoals gewoonlijk, zag ze er nu moe en afgetobd uit. Het zal de stress wel zijn, dacht Verity. Het kwam vast doordat ze zo druk was geweest met filmen. Ze glimlachte naar haar, maar Ellen glimlachte niet terug.

'Je kunt gewoon de normale microfoon gebruiken, maar dat zendertje is speciaal voor Scott. Hij gaat achter in de zaal filmen. De plannen voor een close-up tijdens het concert hebben we laten varen, want dan storen we te veel.'

'Heb je nog lipstick nodig?' vroeg Verity's moeder. 'Je moet er niet te gewoontjes uitzien.' Van achter Ellens schouder tuurde ze naar haar dochter, alsof ze een of ander professioneel hulpje van Ellen was.

'Mam, zeur niet zo!'

'Nog twee minuten,' schreeuwde meneer Peters toen het zaallicht langzaam doofde en de mensen eindelijk gingen zitten. 'Neem allemaal je plaats in!' Vervolgens haastte hij zich naar Verity. 'Ik reken op je, liefje. Als jij voor een goed begin zorgt, merken ze niet hoe vreselijk het is.' Hij knikte naar het publiek. 'Laat me niet in de steek.' Toen rende hij achter haar het trapje op.

Op dat moment zag Verity Jimmy weer. Door een van de zijpaden baande hij zich een weg naar voren toe. Ze zwaaide en hij glimlachte naar haar. Haar hart maakte een sprongetje nu ze wist dat hij er eindelijk was. Blij lachte ze hem toe, terwijl hij zich langs een oude dame in een rolstoel wurmde.

Verity wilde al op hem aflopen, maar op dat moment verscheen, bijna uit het niets, Denny in het middelste gangpad. Met gespreide armen kwam hij op Verity af.

Hij zag er beter uit dan ooit, met zijn zwarte jasje, het zachtpaarse overhemd en de zwarte broek. Hij had zijn sikje bijgeknipt, zodat zijn mond beter uitkwam, en lachte zijn volmaakt witte tanden bloot. Ze had zich altijd voorgesteld dat andere mensen haar met Denny zouden zien, maar nu voelde ze niets. Geen vlinders in haar buik, geen hartkloppingen. Niets.

'Ik ben er,' zei hij, alsof hij applaus van Verity verwachtte. Hij sloot haar stevig in zijn armen. Verity probeerde zich los te maken en Jimmy's blik te vangen, maar Denny drukte zijn lippen op de hare en stak zijn tong in haar mond. 'Ik heb je gemist,' zei hij, zijn adem warm in haar oor.

Verity wrong zich los en zette haar handen tegen zijn borst om hem weg te duwen.

'Hou daarmee op!' zei Clive bars. Hij was met zijn lange leren jas aan uit het andere zijpad gekomen en trok zijn wenkbrauwen naar Denny op. 'Je moet op, Verity,' kondigde hij aan. Hij pakte haar bij een arm en duwde haar het podium op. Achter de piano zette een ongeduldige meneer Peters alvast het intro van 'Bridge over Troubled Water' in.

'Toi toi toi,' riep Denny haar na en Verity keek nog snel even achterom. Hij ging op de voorste rij zitten. Wanhopig keek ze of ze Jimmy zag, maar die was verdwenen.

Toen Verity haar plaats op het podium innam was het publiek muisstil. Ze keek naar het zijpad, waar ze Jimmy net nog gezien had, maar het licht scheen in haar ogen en ze zag alleen maar duisternis.

Ze ging bijna dood van schaamte. Hoe was het mogelijk dat Denny het lef had om haar te kussen waar iedereen bij was! Ze voelde zijn blik op haar gericht, wat haar kwetsbaar maakte, alsof ze naakt in het hardvochtige zonlicht stond.

Ze dacht terug aan de laatste keer dat ze Denny gezien had, nu een week geleden, toen hij voor het raam stond terwijl zij in een taxi stapte. Hij had geen idee dat die avond haar voor altijd veranderd had. Hij had geen idee hoeveel pijn hij haar gedaan had en hoe goedkoop ze zich bij hem gevoeld had.

Nu kon ze er bijna niet tegen om hem weer te zien; de arrogantie waarmee hij haar voor zich opeiste was onverdraaglijk. Als ze dacht aan wat er tussen hen gebeurd was, voelde ze in haar binnenste iets ineenkrimpen.

Vanaf het moment dat ze zich op zaterdagavond, nadat ze bij Denny weggegaan was, in haar badkamer opgesloten had voelde ze zich bezoedeld. Ze had de naakte, gruwelijke feiten in haar dagboek geschreven, bijna als straf voor zichzelf omdat ze zo dom geweest was. De hele week had ze op een telefoontje van Denny gewacht, in de hoop dat hij haar iets van haar waardigheid terug zou geven. Maar hij had niet gebeld. En nu zat hij op de eerste rij naar haar te kijken alsof ze zijn eigendom was.

Waarom doe ik dit eigenlijk? dacht ze. In een flits zag ze haar moeder, die gespannen naar haar stond te kijken. Misschien kwam het door de aanwezigheid van Denny en haar moeder, en verder bijna iedereen die ze kende in Shoresby, maar Verity voelde zich goedkoop, een soort aap die kunstjes deed. Ze wilde hier helemaal niet zijn, en bovendien had ze de pest aan dit lied.

Meneer Peters sloeg een akkoord aan. Dat was het teken dat ze moest beginnen met zingen, maar Verity was als verstijfd. Beseften deze mensen dan niet dat ze de boel voor de gek hield? Ze was zich scherp bewust van al die verwachtingsvolle mensen voor haar, die zo graag wilden dat ze Verity Driver was, hét talent van Shoresby. In de verte, achter in de zaal, brandde op Scotts camera een rood lampje.

Een deel van haar had zin om het podium af te rennen, maar een groter deel wist dat dat laf zou zijn.

De paniek van meneer Peters naast haar aan de piano was voelbaar. Ze kon hem niet in de steek laten. *The show must go on*, dacht ze terwijl hij nogmaals het intro speelde. Ze deed haar mond open en liet het lied hoog oprijzen boven de hoofden van de mensen, maar haar stem was alleen voor Jimmy's oren bedoeld. Terwijl ze zong dacht ze aan die avond in de kapel en aan hoe hij op haar vragen over Ryan gereageerd had. Nu pas begreep ze hoe groot dit verlies voor hem was. De persoon die het dichtst bij hem gestaan had was gestorven en hij had er niets tegen kunnen doen.

Ze besefte hoe sterk Jimmy was en hoeveel moed ervoor nodig geweest moest zijn om door te gaan en Ryans dood in zijn eentje te verwerken. Hij was zo bijzonder, dacht Verity. Jimmy was zo bijzonder, en behalve zij wist niemand dat. Ze dacht aan de film die hij op de muur van de kapel vertoond had en hoe ze zich op dat moment gevoeld had. Ze was geschokt geweest, maar tegelijk had ze begrepen wat het voor hem betekende om dat voor haar te doen. En nu moest ze dat tegen Jimmy zeggen. Ze moest dit allemaal tegen hem zeggen voor het te laat was. Toen de laatste noot in de lucht hing, beleefde ze geen plezier aan het applaus.

Clive kwam, eveneens applaudisserend, het podium op. 'Dank u wel, dank u wel,' zei hij, hijgend in de microfoon. 'En dank je wel, Verity Driver, ons grote talent.'

Verity boog haar hoofd onder het hernieuwde applaus en ging achter op het toneel op een stoel zitten.

'We zijn hier vanavond bijeen om het leven van een van ons te herdenken,' begon Clive. 'We kenden Ryan allemaal en op deze dag, de dag van zijn tragische overlijden...'

Verity liet haar blik over de rijen dwalen. Haar moeder zat, met haar hoofd schuin, schijnheilig te knikken. Ze kneep haar ogen halfdicht tegen het licht en zocht stoel voor stoel naar Jimmy, maar hij was nergens te bekennen.

Toen de muziek begon wist Verity diep in haar hart dat Jimmy weggegaan was. Ze kon nauwelijks stil blijven zitten. Maar met de camera op het schoolorkest gericht kon ze onmogelijk van haar plaats komen zonder dat iedereen het zag. Elke vezel in haar lijf wachtte ongeduldig tot het afgelopen was.

Ze moest Jimmy vinden, en wel nu.

Toen het orkest uitgespeeld was, was zij de eerste die opstond. Denny stond ook op, zag ze, en ze haastte zich naar de andere kant van het podium, waar ze een klein hoekje wist waar ze naar beneden kon springen. Ze zag Jimmy's vriendin, Tara; ze kwam overeind en legde het programma op haar stoel. Ze droeg een zwarte jurk over een spijkerbroek en een zwarte muts. Toen Verity dichterbij kwam zag ze dat ze een glinsterend groen knopje in haar neus had. 'Tara?' vroeg Verity, terwijl ze zich een weg door het publiek baande. 'Tara, heb jij Jimmy gezien?'

Tara nam Verity geringschattend op. Haar oogleden waren zwaar donkergrijs opgemaakt. Verity vroeg zich af hoeveel Jimmy haar over hun relatie en wat er gebeurd was verteld had, maar ze had nu geen tijd zich daarover zorgen te maken.

'Hij was hier,' verklaarde Verity, zonder zich door Tara's stuurse manier van doen te laten afschrikken. 'Ik moet hem spreken, maar ik zie hem nergens.'

Tara sloeg snuivend haar armen over elkaar en verplaatste haar gewicht naar één been. 'Ja, dat zal wel,' zei ze. 'Ik denk dat hij 'm gesmeerd is. Zijn oma is vandaag doodgegaan. Hij is er nogal kapot van.'

'Ik moet ervandoor,' mompelde Verity, en ze rende weg door het gangpad. Ze voelde een steek van medeleven door zich heen gaan. Na wat Jimmy haar bij Appleforth House over zijn oma en de band die hij met haar had verteld had, wist ze dat haar dood een harde klap voor hem moest zijn.

Ze moest hem vinden. Ze moest hem vinden. Nu.

Bij de bar stonden de mensen al in de rij voor de thee en ze moest zich door de menigte heen wurmen om bij het middelste pad te komen. Iedereen wilde haar aanraken en feliciteren. Zichzelf dwingend om niet te gaan snauwen sloeg ze de complimenten af.

Eindelijk bereikte ze Scott, die een kabel die naar het podium liep zat te bekijken.

'Ha,' zei hij, 'goed gezongen.'

'Heb jij Jimmy gezien?'

'Die is vertrokken.' Scott richtte zich op.

'Wanneer?'

'Nog voor jouw solo aan het begin.'

'Maar...'

'Ongeveer toen je Denny begon te zoenen.'

Verity draaide zich om, niet eens in staat Scott in de ogen te kijken. Het laatste wat hij gezien had was die klap die Denny aan Jimmy uitdeelde, en nu dacht hij...

Maar een nog veel ergere gedachte maakte haar bijna misselijk. Jimmy had gezien dat Denny haar kuste. Hij moest gedacht hebben dat zij wilde dat Denny dat deed. Hij had geen idee hoe het werkelijk zat. Hij had geen idee wat ze echt voelde en nu... nu was hij weg... Wanhoop maakte zich van haar meester. Hier klopte helemaal niets van. Zo mocht het niet aflopen.

'Verity, Verity, daar ben je,' zei haar moeder, die haar bij haar elleboog greep.

Verity schudde haar af. 'Niet nu, mam, goed?'

'Ellen zei dat ze aan het eind graag een interview wil, met jou en mij,' denderde haar moeder voort; ze kon duidelijk niet wachten tot het zover was. 'Ze wil de documentaire een positief einde geven en we bedachten dat we het over de toekomst van de jongeren van Shoresby konden hebben. En als je het over toekomst hebt, dan heb je het over jou, zei ik! We kunnen vertellen hoe we jouw talenten gekoesterd hebben en wat jij van...'

Terwijl ze haar moeder met onverholen walging bekeek, voer er een ongekende energie door Verity heen. 'Zal ik je eens iets zeggen, mam,' viel ze haar in de rede, 'ik kots van mensen die me steeds zeggen wat ik ergens van moet vinden en hoe ik me moet gedragen.'

'Doe nu niet zo theatraal, Verity. Je moet aan je toekomst denken.'

Toekomst? Hoe wist haar moeder wat zij met haar toekomst wilde? Als ze in de toekomst haar geestelijke gezondheid wilde behouden, moest ze Jimmy zien te vinden, maar dat kon ze moeilijk tegen haar moeder zeggen. En al zei ze het, haar moeder zou het nooit begrijpen. 'O, hou toch op, mam!' zei ze.

'Sla niet zo'n toon aan. Ellen kan ons nog goed van pas komen. Je toekomst in...'

'Laat me toch met rust.' Verity stikte bijna in al haar opgekropte woede. Ze dempte dreigend haar stem en keek haar moeder kwaad aan. 'Het gaat helemaal niet om mijn toekomst, hè?'

'Verity?'

'Het gaat alleen maar om jou, mam. Alles gaat altijd alleen maar om jou.'

'Hoe durf je dat te zeggen. Dat is niet waar...'

'Als je zo graag op tv wilt, waarom geef je dat interview dan niet in je eentje? Je hebt vast genoeg te zeggen.'

Cheryl Driver snakte naar adem.

'Mij kan het geen donder schelen, snap je?' Verity sprak nu heel langzaam. 'Hoor je wat ik zeg? Dit kan me allemaal geen donder schelen. Ik ga niet samen met jou een interview geven, want dat wordt één grote leugen. Ik vind het vreselijk om voor publiek te zingen. Heb je dat nu nog niet door? Ik haat wat ik door jou geworden ben.'

'Wat je geworden bent? Wat je geworden bent? Ik zal je zeggen wat je geworden bent. Denk je soms dat ik niet weet dat je met die Denny Shapland naar bed gaat...'

Verity dwong zichzelf om kalm te blijven. 'En hoe weet je dat? Heb je soms in mijn dagboek zitten lezen?'

Cheryl Driver werd rood en voelde ongemakkelijk aan haar haar. 'Nee,' zei ze, maar ze was de draad van haar tirade kwijt. 'Het doet er niet toe hoe ik het weet, ik weet het gewoon en...'

Verity had genoeg gehoord. De onmetelijke hypocrisie van haar moeder overweldigde haar. Ze dwong zichzelf haar moeder in de ogen te kijken en zei: 'Ik weet ook een paar dingen van jou, mam. Dus voor je oordeelt over mijn leven...' Verity merkte dat ze trilde. Haar stem haperde toen ze verderging, en de woorden waren niet meer dan een zacht gefluister. 'Kijk eerst maar eens naar jezelf.'

Voor haar moeder iets terug kon zeggen keerde Verity haar de rug toe. Trillend en met een vreemd gevoel van triomf liep ze het middelste pad door. Het was bijna niet te geloven, maar voor het eerst van haar leven had ze haar moeder het zwijgen opgelegd.

'Verity, waar ga je heen?' Nu stond Denny haar in de weg.

Waarom kon ze hier niet weg? Het was alsof ze gevangen zat in een of andere helse hindernisbaan. 'Alsjeblieft, laat me erdoor, Denny,' smeekte ze, terwijl ze langs hem heen probeerde te komen.

'Verity,' fluisterde hij. Hij deed een stap naar haar toe. 'Wat heb je nou? Ik heb er veel moeite voor gedaan om hier te zijn.'

'O! En in die week een keer bellen was zeker te veel moeite?'

Afkeer en spijt streden in haar om voorrang toen ze naar hem keek. Waarom had ze hem ooit aantrekkelijk gevonden? Hoe had ze zich zo in de nesten kunnen werken? Hij had geen enkel respect voor haar gehad, hij had haar pijn gedaan en nu wilde zij hem pijn doen.

'Ik had het druk,' zei Denny schouderophalend. 'Ik zei toch dat het voor zaken was.'

'Arme jij.'

Plotseling hoorde ze haar stem door de speakers. Scott moest per ongeluk haar microfoon aangezet hebben, die ze vergeten was af te doen. Maar het kon haar niet schelen. Het kon haar niet schelen dat anderen konden horen wat ze te zeggen had.

'Toe nou, schatje,' zei Denny. Hij keek zenuwachtig om zich heen. 'Laten we erover praten.'

Gelach golfde door de zaal toen de mensen begonnen te begrijpen wat er aan de hand was. Denny greep Verity bij haar bovenarm.

'Laat me los,' dreunde haar stem door de speakers. 'Het is uit, Denny. Hoor je me? Wat voor zieligs we ook hadden, het is nu uit. Ik wil niets met je te maken hebben. Ik heb zo stom gedaan! Nu pas dringt tot me door dat ik je niet eens aardig vind.'

'Zeg het hem maar, meid!' schreeuwde Tara boven het publiek uit.

'Zo kun je niet tegen me praten!' zei Denny.

'Waarom niet?'

'Omdat ik je vriend ben.'

Weer ging er gelach door de zaal. Denny draaide zich woedend om om te zien wie de boosdoeners waren.

'Nee, dat ben je niet,' deelde Verity mee. 'Je vindt jezelf zo geweldig. Maar je bent toevallig de verwaandste, arrogantste klootzak die ik ooit ontmoet heb. En... en in bed kan je er ook niets van,' voegde ze eraan toe. Ze rukte het microfoontje van haar jurk en rende door de zaal van het buurthuis, links en rechts mensen aan de kant duwend.

Het kon Verity niets meer schelen. Ze wist dat ze te heftig gereageerd had. Denny was niet de verwaandste, arrogantste klootzak die ze ooit ontmoet had; ze kende er meer zoals hij. Nee, de echte reden dat ze Denny niet meer wilde was dat ze iemand anders wilde.

Ze kon bijna niet geloven hoe gemakkelijk het geweest was om tegen hem in te gaan. De schellen waren haar van de ogen gevallen. Eindelijk was de betovering verbroken, en eindelijk kon ze zien wie hij werkelijk was.

Bij de deur gaf ze de microfoon aan Scott en hij maakte de ontvanger die op haar rug aan haar tailleband vastzat los. 'Dank je,' zei ze. Toen duwde ze de deur open en rende naar buiten, op

22

De ijskoude lucht beet in Jimmy's knokkels en het grommen van de motor loeide in zijn oren. Hij schakelde naar een hogere versnelling; de snelheidsmeter van de gestolen crossmotor gaf meer dan vijfenveertig kilometer per uur aan. Voor hem bescheen de koplamp rotsen en takken en gaten in de onverharde weg. Jimmy week uit naar rechts, toen naar links en vervolgens weer naar rechts. Buiten de lichtbundel van de koplamp waren alleen maar omtrekken te zien. De bramen en hulststruiken links van hem hem waren niet meer dan een muur van paars in het maanlicht en het kreupelhout rechts een onregelmatige zwarte veeg.

Maar daarachter – daar waar het kustpad waarover hij voortraasde overging in de lucht – was alles helder. Daar strekte de eindeloze sterrenhemel zich uit. Daar vormde de maan een volmaakte cirkel. Daar knipoogden een miljoen golven naar de hemel. En daar – als hij in een slip raakte of door een gat in het pad uit het zadel geworpen werd – zou hij over de rand van de rots verdwijnen. Dan zou ook zijn toekomst helder zijn. Want die had hij dan niet meer. Want dan was hij dood.

Verderop piepten twee rode speldenknopjes uit het struikgewas, de ogen van een dier dat gevangen zat in het licht van de koplamp. Maar of het een vos of een hermelijn of een uil was wist Jimmy niet, en het kon hem ook niet schelen.

Hij was ladderzat, dankzij een halve fles Smirnoff Red. De wodkafles zat in de binnenzak van zijn leren jack tegen zijn hart gedrukt. Nog geen vijf minuten geleden had hij hem in het Krot opgehaald, nadat hij de motor zo dicht mogelijk bij de kapel op het pad achtergelaten had en vervolgens verder was gaan lopen. Daarna had hij de deur ingetrapt. De Smirnoff zat in een roestige oude munitiekist achter het altaar, samen met het pakje gerookte zalm, het brood en het flesje Moët & Chandon. De zalm was over de houdbaarheidsdatum heen en het brood begon te schimmelen. Het flesje champagne had Jimmy tegen de muur stukgesmeten. Behalve de wodka – die Ryan vorig jaar achtergelaten had – had Jimmy de spullen twee dagen geleden bij de supermarkt gekocht, voor hij Verity meegenomen had om haar zijn film te laten zien en te vertellen wat hij van haar vond. Hij had een picknick gepland, voor als ze zou zeggen dat zij hetzelfde voor hem voelde. Maar dat had ze niet gezegd.

Onderuitgezakt tegen de muur van het Krot had Jimmy zo snel als hij kon zonder misselijk te worden zo veel mogelijk wodka gedronken. En bij elke slok zag hij voor zich hoe Denny Verity kuste, daar bij het herdenkingsconcert. Ze was dus duidelijk niet meer in de war. Als ze tijd nodig had gehad om na te denken, dan was die nu voorbij en blijkbaar had ze ervoor gekozen niet met Jimmy verder te gaan.

Alles wat hij had, alles wat hij haar had laten zien... zijn hart... zijn geest... waar hij van hield... wie hij was... de simpele waarheid was dat ze er geen prijs op stelde.

Een laaghangende tak zwiepte vanuit het duister tegen Jimmy aan als de flipper in een flipperkast. Hij dook omlaag en legde zijn hoofd plat op de benzinetank. Onder hem schoof de motor opzij. Worstelend met het stuur dwong hij zichzelf weer rechtop te gaan zitten. Hij keek recht vooruit en de wind blies uit alle macht in zijn ogen.

Dronken was beter dan nuchter. Dat wist hij nu wel zeker. En rijden zoals hij nu deed, terwijl elke zenuw in zijn lijf schreeuwde dat hij moest stoppen, was beter dan dat doodse gevoel. Doods – zo voelde hij zich toen hij vanmorgen het nieuws over zijn oma hoorde. Toen Ryan gestorven was, had hij zich een heel jaar lang zo gevoeld. Alleen Verity had hem het gevoel gegeven dat hij leefde. Maar toen hij zag dat ze Denny kuste was het doodse gevoel weer teruggekomen.

Alles ging voorbij, of niet soms? Alles waar je ook maar iets om gaf was vroeg of laat afgelopen. Dus waarom zou je in godsnaam ergens om geven?

Even zag Jimmy het gezicht van zijn oma, recht voor zich op het kustpad. Ze had haar ogen gesloten, haar mond stevig dicht. Natuurlijk hadden ze haar mooi gemaakt – de zuster of dokter Kennedy of wie er die ochtend ook gekomen was om haar hartslag te meten en gemerkt had dat er geen hartslag meer was. Dat hadden ze gedaan om het Jimmy en Rachel, die vanmorgen nadat ze het nieuws telefonisch te horen hadden gekregen naar het verzorgingstehuis waren gegaan, gemakkelijker te maken.

Net zoals vanochtend zag zijn oma er nu, in zijn hoofd, sereen uit, alsof ze sliep, kalm en vredig. Zo zei je dat toch? Dat moest hij toch geloven? Dat zijn oma eindelijk rust gevonden had? Niets wees erop dat ze geleden had. Er lag alleen een vage glimlach om haar mond, alsof de dood – de clou van het leven – het wachten waard geweest was. Haar gezicht had niets griezeligs.

Niet zoals bij Ryan. Die had niemand gehad om hem mooi te maken. Hij stierf met open ogen, verwilderd en vol angst. Zijn mond was als de nachtelijke hemel zo wijd opengesperd en schreeuwde Jimmy's naam.

Jimmy gaf nog wat meer gas, daagde de motor uit hem te laten zien wat hij kon. Hij schakelde door en de motor schoot met een ruk vooruit.

'Ik ga nooit dood!' brulde hij omhoog naar de hemel, precies zoals Ryan een jaar geleden.

Maar tegelijk wist hij dat hij Ryan niet was. Hij leefde nog. Nog wel. Hij wel. Jimmy Jones wel.

De motor gilde als een kat in het nauw. Bramentakken schuurden langs Jimmy's handen en benen. De motor bonkte over een reeks gaten en stenen. Jimmy werd door elkaar geschud en zijn tanden klapperden alsof ze elk moment uit zijn mond konden vallen. De naald van de snelheidsmeter stond op tachtig.

Voor hem verbreedde het pad zich tot een open plek. Hij kende die open plek – jezus, en of hij die kende! Het pad boog naar links af en leidde terug naar het hart van het landgoed. En daar rechts lag Lost Soul's Point.

Wie durft er nu geen risico's te nemen? wilde hij Tara vragen.

Maar ze was er niet.

Ja, lekkerder dan drugs, wilde hij tegen Ryan zeggen.

Maar Ryan was dood.

Hij was bijna aan het eind van het pad en stuurde de motor naar de rand van de open plek, naar de rots, en hij vroeg zich af hoe ver hij zou gaan voor hij remde, vroeg zich af of hij op tijd zou remmen, óf hij wel zou remmen.

'Nooit!' schreeuwde hij nog een keer.

Maar deze keer gaf hij geen gas. Deze keer remde hij zo hard als hij kon, want daar, recht voor hem, stond Verity Driver.

Overgang naar slowmotion: Jimmy die het gas loslaat en nog harder remt; de lachwekkende gedachte die in zijn hoofd opkomt, dat hij motorrijles had moeten nemen, dan wist hij nu wat hij moest doen; Jimmy die op Verity af rijdt; Verity die als aan de grond genageld blijft staan; het lawaai van de motor; het geluid van de slippende banden; de aarde die opspat; de maan en de sterren, gezien vanuit een vreemde hoek; de motor die onbeheerst langs Verity slipt, naar de rand van de rots; Jimmy die zich met alle kracht die hij in zich heeft opricht, zijn buikspieren elastiekjes die elk moment kunnen knappen; de motor die van de rand afzwenkt...

Dan een klap.

En alles versnelde weer: het geluid van krakende takken; het geruis van langs schietende bladeren; de hitte van de motor op Jimmy's been en de stank van brandende olie.

Stilstand.

Jimmy zag dat hij omringd was door struikgewas, maar het was een wonder: hij en de motor stonden nog steeds overeind en de motor draaide nog, niet langer oorverdovend, maar zachtjes, pruttelend – zo zachtjes zelfs dat Jimmy achter zich hoorde schreeuwen.

'Jimmy!' Het was Verity.

Jimmy probeerde zich naar haar om te draaien, maar zijn handen weigerden hun greep op het stuur te verslappen, alsof ze een eigen wil gekregen hadden en de rest van zijn lichaam niet meer vertrouwden. Jimmy keek naar links en naar rechts, maar zag alleen halfdode varens en de pezige, bladerloze takken van een plant die hij niet thuis kon brengen.

'Jimmy!' riep Verity nogmaals. 'Alles in orde?'

In een poging de motor achteruit te rijden rukte Jimmy aan het stuur; hij kreeg er geen beweging in. Maar hij kon nu weer helderder denken. Hij zette de motor uit, luisterde hoe het pruttelen wegstierf en stapte af.

Hij schudde zijn spieren los. Hij wachtte tot de pijn door hem heen zou schieten, wachtte tot het besef van een gebroken ledemaat of rib hem op zijn knieën zou dwingen. Maar hij voelde helemaal niets, alsof dit een droom was, alsof hij van een vijftig verdiepingen hoog gebouw kon duiken en weer opstaan zodra hij de straat raakte. Hij bedacht dat dit alles er misschien helemaal niet toe deed: oorzaak en gevolg, leven en dood en liefde. Misschien zat het allemaal alleen maar in je hoofd en was het stom geweest om zich om al die dingen zo druk te maken. Hij tilde het achterwiel van de motor op en sleepte het ding achterwaarts de struiken uit.

Op dat moment kreeg de realiteit weer grip op hem, want hij werd zich bewust van Verity – niets meer dan een bekend silhouet – die naast hem stond en haar hand naar hem uitstak. 'Niet doen,' zei hij ontwijkend, en hij draaide de motor om. Hij wilde haar niet hier hebben. Hij wilde haar nooit meer zien.

'Maar...' begon ze, terwijl ze weer haar hand naar hem uitstak.

'Niets maar,' viel hij uit. Hij klom weer op de motor en voegde eraan toe: 'Laat me met rust.'

Verity stond met haar voeten aan weerszijden van het voorwiel van de motor. Ze legde haar handen boven op de zijne op het stuur. 'Je bent dronken,' zei ze zonder omwegen, hem recht in de ogen kijkend. 'Ga van die motor af.'

Hij duwde met de motor tegen haar aan en probeerde hem te starten, maar dat lukte niet. 'Ga aan de kant.'

Verity duwde terug en bleef staan waar ze stond. 'Dan zul je toch eerst over me heen moeten rijden,' zei ze.

Hij staarde haar aan. Ze had haar haar opgestoken, maar een paar krulletjes waren los gesprongen en hingen op haar schouders. Ze had nog steeds die lange zwarte jurk van het concert aan. Haar make-up was uitgelopen en zat als oorlogsverf onder haar ogen. Hij keek naar haar hoge hakken, waardoor ze veel langer leek dan ze was. Alles aan haar – van de manier waarop ze tegen hem sprak tot de kleren die ze aanhad – kwam hem plotseling heel volwassen en onbereikbaar voor. 'Ga toch naar dat stomme concert van je,' zei hij. 'Dit heeft niets met jou te maken.'

'Wat?' vroeg ze op dwingende toon. 'Dat je van die rots probeert te rijden?'

'Ik probeerde niet...' begon hij ontkennend. Maar toen zweeg hij. Wat probeerde hij eigenlijk wel te doen? Hij wist het niet. Hij was in de war, onthecht, licht in zijn hoofd; hij werd heen en weer geslingerd tussen dronkenschap en ijskoude nuchterheid.

'Wat je zag,' zei Verity, 'wat je daarnet tussen Denny en mij zag... dat betekende niets.'

Waar zag ze hem voor aan? Een stom rund? Maar het had geen zin om dit met haar te bespreken. Hij had zich al genoeg aangesteld. En hij zou niet toelaten dat ze dit naar zich toe trok. Hij zou de schuld niet op haar schuiven. Hij balanceerde het hele jaar al op het randje. Ze had hem alleen het laatste duwtje gegeven.

'Denny kan doodvallen,' zei hij. 'Dat kan me allemaal geen moer schelen. En jij kunt ook doodvallen, Verity.'

Ze keek hem ongelovig aan, maar toen verzachtte haar uitdrukking zich. 'Ik weet het van je oma, Jimmy,' zei ze meelevend. 'Tara vertelde me wat er gebeurd is en als dit daarom gaat, dan kunnen we erover praten. Waar het ook over gaat,' voegde ze er met klem aan toe, 'we kunnen erover praten.'

Weer schoot het beeld van zijn oma door zijn hoofd.

'Ze was zo lief,' zei hij. Hij keek Verity recht in de ogen. 'Ik hield van haar. Ze verdiende het niet om zo te sterven: in haar eentje in het donker.'

'Ik weet het, Jimmy, ik weet het.'

'Nee,' snauwde Jimmy, 'je weet geen klote. Je weet helemaal niets van haar. En mij. En dit... En...'

Plotseling werd hij zich bewust van Verity's handen die zich om de zijne klemden. 'Ik wil je helpen, Jimmy.'

'Je snapt het niet,' zei hij, haar handen van zich afschuddend. 'Je was er niet bij. Je zag niet wat er gebeurde. Je zag niet wat ik zag.' De woorden stroomden nu naar buiten, alsof er binnen in hem een dam doorgebroken was.

Jij bent de baas, gilde een stem in zijn binnenste. *Niemand kan in je hoofd kijken. Niemand kan je dwingen te praten over de dingen die je gezien hebt of te vertellen wat je gedaan hebt.*

Maar hij was niet de baas. Hij kon het niet langer voor zich houden. Hij kon er in zijn eentje niet meer tegen. Hij wilde het aan iemand vertellen. Hij wilde het met iemand delen, horen dat hij niet slecht was. Van háár wilde hij dat horen.

Hij hijgde, snakte naar adem. 'Al die mensen die bij het concert waren... Niemand weet wat er echt gebeurd is...'

'Wanneer?' vroeg Verity.

'De avond dat Ryan doodging!' schreeuwde Jimmy.

Hij kwam van de motor af en schopte hem tegen de grond. Het kon hem niet schelen of hij tegen Verity aan kwam. Hij beende langs haar heen naar het midden van de open plek. 'Hier.'

Verity liep naar hem toe, maar hij keek al niet meer naar haar.

Hij staarde naar het pad dat van Lost Soul's Point weg leidde. 'Het was een ongeluk. Ryan wilde niet dood. Het was een spel,' zei Jimmy. 'Gewoon een achterlijk spel.'

'Maar ik begrijp het niet. Hoe weet jij...'

'Omdat ik erbij was!' Jimmy's woorden gingen over in een zacht jammeren. 'Omdat ik er verdomme bij was...'

Hij zag voor zich hoe de gestolen Mazda MX-5 op de avond dat Ryan stierf op het pad gestaan had, maar meteen sprongen de tranen hem in de ogen en het beeld vervaagde weer.

Ryan had de Mazda-convertible gestolen van de parkeerplaats van de George Inn, nog geen tien minuten nadat hij 'Nooit!' naar de hemel geroepen had. Hij was lam, maar niet zo lam dat hij niet in staat was om de auto aan de praat te krijgen en zonder door de politie gezien te worden naar het landgoed te rijden.

Het was een schitterende wagen: lichtmetalen wielen, aluminium afwerking in het interieur en bruin leren stoelen. De softtop was naar beneden gelaten en de titaniumkleurige lak glansde en schitterde als kwikzilver in het maanlicht. 'Wat een machine,' verzuchtte Ryan toen hij de motor afzette en de auto op het pad dat naar Lost Soul's Point leidde liet uitrollen.

Jimmy zat naast hem. Zijn haar was toen nog korter, en hij krabde aan zijn hoofd, dat jeukte van de rit in de open auto. Hij keek om zich heen. Het maakte hem bloednerveus dat ze zo dicht bij huis in een gestolen auto zaten. Elke meter van de rit hier naartoe was hij misselijk geweest, bang dat ze opgepakt zouden worden, zich er scherp van bewust hoe gemakkelijk zijn toekomst (zijn ontsnapping uit de flat en dit kleine hoekje van de wereld, zijn filmacademieplannen, de beloning voor al het werk dat hij op school verzet had) hem uit de vingers kon glippen. Hij moest bijna overgeven. Hij kon er niet meer tegen. Dronken in andermans auto rondrijden gaf hem geen kick meer. Maar Ryan was zijn beste vriend en hij wilde hem niet in de steek laten.

Bijna alsof hij Jimmy's verwarring aanvoelde, boog Ryan zich naar hem toe. Zijn adem rook zwaar naar drank. Hij bestudeerde Jimmy met olijfbruine ogen. 'Volgens mij hebben we wel een jointje verdiend,' zei hij, en hij zette de cd van Eminem zo zacht dat hij bijna niet meer te horen was. 'Zal ik de honneurs waarnemen?' Zonder op Jimmy's antwoord te wachten haalde Ryan zijn spullen uit zijn zak en begon een joint te draaien.

De stilte die volgde overweldigde Jimmy bijna. Hij legde zijn hoofd in zijn nek en keek naar de avondlucht, zuchtend van opluchting toen hij niets hoorde dat erop wees dat ze achtervolgd waren. Maar al was het gevaar geweken, hij was nog steeds dronken en onder hem voelde de aarde wankel aan; hij bleef het gevoel houden dat hij zeeziek was. 'Hé, Ryan?' vroeg hij, zichzelf dwingend om iets te zeggen, zichzelf dwingend om uit zijn eigen benauwde geest te ontsnappen. 'Weet je nog die keer dat we naar die motorboot zwommen die midden in de baai lag?'

'Dat motorjacht van Kevin Watson...' Jimmy hoorde een klik en het gesis van een aansteker. 'Shit, ja,' zei Ryan giechelend. 'Hoe oud waren we toen? Elf en twaalf? Dertien hooguit? Knap stom was dat.'

'Ik was elf,' zei Jimmy. Hij vond de Grote Beer, net voordat een dreigende zwarte wolk een voor een zijn zeven sterren doofde.

'Ja, maar je zwom alsof je veel ouder was, hè? Wij allebei.'

'We moesten wel,' bracht Jimmy hem in herinnering. 'Anders waren we verdronken. Het was bijna een kilometer heen en een kilometer terug. En het was ijskoud. Als we niet zo hard gezwommen hadden, hadden we kramp gekregen en dan waren we er geweest. Dan hadden ze ons op het strand teruggevonden, opgezwollen en door beesten aangevreten en dood.'

Ryan barstte in lachen uit. 'Jezus, wat een fantasie heb jij, Jimmy. Ik had je echt wel veilig teruggebracht, daar had je je geen zorgen over hoeven maken.'

Jimmy gaf geen antwoord. Hij wist dat Ryan meende wat hij zei, dat hij zijn leven voor Jimmy op het spel zou zetten, net zoals Jimmy zijn leven voor hem op het spel zou zetten. Ryan porde hem in zijn ribben. Jimmy keek naar hem en nam de joint aan. De knie van Ryans zwarte spijkerbroek was gescheurd en in zijn linkerneusgat zat half opgedroogd bloed, van toen hij uitgegleden en plat op zijn gezicht gevallen was nadat hij Tara, voor ze naar huis moest, buiten de George de hele straat door gejaagd had. Zijn feloranje trui zat onder de modder en zijn witte Nike-pet zat ver over zijn oren, doorweekt omdat hij in een plas beland was.

'Hoe kwam je daar nou opeens bij?' Ryan streek met zijn duim bedachtzaam over zijn linkerbakkebaard, die hij in een scherpe punt geknipt had, als een mes.

'Zeeziekte.'

'Hè?'

Ten oosten van hen rommelde de donder, hard en dichtbij.

'Laat maar,' zei Jimmy.

Jimmy zag voor zich hoe Ryan en hij als een stel magere, uitgeputte ratten langs de ankerketting omhoogklommen. Het was een heldere dag in maart en boven hun hoofd vlogen zeemeeuwen door de wit-blauwe lucht, krijsend als uitgehongerde baby's. Jimmy en Ryan lieten zich in hun doorweekte boxershorts op het dek van het plezierjacht vallen en tuurden naar het strand. In de verte zag Jimmy Carl, die hun kleren bewaakte; hij stond naar hen te zwaaien. Carl was in die tijd hun grote vriend, maar was later dat jaar met zijn vader en moeder naar Londen verhuisd en nooit meer teruggekomen.

'We hadden het over de toekomst,' zei Jimmy, terwijl hij Ryan de joint teruggaf. 'Daar op die boot, voordat we uitgehijgd waren en weer terug zwommen. We hadden het over wat we wilden doen als we zo oud waren als nu.' Een regendruppel spatte uiteen op Jimmy's neus.

'Dat weet ik niet meer,' zei Ryan. 'Het is al zo lang geleden.'

'Ik zei dat ik een eigen boot wilde hebben. Ik vertelde je wat mijn vader gezegd had, over met een boot de hele wereld rondreizen. Ik vertelde dat ik die boot wilde hebben als ik van school af kwam, want dan zou mijn vader wel met me willen optrekken, en dan zou ik met hem en mijn oma wegvaren en hoefden we ons nooit meer ergens zorgen om te maken.'

'En wat zei ik?'

'Jij zei dat je een groot huis op een heuvel wilde en een baan in een grote stad, maar alleen als je ondertussen ook nog lol kon trappen.'

'Klinkt goed,' zei Ryan.

Jimmy liet de subtiele aanpak varen. 'Maar snap je het dan niet, Ryan?' zei hij. 'Je hebt het nooit meer over dat huis of die baan in de grote stad. Je geeft nu alleen nog maar om de lól.'

'Doe niet zo serieus, zeg.'

Jimmy wilde Ryan alleen maar de waarheid zeggen: dat hij dit helemaal niet meer lollig vond. Hij probeerde hem duidelijk te maken dat hij het afgelopen jaar volwassener geworden was en dat hij ervan af wilde; hij wilde van die auto af en hij wilde van deze manier van leven af. Hij probeerde hem duidelijk te maken dat hij samen terug naar huis wilde lopen. Hij probeerde Ryan eraan te herinneren dat ze ooit gehoopt hadden anders te zijn. 'Ik wilde alleen maar...'

Maar Ryan wilde het niet weten. 'Hou er nou maar gewoon mee op, oké?' zei hij. 'Ik heb geen behoefte aan een preek. Plannen veranderen, Jimmy. Je wordt ouder en dan besef je dat je niet alles kunt krijgen wat je hebben wilt. Dus maak je maar het beste van wat je wél kunt krijgen, oké? En ga me nou niet vertellen dat het niet zo is, want het is verdomme wel zo.'

'Maar als ik nou eens meer wil?' protesteerde Jimmy.

Ryan haalde zijn schouders op. 'Ik weet het niet, Jimmy. Misschien moet je dat zelf uitzoeken.' Ryan drukte op de eject-knop van de ultramoderne geluidsinstallatie. 'Of misschien weet je gewoon niet wat lol maken is.'

'Misschien,' zei Jimmy, want misschien had Ryan gelijk. Misschien was hij alleen maar stoned en maakte hij zich hier morgen helemaal niet meer druk over. Misschien was lol wel het enige wat er was in het leven.

'Genoeg gespeeld dus,' ging Ryan verder, terwijl hij de Eminem-cd uit de cd-speler haalde en als een frisbee de bosjes in keilde. 'Tijd voor het echte werk.'

'En dat is?' Jimmy nam de joint van Ryan aan en inhaleerde diep.

'Chicken run.' Turend in de richting van Lost Soul's Point startte Ryan de motor. 'Ik zet de auto recht op het pad en dan doe ik mijn ogen dicht en blijf gas geven,' legde hij uit. 'En jij... jij roept stop. Dat is jouw taak. En als jij stop roept ga ik op de rem staan en dan kijken we hoe dicht we bij de rand van de rots komen. Kan ik je vertrouwen, Jimmy? Roep je op tijd stop?'

Jimmy schoot de joint weg. Hij was wel stoned, maar zó stoned ook weer niet. 'Nee,' antwoordde hij, 'vergeet het maar.'

'Te laat,' zei Ryan. Hij zette de auto in de eerste versnelling en drukte het gaspedaal in.

De auto spoot zo hard weg dat Jimmy tegen de rugleuning van zijn stoel aan gedrukt werd. 'Stop!' schreeuwde hij boven het lawaai van de motor uit, terwijl Ryan de tweede versnelling oversloeg en meteen doorschakelde naar de derde.

'Dat is jouw taak!' schreeuwde Ryan lachend terug.

De snelheidsmeter gaf al ruim vijfenzeventig kilometer per uur aan. Ze naderden de open plek, aan de rand waarvan het land ophield en de leegte begon. Jimmy schoof opzij en keek in de achteruitkijkspiegel – Ryan sloot met een maniakale grijns op zijn gezicht zijn ogen.

'Stop!' schreeuwde Jimmy. Want deze kick was nu al veel te groot voor hem. Want hij was dronken en stoned en Ryan ook, en hij vertrouwde hun reactievermogen voor geen meter.

Maar Ryan stopte niet, en met een schok realiseerde Jimmy zich dat hij helemaal niet geschreeuwd had. Hij was te bang geweest om te schreeuwen. Het woord was in zijn keel blijven steken. In plaats daarvan had hij zich van Ryan afgekeerd en zich aan het autoportier vastgeklampt. Hij wierp een blik door de voorruit. Nog even en ze reden de open plek op.

'Stop!'

En deze keer kwam het er wel uit en deze keer reageerde Ryan – god zij dank! – wel. Zijn ogen schoten open, net op het moment dat ze de open plek op scheurden. Noodstop: hij rukte aan de handrem. Maar ze gingen veel te hard en alles wat hij bereikte was dat de auto gevaarlijk begon te slippen.

'O, jezus!' hoorde Jimmy Ryan gillen.

Jimmy jammerde zachtjes. Ze reden nog steeds op de rand van de rots af. Ze konden nooit op tijd stoppen. De auto had te veel vaart. De grond was te nat. De banden hadden geen grip. Nog geen vijftien kilometer per uur, maar niet meer dan twintig meter te gaan. Ze gingen over de rand. Jimmy wist het zeker.

Jimmy zat op zijn knieën. Boven hem tolde de avondlucht. Bliksem flitste, spleet de duisternis in tweeën. Hij kwam op zijn hurken. Ineengedoken zat hij op de leren stoel. De auto draaide door. Jimmy sprong over het portier. De achterkant van de auto tikte hem aan toen hij landde, zodat hij op zijn handen en knieën terechtkwam. Toen hij opkeek en de auto nog een laatste keer ronddraaide zag hij Ryan door het raampje naar hem staren. Zijn mond stond wijdopen. Jimmy's beste vriend schreeuwde zijn naam.

En toen gebeurde het onmogelijke: terwijl de regen in een plotselinge hoosbui neerplensde bereikte Ryan in de auto de rand van de rots en was weg.

23

Verity werd wakker van de deur die kraakte op de wind. Met een schok kwam ze bij haar positieven. Haar adem stokte van kille angst voor haar onbekende omgeving voor ze begreep waar ze was en wat er gebeurd was. Rustig ademde ze uit, haar geest weer scherp en fris. Ze had op een vochtige matras op de vloer van de kapel gelegen en haar lichaam voelde stijf en pijnlijk aan. Haar blik dwaalde over de donkere voorwerpen in de schaduwen, maar ze bewoog nog steeds niet.

Jimmy lag ineengedoken naast haar. Zijn arm rustte zwaar op haar middenrif. Ze keek naar zijn gezicht, dat slechts een paar centimeter bij het hare vandaan lag. Hij zag er zo lief uit, dacht ze. Ze wilde met een vinger over zijn wenkbrauw gaan, maar hij mocht nog niet wakker worden. Onder zijn ogen lagen donkere kringen en ze wist dat hij nog steeds uitgeput was.

Nu ze zo naar hem keek besefte ze dat er zo veel dingen aan hem waren die ze wilde bestuderen. Het was haar nooit eerder opgevallen dat hij plekjes op zijn kaken had waar geen haar groeide. Daar had zijn huid een gezonde roze kleur, en ze bedacht hoe sexy ze hem vond.

Hij had snij- en schaafwonden aan zijn hand, die hij vlak bij zijn gezicht hield. Het liefst wilde ze die hand zoenen. Traag drongen de gebeurtenissen van gisteravond tot haar door en haar hart ging naar Jimmy uit. Het laatste wat ze zich herinnerde was dat ze hem hierheen gebracht had en vastgehouden had terwijl hij het uit snikte. Zo moesten ze in slaap gevallen zijn.

Nu voelde Verity zijn warme, regelmatige ademhaling op haar gezicht. Ze lagen naast elkaar, hun benen verstrengeld onder Jimmy's leren jack, in de vorm van een hart. Hoewel ze allebei al hun kleren nog aanhadden, wilde ze het verbond van hun lichamen niet verbreken.

Ze draaide haar hoofd een klein stukje in de richting van de deur. Ze had er gisteravond een krat tegenaan gezet om hem dicht te houden, maar aan de randen zag ze een streep zilverkleurig daglicht. Het was dus ochtend, dacht ze, en behalve Jimmy wist niemand waar ze was. Ze glimlachte bij zichzelf.

Zachtjes, centimeter voor centimeter, schoof Verity bij hem vandaan. Voorzichtig rekte ze zich uit, draaide met haar hoofd om de spanning uit haar nek te masseren. Haar schouders kraakten toen ze haar armen ronddraaide. Ze hield er meteen mee op, bang om Jimmy wakker te maken. Ze trok zachtjes haar schoenen uit en raapte ze op, samen met de halflege fles wodka. Op haar tenen liep ze naar de deur. Ze schoof het krat opzij en zette de deur op een kiertje, zodat ze er net door kon.

Buiten, in de roze ochtendschemering, waren de grijze wolken net dolfijnen die boven de zilveren horizon uit sprongen. Onder de indruk van het grootse uitzicht haalde Verity diep adem. De hoge, golvende zee glinsterde zo fel dat ze haar ogen tot spleetjes kneep. Ze rilde, half van de kou en half van vreugde. Ze had nog steeds haar avondjurk aan, maar de wijde rok zat onder de modder en in haar panty zaten ladders. Haar haarspelden waren er 's nachts uit gevallen en haar haar hing in slordige krullen op haar schouders, maar het kon haar niet schelen.

Boven haar hoofd zweefden de zeemeeuwen op de luchtstromen en lachten naar elkaar. Verity's ogen begonnen te tranen van de prikkelende zilte lucht. Ze trok haar schoenen weer aan en goot de resterende wodka bij de bramen. Vervolgens schatte ze waar Appleforth House moest liggen en ging op zoek naar water.

Ze wist dat er in de moestuin een kraantje zat, vlak bij het prieel waar ze gefilmd hadden. Ze nam het pad dat langs het huis voerde en bleef, hoewel het zondag was, dicht bij de muur, om zo veel mogelijk uit het zicht van eventuele werklieden te blijven. Niemand mocht deze ochtend verpesten.

Toen ze een blik op het huis wierp, zag ze dat een paar ramen die eerst dichtgetimmerd waren geweest nu voorzien waren van nieuw glas en chique gordijnen. Het huis zag eruit alsof er weer in geleefd werd; Verity vond het prachtig.

Toen ze haastig het pad van de moestuin opliep had Verity het gevoel dat ook zij nu pas openstond voor de wereld. Het was bijna alsof ze de hele tijd in een stoffige gang binnen in haarzelf had gestaan en nu de deuren van haar persoonlijkheid opengooide en ontdekte dat ze een heel ander mens kon zijn. Toen het prieel in zicht kwam voelde ze zich vervuld van licht.

Ze bleef staan en keek naar de plek waar Jimmy haar gekust had. 'Het is echt gebeurd,' zei ze hardop. Voor het eerst eiste ze de herinnering op, zonder schuldgevoel of schaamte. 'Het is echt gebeurd.' Toen sloot ze glimlachend haar ogen en onderging opnieuw de sensatie van die tedere kus. Ze wilde niets liever dan weer bij Jimmy zijn.

Hij bewoog toen ze met het water de kapel weer in kwam, hijgend omdat ze helemaal van het huis was komen rennen. 'Hier,' fluisterde ze. Ze knielde neer en hield hem de fles voor.

Hij zag het label en gromde.

'Het is water, gekkie.' Ze lachte.

Dankbaar nam Jimmy de fles aan. Verity stond op en liep naar een van de spleten in de muur. Ze moest springen om bij de lap stof die erin gepropt zat te komen. Toen ze die er eindelijk uit had viel er een streep stoffig licht de kapel in, die alles lichtgrijs kleurde.

Jimmy knipperde met zijn ogen. 'Hoe laat is het?' vroeg hij met schorre stem.

'Kan me niet schelen,' antwoordde Verity schouderophalend voor ze naast hem ging zitten. 'De zon komt op, als dat je wat zegt.'

Jimmy haalde diep adem en zuchtte. Het bleef een hele tijd stil. Verity sloeg haar armen om haar knieën. Het krassen van glas op de stenen vloer echode door de ruimte toen Jimmy de fles neerzette.

'Ik heb je over Ryan verteld, hè?'

Verity raakte heel even zijn gezicht aan.

'Shit,' zei Jimmy, en hij duwde zijn duimen tegen zijn ooghoeken.

'Zeg dat nou niet.' Verity trok zijn hand weg en dwong hem naar haar te kijken. 'Je hoeft je nergens voor te schamen. Het geeft niet.'

'Echt niet? Vind je me nu niet vreselijk?'

'Natuurlijk niet! Het was een ongeluk! Het was niet jouw

schuld.' Verity legde een hand op Jimmy's borst. Hij voelde warm aan. 'Niet te geloven dat je dit al die tijd met je meegedragen hebt.'

Traag pakte Jimmy haar hand. Hij legde hem op zijn rode, met krassen bezaaide handpalm en staarde een hele tijd naar haar bleke vingers. 'Wat moet ik doen, denk je?'

'Je moet het aan Ryans ouders vertellen, lijkt me. Dan hebben ze een beetje rust. Je kunt ze niet laten denken dat hij zelfmoord gepleegd heeft terwijl dat niet zo is.'

Jimmy keek weer naar Verity's vingers. Nog nooit had Verity iemand zo graag willen omhelzen. 'Grappig eigenlijk,' zei hij. 'Na zijn dood ben ik het hele jaar bang geweest dat iemand erachter zou komen dat ik erbij was. Alsof ze mij de schuld zouden geven. Alsof de politie me zou opsluiten.'

'Waarom is dat grappig?'

'Omdat het nu helemaal niet meer eng is. Niet nu ik het aan jou verteld heb.' Jimmy kneep in het bovenste kootje van haar wijsvinger. 'Waarom help je me eigenlijk?' vroeg hij. 'Je hoeft het niet te doen, hoor.'

'Ik wil het graag.' Ze greep zijn hand zo stevig vast dat zijn gezicht van pijn vertrok. 'Sorry.' Ze liet hem los en streek haar haar uit haar gezicht. 'Je gaf me gisteravond niet de kans om het uit te leggen.'

'Om wat uit te leggen?'

Verity zuchtte en haalde eens diep adem. 'Het lijkt nu zo dom...'

'Nee, vertel dan,' drong Jimmy aan.

'Ik heb het uitgemaakt met Denny. Ik bedoel...' Verity schudde geïrriteerd haar hoofd. Ze voelde zich zo onnozel nu ze het aan Jimmy probeerde uit te leggen, maar na wat hij haar gisteravond opgebiecht had moest ze het kwijt. Het was verschrikkelijk om deze kostbare ochtend te bezoedelen met Denny's naam, maar ze voelde zich verplicht om door te gaan. 'Gisteravond op het concert... toen ik merkte dat je weg was... toen ik begreep wat je gezien had wist ik niet wat ik moest doen.'

Jimmy zei niets.

'Het was alsof dat stomme concert er helemaal niet meer toe

deed. Denny maakte de hele zaak nog veel erger en ik... draaide door of zo. Ik heb het uitgemaakt. Waar iedereen bij was. Scott heeft het allemaal door de speakers laten horen,' vertelde Verity, en eindelijk verscheen er een glimlach op Jimmy's gezicht. 'Ik heb tegen Denny gezegd dat ik hem niet eens aardig vond en dat hij in bed waardeloos was.'

Jimmy's glimlach verflauwde en hij liet haar hand los.

Verity stond op. Ze moest het hem duidelijk maken. 'Hij was echt waardeloos in bed. Erger nog,' zei ze. 'Het was afschuwelijk, Jimmy. Ik vond het van de eerste tot de laatste seconde vreselijk. Ik had het nooit moeten doen, maar ik dacht dat dan alles goed zou komen. Ik had een of ander stom ideaalbeeld in mijn hoofd, waaraan Denny helemaal niet kon voldoen...' Verity's stem stokte toen ze naar de muur keek waarop Jimmy haar gezicht geprojecteerd had om haar te laten zien hoe ze er in zijn ogen uitzag. 'Wat jij deed... wat jij deed was zo mooi. Je vroeg me om te kiezen, maar weet je... ik had de verkeerde keuze al gemaakt. Het spijt me zo...'

Jimmy stond op. Hij sloeg zijn armen om haar heen en streelde haar haar. Nu hij haar vasthield voelde ze pas hoe alleen ze geweest was. Ze was zo verdrietig en overstuur geweest over Denny, maar tot nu toe had ze haar verdriet met niemand kunnen delen. Maar nu ze Jimmy in vertrouwen genomen had was het gemakkelijker om het los te laten. Het was al niet meer belangrijk. Niets was nog belangrijk. Alleen dat Jimmy haar in zijn armen hield. Ze voelde zijn lichaam tegen het hare en zijn zachte warmte gaf haar kracht.

Uiteindelijk keek Jimmy haar aan en legde zijn handen om haar gezicht. Hij lachte. 'Ik weet niet of het helpt, maar die motor was van hem.'

'Die motor die we in de struiken gedumpt hebben?' Verity herinnerde zich dat ze de motor gisteravond, nadat Jimmy haar over Ryan verteld had, de bramen in gesleept had. Ze wist weer dat ze tegen hem gezegd had dat hij daar goed lag, waarna ze Jimmy zwijgend naar de kapel gebracht had en hij in huilen uitgebarsten was.

'Die bedoel ik.'

Verity lachte. 'Mooi zo. Het spijt me, Jimmy,' zei ze nogmaals. 'Dat van ons. Ik had het eerder moeten snappen.'

'Het geeft niet. Dat was gisteren.'

'En vandaag?' vroeg ze.

'Vandaag. Hmm. Vandaag moeten we deze tent uitmesten voor Neds mannen komen.'

'Ben je verdrietig?' vroeg ze.

Hij schudde zijn hoofd en keek om zich heen. 'Nee, niet echt. Niet meer. Ik dacht dat ik verdrietig zou zijn.' Jimmy haalde zijn schouders op en glimlachte naar Verity. 'Maar nu denk ik dat het tijd is om verder te gaan.'

Terwijl Verity hem hielp om hun toevluchtsoord te ontmantelen, praatte Jimmy honderduit over al die tijd die Ryan en hij samen in de kapel doorgebracht hadden. 'Hij was een waaghals,' zei hij lachend, en Verity kon niet anders dan glimlachen.

'Beter dan helemaal niets durven,' zei ze, van een afstandje hun werk overziend. Nu alle proppen uit de spleten in de muur waren kon ze zien hoe mooi de kapel ooit geweest moest zijn. Bundels stoffig zonlicht en het geluid van zeemeeuwen vulden de ruimte.

'Maar ik was ook bang voor hem,' zei Jimmy, weer ernstig nu.

'Hoe bedoel je?'

Jimmy zweeg een tijdje voor hij verderging: 'Weet je, soms is het een opluchting dat hij er niet meer is.' Hij slikte moeizaam. 'Is dat heel erg?'

'Nee,' zei Verity, en ze dacht aan haar moeder, en Denny. 'Je kunt niet leven naar de verwachtingen van anderen, of je nu van ze houdt of niet.'

'Hij wilde dat ik net zo was als hij, maar dat was ik niet.'

Verity haalde haar schouders op. 'Misschien had jij meer te verliezen.'

Jimmy schudde zijn hoofd. 'Ik weet het niet. Ik mis hem. Aan de andere kant denk ik ook dat als hij hier was, jij...'

Hij zei niet 'niet hier zou zijn', maar Verity begreep wat hij bedoelde. Ze knikte. Na een tijdje bukte hij zich en ging verder met de vloer vegen, wat hij deed met behulp van twee stukken karton.

Verity keek steels naar hem. Van opzij zag hij er zo slank en lenig uit. Zijn gezicht had iets jongensachtigs en ze wist dat hij er naarmate hij ouder werd beter en beter uit zou zien. Kijkend naar Jimmy besefte ze hoe dol ze op zijn gezicht was. Ze was dol op al die eigenzinnige uitdrukkingen van hem – hoe hij keek als hij zich concentreerde of als hij zich verveelde, als hij blij of verdrietig was, of hard aan het werk zoals nu.

Maar niet alleen zijn uiterlijk intrigeerde haar. Ze was dol op zijn manier van denken, op hoe hij zich uitdrukte. Ze vond het heerlijk dat ze niet op haar woorden hoefde te letten als ze bij hem was. Ze was zo lang bezig geweest met informatie achterhouden voor haar moeder en bedenken hoe ze bij Denny volwassen kon overkomen dat ze nu pas merkte hoe heerlijk het was om vrijuit te kunnen spreken. Jimmy gaf haar het gevoel dat er zoveel was om over te praten en te discussiëren. Niet over zulke stomme dingen als met Denny – zijn winkel en de plaatsen waar hij heen wilde om te surfen – maar echte dingen, die voor hen allebei belangrijk waren.

Nu, terwijl ze traag de poster van Che Guevara opvouwde, dacht ze weer aan wat Jimmy gezegd had over Ryan en hoe het zou zijn als hij er nog geweest was. Ze had sterk het gevoel dat ze hier ook niet zou zijn als zij haar moeder niet getrotseerd had. Ze dacht terug aan het concert en de angstige blik in haar moeders ogen toen Verity de confrontatie aangegaan was. Wat ironisch, dacht Verity, dat ze bekendstond om haar krachtige stem, terwijl ze gisteravond eigenlijk pas voor het eerst goed uit haar woorden gekomen was.

'Mijn moeder heeft een verhouding!' Ze lachte, verbaasd om haar uitbarsting.

Jimmy kwam overeind, liet de stukken karton vallen en veegde zijn handen af aan een oude lap stof. Hij fronste bezorgd zijn wenkbrauwen. 'Jouw moeder?'

'Ik weet het. Wie had dat nou kunnen denken?' Verity deed haar best om luchthartig te klinken, maar de woorden kwamen er onzeker uit.

'Hoelang weet je dat al?' vroeg Jimmy.

'Een paar maanden ongeveer. Ik kon het aan niemand vertellen,' bekende ze. 'En ik heb de pest aan geheimen.'

'Iedereen heeft geheimen. Geheimen horen bij het leven.'

'Nou, ik hoef ze niet.'

'Dan krijgen we ze ook niet.'

Hij zei het zo eenvoudig, alsof het een feit was. En ze wist dat het op dat moment waar was.

Even bleef het stil. Toen legde Verity de poster neer en vroeg: 'Vind jij dat ik het aan mijn vader moet vertellen?'

'Vind jij dat?'

'Nee,' zei Verity.

Jimmy haalde zijn schouders op en glimlachte vriendelijk. 'Nou dan.'

Verity zweeg.

'Iedereen heeft zijn eigen liefdesleven. Dat van een ander kun je nooit begrijpen.'

'Dat is wel zo.'

'En je kunt je er niet mee bemoeien omdat je nooit alle feiten kent. Misschien weet je vader het al. Misschien hebben ze een soort afspraak. Je kunt nooit weten.'

Verity raapte een frisbee van de vloer op en stofte die af. Toen Jimmy zich bukte om een stapel kranten op te pakken, mikte ze de frisbee op zijn billen.

'Hé!' riep hij uit. Met schitterende ogen richtte Jimmy de frisbee op haar. Maar toen ze hem uitdaagde het ding te gooien, liet hij het plotseling grommend vallen en rende op haar af om haar te pakken. Verity sprong met een gil opzij. Ze renden achter elkaar aan door de kapel, Verity met pijn in haar buik van het lachen en buiten adem van de inspanning. Ze klom op het altaar.

'Niet eerlijk,' hijgde Jimmy. 'Dat is heiligschennis.'

Verity gaf zich over en legde haar handen op Jimmy's schouders. Hij pakte haar bij haar middel en ze sprong op de houten vloer. Heel even, toen hij haar in de lucht vasthield en zij neerkeek op zijn lachende gezicht in het zonlicht, was ze vervuld van blijdschap. Toen kwam ze neer en ging met de hak van haar schoen dwars door de vloer heen. Met een gil viel ze op de grond.

'Alles in orde?' vroeg Jimmy, zich bukkend om haar te helpen.

Terwijl ze de hak los probeerde te krijgen zag ze dat er onder de verrotte vloer een ruimte was. Er zat iets in, maar een paar centimeter bij haar hand vandaan. 'Kijk,' zei ze. Zonder nog aan de achtervolging te denken wees ze Jimmy op het gat in de vloer. 'Daar zit iets onder.'

Jimmy knielde en stak zijn hand in het gat. 'Hebbes,' zei hij, en hij haalde een opgerolde brief tevoorschijn.

Verity kwam haastig overeind en veegde haar jurk af. Jimmy legde de verzegelde brief op het altaar. Verity blies het stof eraf. In de was stond een wapen afgedrukt. 'Wat zou dat zijn?' vroeg Verity, terwijl ze met een vinger over het zegel ging. 'Zullen we het openmaken?'

Jimmy keek haar aan en trok voorzichtig aan het zegel. Krakend liet het los van het papier. Met grote ogen van verwachting liet Jimmy zijn blik van Verity naar de brief en weer terug naar Verity glijden. Samen streken ze het papier voorzichtig glad. Het was met inkt beschreven, in een compact handschrift.

'Wauw,' zei Jimmy, die zachtjes het papier streelde. 'Dit moeten we aan Ellen laten zien.'

'Wat is het, denk je?'

'Geen idee.' Jimmy's wijsvinger gleed over de eerste regel van de brief.

Verity boog zich naar voren en volgde zijn vinger, maar ze kon de woorden niet ontcijferen. Ze voelde alleen maar Jimmy's gezicht vlak bij het hare. Ze legde een hand op de zijne.

Een tijd lang stonden ze allebei doodstil, terwijl hun vingers zich verstrengelden boven het uitgedroogde perkament.

'Ik weet dat ze aan het filmen waren,' fluisterde Verity. 'Maar onze kus was echt. Voor mij wel.'

Jimmy verroerde zich niet. Hun handen baadden in het zonlicht op het altaar en Verity voelde zich diep met hem verbonden. Alsof ze elkaar een onuitgesproken belofte gedaan hadden.

Toen de deur openging en Ned binnenkwam, maakten ze een sprongetje van schrik.

'Morgen,' zei Ned. 'Jullie had ik hier niet verwacht.'

'We zijn bijna klaar met opruimen,' zei Jimmy, terwijl hij snel om het altaar heen liep.

'Maak je niet druk. Het heeft geen haast.' Achter Ned kwam

een hond de kapel binnen, die manisch langs de muren begon te snuffelen. 'Let maar niet op Mops,' zei Ned met een glimlach.

'We hebben iets gevonden,' zei Verity. Ze hield de brief omhoog.

'O?' Ned liep nieuwsgierig naar haar toe.

'Onder de vloer.'

Ned legde het papier plat op het altaar. 'Kijk eens aan,' zei hij, terwijl hij een stap naar achteren deed. 'Zo vader, zo dochter.'

'Wat?' vroeg Jimmy.

'Niets,' antwoordde Ned. 'Alleen hebben de Walpoles de gewoonte om dingen voor ons te verstoppen.'

'Is het belangrijk?' vroeg Verity.

Ned keek haar van over zijn bril heen aan en richtte zijn blik vervolgens weer op het papier. 'Ik weet het nog niet. Ik moet hem eens beter bekijken.'

'Nou, oké, dan gaan wij maar,' zei Jimmy.

'Hm?' Ned keek verstrooid op.

'Alles ligt buiten,' zei Jimmy. Hij trok zijn jas aan. 'Ik heb besloten dat ik het niet meer hoef.'

Ned glimlachte. 'Goed. Ik zal tegen de jongens zeggen dat ze met de container kunnen komen.'

Buiten was de zon nu helemaal op en de lucht was helderblauw. Verity keek naar de berg spullen naast de deur. Het oude matras lag half tegen de muur aan, alsof hij van het uitzicht genoot. Flessen, een oud wiel, een vuilniszak met troep en oude kleren lagen ernaast. 'Wil je hier niets meer van hebben?' vroeg ze aan Jimmy.

'Het zijn allemaal herinneringen. Ik denk dat ik me beter voel als het weg is.'

'Laten we de vlieger houden.' Verity raapte hem al op.

'Die is voor jou.'

Ze liepen weg, Verity met de vlieger in haar handen.

'Wat nu?' vroeg ze na een tijdje, verlegen naar hem lachend. Ze bedoelde 'met ons', maar dat wilde ze niet zeggen; het zou misschien het moment bederven.

Maar Jimmy vatte haar vraag letterlijk op. 'Ik moet met Rachel oma's begrafenis regelen, en ik zal ook maar naar Ryans vader en moeder gaan. Als zij de politie willen inschakelen, moeten ze dat zelf maar weten.' Verity pakte zijn hand en Jimmy keek op haar neer, zijn ogen blauwer dan ooit. 'En hoe gaat het met ons?' vroeg hij zachtjes, en ze hield van hem omdat hij precies dat ene zei wat haar bezighield.

Verity haalde glimlachend haar schouders op. 'Ik weet het niet. Je zou me mee uit kunnen vragen. Dat doen mensen normaal gesproken toch?'

'Oké,' zei Jimmy. Hij barstte in lachen uit.

'Wat is er zo grappig?'

Nog steeds lachend schudde Jimmy zijn hoofd. 'Oké. Verity Driver, wil je met me uit?'

'Ja,' antwoordde ze beslist. 'Dat was toch niet zo moeilijk?' vroeg ze. Ze sloeg een arm om Jimmy heen.

'Je moest eens weten,' zei hij, en hij drukte een kus boven op haar hoofd. Samen liepen ze het pad af.

24

Ned stond in de deuropening van de kapel en keek de twee na tot
ze door een opening in het struikgewas uit het zicht verdwenen.
Hij vroeg zich af of hij zich schuldig zou moeten voelen over deze uitzetting, maar verwierp de gedachte meteen weer. Ze maakten een heel gelukkige indruk en bovendien hoorde het bij volwassen worden; het verleden loslaten en verdergaan. Dat moest
iedereen vroeg of laat. Zo was het leven. Hij keek naar de troep
die ze tegen de muur aan gekwakt hadden: gebroken cd's, lege
flessen, gescheurde posters en – bizar, vond hij – een ongeopend
pakje gerookte zalm. Zoals te verwachten was zat er niets van
waarde bij.

Hij woog de brief die ze hem gegeven hadden in zijn hand. Hij
had de datum die erboven stond gezien, de dag, de maand en het
jaar: het was de week waarin Appleforth in vlammen opgegaan
was. En de handtekening had hij ook gezien – het was onmisken-
baar de handtekening van Alexander Walpole.

Hij herinnerde zich dat Ellen hem voorgelezen had wat Caroline Walpole als laatste in haar dagboek schreef. Hij herinnerde
zich dat haar ogen gestraald hadden van enthousiasme, dat ze
over Caroline gesproken had als over iemand die écht geleefd
had. Deze laatste ontdekking zou ze prachtig vinden, wist Ned.
En hoewel de restauratie van het huis nu zo ver gevorderd was
dat nieuwe historische aanwijzingen geen praktisch nut meer
hadden, maakte opwinding zich van hem meester. Het was alsof
Ellens belangstelling voor het menselijke verhaal achter het huis
op hem overgeslagen was. Hij rolde de brief uit, benieuwd of de
inhoud eindelijk zou verklaren waarom Alexander Walpole zich
van het leven beroofd had en zijn prachtige huis in brand gestoken had.

Maar voor hij een woord had kunnen lezen schrok hij op van
een plotselinge klap. Voorzichtig, om het papier niet te kreuke-
len, stak hij de brief in zijn binnenzak voor hij de kapel inliep.

Omiddellijk zag hij waar het geluid vandaan kwam. Mops wierp zichzelf tegen een marmeren plaque aan de muur en probeerde een grote spin te verschalken, die net buiten zijn bereik in zijn web zat. Ned trok de hond bij de muur weg voor hij zich kon bezeren. Vervolgens zette hij zijn bril recht en trok het web kapot, waarna hij de spin op de vloer liet vallen. Hij ging met een vinger langs de met zorg in de plaque gegraveerde letters. Het waren de namen van de mensen die hier begraven lagen, met hun geboorte- en sterfdatum.

Er stonden maar negen namen op, wat Ned niet verbaasde, want de kapel was in 1804 gebouwd (als het jaartal op de latei boven de deur tenminste klopte) en Alexander Walpole had het huis in 1871 in brand gestoken. De laatste drie leden van de familie Appleforth stonden bovenaan, maar daarna hield de naam op – er waren geen mannelijke nakomelingen meer geweest – en kwamen de Walpoles in beeld. De laatste naam op de plaque was die van Caroline Walpole, maar Ned wist dat haar lichaam nooit gevonden was; de suggestie dat ze hier begraven lag berustte op niets anders dan wensdenken van de kant van de graveur – of van die van zijn opdrachtgever, naar alle waarschijnlijkheid Alexander Walpole.

De naam van Alexander Walpole zelf stond niet op de plaque. Gezien de manier waarop hij aan zijn einde gekomen was, vond Ned dit niet zo vreemd. Henrietta, Alexanders jongste dochter en erfgenaam, was niet in staat geweest om de opdracht voor een gedenkteken te geven. Op de avond dat hij Appleforth House in brand stak had Alexander haar, net als de bedienden, Shoresby in gestuurd. Het nieuws van haar vaders dood had het vijftien jaar oude meisje zo getraumatiseerd dat ze nooit meer een voet op het landgoed gezet had en bijna onmiddellijk naar Amerika geëmigreerd was, waar haar oom en tijdelijk voogd woonde.

Maar Ned wist dat er nog een reden was waarom Henrietta niets meer te maken wilde hebben met wat er nog van haar ouderlijk huis over was: schuldgevoel. Jonathan Arthur (behalve Neds werkgever ook Henrietta's kleinzoon) had Ned een brief laten lezen die verklaarde hoe het kwam dat Alexander Carolines minnaar, Leon Jacobson, had weten op te vangen en af te kopen.

Caroline, zo stond in de brief, had haar zusje in vertrouwen verteld over haar plan om met Leon weg te lopen. Henrietta was zo bang voor wat er van Caroline zou worden als ze de familie de rug toekeerde dat ze alles aan haar vader vertelde. Achteraf had ze natuurlijk spijt van die beslissing; als zij haar mond gehouden had, wist ze, hadden haar vader en haar zuster wellicht allebei een lang en gelukkig leven geleid.

'Kom mee, jij,' zei Ned tegen Mops. Hij wilde nu toch wel heel graag weten of Alexander Walpole in zijn brief een andere versie van de gebeurtenissen gaf. Hij leidde de hond naar buiten, het verblindende zonlicht in. Aan de andere kant van de open plek ontwaarde hij een enorme grijze boomstronk, van boven roetzwart als gevolg van een blikseminslag. Voor Mops op het idee kon komen de grote verdwijntruc uit te halen had Ned hem al aan de lijn, waarna hij naar de boomstronk liep en ging zitten. Zodra Ned de lijn aan een uitstekend stuk verkoolde bast gebonden had, begon de hond te janken.

'Oké, oké,' zei Ned ongeduldig. Hij stak een hand in zijn jaszak en graaide tussen de snoeppapiertjes, vlooienspelfiches, kwartetkaarten, lollystokjes en andere kindervoorwerpen, die om geen enkele andere reden in zijn zak beland waren dan dat hij een vader was, tot hij eindelijk vond wat hij zocht. 'Dit is omkoping,' zei hij tegen Mops voor hij het koekje uit de wikkel haalde. 'Je krijgt van mij een chocoladekoekje, als jij me een tijdje met rust laat. Kunnen we het zo afspreken?'

Zonder met zijn ogen te knipperen keek Mops naar het koekje in Neds hand.

'Dat zal wel ja betekenen.' Ned liet het koekje vallen en keek toe hoe Mops het uit de lucht hapte en zonder te kauwen doorslikte.

Ned haalde de brief die hij van Jimmy en Verity gekregen had uit zijn zak en legde hem op zijn schoot. Nu, bij daglicht, paste hij de twee delen van het verbroken zegel aan elkaar en zag dat de letters A. S. W. erin gedrukt stonden – de initialen van Alexander Walpole –, met daaronder het familiewapen van de Walpoles. Ned twijfelde er niet meer aan: de brief was echt.

Hij begon te lezen, en met elke seconde werden zijn ogen groter.

'Dank je, Ned. Dinsdag heb ik een bespreking in Chicago, maar daarna kom ik met de eerste de beste vlucht naar je toe.' De verbinding werd verbroken. Jonathan Arthur hield niet van een uitgebreid afscheid. Hij hield ook niet van groot vertoon van emotie, zodat Ned geen idee had wat hij dacht van hetgeen Ned hem net verteld had. En dit was wat hij hem verteld had: Alexander Walpole, de overgrootvader van Jonathan Arthur, had niet alleen brand gesticht en zelfmoord gepleegd, hij had ook een moord op zijn geweten.

Ned keek door het raam van de bouwkeet naar de oostelijke vleugel van Appleforth House. De gezandstraalde muren maakten net zo'n oude en onwrikbare indruk als de piramiden. Het was moeilijk om je voor te stellen dat het huis in brand stond; vlammen die uit de ramen sloegen en neerstortende balken. Maar Alexander Walpole had het voor elkaar gekregen. Willens en wetens had hij het dak op zijn eigen hoofd laten neerkomen – en Ned begreep eindelijk waarom. De brief die op zijn bureau lag, en die hij net hardop aan zijn baas voorgelezen had, was een bekentenis. Alexander Walpole had hem de avond voor de brand geschreven en, voor iedereen behalve God, in de familiekapel op de rots verstopt. Het was zijn stoffelijke verklaring voor wat hij in de eeuwigheid dacht te moeten verantwoorden.

Wat hij het aardse gezag (in de figuur van de plaatselijke magistraat) over de omstandigheden rond Carolines dood verteld had, was daarentegen een leugen geweest.

De waarheid was dat Alexander Walpole, nadat hij van Henrietta gehoord had dat Caroline van plan was weg te lopen met Leon Jacobson, naar de rots gegaan was om de twee gelieven op te vangen. Walpole had Jacobson niet afgekocht, zoals hij later aan de magistraat vertelde. Toen hij op de rots aankwam, stonden Jacobson en zijn dochter al op het punt om te vertrekken. Hij hield hen voor dat het spel uit was, maar ze weigerden naar hem te luisteren en hielden vol dat ze van elkaar hielden en van plan waren te trouwen. Daarop was Alexander Walpole in razernij ontstoken. Hij gaf zijn secretaris een klap met zijn pistool. Toen hij nog steeds van geen wijken wilde weten schoot hij hem dood.

Daarom sprong Caroline Walpole van de rots die later bekend werd als Lost Soul's Point: niet omdat ze door haar geliefde verraden was, en niet, zoals Ned de hele tijd gedacht had, omdat ze een naïef beeld van de liefde had. Caroline Walpole had zich van Lost Soul's Point gegooid omdat haar vader haar geliefde voor haar ogen doodgeschoten had en ze ervoor koos om samen met hem te sterven.

Alexander Walpoles bekentenis bevatte ook – en dit was de reden dat Ned (met instemming van Jonathan Arthur) op het punt stond de politie te bellen – aanwijzingen omtrent de plek waar Leon Jacobson begraven lag.

Walpole durfde zijn lichaam niet gewoon van de rots naar beneden te gooien; het zou kunnen aanspoelen en dan zou de kogelwond zo gevonden zijn. Daarom had hij Jacobson samen met zijn spullen (in de leren koffer die Leon bij zich gehad had) begraven. Vervolgens was Walpole naar Appleforth House teruggekeerd en had hij het verhaal over Jacobson verzonnen, zodat niemand op het idee kwam naar zijn verblijfplaats te vragen.

Ned rolde de brief op. Zo zat het dus. Al die tijd had hij zich in Caroline Walpole vergist, zoals iedereen zich in haar vergist had. Ze was niet het slachtoffer van haar geloof in de liefde; ze was het slachtoffer van haar vaders geloof in haat. Om een of andere reden bracht dit besef Ned in de war. Ellen had gelijk toen ze zei dat Carolines dood ook van verhevenheid getuigde, en niet alleen van stommiteit. De echte stommiteit lag bij haar vader, in zijn vastberadenheid om een wig te drijven tussen haar en haar geliefde. Dat was het ware kwaad in dit verhaal. En dat was tegelijk de moraal: hartstocht was zeldzaam, liefde zelfs nog zeldzamer; die twee dingen mochten niet verkwist of vernietigd worden.

Achter hem klikte de deur van de keet open. 'Ned?'

Ned draaide zich om in zijn stoel en zag Deb in de deuropening staan. Haar kastanjebruine haar zat met een zwarte gelakte kam opgestoken. Ze droeg een lichtbruine broek met een scherpe vouw, een zwarte blouse en zwarte schoenen. Maar haar onberispelijke uiterlijk benadrukte alleen maar de bezorgde uitdrukking op haar gezicht.

'Waar is Clara?' vroeg Ned, plotseling bang voor de macht van de nabijgelegen rotsen.

'Buiten, bij Scott.' Deb kwam binnen en deed de deur achter zich dicht. Ze keek hem ongemakkelijk aan.

'Wat is er?' vroeg hij.

'Ik moet je iets zeggen.' Deb tuurde naar haar nagels. 'Ik vind dit niet makkelijk om te zeggen, Ned...'

'Dat betekent dat ik het niet makkelijk zal vinden om te horen?' gokte Ned.

'Je hebt tegen haar gelogen, hè?'

'Tegen wie?'

'Ellen Morris. Je hebt gelogen over hoe Mary gestorven is. Je hebt gezegd dat het door een hersenbloeding kwam.'

Die middag in de Hope & Anchor, toen hij met Ellen over Mary gepraat had... Het was twee weken geleden, maar hij herinnerde het zich nu weer alsof het maar een paar seconden geleden gebeurd was. Hij herinnerde zich alles wat ze besproken hadden, elke uitdrukking op haar gezicht. Hij herinnerde zich zelfs hoe ze van haar drankje genipt had. 'Een hersenziekte, om precies te zijn,' zei hij met opzet vlak en emotieloos, want hij was niet van plan om in te storten, niet waar Deb bij was. 'Meer heb ik er niet over gezegd.'

Deb fronste haar voorhoofd. 'Oké, een hersenziekte...'

'Hoezo?'

'Waarom?' vroeg ze.

'Waarom zei ik hersenziekte, en niet bijvoorbeeld kanker of een auto-ongeluk?' vroeg hij vals, kwaad omdat hij zo in een hoek gedreven werd.

Maar Deb liet zich niet uit het veld slaan. 'Nee,' zei ze, 'waarom heb je gelogen?'

'Zomaar,' antwoordde Ned.

Hij draaide zich om en drukte op de spatiebalk van zijn laptop, die al in de slaapstand stond sinds hij vrijdagmiddag, toen hij vroeg naar het café vertrokken was, vergeten was hem uit te zetten. De blauwe lucht van de screensaver viel weg en onthulde de spreadsheet waaraan hij had zitten werken. Hij wierp een blik op Deb, die zich niet verroerd had. 'Als dat alles is,' zei hij, 'ik moet met mijn boekhouding verder.'

'Ik geloof er niets van dat je "zomaar" gelogen hebt,' zei ze streng. Zo sprak ze anders alleen maar tegen Clara.

Hij draaide zich om in zijn bureaustoel en keek haar aan. 'Wat?'

'Je loog om jezelf te beschermen.'

Ned brieste. 'O, ja?' begon hij. 'En sinds wanneer...'

'Ellen is geen kind meer, Ned.' Ze liet hem niet eens uitspreken. 'Ze is geen Clara. Haar hoef je geen sprookjes en verhaaltjes te vertellen omdat ze te jong is om de waarheid aan te kunnen.'

'Ik snap niet wat Clara hiermee...'

Maar Deb luisterde niet. 'Dus je loog niet tegen Ellen omdat dat beter was voor Ellen,' redeneerde ze. 'Je deed het niet om haar te beschermen. Dat kan alleen maar betekenen dat je het deed om jezelf te beschermen.'

Hoe durfde ze hem zo af te blaffen over iets wat haar in wezen geen donder aanging? 'Wat heeft dit te betekenen?' wilde hij weten. 'Laat me raden: je volgt een schriftelijke cursus psychologie-van-de-koude-grond? Want zo klinkt het wat mij betreft: als één grote...'

Weer viel ze hem in de rede. 'Je hoeft geen cursus te volgen om te zien wat zich voor je neus afspeelt,' zei ze. 'En weet je wat ik sinds ik drie jaar geleden voor je kwam werken elke dag zie? Ik zie dat je mensen wegduwt, Ned, je duwt iedereen weg die probeert te weten te komen wie je bent. Je doet alles om ze op het verkeerde spoor te zetten. Je sluit ze buiten. Dat heb je met Ellen ook gedaan. Dat doe je met iedereen.'

'Iedereen?' herhaalde Ned spottend. 'Iedereen bestaat niet. Het slaat nergens op wat je zegt. Wie is die iedereen?'

'Precies, Ned. Dat is het hem nou juist. Er is geen iedereen in je leven, omdat je de hele wereld al buitengesloten hebt. Ik heb in de keukenla zes uitnodigingen voor trouwerijen gevonden. Zes, Ned...' Ze schudde traag haar hoofd. 'Dat zijn zes vriendschappen die je afgewezen hebt. En dan je ouders. Die bel je nooit, hè? En als ze jou bellen geef je als een robot antwoord op hun vragen, en zelf vraag je nooit iets. En ik ben degene die Clara naar Mary's ouders brengt en haar weer ophaalt, want jij doet alsof ze niet bestaan.' Deb hield haar ogen geen seconde van hem af. 'Het is alsof je dat deel van je leven niet los wilt laten, terwijl je het ook aan niemand laat zien, Ned... Maar weet je? Het is niet eens leven, het is dood...'

Ned wist dat hij tegen haar zou moeten schreeuwen. Hij zou haar duidelijk moeten maken dat ze ernaast zat, haar bewijzen hoe verschrikkelijk ze ernaast zat... En toch... en toch zei hij niets, want hij had geen woorden meer om zich mee te verdedigen.

'Ik zeg dit niet om je te kwetsen, Ned,' zei Deb. De hardheid was uit haar stem verdwenen. 'Ik zeg het omdat ik om je geef. Je bent zesendertig. Niet zesennegentig. Ik zie je met Clara. Ik zie hoeveel liefde je in je hebt. Je bent een geweldige vent, Ned. Maar je moet wat er gebeurd is achter je laten en een nieuw leven op-bouwen.'

Ned had het gevoel dat het donker werd in de keet, alsof er een wolk voor de zon schoof. Plotseling wilde hij niets liever dan een einde maken aan deze confrontatie. Hij wilde zich begraven in zijn werk, een fles aan zijn mond zetten, of thuis in bed kruipen, in het donker en in de stilte, zodat hij zichzelf en zijn gedrag niet langer hoefde te verantwoorden, niet eens hoefde na te denken.

'Mensen kunnen iets van hun leven maken, Ned,' zei Deb. 'Het gebeurt elke dag. Kijk naar Ellen. Kijk eens wat zij gedaan heeft. Kijk eens naar de toekomst die zij voor jullie mogelijk ge-maakt heeft, terwijl jij liever de deur dichtgooide.'

Ellen? Welke toekomst? 'Wat bedoel je?' vroeg hij.

'Ze heeft alles voor je op het spel gezet, Ned,' zei Deb. 'Ze heeft haar leven onder de loep genomen en ze heeft jou onder de loep genomen en ze koos jou. Ze heeft het uitgemaakt, weet je, met haar vriend. Ze heeft er een einde aan gemaakt omdat jij haar liet zien dat er een beter leven mogelijk was.'

Ned kon het niet meer aanhoren. 'Ga weg,' wist hij nog net uit te brengen.

Hij wierp een blik op de bekentenis van Alexander Walpole, op het verhaal van een verspilde liefde, het verhaal dat gelukkig had moeten aflopen. Hij wachtte op het geluid van de deur die open en dicht ging, het geluid van de eenzaamheid.

'Haar werk hier zit erop, weet je,' zei Deb. 'Ze gaat terug naar

Londen en je neemt niet eens de moeite om haar gedag te zeggen.'

Het nieuws deed Ned bijna lichamelijk pijn. Voor het eerst zag Ned de mogelijkheid dat hij Ellen nooit meer zou zien onder ogen, liet hij dit feit ten volle tot zich doordringen en voelde hij de betekenis ervan. Het vervulde hem van angst en wanhoop.

Zo had hij zich gevoeld toen hij het snoer dat naar de badkamer leidde zag en wist dat Mary zelfmoord gepleegd had: doods, alsof hij zelf ook doodging, alsof zijn hele wereld hem uit de vingers glipte, onscherp werd, ophield te bestaan. Alleen was dit nog erger. Want hij had Ellen zelf weggejaagd. Want hij had het allemaal zo anders kunnen doen.

Achter hem viel de deur met een klik in het slot.

Hij keek naar de kolommen met cijfers op zijn beeldscherm. Maar hij kon ze niet meer lezen. De getallen leken te smelten op het scherm, alsof ze van ijs waren. Hij sloeg een hand voor zijn gezicht en voelde de tranen over zijn wangen lopen. Maar het voelde niet akelig; het voelde goed. Hij voelde zich elke seconde lichter worden, alsof de tranen die hij huilde van lood waren.

En toen werden al die verwarrende, tegenstrijdige gevoelens die hij voor Ellen koesterde – verlangen, angst, hoop, verdriet en blijdschap – hem opeens duidelijk. Want met een schok besefte Ned dat hij eigenlijk maar één ding voor haar voelde. En niet zomaar iets, maar dat wat hij volgens hem nooit meer zou voelen.

Hij stond op en veegde zijn gezicht aan zijn mouw af. Toen liep hij naar de deur; hij wist precies wat hem nu te doen stond.

25

Met een bonkend hoofd reed Ellen op maandagavond voor de laatste keer naar Appleforth House. Chagrijnig draaide ze de Land Rover de laan op die naar het hek leidde. Naast de heg was een nieuw bord van Monumentenzorg de grond in geslagen, zag ze.

Ze probeerde al uren uit Shoresby weg te komen. Ze had bij daglicht terug naar Londen willen rijden, maar terwijl Scott haar geholpen had de Land Rover vol te laden, had hij haar tegelijkertijd voortdurend opgehouden, tot hij er uiteindelijk op aangedrongen had dat ze nog een keer naar het huis zou rijden om een monitor die hij daar had laten staan op te halen. Onderweg had Ellen de hele tijd zachtjes zitten mopperen. Scott wist dat ze het moeilijk had; waarom had hij nou juist vandaag zijn zaakjes niet een beetje beter geregeld? Alsof ze niet genoeg te verstouwen had zonder dat ze ook nog eens naar de enige plek moest waar ze echt helemaal niet wilde zijn. En nu zou ze pas na middernacht terug in Londen zijn.

Ellen kon niet wachten tot ze hier weg mocht, niet in de laatste plaats omdat Scott haar de afgelopen dagen het bloed onder de nagels vandaan gehaald had. Hij had besloten nog een paar weken in het huisje te blijven, zodat hij in de buurt van Deb kon zijn. Ellen nam het hem niet kwalijk, maar ze had het als een overval gevoeld. Kwetsbaar als ze was kon ze Scotts niet-aflatende optimisme en vrolijkheid niet verdragen. En Deb? Deb was al helemaal te veel voor Ellen. Te jong, te verliefd. Maar vooral te zeer verbonden met Ned.

Ze vond het vreselijk om zo verbitterd te zijn, maar ze kon er niets aan doen. Ze had geprobeerd niet aan Ned te denken, maar dat was onmogelijk. Ze kon er nog steeds nauwelijks bij dat hij haar zo veel pijn gedaan had. Zijn woorden hadden haar diep geschokt, net als de achteloze manier waarop hij haar had laten weten hoe weinig hij voor haar voelde – maar nog veel erger was dat ze eindelijk ingezien had hoe afschrikwekkend breed de kloof tussen haar verwachtingen en die van hem eigenlijk was. En met elke minuut die verstreek werd die pijn erger.

Ook haar eigen gevoelens hadden Ellen geschokt. Toen ze die maandag naar Ned toe ging, had ze geen idee hoe diep die gingen. Maar nu, nu was het nog veel erger. Want na wat Ned tegen haar gezegd had, gezien de manier waarop hij het gezegd had, kon ze niet eens voor hem vechten. Omdat ze niets voor hem betekende. Hij voelde niets voor haar. Dat had hij maar al te duidelijk gemaakt. Het maakte hem waarschijnlijk niets uit of hij haar ooit nog zou zien.

Ellen zette de motor af en keek in het donker een tijdje stil voor zich uit. Ik ben een mislukking, dacht ze. Ik ben een mislukking en een afschuwelijk mens. Ze dwong zichzelf om naar Neds keet te kijken. Niet dat ze er iets mee opschoot. Hij had al haar hoop de grond in geslagen. Hij was niet eens naar het concert gekomen om afscheid te nemen. Nu wilde ze alleen nog maar weg. Ze zou hem geven wat hij blijkbaar wilde en de afstand tussen hen zo groot mogelijk maken.

Alleen maar seks. Neds woorden weergalmden in haar hoofd. Hoe had ze zo stom kunnen zijn? Het was allemaal haar eigen schuld. Zij had het initiatief genomen. Ned had haar vanaf het begin gezegd dat hij niet beschikbaar was en zij had niet geluisterd. Zij had hun relatie belast met verkeerde verwachtingen en overdreven gevoelens. Maar ze had alleen zichzelf voor de gek gehouden. Ned vertrouwde haar niet. Had haar nooit vertrouwd. Hij had haar niet eens de waarheid over Mary verteld – terwijl ze met hem naar bed geweest was.

In de keet was het licht uit. Ned was vast thuis bij Clara, waar hij hoorde. Hoelang zou het duren, vroeg Ellen zich af, voor hij besefte dat ze voorgoed weg was? Zou het hem ook maar iets doen?

Als er één ding was waar ze blij om was, dan was het dat ze Ned niet verteld had dat het uit was met Jason. Zo was ze haar waardigheid tenminste niet helemaal kwijt. Ellen had het weliswaar aan Scott verteld, maar ze had hem laten beloven dat hij er tegen niemand een woord over zou zeggen. Ned mocht er nooit achter komen. Ze gunde hem niet de wetenschap dat hij haar hele leven verwoest had.

Mat haalde Ellen haar telefoon tevoorschijn. Ze raapte al haar moed bij elkaar en toetste het nummer van Beth in. Haar man Sim nam op. 'Sim, met Ellen. Ik...'

'Ik roep Beth,' zei hij, op ruw spottende toon. Ellen kromp ineen. Ze wist dat Jason en Sim vrienden waren, maar een beetje loyaliteit mocht ze van de man van haar beste vriendin toch wel verwachten?

'Waar ben je?' vroeg Beth na een paar seconden. 'George en Harry dachten dat je met het eten hier zou zijn.'

Ellen wreef in haar ogen. Ze had er helemaal niet aan gedacht dat haar petekinderen natuurlijk op haar zaten te wachten. 'O, God,' kreunde ze. 'Beth, het spijt me. Ik zit nog in Shoresby.'

'Nog steeds!' riep Beth uit. 'Dan had je wel even eerder kunnen bellen.'

'Ik weet het, ik weet het. Maar het was zo'n gedoe om alles in te pakken. Ik kom zo snel mogelijk. Geef de jongens een zoen van me, zeg maar dat we elkaar morgen zien.' Er viel een stilte, en Ellen wist dat Beth het haar nog niet vergeven had. 'O, wees alsjeblieft niet boos,' smeekte ze. 'Ik ben je zo dankbaar dat ik bij jullie mag logeren. Echt. Het spijt me.'

'Jason is vandaag je spullen komen brengen,' zei Beth stijfjes. 'Je kleren... spullen... het ligt allemaal op de logeerkamer.'

Ellen vocht tegen haar tranen. Hoewel de flat eigendom was van haar en Jason, had zij hem ingericht en op orde gehouden, en voor haar gevoel was het dan ook meer haar huis dan dat van Jason. Ze hadden het er helemaal niet over gehad dat zij zou vertrekken. Maar nu was Jason bezig haar spullen te verhuizen voordat ze elkaar gesproken hadden. Ellen hoefde hem ook niet te spreken om te weten hoe kapot hij ervan was. 'Hoe ging het met hem?'

'Barslecht – dat lijkt me het goede woord.'

Ellen sloot haar ogen. Ze walgde van wat ze gedaan had, en Beths woede maakte het alleen maar erger.

'Ik snap gewoon niet hoe je...' vervolgde Beth.

'Hoe ik... wat?'

'Het beste wat je ooit is overkomen kunt weggooien, voor een of andere idioot die je net vijf minuten kent. Ik hoop maar dat hij het waard is.'

'We hebben niets met elkaar, als je dat soms denkt.'

'Maar waarom dan?'

'Beth, moeten we dat nu bespreken?'

'Jullie waren onze beste vrienden,' zei Beth, en Ellen hoorde de tranen in haar stem.

Ellen had zich tot Beth gewend omdat zij haar oudste vriendin en bondgenoot was, maar in de tien jaar dat ze met Jason geweest was, was Beth ook zijn vriendin en bondgenoot geworden. Nu begreep Ellen dat zij niet het exclusieve recht op Beths vriendschap had, en meer nog: Beth bood het haar niet aan. 'Het spijt me,' fluisterde ze.

'Kom nou maar zo snel mogelijk hierheen,' zei Beth, en ze hing op.

Ellen maakte het portier open en stapte uit. Voor het laatst snoof ze de zilte lucht op. Ze wist dat het haar haar laatste krachten zou kosten om naar huis te gaan en Jason onder ogen te komen.

Ze wist dat hij kwaad en gekwetst was en dat het lang zou duren voor hij gekalmeerd was. Ze wist ook dat het weinig zou helpen als Jason wist dat Ned en zij nooit bij elkaar zouden zijn. Jason zou haar nooit vergeven, en bovendien was ze erachter gekomen dat ze niet naar hem terug wilde. Ze gaf nog steeds om Jason, hield misschien zelfs van hem, en dat zou altijd zo blijven. Hij was een deel van haar, van haar geschiedenis, de enige echte relatie die ze ooit gehad had. Maar de liefde die ze voor hem voelde was geen dynamische liefde meer. Ze had te lang op hem gewacht. Gewacht tot hij er voor haar zou zijn, gewacht tot hij haar zou laten merken dat hij van haar was. En toen hij dat eindelijk deed, was het te laat. Ook al kon ze teruggaan in de tijd, naar zondag en Jasons aanzoek, wetend dat het tussen haar en Ned nooit iets zou worden, dan zou ze nog steeds nee zeggen. Hoe kon ze haar leven met Jason delen terwijl ze wist dat er iemand als Ned kón zijn, iemand bij wie ze zo veel hartstocht voelde?

Maar de gedachte aan een vrijgezellenbestaan in Londen vervulde haar van angst. Stel dat ze nooit meer iemand als Ned zou ontmoeten? Straks werd ze zo'n typische dertiger met kat waar iedereen het over had. Straks werd ze alleen oud en veranderde ze in een cynische oude vrijster die leefde voor de herinnering aan één hartstochtelijke nacht.

Ellen rilde. Richt je op het heden, hield ze zichzelf voor. Als ze eenmaal in Londen was had ze tijd genoeg om over de toekomst te piekeren. Nu had ze eerst een andere klus te klaren, dacht ze, terwijl ze zichzelf dwong naar het huis te lopen. Scott had haar verzekerd dat er wel iemand zou zijn om haar de monitor te geven. In een paar minuten stond ze weer buiten.

Ellen pakte de gloednieuwe koperen klopper die sinds kort aan de voordeur zat en klopte aan. Ze was nog nooit via de voordeur het huis binnengegaan en ze bedacht dat dit de laatste keer was dat ze hier kwam. Ze keek op naar het raam boven de deur, met zijn waaier van gebrandschilderd glas. Ze had het huis zo graag af willen zien, en ze had Jonathan Arthur willen ontmoeten als hij Neds werk kwam inspecteren. Maar ze wist dat dat nooit zou gebeuren. Haar tijd hier zat erop. Zij zou niet meer meemaken dat het huis af was.

Een tijdje gebeurde er niets, en ze wilde net nog een keer kloppen toen ze voetstappen hoorde. Langzaam ging de deur open.

Niets had haar meer kunnen verbazen dan wat ze nu zag. Scott had Jimmy's kostuum voor de filmopnamen aan. Ellen was sprakeloos. Nog geen uur geleden had ze uitgebreid afscheid van Scott genomen. Waarom was hij hier, en hoe was hij hier gekomen? 'Wat doe jij nou?'

'Volgt u mij, mevrouw,' zei Scott met een belachelijk bekakt Engels accent. Hij zwaaide de deur helemaal open en nodigde haar met een buiging uit om binnen te komen.

'Wat?' vroeg Ellen verward. O god, dacht ze, inwendig grommend. Had Scott soms een afscheidsfeestje georganiseerd? Zo ongevoelig zou hij toch niet zijn, na alles wat ze hem de afgelopen week toevertrouwd had? Ellen hield verward haar hoofd schuin en staarde Scott aan, maar toen hij nog steeds niet reageerde stapte ze over de drempel.

De hal stond vol met waxinelichtjes, en ook op de trap flakkerden de kleine kaarsjes. Deb stond bij een stel dubbele deuren, in het kostuum van Verity. Ze maakte een klein buiginkje toen ze Ellen zag. 'Zal ik uw jas aannemen, mevrouw?' vroeg Scott.

Nu echt ongerust had Ellen nauwelijks in de gaten dat Scott de gescheurde nepbontjas omzichtig van haar schouders liet glijden.

'Deze kant op,' vervolgde Scott. Hij liep langs Ellen naar Deb. Ze namen allebei één deur. Met bonkend hart keek Ellen van de een naar de ander.

Toen maakten ze de deuren open.

In de eetkamer ging de biljarttafel schuil onder een laken. In het midden stond een zilveren kandelaar, die de nog maar half ingerichte ruimte in zacht kaarslicht hulde. De tafel was aan de uiteinden gedekt met zilveren bestek en porseleinen borden.

'Deze kant op,' drong Scott aan. Hij leidde Ellen naar de tafel. Hij trok er een verhuiskist met een kussen erop onderuit en ze ging zitten.

Ellen keek naar Scott, maar hij bleef in zijn rol. 'Is dit... is dit... een grap?'

Scott zei niets, maar toen ze hem in de ogen keek zag ze dat hij lachte. Scott schonk haar een glas wijn in, boog zijn hoofd en liep achterwaarts bij haar vandaan. Een tel later hoorde Ellen de deuren dichtgaan.

Met ingehouden adem zat Ellen in haar eentje in de enorme kamer naar de lange kaarsen te kijken. Zou dit echt... zou dit echt betekenen dat...

'Ik dacht dat je misschien wel een hapje lustte.' Het was de stem van Ned.

Ellen keek om de kandelaar heen naar de andere kant van de kamer, waar Ned in de schaduw stond. Toen stapte hij de kring van kaarslicht binnen en Ellens adem stokte. In zijn smoking was hij knapper dan ooit. Ellen was er zo aan gewend hem in zijn oude werkkleren of zijn versleten corduroy jasje te zien dat het haar verbaasde hoe verfijnd en charmant hij eruitzag. Zonder bril leek hij bovendien jonger, en Ellen herinnerde zich hoe hij eruitzag toen ze elkaar die avond in haar huisje bijna gekust hadden. Terwijl hij haar een beminnelijke glimlach schonk, begon er binnen in haar iets te trillen van opwinding.

De zijdeur ging open en Deb en Scott reden een rolwagentje naar binnen. Zonder iets te zeggen zette Deb Ellen een bord gerookte zalm met asperges voor. Ze keek naar de kant van de tafel waar Ned door Scott bediend werd. Hij leek zo ver weg.

'Ik hoop dat je trek hebt,' zei Ned. Hij knikte naar Scott en Deb, die zich zwijgend terugtrokken.

Ellen staarde naar Ned en vervolgens naar haar bord. Wat gebeurde hier eigenlijk? Was dit soms Neds manier om sorry te zeggen?

'O, krijg de pest,' zei Ned, en hij kwam overeind. 'Zo zie ik je helemaal niet!'

Ellen barstte in lachen uit en sloeg onmiddellijk een hand voor haar mond. Ned trok een verhuiskist naar haar kant van de biljarttafel. Onder zijn smoking had hij zijn werkschoenen aan en Ellen voelde dat ze nu meer dan ooit van hem hield.

'Ik wilde nog voor muziek zorgen,' zei hij toen hij naast haar kwam zitten. 'Sorry.'

Een hele tijd keek ze Ned aan. Er was iets veranderd aan hem. In zijn blik lag iets zachts. 'Ned, als dit...' begon ze, '... als dit betekent dat...'

Om haar het zwijgen op te leggen pakte hij haar hand. 'Er is zoveel waarvoor ik me bij je moet verontschuldigen,' zei hij, 'maar het spijt me vooral dat ik tegen je gelogen heb. Ik heb gelogen over Mary.'

Ellen keek naar zijn hand op de hare.

'Ik weet dat je het weet,' zei hij, 'maar ik wilde dat je het van mij hoorde.'

Ellen keek hem in de ogen. Hij zuchtte. 'Vier jaar geleden pleegde Mary zelfmoord. Ze leed aan postnatale depressie. Ze was ziek en... het is ingewikkeld... mijn gevoelens daarover zijn ingewikkeld. Ik weet niet of ik er al helemaal uit ben.'

'Ik snap het,' zei ze.

'Vanavond wil ik het er niet over hebben,' vervolgde Ned. 'Een andere keer wil ik er wel over praten, maar vanavond moet het over ons gaan.'

'Maar ik begrijp het niet,' zei Ellen. 'Ik dacht dat je niet...'

'Weet je nog dat ik zei dat ik niet in een tweede kans geloofde?' vroeg Ned.

Ellen knikte.

'Nou, dat was voordat ik me realiseerde hoe graag ik een tweede kans wilde. Met jou.'

Ellen begreep nauwelijks wat hij zei. Ze keek naar hem terwijl hij haar losliet en met beide handen over zijn gezicht wreef.

'Ik weet dat ik heel naar tegen je geweest ben, Ellen. Ik heb tegen je gelogen en ik heb je vernederd en pijn gedaan. Maar luister alsjeblieft naar me.'

'Ik luister.'

Ned stond op, alsof hij niet echt verwacht had dat ze aan zijn verzoek zou voldoen. Hij keek alsof hij ruzie verwacht had en zich nu niet goed raad wist.

'Waarom begin je niet bij het begin?' zei Ellen vriendelijk. 'Vertel me maar gewoon wat je voelt. Dat zou al helpen.'

Ned knikte, maar het duurde even voor hij iets zei. Toen hij haar aankeek, schrok ze van de intensiteit van zijn blik. 'Weet je, de eerste keer dat ik je zag zei iets in me dat je bijzonder was. Dat je niet zomaar mijn leven binnen kwam waaien. Maar ik deed alsof ik het niet zag. Ik vertrouw al zo lang niet meer op mijn instinct, luister al zo lang niet meer naar mijn gevoelens... dat ik deed alsof er niets aan de hand was, alsof ik helemaal niets voelde.' Ned slaakte een zucht, maar hij was nog niet uitgepraat. 'Maar het punt is, ik heb wel gevoelens. Een heleboel zelfs. Ik weet niet of ze allemaal deugen, maar ze zijn er wel.'

Ellen keek naar haar handen.

'Door jou besef ik dat ik tot nu toe niet geleefd heb. Ik hield alleen maar de schijn op, omdat met Mary ook een deel van mij gestorven is.'

'En nu?'

'O, Ellen, als je eens wist...'

'Ik weet niet wat ik moet zeggen,' zei ze. 'Ik ben blij dat ik je heb kunnen helpen. Dat is tenminste iets.'

Ned liet zich naast haar op zijn knieën vallen en greep haar hand, dwong haar hem aan te kijken. 'O, god, ik pak het helemaal verkeerd aan. Ik heb het nu niet over Mary. Ik heb het over jou. Over jou en mij.'

'O, ja?' fluisterde ze.

'Ik hou van je, Ellen Morris. Dat moet je weten. Ik hou van je omdat je sterk bent en tegen me ingaat, ik hou van je omdat je ook heel zachtaardig bent en zo goed met Clara omgaat. Ik hou van je omdat je me het gevoel geeft dat ik er mag zijn en dat ik weer gelukkig kan worden. Ik hou van je omdat je mooi en slim bent. Ik hou van je omdat ik bij jou een hartstocht voel die ik nooit voor mogelijk gehouden heb...'

'Dus het was niet alleen maar seks,' zei Ellen met van tranen verstikte stem, maar tegelijk glimlachte ze.

Ned schudde zijn hoofd. 'Geef me alsjeblieft een kans, Ellen,' fluisterde hij. 'Ik kan je niet laten gaan.'

'O, Ned.' Huilend legde Ellen een hand tegen zijn gezicht. 'Natuurlijk ga ik niet weg. Ik ga nergens heen.'

'Het spijt me,' zei hij. 'Het spijt me zo dat ik je pijn gedaan heb.'

Ellen legde haar vingers op zijn lippen. 'Je bent er nu. De rest doet er niet toe.'

'Niet huilen,' zei Ned, zachtjes haar vingers kussend. 'Eet.'

'Ik kan niet eten! Hoe kan ik nu eten?' jammerde ze.

Ned lachte. Hij hielp haar overeind en nam haar in zijn armen. 'Maar ik dacht dat je romantiek wilde?'

Ellen hield hem stevig vast. 'En ik dacht dat jij daar niet in geloofde.'

'Laten we maar zeggen dat jij me bekeerd hebt.'

Ze keek hem in de ogen, en dacht hoe mooi hij was. Hier was hij, de man van wie ze hield. Haar Ned. Woordeloos boog hij zich naar haar toe en kuste haar.

Ellen had het gevoel dat ze zweefde. Haar hele wezen ging in hem op, tot ze niet meer wist wie of waar ze was. Elke vezel van haar lichaam bruiste van liefde. Deze kus, wist ze, markeerde het begin van haar toekomst. Van nu af aan zou ze alles uit haar leven halen wat erin zat, want het wachten was voorbij. Het was gebeurd. Het onmogelijke was gebeurd. Een welwillende god had haar in de ziel gekeken en haar hartenwens vervuld. Ze kon nauwelijks bevatten hoeveel geluk ze had, of hoe gezegend ze zich nu voelde. Dat wat ze meer dan wat ook gewild had was gebeurd. Ze had Ned gevonden.

Ned legde zijn voorhoofd tegen het hare.

'Hallo,' fluisterde ze.

'Dus je blijft eten?' vroeg Ned.

'Wat dacht jij dan?' antwoordde ze lachend. Toen keek ze naar de tafel. 'Dat je dit allemaal geregeld hebt. Hoe kreeg je dat voor elkaar?'

'Laat ik zeggen dat Deb me een paar dingen duidelijk gemaakt heeft.' Ned draaide zich om en legde een arm om haar schouders. 'En die Australiër van je is een echte vriend.'

'En dan te bedenken... dat ik de hele dag op hem heb lopen schelden.' Ellen had zin om Scott aan haar hart te drukken.

Ned keek glimlachend uit het raam. Ellen volgde zijn blik en zag in de verte de lichtjes van Shoresby twinkelen. Zoiets romantisch had ze nog nooit gezien. 'Wat prachtig,' zuchtte ze. 'Dit huis is ook prachtig. Alexander Walpole zou trots op je geweest zijn.'

'Ah,' zei Ned, 'over de Walpoles gesproken...'

'Wat dan?' vroeg Ellen, geschrokken van zijn toon.

'Nou, het is misschien verstandig om hun verhaal nog een keer onder de loep te nemen.'

'Waarom?'

Ned stak een hand in zijn zak en haalde er een oude, verbleekte brief uit. 'Hierom,' zei hij.

Ellen probeerde de brief te pakken, maar Ned hield hem goed vast. 'Wat staat erin?' vroeg ze.

'Wat zou je ervan zeggen...' Ned sloot zijn armen weer om haar heen. 'Als we dit morgen eens bespraken? Als we wakker worden. Of overmorgen. Of de dag daarna...'

Lees van Josie Lloyd & Emlyn Rees ook:

Oude liefde roest niet

De jaren zeventig in het slaperige Engelse stadje Rushton. Mickey Malone en Fred Roper wonen naast elkaar en delen alles samen, van de eerste sigaret tot de eerste zoen. Ze weten zeker dat er nooit iets tussen hen zal komen. Het loopt anders.

Vijftien jaar later maakt Mickey een nieuwe start in haar leven: ze opent een klein bloemenzaakje in Londen. Ze is een chaotische maar liefdevolle alleenstaande moeder, die haar best doet haar werk te combineren met een geregeld gezinsleven.

Freds nieuwe fase is het huwelijk. Hij en zijn fantastische vriendin gaan over enkele maanden trouwen. Maar dan loopt hij Mickey tegen het lijf...

Terwijl ze hun oude vriendschap nieuw leven inblazen, weet Mickey niet zeker of Fred nog steeds alleen maar 'die jongen van hiernaast' is. En Fred begint zich af te vragen of hij eigenlijk wel zo gelukkig is, en of het waar is dat je eerste liefde nooit over gaat.

Heb mij lief

Dit *boy-meets-girl*verhaal gaat over Jack en Amy. Jack, 27, vindt het heerlijk om vrijgezel te zijn. Amy, 25, is single en wanhopig. Ze is al in geen eeuwen een leuke man tegengekomen. Dan, op een feestje in hartje Londen, lopen Jack en Amy elkaar tegen het lijf. Hun cynische harten vullen zich met hoop. Het onvermijdelijke aantrekken en afstoten begint.

In *Heb mij lief*, geschreven vanuit wisselend perspectief, zien we hoe Jack en Amy ieder op hun eigen wijze reageren op steeds dezelfde gebeurtenissen. Het is een sexy en vrolijke liefdesgeschiedenis die gruwelijk herkenbaar is.

Jack en Amy hebben besloten te gaan trouwen. Maar trouwen doe je niet zomaar, daar gaan de nodige voorbereidingen aan vooraf. Dat is het punt waarop de vrienden het overnemen: Matt, H., Stringer en Susie. Als beste vrienden van het stel zijn zij belast met de organisatie van het huwelijk. Op zich lijkt er geen vuiltje aan de lucht, maar als deze vier mensen, ieder met hun eigen achtergrond, levensstijl en verwachtingen, ineens gedwongen worden samen te werken, blijken de gevolgen desastreus te zijn...

Van de wildste dromen tot de meest ijzingwekkende nachtmerries, van *one night stands* tot huwelijksbeloften, Matt, H., Stringer en Susie vertellen ieder op hun eigen unieke manier wat er allemaal op hun pad komt op weg naar de grote dag van Jack en Amy...